Weinbrenners Schatten

Plan der Residenzstadt Karlsruhe

Auf Stein gestochen von G. Börner, 1817
Herausgegeben und verlegt von C.F. Müller, Hofbuchhändler in Carlsruhe

Legende:

1 Wohnhaus und Bauschule Weinbrenners
2 Das Haus »Zum König von Preussen«
3 Das Gasthaus »Zum goldenen Füllhorn« in der Waldhorngasse
4 Wohnhaus von Polizeysergeant Jakob Bastiani und Weinbrenners Schüler Constantin Wiesli, Waldhorngasse 47
5 Wohnhaus und Bäckerei der Familie Hemmerdinger, Waldhorngasse 59
6 Katholische St. Stephanskirche
7 Das »Museum«, gesellschaftlicher Mittelpunkt der Residenz
8 Evangelische Stadtkirche
9 Heckengässchen
10 Insel
11 Fasanengarten und Hirschpark

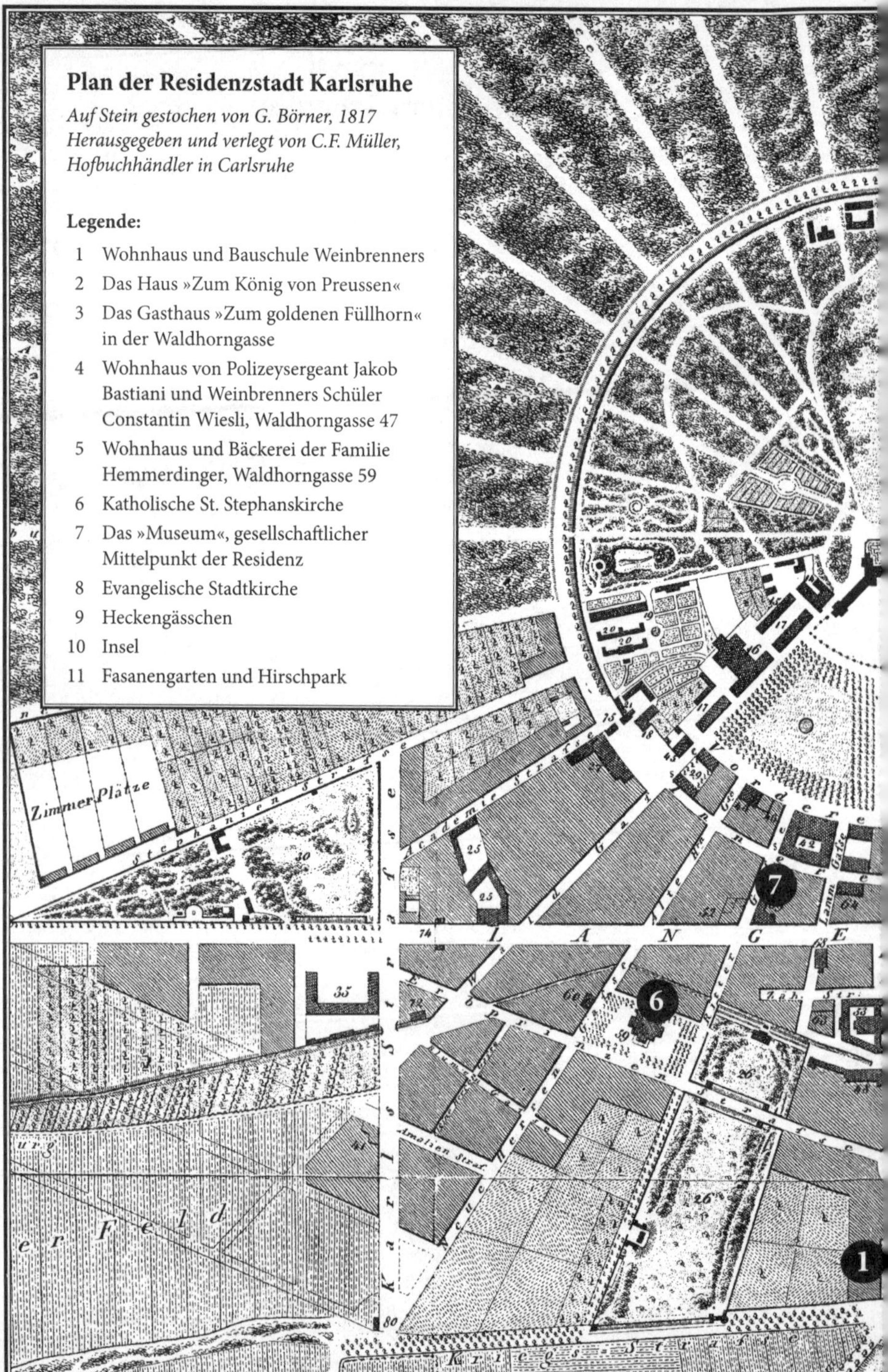

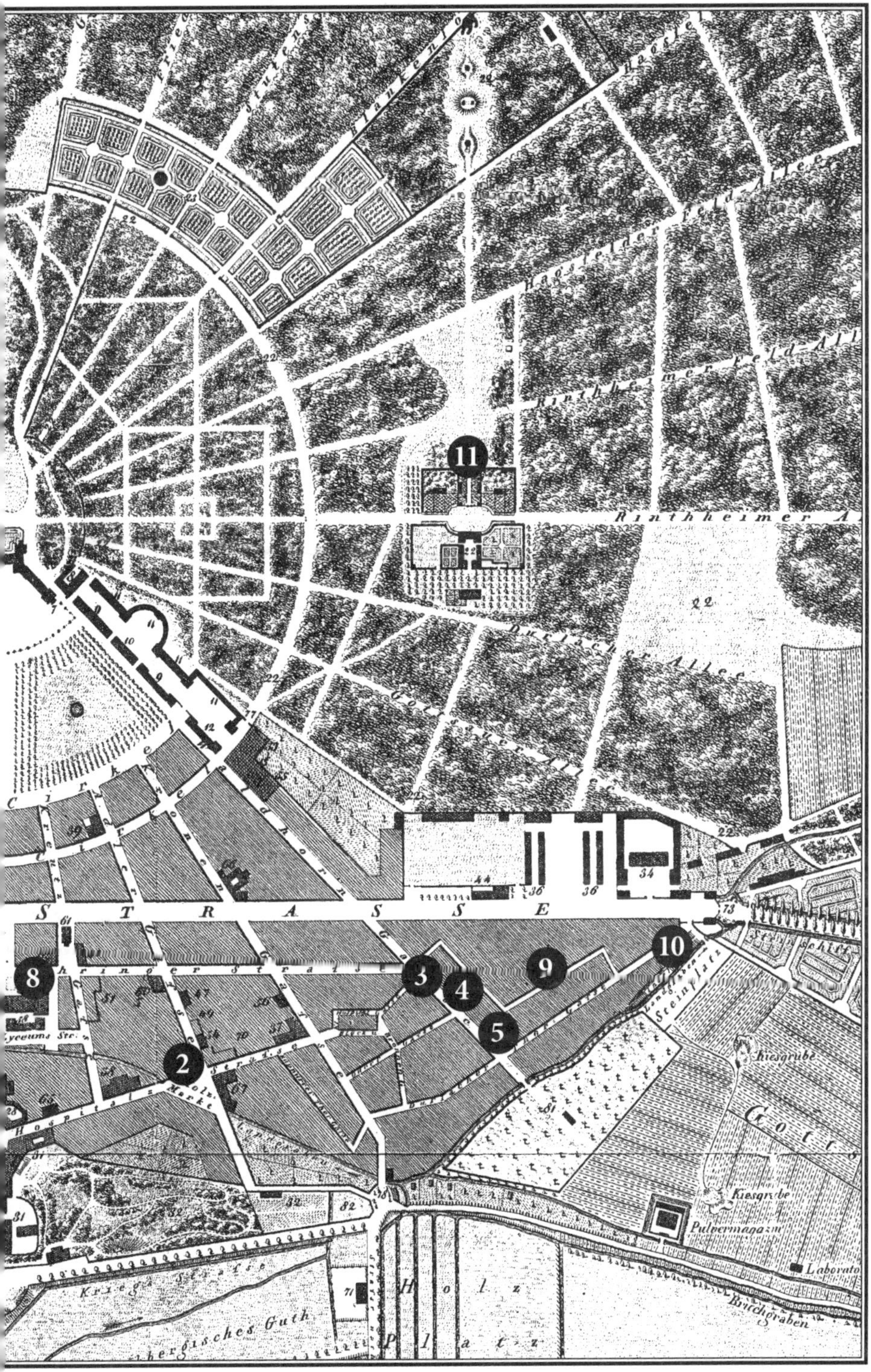

Hagsfelder Feld-Allee
Rinthheimer Feld-All
Rinthheimer A
Durlacher Allee
Gottsauer Allee
S T R A S S E
Steinplatz
Kiesgrube
Kiesgrube
Pulvermagazin
Bruchgraben
H o l z
P l a t z
11
8
2
3
4
5
9
10

Petra Reategui, geboren 1948 in Karlsruhe, war nach einem Dolmetscher- und Soziologiestudium Redakteurin bei der Deutschen Welle. Heute lebt und arbeitet sie als freie Autorin in Köln. www.petra-reategui.de

Dieses Buch ist ein Roman, die Handlung ist frei erfunden, jedoch eingebettet in ein zeitgenössisches Umfeld. Einige Personen haben gelebt, Karlsruhe maßgeblich geprägt und bedeutende Spuren in der Stadt und darüber hinaus hinterlassen. Ihre Charaktere und Handlungsweisen entspringen jedoch der Phantasie der Erzählerin. Mehrere Vorkommnisse haben sich nachweislich so oder so ähnlich ereignet, wurden aber aus dramaturgischen Gründen zum Teil zeitlich enger zusammengefasst.
Der Anhang enthält ein Glossar, Hinweise zu Orts- und Straßennamen, eine Personenübersicht, eine Auswahlliste erhaltener Weinbrennerbauten, Literatur- und Quellenangaben sowie Rezepte, die im Buch erwähnt sind und zum Nachkochen anregen.

PETRA REATEGUI

Weinbrenners Schatten

HISTORISCHER KRIMINALROMAN

emons:

Bibliografische Information der Deutschen Nationalbibliothek
Die Deutsche Nationalbibliothek verzeichnet diese Publikation in der Deutschen Nationalbibliografie; detaillierte bibliografische Daten sind im Internet über http://dnb.d-nb.de abrufbar.

MIX
Papier aus verantwortungsvollen Quellen
FSC® C083411
FSC www.fsc.org

Umschlagmotiv: Ausschnitt aus einem Stich des Karlsruher Marktplatzes/Stadtarchiv Karlsruhe/Signatur 8/PBS oXIIIb 169
Umschlaggestaltung: Tobias Doetsch
Gestaltung Innenteil: César Satz & Grafik GmbH, Köln
Lektorat: Dr. Marion Heister
Druck und Bindung: CPI – Clausen & Bosse, Leck
Printed in Germany 2014
ISBN 978-3-95451-429-8
Historischer Kriminalroman
Originalausgabe

Für Trudel, Hibi, Karin und Helge

Der rote Ball

Der Tag war eisig. In abgelegenen Winkeln und entlang der Häuser klebten schmutzige Schneehaufen. Über den Dächern des Markgräflich-Hochbergschen Palais am Rondell stand grau die Märzsonne und hüllte die Schloßstraße in fahles Licht. Auf den schwarzen Wassern des Landgrabens am Rande des Markts trieben Zweige und geborstene Latten, Reste eines Sacks, Papierfetzen, der aufgeblähte Körper einer toten Katze. Ein roter Stoffball wogte auf und ab, bevor er kreiselnd unter der steinernen Straßendecke verschwand, die den Kanal über die ganze Breite des Platzes überspannte.

Barbara Hemmerdinger, das dicke Wolltuch schützend um Kopf und Schultern geschlungen, war stehen geblieben. Wem hatte der Ball gehört? Wie lange würde er sich auf dem Wasser halten, bevor er sich vollsaugte und unterging? Sie klemmte die alte lederne Reisetasche mit dem abgerissenen Griff unter den Arm, rieb die steif gefrorenen Finger aneinander und ging dann hinüber zur anderen Seite. Dort, wo der Landgraben wieder zum Vorschein kam, zwischen Domainenkanzley und dem im Bau befindlichen neuen Rathaus, müsste auch der Ball wieder auftauchen.

Wenn er kommt, wird es Frühling. Richtiger Frühling.

Sie drückte fest beide Daumen und zählte.

Äste trudelten hervor. Ein Kantholz, das ein Stuhlbein gewesen sein mochte. Ein dickes Stück Kork, das Barbara an die kunstvoll geschnitzten Architekturmodelle erinnerte, die Oberbaudirektor Weinbrenner sammelte und im Bureau stehen hatte. Jede Menge Dreck und Unrat, nur kein roter Ball. Bei hundert gab sie enttäuscht auf.

Seit Monaten schon war das Wetter eine einzige Katastrophe. Nichts als Regen, Kälte und Gewitterstürme. Dazwischen, zur Abwechslung, Überschwemmungen, Hagelschauer und im letzten August ein Orkan, der in Karlsruhe Dächer abdeckte und Bäume entwurzelte. Viel zu früh hatte im vergangenen

Jahr der Winter eingesetzt, und jetzt schien er nicht enden zu wollen. Niemand von den Alten konnte sich erinnern, jemals einen so verheerenden Temperatureinbruch erlebt zu haben. Kaum, dass Barbara das dünne Leinenkleid anziehen konnte, das ihr Friederike Weinbrenner geschenkt hatte. Nur einmal, im Spätherbst, als drei Tage lang die Sonne schien. Drei volle Tage! Um die Mittagszeit war es sogar heiß gewesen. Und danach alles wieder wie gehabt. Nass, trübe, kalt und überall im Land die Ernte abgesoffen. Die Kartoffeln waren im Boden verfault, Obst und Getreide hinüber, das neue Jahr 1817 begann für viele Menschen trostlos. Tausende von Kleinbauern und Tagearbeitern packten ihre Habseligkeiten und suchten ein Auskommen in der Fremde. Wer wollte schon gern hungers sterben.

Bei denen, die blieben, schlug das Wetter aufs Gemüt. Der Vater hatte aufgehört zu reden. Nicht erst seit Mutters Tod an Weihnachten. Vorher schon. Weil es kaum noch Mehl gab, und wenn er doch einmal welches finden konnte, war es so teuer, dass er nicht wusste, wie er den Händler bezahlen sollte. Es gab Tage, an denen der Vater nicht mal mehr den Ofen in der Backstube anfeuerte.

Der rote Ball blieb verschwunden, er musste in dem dunklen Tunnel hängen geblieben oder untergegangen sein. Ein ungutes Gefühl erfasste Barbara, etwas schnürte ihr die Kehle zu. Sie schüttelte den Kopf. Wie dumm sie war. Hatte sie tatsächlich gedacht, dass das Leben wieder besser würde, wenn nur der Ball ins Freie käme? So abergläubisch waren bloß Kinder und alte Weiber, alte Weiber wie Apolone.

»Du wirst sehen, auf uns kommen schwere Zeiten zu«, hatte Weinbrenners Haushälterin orakelt, als im Herbst 1812 schwarze Rosse die Kutsche mit dem Särglein des kleinen Erbgroßherzogs über die nächtliche Chaussee von Karlsruhe nach Pforzheim zur fürstlichen Familiengruft gezogen hatten. Schaurig, die flackernden Wachtfeuer in den Dörfern am Rande des Zugwegs, und die Menschen hatten geweint.

Es war aber auch eine Tragödie gewesen. Der erste Sohn des jungen Großherzogs Karl und seiner Gemahlin Stéphanie de Beauharnais, der heiß ersehnte Erbprinz, tot, kaum, dass er auf die Welt gekommen war. Keine drei Wochen hatte das Engele leben dürfen. Völlig unerwartet, von einem Tag auf den anderen, erlag es einem Stickfluss. Wochenlang war das traurige Ereignis Stadtgespräch. Kerngesund solle der Bub doch gewesen sein, hatten die einen gesagt, andere behaupteten das genaue Gegenteil. Apolone hingegen glaubte noch etwas ganz anderes und ließ sich davon nicht abbringen. Es gebe da jemanden am Hof, der, oder vielmehr, die nachgeholfen habe. Nie würde Apolone es wagen, so etwas Unerhörtes laut zu sagen.

»Aber ich weiß es genau, das ist eine Hex«, flüsterte sie, »du kennst sie auch, wohnt ganz in unserer Nähe«, und sie deutete vage in Richtung Rondellplatz, wo das Markgräflich-Hochbergsche Palais stand, und senkte ihre Stimme noch mehr. »Und es würde mich nicht überraschen, wenn auch der jetzige Erbprinz, das arme kleine Alexanderle, nicht alt werden wird. Da will jemand partout den Thron an sich reißen. Mehr sag ich nicht, aber du wirst sehen, auf uns kommen schwere Zeiten zu.«

Hatte Apolone recht? Sollte die zweite Frau des verstorbenen Großherzogs, die Hochbergin, beim Tod von Karls erstem Sohn ihre Hände mit im Spiel gehabt haben?

Ach was, beruhigte sich Barbara, wenn die Haushälterin zum zigsten Mal mit ihren Vermutungen anfing. Alles nur Altweibergewäsch. Aber dann war im Dezember 1812 der große Brand in Karlsruhe ausgebrochen. Als Nächstes forderten Napoleons Kriege unsägliche Opfer, und die Männer kamen, wenn überhaupt, verkrüppelt in die Heimat zurück. 1816 fingen die Wetterkapriolen an, und schließlich starb die Mutter. Waren das die schweren Zeiten, von denen Apolone redete?

Die Beklommenheit, die ihr Angst einflößte, ließ nicht nach, aber Barbara hatte keine Zeit, darüber nachzudenken. Sie band ihr Wolltuch fester und hastete mit der kaputten Reisetasche weiter über den Markt zur Langen Straße.

Nur wenige Passanten waren an diesem Mittwochmorgen unterwegs. Eine Gruppe Herren Buben, die Lernbücher an Gurten über dem Rücken, lungerte unter der Kolonnade der evangelischen Stadtkirche herum, sie zeigten sich gegenseitig ihre Hefte, schrieben geschwind noch Aufgaben voneinander ab und flitzten, als die Turmglocken zu schlagen anhoben, aufkreischend ins Lyceum nebenan. Barbara schaute ihnen belustigt nach, dann schweifte ihr Blick die mächtigen Säulen empor bis zum Fries, den Rosetten und Blumengirlanden schmückten. Für sie war dieses von Weinbrenner geschaffene Gotteshaus ein Wunder, ein Meisterwerk. Und für diesen Baumeister durfte sie arbeiten.

Sie hätte die sechs Säulen am Eingangsportal mit geschlossenen Augen beschreiben können. Helle, fast weiß getünchte, glattwandige Rundpfeiler auf breiten Sockeln. Darüber, als Abschluss, auf jedem ein fein gehauener steinerner Blätterbusch, etwas Schöneres, Erhabeneres gab es nicht. Sie sah die Risse vor sich, die überall in Direktor Weinbrenners Bauschule auf Tischen und Schemeln herumlagen und an den Wänden hingen. Immer wieder staunte sie, wie aus hingehuschten Skizzen und den mit dem Lineal akkurat gezeichneten Plänen Kirchen und Paläste, Theater und Wohngebäude entstanden. Wie Maurer und Zimmerleute daraus schlau wurden, sodass am Ende die bleifederschwarzen Rechtecke auf den Papieren zu veritablen Zimmern und Hallen emporwuchsen und Punkte oder Kreise zu Säulen. Ionische Säulen zum Beispiel oder korinthische, hörte sie manchmal die Schüler sagen, wenn sie abends ins Bureau zum Saubermachen kam. Sie hatte keine Ahnung, was korinthisch bedeutete, aber das Wort gefiel ihr.

Es erinnerte sie an Weihnachten, wenn in den Tagen vor dem Fest ihr Vater die Dambedeimännle und -fräuleins formte, die dann mit Rosinen, Korinthen und Mandeln bestückt wurden. Jeder in der Familie musste mithelfen. Zwei Korinthen als kohlschwarze Knopfaugen und eine halbe Mandel für den Mund. Selbst zum letzten Fest hatten die Leute, trotz des knappen und teuren Mehls, darum gebittelt und gebettelt, und der Vater hatte getan, was er konnte. »Aber dieses Jahr gibt's nur Kinder«, hatte er entschieden, »ich kann die Dambedeis nur halb so groß machen wie sonst.«

Vaters Dambedeis waren berühmt. Im Dezember kamen die Leute aus ganz Karlsruhe, um bei ihnen in der Waldhorngasse die süßen Hefemänner zu kaufen. Das war schon früher so gewesen, zu der Zeit, als das schäbige Dörfle noch gar nicht zur neuen, aufstrebenden Residenzstadt gehörte, als in dem wild zusammengewürfelten Haufen von Hütten und Baracken nur die Handwerker hausten, die der Markgraf notgedrungen zum Bau seines Schlosses und der feinen Bürgerhäuser brauchte. Vom Hof vornehm Klein-Karlsruhe genannt, durfte und sollte dieser dreckige Wurmfortsatz jedoch nie Teil der neuen Stadtanlage sein. »Aber Frondienste verrichten!«, hatte der Vater einmal zur Mutter gesagt, »jahrelang Frondienste verrichten und Hintersassengeld blechen!« Da war Barbara noch klein gewesen und hatte nicht gewusst, was Frondienste und Hintersassen waren.

Das Leben in Klein-Karlsruhe war billig, billiger als in der Residenz, und weil die Ansiedlung nur einen Katzensprung vom Groß-Karlsruher Marktplatz entfernt lag, zog bald schon einfaches Volk aus dem ganzen Umland in das Geviert, auch niedrige Hofbedienstete und Soldaten der unteren Ränge. Die vornehmen Bürger hingegen, die Großkopferten, verirrten sich eher selten ins Dörfle. Die windschiefen Häuschen und staubigen Gassen beleidigten das Auge, und der stinkende Landgraben sei eine Zumutung, hatte einmal ein Gast im mit Kronleuchter bestückten und zolldicken Teppichen ausgelegten Weinbrenner'schen Salon abfällig erklärt und die Nase gerümpft. Und dieses Pack, das dort wohne! Steinbrecher, Tagelöhner, Wäscherinnen. Und jede Menge lediger Mütter. Eine Blamage für die schöne neue Stadt mit ihren schnurgeraden hellen Straßen und den artigen großherzoglichen Modellhäusern. Ob denn der Herr Oberbaudirektor als Leiter des staatlichen Bauamts da nicht endlich einmal durchgreifen könne?

Barbara störte sich nicht an so einem blasierten Geschwätz. Anders ihr älterer Bruder. Hätte Christian das gehört, es wäre mit Sicherheit zum Eklat gekommen. Viele im Dörfle hatten es satt, die Dünkelhaftigkeit Groß-Karlsruher Herrschaften als gottgegebene Ordnung hinzunehmen. Nur dass diese Leute nun mal mehr Geld besaßen, und wer das Geld hatte, hatte das Sagen. So war es doch. Aber zwischen Holzmarkt und Landgraben rumorte es.

Ungern trennte sie sich vom Bild der Stadtkirche und stieß fast mit der Magd von Weinbrenners Bruder zusammen, Zimmermeister Ludwig Weinbrenner, der ein paar Häuser weiter wohnte. Zu jeder anderen Zeit hätte sie sich über einen kleinen Schwatz mit Ida gefreut. Jetzt aber wechselten sie nur ein paar Worte, dann entschuldigte sich Barbara. Sie hatte viel zu erledigen.

Bei Dürr in der Kreuzgasse die Reiseuhr des Oberbaudirektors aus der Reparatur abholen. Apotheker Sommerschu bitten, bis Ende der Woche Medizin für Weinbrenners Fahrt nach Leipzig zusammenzustellen. Die Liste mit dem, was benötigt wurde, hatte sie bei sich. Dann zum Schuster und schließlich zum Gürtler am Durlacher Thor, ganz am Ende der Stadt. Bis übermorgen sollte er den neuen Tragegriff an die Tasche nähen. Dabei gab es bei Gott andere Lederwarenmacher, deren Werkstätten näher am Haus des Architekten in der Schloßstraße lagen, aber Götzle war der preiswerteste.

»Und zufrieden bin ich überdies mit ihm, warum soll ich also mein Geld zum Fenster rausschmeißen«, hatte Weinbrenner geknurrt, als sie ihm den Sattler in der sehr viel näheren Erbprinzenstraße vorgeschlagen hatte.

Manchmal kann er ganz schön knausrig sein, der Herr Oberbaudirektor. Eine halbe Stunde hin, eine halbe Stunde zurück, macht nach Adam Riese sechzig Minuten. Nur wegen ein paar Kreuzern! Als ob das bei seinem Verdienst einen Unterschied machte. Was hätte sie dagegen in dieser Zeit alles schaffen können!

Als Barbara später aus Götzles Werkstatt hinaus auf die Straße trat, fielen ihr die Leute auf, die sich jenseits des Durlacher Thors etliche Mètres entfernt an der Uferböschung des aus den Feldern kommenden Schaafgrabens drängelten, und von überall her kamen noch mehr Neugierige angerannt. Die Wachtmänner riefen sich knappe Befehle zu, ein Soldat löste sich aus der Truppe, sprang auf ein Pferd und sprengte in waghalsigem Galopp in die Lange Straße hinein, an Barbara vorbei, Richtung Markt.

Es war untersagt, innerhalb der Stadt zu galoppieren. Etwas Schlimmes musste passiert sein.

Der Ball, den der Landgraben geschluckt hatte!

Abermals schnürte es Barbara die Kehle zu. Das Kind, dem das Spielzeug gehört hatte, war beim Versuch, es herauszufischen, in den Graben gefallen.

Es widerstrebte ihr, doch irgendetwas zog sie zum Ort des Unfalls. Sie passierte die schmiedeeisernen Gitter und näherte sich der Menge. Vielleicht war aber auch nur ein Hund oder ein Pferd in den Kanal gestürzt. Aber wegen eines Hundes oder eines Pferds jagt keiner im wilden Ritt durch die Lange Straße, wegen eines Hundes oder eines Pferds kommt niemand, um zu gaffen.

Langsam drängte sie sich durch die dicht stehenden Schaulustigen. Warum klopfte ihr das Herz bis zum Hals? Vielleicht war das Kind ein kleines Mädchen.

Jetzt sah sie die Füße, dann die Beine, die reglos in einer Wasserlache lagen. Es waren nicht die Füße, nicht die Beine eines kleinen Mädchens. Auch nicht die eines kleinen Jungen, dem ein roter Ball gehört haben könnte. Es waren Männerbeine, bekleidet mit einer grauen Hose, die Füße steckten in klobigen schwarzen Schuhen. Hatte der Mann für das Kind den Ball aus dem Wasser angeln wollen?

Vergiss den Ball, Barbara! Um den geht es nicht.

Sie stand nun ganz vorn, in der ersten Reihe. Ein Mann kniete neben dem Verunglückten.

»Der Polizeyarzt«, wisperte die Frau neben ihr.

Barbara beobachtete schweigend die Bewegungen des Mediziners, der mit seinem Körper Kopf und Leib des Unbekannten verdeckte. Nur dessen linke Hand ragte seitwärts heraus, eine große, kräftige Hand, die einer älteren Person.

Hinter Barbara kam Bewegung in die Menge.

»Platz da«, rief jemand, »macht Platz für den Rettungskasten.«

Ein Wachtsoldat trieb die Menschen auseinander, ihm auf den Fersen folgte Oberhofrat Dr. Schweikhard und ein zweiter Mann, der das städtische Beatmungsgerät schleppte.

Auch Schweikhard bückte sich zu dem am Boden Liegenden hinunter, gleich darauf wies er seinen Assistenten an, den Blasebalgapparat vorzubereiten. Als der Doktor sich erhob, um seinem Mitarbeiter Platz zu machen, konnte Barbara das Gesicht des Ertrunkenen sehen. Ihr wurde schwarz vor Augen. Sie wollte schreien, aber kein Laut kam ihr über die Lippen, die Beine knickten ihr weg.

Im Dunkel der Nacht

»Ich fühl mein Herz sich regen, so leise sanft bewegen, o welche süßen Triebe, das macht der Gott der Liebe.«

Weinbrenner ertappte sich dabei, dass er mitsang. Zwar nur leise, aber er hatte gesungen. Peinlich berührt schielte er hinüber zu Heger, der mit ihm in der Loge saß, aber sein Schüler schien es nicht bemerkt zu haben oder tat zumindest so. Der junge Mann blickte gebannt auf die Bühne, wo Sänger und Sängerinnen sich zum Schlusskanon sammelten, der reiche Gutsbesitzer und seine Gemahlin, das entzückende Bauernweibchen und ihr junger Mann. Die letzten Worte von Franz Stanislaus Spindlers Singspiel »Die Reue vor der That« jauchzten durch den Zuschauerraum, das Orchester frohlockte ein letztes Mal, um danach in anmutigster Weise zu enden. Weinbrenner lehnte sich selbstvergessen auf seinem Platz zurück. Was für ein heiterer Abend! Die Musik hatte ihn erfrischt und der Gesang etwas in ihm wachgerufen, das er schon lange nicht mehr gespürt hatte.

»Ich fühl mein Herz sich regen …«

Mit dem letzten Ton brach der Applaus los. Weinbrenner erhob sich und suchte durch seinen Operngucker die erhitzten, aber strahlenden Mienen der Darsteller. Sie hatten ihm alle ohne Ausnahme gefallen.

»… das macht der Gott der Liebe«, summte er mit geschlossenen Lippen, damit es niemand sähe. Beschwingt fühlte er sich und leicht wie eine Feder. Ganz nebenbei lag es vielleicht auch daran, dass er mit seinem Theaterbau zufrieden war.

Während das Licht der Bühnenlampen ausgeputzt und der goldgesäumte Vorhang zugezogen wurden, folgte der Architekt mit den Augen dem mitten im Raum hängenden Kronleuchter, der jetzt nach der Vorstellung lautlos und behäbig von der bunt gestrichenen Decke herabzuschweben begann. Schon warteten Saaldiener, um die neuen aufgesteckten Argand'schen Öllampen zu löschen.

Das Auditorium, ein großer, zu Vorbühne und Bühne

geöffneter Kreis mit drei ringförmig angeordneten Rängen, war ihm vorbildhaft geraten. »Sie nennen dich den ersten Theaterbaumeister unserer Zeit«, hatte Gretl ihm bei der feierlichen Einweihung 1808 ins Ohr geflüstert, und er war tatsächlich rot geworden. Am liebsten hätte er sie in den Arm genommen und ihre leuchtenden Augen geküsst, aber in der Öffentlichkeit beließ er es dabei, ihr lediglich die Hand zu drücken. »Warte nur, bis wir wieder zu Hause sind«, hatte er gerade noch sagen können und ihre Finger gekitzelt, bevor der Großherzog zu seiner Laudatio anhob.

Wieder einmal hat sich das Studium antiker Gesetze und Konstruktionen als richtig erwiesen, dachte er jetzt bei sich. Nach diesen Regeln hatte er die Tiefe der Bühne, der Logen und der darunterliegenden Lauben vor den Ausgängen berechnet, hatte überflüssige Vorsprünge und Verzierungen vermieden, diese vielmehr, wo gewünscht, nur aufmalen lassen, damit die Tonstrahlen nirgendwo auf Widerstand stießen, sondern sich ungehindert im Raum verteilen könnten. Er hatte es ausprobiert, war während vorangegangener Proben überall herumgeklettert. Der Klang im Parterre und in den Rängen, ja, selbst noch in der obersten Galerie begeisterte ihn. Mit dem Hoftheater hatte der Architekt seine Vaterstadt Karlsruhe mit einem Schmuckstück beehrt.

»Nun ja«, krittelte Weinbrenner leise vor sich hin, irgendwo hakte es halt immer. »Die Säulenhalle am Eingang fehlt noch, und das Rot der Wand hätte eine Spur heller sein können.« Oder war der Stuckmarmor mit den Jahren nachgedunkelt? Wenn er jetzt demnächst in Leipzig sein würde, wollte er dort besser auf die Farbqualität achten. Und auf das Können der Handwerker, auch darauf kam es an.

»Gucken Sie, Heger! Diese vielen Menschen! Was heißt das für uns?«

Weinbrenner hielt seinen Begleiter am Ärmel fest. Beide beugten sich über die Logenbrüstung, plaudernd und scherzend bewegten sich drunten im Parkett die Zuschauer auf die Saaltüren zu.

»Das heißt, dass wir an alles denken müssen. Gänge, Treppen

und Türen habe ich so angelegt, dass zweitausendfünfhundert Menschen innerhalb von sechs Minuten den Zuschauerraum verlassen können«, erklärte Weinbrenner seinem Schüler nicht ohne Stolz. »Aber beten wir, dass ein solcher Notfall nie eintreten wird«, fügte er hinzu.

»Ich würde mir gern die Dachkonstruktion über dem Kulissenraum anschauen, bevor wir abreisen. Und auch die Ankleide- und Kostümzimmer«, bat Heger.

»Das sollten Sie in der Tat, das kann nicht schaden. Die Risse, die Sie in der Schule kopieren, ist eine Sache, einen Theaterbau in natura zu studieren, etwas ganz anderes. Aber Sie haben Zeit, morgen ist erst Donnerstag, und wir fahren nicht vor Sonntag.«

Sie verließen ihre Loge und wurden sofort von anderen Theaterbesuchern in Beschlag genommen. Weinbrenner musste nach allen Seiten hin grüßen. Er blieb bei Juwelier Bartoli stehen, wechselte ein paar Worte mit Archivrat Brodhag und sagte nicht Nein, als Kupferstecher Haldenwang ihn zu einem Gläschen Wein im Kaffeehaus im Erdgeschoss überredete. Als er und Heger sich eine Stunde später auf den Nachhauseweg machen wollten, kam ihnen Witwe Lux mit ausgestreckten Armen entgegen.

»Friedrich! Ich habe Sie eine Ewigkeit nicht mehr gesehen. Wie geht es Ihnen?«

Zerknirscht ergriff Weinbrenner die Hände der alten Dame und küsste sie. Ja, er hatte sich rargemacht. Aber sie schien darüber nicht ungehalten zu sein.

So fürsorglich, wie ihr verstorbener Mann, Artilleriemajor und Pagenmeister Johann Jakob Lux, sich um ihn, den kleinen Zimmermannssohn, nach dem viel zu frühen Tod seiner Eltern gekümmert hatte, so herzlich hatte auch sie sich seiner angenommen. Oft war er in ihrem Haus zum Essen eingeladen gewesen, weil sie wusste, dass ein sechzehnjähriger Lyceumsschüler, der sich mit Mathematik und Geometrie herumschlagen musste, immer hungrig war. Zum Abschied hatte sie ihm jedes Mal ein paar Kreuzer in die Tasche gesteckt, und er hatte sich verlegen bedankt. Vielleicht hätte er ohne die väterlichen Ermutigungen ihres Mannes nicht die Courage gehabt, Architekt zu werden. Vielleicht wäre er ohne dessen Empfehlungen nicht da, wo er heute war, in der Position des Oberbaudirektors des Großherzogs von Baden, zuständig für die Residenzstadt und das ganze übrige Land vom Bodensee bis weit über Mannheim hinaus. Wobei Recommendationen auf Dauer schwerlich genützt hätten, wenn er nicht bewiesen hätte, dass er sich auf seine Kunst verstand.

Er freute sich aufrichtig, die Luxin wiederzusehen. Alt war sie geworden, ihr Kopf zitterte und jeder kleine Haarkringel mit. Doch sie hielt sich kerzengerade, und ihre Augen blickten noch immer so lebendig und lustig wie ehedem. Er hätte sie schon längstens besuchen müssen. Aber die Arbeit!

»Die Arbeit«, murmelte er, »die Arbeit lässt mir so wenig Zeit. Und dann Julie und Friederike.«

»Ich bitte Sie, Friedrich, Sie müssen sich nicht entschuldigen. Die Mädchen brauchen Sie nach dem Tod Ihrer Frau. Es ist schlimm, die Mutter so früh zu verlieren.«

Seine offene Wunde. Sie hatte den Finger mitten hineingelegt. Es schmerzte noch immer.

Vor knapp zwei Jahren war Gretl von ihm gegangen, am vierten Juli 1815. Ein Schlaganfall. Der Tod war Gnade gewesen. Aber sie fehlte ihm, immer und überall. Es war ihm, als hätten sie gestern noch zusammengesessen. Du bist empfindlich geworden, sagten die Freunde, und das war er. Der Verlust war noch genauso schlimm wie am ersten Tag.

Das Gesicht Sophie Reinhards schob sich vor das Antlitz seiner verstorbenen Frau.

Ich fühl mein Herz sich regen …

Könnte er wieder lachen lernen?

Das macht der Gott der Liebe …

Wie hatten die Stimmen auf der Bühne gejubelt!

»Frau Lux, ich komm Sie besuchen, ganz bestimmt, versprochen. Sobald ich von Leipzig zurück bin. Ich habe den Auftrag, dort das Theater umzubauen. Franz Heger …«, er stellte ihr seinen Schüler vor, »… wird mich begleiten, und meine Töchter ebenfalls.«

»Kommen Sie, wenn Sie Zeit haben. Und dann …«, die alte

Dame gluckste wie ein junges Mädchen, »… und dann mach ich uns Apfelpfanneküchle mit Zimt, wie früher, als Sie noch der Herr Bub waren. Und dazu Wein vom Kaiserstuhl, den beschte, den ich finden kann.«

»Dann will ich bei unserm Herrgott drum bitten, dass die Apfelernte net widder ins Wasser fällt wie im letzten Jahr.«

Durch die weit geöffneten Eingangsportale strömte die frostige Nachtluft in die Vorhalle. Weinbrenner und Heger setzten ihre Hüte auf und schlugen die Mantelkrägen hoch, bevor sie hinaus in die baumbestandene Allee traten. Die nackten Kastanienreihen lagen in tiefster Finsternis, kein Stern stand am Himmel, nur vom Vorderen Cirkel blinkte das flackernde Licht einer einsamen Straßenlaterne herüber. Der Platz, auf dem die Mietchaisen nach den Theatervorstellungen auf Kundschaft warteten, war ausgestorben.

»Also werden wir wohl oder übel zu Fuß gehen müssen«, seufzte der Architekt und bedauerte, dass er am Morgen seinen Kutscher mit dem Wagen zur Wartung geschickt hatte. Fröstelnd zog er den Kopf zwischen die Schultern, der Wind pfiff scharf aus Osten.

Schweigend liefen sie nebeneinanderher, aber sie waren noch nicht weit gekommen, als sie ein Keuchen hinter sich hörten.

»Herr Oberbaudirektor, einen Augenblick, bitte.«

Weinbrenner drehte sich um, auch Heger blieb stehen.

»Verzeihen Sie, dass ich Sie behellige.«

Der Mann atmete heftig, beim Sprechen quollen weiße Dampfwölkchen aus seinem Mund. Weinbrenner kannte ihn flüchtig. Steiger. Steiger lebte seit einiger Zeit in der Residenz und bezeichnete sich als Architekten wie er, aber die staatliche Verwaltung hatte es bisher abgelehnt, ihn mit einem Projekt zu betrauen. In Karlsruhe stammte kein einziges Gebäude von ihm. Wobei der Oberbaudirektor nicht ausschließen wollte, dass der Mann andernorts vielleicht als Werkmeister oder Steinmetz tätig war und in diesem Zusammenhang möglicherweise einfache Wohnräume, vielleicht auch einen Weinbergpavillon oder Backhäuschen gebaut hatte. Zu den Großen seiner Zunft gehörte der Mann bestimmt nicht, aber für Bauvorhaben in den Dörfern der Umgebung mochten seine Kenntnisse genügen.

Abermals entschuldigte sich Steiger, dass er ihn störe, verneigte sich servil. Schleimer, dachte Weinbrenner und trat von einem Fuß auf den anderen. Ihm war kalt, er wollte nach Hause.

»Ich habe Sie eben im Theater gesehen, Herr Oberbaudirektor. Ein stimmungsvolles Gebäude, eine Preziose. Welch ein Genuss, dort drinnen sitzen zu dürfen.«

»Was wollen Sie, Herr Steiger? Elogen halten? Mir Honig um den Mund schmieren?« Es war zu dunkel, als dass Weinbrenner Steigers Mimik hätte sehen können, aber irgendetwas störte ihn an seinem Gegenüber, er vermochte nicht zu sagen, was es war. Die Stimme? Die Körperhaltung? Die Lobreden zu unpassender Stunde, die dem anderen nur als Vorwand zu dienen schienen, ihn ansprechen zu können?

»Bitte, Herr Oberbaudirektor, hören Sie mich an. Es geht nicht um mich. Es geht um einen Kollegen, einen hoffnungsvollen Architekten. Signor Leonelli. Sie haben sicher schon von ihm gehört. Er hatte verschiedentlich versucht, bei Ihnen vorzusprechen, Sie aber bedauerlicherweise nie angetroffen.«

Leonelli?

Weinbrenner erinnerte sich an den Namen. Mehrere Male habe der Fremde in den letzten Tagen in der Schloßstraße vorbeigeschaut, hatte Apolone ihm ausgerichtet. Aber entweder sei er gerade nicht zu Hause gewesen oder so sehr beschäftigt, dass die Haushälterin den Mann gar nicht erst eingelassen hatte. Sie wusste, wenn der Hausherr arbeitete, wollte er niemanden empfangen. »Es sei denn, die Welt geht unter.«

»Das letzte Mal hatte er Ihnen Entwürfe hinterlassen. Er würde gern wissen, ob Sie sich die Risse angeschaut haben, und bittet untertänigst um Ihre gütige Beurteilung. Außerdem ersucht er Sie um eine Anstellung beim Bauamt.«

»Und warum hinterlässt er mir keine Nachricht und wartet, wie es Usus ist, dass ich ihm einen Tag nenne, an dem ich ihn empfangen kann? Hat er Sie geschickt?«

»Nein, nein, gewiss nicht, ich hatte Sie gesehen, und da dachte ich …«

»… dass man mich zu jeder Uhrzeit stören kann.«

»Bitte, Herr Oberbaudirektor, so habe ich es doch gar nicht gemeint.«

»Passen Sie auf, Herr Steiger! Sagen Sie Ihrem Freund, dass ich keine Zeit habe. Ich bin eigentlich bereits unterwegs nach Leipzig, und eine Anstellung, aber das wissen Sie so gut wie ich, kann ich ihm eh nicht vermitteln, die vergibt allein Seine Königliche Hoheit, der Großherzog. Gute Nacht.«

Weinbrenner ließ Steiger stehen. Seine Worte hatten harsch geklungen, vielleicht tat er dem Mann unrecht.

»Kennen Sie diesen Leonelli?«, fragte er Heger nach ein paar Schritten.

»Ich habe von ihm gehört. Miniaturenmaler, seit drei oder vier Wochen hier in Karlsruhe. Soll vorher in Straßburg gewesen sein. Was sind das für Pläne, von denen Steiger gesprochen hat? Haben Sie sie angeschaut?«

»Es ist nichts darunter, was der Rede wert wäre. Der schlechteste meiner Schüler, Sie wollen jetzt hoffentlich keinen Namen wissen, zeichnet besser. Wenn der Mann Vedutenmaler ist, wie Sie sagen, erklärt das allerdings manchen Fehler, den er gemacht hat. Die Risse signiert er freilich als Architekt.«

»Klingt ein wenig nach Hochstapelei«, ließ sich Heger vernehmen.

»Mag sein.«

An der Ecke Waldgasse, Vorderer Cirkel trennten sie sich. Heger wohnte in Richtung Mühlburger Thor. Weinbrenner setzte seinen Weg allein fort, Steiger hatte ihm den Abend verdorben, vielleicht war es auch dieser Leonelli.

Natürlich hatte er sich die Risse angeschaut.

Ein Bebauungsplan für die Brache zwischen Neuer Herren- und Rittergasse. In- und auswendig kannte er das Areal. Nächtelang hatte er selbst an Skizzen und Entwürfen für den neuen Palast gearbeitet, den Markgraf Friedrich, ein Onkel des regierenden Großherzogs, dort für sich und seine Frau inmitten einer weitläufigen Gartenanlage errichten wollte. Selbstverständlich hatte Weinbrenner als Oberbaudirektor seine Ideen eingereicht, und ebenso selbstverständlich ging er davon aus, dass

Großherzog und Markgraf sie billigten. Auf die Entscheidung wartete er indes jetzt schon lang, überraschend lang.

War der Grund dafür dieser Fremde mit seinen Plänen für genau dieses Grundstück? Aber wie kommt ein völlig wildfremder Miniaturenmaler auf eine solch abwegige Idee, wer hatte ihn dazu ermuntert?

Leonelli?

Etwas in ihm klingelte.

Es soll in Karlsruhe einen Italiener gleichen Namens gegeben haben, vielleicht gab es ihn auch noch, einen Mathematiker oder mathematischen Astronom. Der Mann habe so etwas wie eine Logarithmentabelle veröffentlicht. War es Johann Peter Hebel, der Lyceumsdirektor, der ihm von dem Mann erzählt hatte? Wahrscheinlich war er abgelenkt gewesen, hatte nur mit einem Ohr zugehört, Mathematik jenseits von Baukunst und Architektur war ohnehin nicht seine Stärke.

Ob es sich um ein und dieselbe Person handelte oder um einen Verwandten? Oder war Leonelli in Italien ein so gebräuchlicher Name wie Müller und Meier hierzulande?

Weinbrenner grübelte, während er den Marktplatz überquerte.

Die Baupläne dieses unbekannten Was-auch-immer waren ungenügend. Was also wollte der Mann? Und dann diese Bitte um eine Anstellung beim Bauamt!

»Wer hat ihm nur diesen Floh ins Ohr gesetzt?«

In der menschenleeren Schloßstraße klang seine Stimme merkwürdig dünn.

Backwerk

Es war schummrig im Raum. Durch die Fenster zum Hof drang kaum noch Tageslicht, aber niemand stand vom Küchentisch auf, um eine Kerze anzuzünden. Allmählich gewöhnten sich Christian Hemmerdingers Augen an die Dunkelheit. Barbara nestelte am Kragen ihres Kleides, die Augen im Nirgendwo. Als Christina ihr beschwichtigend die Hand auf den Unterarm legte, ließ sie los und begann stattdessen das Sacktuch, das sie schon die ganze Zeit über in den Händen hielt, um ihre Finger zu wickeln. Bernhard am anderen Ende des Tisches schluchzte hemmungslos.

»Ich hab Hunger.« Der kleine Lorenz rutschte von Elisabeth Mauckles Schoß herunter, trippelte um den Tisch herum und rüttelte an Christians Hosenbein. »Ich hab Hunger.« Aber sein Vater reagierte nicht.

»Pst«, machte Stephanie und fasste den Dreijährigen am Schürzenbändel. »Net jetzt. Guck, alle sind traurig.«

»Traurig?«

»Ja, traurig.«

»Warum?«

»Der Opa ist tot«, erklärte Stephie im Tonfall einer Erwachsenen.

»Warum?«

Elisabeth Mauckle, die Nachbarin aus dem Mansardgeschoss, erhob sich.

»Ich mach euch Kindern was zu essen.«

Sie nahm Lorenz auf den Arm. Dann schob sie Stephie durch die Tür nach draußen und winkte auch Anton mitzukommen. Der wollte nicht, stampfte mit dem Fuß auf, aber als Christian ihm einen Klaps gab, gehorchte er.

Christian hörte die drei Kleinen die Treppe nach oben trampeln, seine beiden Buben Anton und Lorenz und die Tochter seiner Schwester Christina. Stephanie war eine Woche vor Anton zur Welt gekommen, und das Mädchen tat gern groß damit. »Ich bin älter als du, du musst mir gehorchen, dädededeдäädе«, kommandierte sie den Vetter ständig. Wenn es aber darum ging, dass der Hemmerdingernachwuchs sein Revier gegen die Maucklekinder aus dem Dachgeschoss verteidigen musste oder alle Waldhorngassenkinder zusammen Krieg gegen die Kinder aus den benachbarten Straßen führten, hielten Stephanie und Anton fest zusammen, und sie fügte sich der größeren militärtaktischen Begabung ihres Cousins.

Eine Zeit lang war oben in der Mansardwohnung noch Lorenz' Getrappel zu vernehmen, dann wurden Stühle gerückt, und gleich darauf herrschte Stille.

Bernhard hatte zu heulen aufgehört, nur ab und zu schnupfte er noch vor sich hin, jedes Mal zuckte Christian zusammen. Der jüngere Bruder war dem Vater nahe gewesen, sah ihm auch verblüffend ähnlich. Gemeinsam war ihnen allen die Liebe zum Backen gewesen, der Wunsch nach einer Conditorei. Eines Tages, hatte Christian dem Vierzehnjährigen versprochen, eines Tages gehen wir weg von hier, dann kaufe ich uns das Karlsruher Bürgerrecht, und wir machen eine Conditorei auf, du und ich, in bester Gegend, am Markt, in der Bärengasse, am Vorderen Cirkel, wo auch immer. Bernhards Augen hatten geleuchtet, und auch ihn berauschte die Idee. Bis letztes Jahr, bis zu diesem vermaledeiten Sommer, der kein Sommer war, hatte er für seinen Traum sparen können, und der Vater bestärkte ihn.

Hatte ihn bestärkt. Christian biss die Zähne zusammen. Nur nicht heulen. Nicht vor den Geschwistern. Er war der Älteste, er musste stark sein.

Schon ihr Großvater, Hintersasse in Klein-Karlsruhe, war Bäcker gewesen, er hatte in der Conditorei des Schlosses gearbeitet. Jeden Tag hatte er weißes Brot gebacken und Weckle, Pistazienplätzchen, Zwetschge im Teig, Basler Leckerle. Als sein Sohn Georg, ihr Vater, zwölf war, hatte der Alte ihn zu sich in die Lehre genommen, und bei jeder Gelegenheit hatte Georg Hemmerdinger später seinen vier Kindern mit hocherhobenem Haupt erzählt, dass die damalige Markgräfin, die gute Karoline Luise, seine Brioches allem anderen Backwerk vorgezogen habe.

Vielleicht hätte Georg Hemmerdinger am Hof ein bequemeres Leben gehabt, aber schon er hatte seine Träume, er wollte sich selbstständig machen. Und als er die Mutter kennenlernte und vom Markgrafen die Heiratserlaubnis erhielt, richtete er im Hof des kleinen elterlichen Häuschens in der Waldhorngasse seine Backstube ein. Aus dem Zimmer zur Straße hin machte er einen Verkaufsraum. »Die Mensche in Klein-Karlsruh wolle auch gutes Brot«, pflegte er zu sagen. Das war 1789 gewesen. Später, weil zwei Ecken weiter noch eine Bäckerei aufmachte und dann eine dritte, bot Georg Hemmerdinger beim Kauf von einem Laib Roggenbrot oder einem meliert-ökonomischen seinen Kunden Durlacher Wein zu einem besonders günstigen Preis an. Beim Kauf von drei Broten gab's ein Gläschen kostenlos, direkt im Laden, und den Kindern der Umgebung schenkte er Zuckerplätzle. Dann erhielt er die Konzession für eine kleine Wirtschaft, und Mutter stellte zwei Tische und Bänke auf.

Doch so viel die Eltern auch schufteten, für die Erlangung des Karlsruher Bürgerrechts, das die Bewohner des Dörfle endlich nach langem Hin und Her erwerben konnten, reichte das Geld hinten und vorn nicht.

Das neue Edikt war ein Hohn, war das Papier nicht wert, auf dem es geschrieben stand. Kaum eine Handvoll Klein-Karlsruher konnte die hohen Gebühren bezahlen. Umgekehrt ja, umgekehrt kamen seitdem jede Menge Groß-Karlsruher ins Dörfle, denen das Leben in der Residenz inzwischen zu teuer geworden war. Ihr städtisches Bürgerrecht verloren sie dabei nicht, und so hofften sie auf den großen Reibach in der kleinen Gemeinde, die doch so gar nichts darstellte, weder Dorf noch Stadt, aber in der sie, die Zugezogenen, steuerfrei leben konnten, hurra! Denn da Klein-Karlsruhe nach wie vor kein Teil der Residenzstadt war, konnte es von Karlsruher Bürgern keine Akzise nehmen. Das kam erst ein paar Jahre später, als das Dörfle endlich eingemeindet wurde. Am Alltag der meisten Menschen änderte sich damit dennoch nicht viel, denn mehr Geld als die früheren Hintersassen des Dörfle hatten die Groß-Karlsruher allemal, und sie kauften die heruntergekommenen Hütten und Häuschen der Einheimischen auf, gründeten eigene Geschäfte und trieben die alteingesessenen Handwerker in den Ruin.

Es war ein schleichender Prozess gewesen. Am Anfang hatte es niemand gemerkt. Aber dann hatten die drei Kübler des Dörfle aufgeben müssen, einer nach dem anderen. Die zwei, die inzwischen hier arbeiteten, stammten aus der Residenz. Genauso der Schlosser, die Metzger, die Schreiner und die Gastwirte. Nur an der Vertreibung der Maurer und Tagelöhner war den großmäuligen Karlsruhern nicht gelegen, irgendjemand musste ja ihre noblen Häuser bauen, selbst mitten im Dörfle gab es nun schon solche neureichen Bauten.

In Christian kochte die Wut hoch, wenn er daran dachte. Aber da biss die Maus keinen Faden ab: Kein Karlsruher Bürgerrecht bedeutete, keinen Meistertitel. Bedeutete, keine Aussicht auf ein besseres Leben.

Dass sein Vater die Bäckerei trotz zunehmender Konkurrenz hatte halten können, verdankten sie seinem Ruf, der beste Bäcker im ganzen Umkreis zu sein. Und weil Georg Hemmerdinger immer ehrlich gewesen war, nie schlechtes Mehl verwendet und den Teig immer nach Vorschrift abgewogen hatte, auch in diesen Zeiten der Not, wo doch jeder sich selbst der Nächste war.

Aber Christian wollte weg von hier, raus aus dem Viertel. Eintausendzweihundert Gulden bräuchte er allein für sich, um das Bürgerrecht zu bekommen. Das konnte er jetzt vergessen. Jetzt hatte er die Familie zu ernähren, die Geschwister, die Kinder. Zugegeben, Barbaras Lohn war nicht zu verachten. Und sogar die lahmfüßige Christina, der der Herrgott im frühen Kindesalter unseligerweise die Gicht oder eine Nervenkrankheit beschert hatte, verdiente mit Waschen, Bügeln und Nähen noch ein paar Kreuzer hinzu.

Wenn die wenigstens einen Mann hätte, dann wären zwei Mäuler weniger zu stopfen. Aber der Kerl, der Christina die kleine Stephanie gemacht hatte, irgendein lumpiger Soldat des großherzoglichen Heers, war längst über alle Berge. Wer will auch schon eine Frau, die sich bewegt wie ein Storch im Salat. Die verdammten Militärs, die hier im Hinterhof der Residenz zu Hunderten hausten, unterm Dach, in Anbauten, im letzten freien Bett einer armen Familie, versprachen den Mädchen das

Blaue vom Himmel herunter und machten sich dann aus dem Staub. Und nicht nur den jungen Mädchen. Auch seine Susanna war so einem verlogenen Lump aufgesessen und hatte ihn mit Anton und Lorenz sitzen lassen. Rabenmutter.

Nach außen tat er, als mache es ihm nichts aus. Aber tief in seinem Innern wurmte es ihn, dass das Weib davongelaufen war. Was hatte der andere, was er nicht hatte? Mehr Geld? Kaum vorstellbar. Diese elenden Kerle besaßen doch nichts als ihre Uniformen am Leib. Die zweifellos stattlich aussahen, stattlicher als sein mehlbestäubter Kittel. Wenigstens hatte sie ihm die Kinder gelassen. Um derentwillen wollte er sich zusammenreißen, für sie musste er die Bäckerei weiterführen, genauso gut wie der Vater. Besser.

Es war jetzt stockfinster geworden in der Küche.

»Was für ein Segen, dass die Mutter das nicht mehr erlebt hat.«

Barbaras Stimme kam dumpf und gebrochen aus der Ecke, aber wenigstens redete sie wieder. Seit der Stadtphysikus sie nach Hause gebracht hatte, war bis zu dieser Stunde noch kein einziges Wort über ihre Lippen gekommen. Der Arzt hatte ihr auf die Sitzbank geholfen, seither saß sie dort, bleich im Gesicht, mit leeren Augen.

Sie hätten getan, was sie konnten, hatte der Assistent erklärt, aber alle ärztlichen Bemühungen seien erfolglos gewesen, alle Versuche, den Verunglückten mit modernstem Gerät zu beatmen, hätten versagt. Es fiel dem jungen Mann sichtlich schwer, über das, was geschehen war, zu sprechen. Christian hatte ihn reden lassen, ihm kein Wort erspart, und der andere wand sich, suchte nach Formulierungen, stotterte, fing noch einmal von vorn an, bis er schließlich mitten im Satz abbrach, die Hände ratlos an seinen Rockschößen reibend. Scheinbar unbeteiligt, als ginge ihn das alles nichts an, hatte Christian abgewartet. Aber kaum war der Assistenzarzt gegangen, übermannte ihn der Schmerz, so scharf und schneidend, als hätte ihm jemand ein Messer in den Leib gerammt. Er krümmte sich, rang nach Luft.

Als es draußen klopfte, kostete es ihn schier unmenschliche

Kraft, die Tür aufzumachen und die Beileidsbekundungen der Nachbarn entgegenzunehmen. Die Nachricht von Georg Hemmerdingers Tod hatte sich rasend schnell im Quartier verbreitet. Jakob Bastiani und dessen Schwester Hedwig waren die Ersten, die kondolieren kamen, nicht, weil Bastiani Polizeysergeant war, sondern weil er viele Jahre bei den Hemmerdingers gewohnt hatte, bevor er nach dem frühen Tod von Hedwigs Mann zu ihr gezogen war, sechs Häuser weiter. Für Georg Hemmerdinger war er nicht einfach Untermieter gewesen, eher ein Sohn, der älteste, auf dessen Schoß alle Kinder des Bäckers reiten durften. Hoppe, hoppe, Reiter, wenn er fällt, dann schreit er …

Bastiani redete nicht viel, er redete nie viel. Er setzte sich neben Barbara und legte den Arm um sie. Die beiden brauchten keine Worte, um sich zu verstehen, bemerkte Christian fast eifersüchtig. Ihr Verhältnis schien vertrauensvoller zu sein als das zwischen ihm und der Schwester. Auch zum Vater waren die Bande brüchig gewesen, fast so wie die zwischen Konkurrenten. Vielleicht waren sie das ja auch.

Jetzt lag sein Vater in einem kühlen Raum des Feuerhauses am Marktplatz. Dr. Schweikhard wollte eine Sektion vornehmen, um herauszufinden, woran der Vater gestorben war. Ohne den Leichnam gesehen zu haben, hatte Christian zugestimmt und gleichzeitig abgelehnt, sich von dem kalten Körper zu verabschieden.

»Er hat seinen Siegelring nicht angehabt.«

Barbara sprach deutlicher als zuvor, aber noch immer schleppend. »Ich hab ihn noch nie ohne den Ring gesehen.«

»Doch«, sagte Christina, »wenn er Teig knetet – wenn er Teig geknetet hat, hat er ihn immer abgelegt.«

»Aber nur beim Teigkneten. Sonst hatte er ihn immer an.«

»Was willst du damit sagen?«, fragte Christian. »Vielleicht hat er nach dem Händewaschen einfach nicht mehr dran gedacht.«

»Vielleicht.« Barbara schwieg.

Erneut schlug jemand gegen die Tür.

Christina erhob sich, zündete das Licht an, das düstere Schatten auf die Wände und die niedrige Decke malte, und öffnete. Mit einem großen Topf heißer Suppe kam Witwe Dollmätsch aus der Achtunddreißig herein, stellte das Essen auf den Tisch und legte ein schwarzes Säckchen daneben. Mit leisem Klimpern schlugen darin Münzen aneinander. Die alte Frau schaute zuerst zu Bernhard, der verloren vor sich hin stierte, dann nickte sie Barbara zu.

»Armes Mädel. Es ist schlimm, dass du ihn so hast sehen müssen. Er war ein guter Mann, euer Vater, wirklich, ein guter Mensch. So ein Ende hat er nicht verdient. Wie ist es denn passiert, und was hat er dort zu schaffen gehabt hinterm Durlacher Thor?«

Als niemand antwortete, nickte sie wieder, die Bänder ihrer Haube wippten.

»Na ja, ist ja auch egal. Wenn ich euch helfen kann, ihr wisst, wo ihr mich findet.« Und sie verabschiedete sich.

Beinahe wäre sie gegen den großen, korpulenten Mann gestoßen, der hinter ihr ins Zimmer getreten war. Abrupt hielt sie inne, klopfte hart mit ihrem Stock auf den Dielenboden, einmal, zweimal, der Mann wich zur Seite. Die Witwe würdigte ihn keines Blicks.

Sie wird es Hackschmitt nie verzeihen, dass er damals ihr Haus und Grundstück haben wollte, dachte Christian, er konnte es ihr nicht verdenken.

Die Art und Weise, wie der Mann aus Groß-Karlsruhe sich vor ein paar Jahren hier im Dörfle wie ein feiner Pinkel aufgespielt und sich breitgemacht hatte, war auch einfach ungebührlich gewesen, ungebührlich und empörend. Als Schmeicheleien nichts fruchteten, hatte Witwe Dollmätsch dem Vater und ihm erzählt, habe er ihr schließlich gedroht, wenn sie ihm ihren Besitz nicht verkaufte. »Sie werden schon sehen, was Sie davon haben«, soll er gesagt haben, aber die Dollmätschin hatte sich nicht kopfscheu machen lassen. »Nur weil mein Seliger tot ist, glaubt er, er kann mit mir machen, was er will. Aber da täuscht er sich gewaltig.«

Später hatte Heinrich Hackschmitt ein paar halbherzige Entschuldigungen vorgebracht, die Witwe Dollmätsch habe ihn missverstanden, und er hatte ihr fünf Flaschen feinsten Rheinwein zukommen lassen.

Die Gabe hatte sie genommen. Und getrunken. »Aber vergessen werd ich's ihm nicht«, hatte sie gesagt und mit ihrem Stock gebieterisch auf den Boden geklopft. Im Übrigen war der Mann von da an Luft für sie. Einfach nicht vorhanden.

Hackschmitt hatte bald danach das Nachbargrundstück in der Waldhorngasse erworben, die Nummer vierzig, Ecke Kleine Hospitalgasse, und die Leute munkelten, der alte Mann, dem das Haus bislang gehörte, habe sich von dem Kneipenwirt aus der Residenz übers Ohr hauen lassen. Aber vielleicht stimmte es nicht. Der alte Schuttler redete nie schlecht von seinem neuen Mietherrn, der ihn weiter in einer Kammer im Hinterhof wohnen ließ.

»Bei meiner Seel, der nutzt ihn nur aus«, behauptete dagegen die Englerin, wenn in Hemmerdingers Bäckerei die Rede auf den zugezogenen Karlsruher Bürgerlichen kam. Vielleicht, mutmaßte Christian, während er dem ungebetenen Gast einen Stuhl anbot, vielleicht hat die Wäscherin ja mehr Einsicht als wir, holte sie doch regelmäßig Tischtücher und anderes Leinenzeug beim Hackschmitt ab. Denn dieser hatte in dem kleinen Häusle eine Wirtsstube eingerichtet, die schon bald so gut lief, dass Hackschmitt sie zu einer geräumigen Restauration hatte umbauen lassen. Zweistöckig, mit Anbau und Lagerräumen im Hof. »Es wurde auch Zeit«, hatte er einmal zu ihm gesagt und die Nasenflügel gebläht.

Um die Renovierung hatte es zwischen Hackschmitt und Baumeister Weinbrenner Krach gegeben. Und was für einen! Jeder in der Straße hatte die explosive Auseinandersetzung mitbekommen, aber was der eigentliche Streitpunkt war, hätte Christian nicht zu sagen vermocht. Es ging ihn nichts an.

Vater hatte sich ebenfalls aus dem Disput der beiden Männer herausgehalten, er hatte ohnedies nie zu erkennen gegeben, was er über Hackschmitt dachte.

»Ein bisschen kleiner hätt's auch getan«, war seine einzige kritische Bemerkung gewesen, als bekannt wurde, dass der Wirt den größten und teuersten aller Karlsruher Architekten mit dem Umbau seines Besitzes beauftragt hatte. Mag sein, dass Vater aber auch auf die riesigen protzigen Lettern angespielt hatte, die schon bald über dem neuen Eingang leuchteten. »Zum Goldenen Füllhorn«, war dort in leuchtender Farbe hingepinselt, darunter ein prächtig verziertes, mit gelben und blauen Trauben gefülltes Horn in Rot und Grün, schreiender Kontrast zu dem klaren Hellgrau anderer Weinbrenner'scher Gebäude in der Stadt.

»Mein Beileid«, sagte der Wirt in die Runde, zog den Hut, deutete Barbara und Christina gegenüber einen Diener an und grüßte Bastiani und Hedwig mit einer jovialen Geste. »Er war mein bester Zulieferer.«

Fragend wandte er sich an Christian, aber der schaute ihn nicht an.

»Du wirst doch weiter für mich Brot und Bretzeln backen?«

»Warum sollte ich nicht?«

Christian schluckte seinen Ärger hinunter. Noch keinen Tag war der Vater tot, und Hackschmitt hatte nichts im Kopf als sein Geschäft. Natürlich würde er weiter für ihn backen, wie sie es all die Jahre getan hatten, das war keine Frage. Sie waren nicht nur gute Zulieferer, der Wirt des Füllhorns war auch ihr bester Kunde. Christian konnte es sich nicht leisten, auf ihn zu verzichten, gerade nicht in diesen mageren Zeiten. Für persönliche Abneigungen war da kein Platz.

Heinrich Hackschmitt war ihm zuwider. Er konnte dessen scheinheilige Freundlichkeit nicht leiden. Die Art, wie dieser seinen Reichtum zur Schau trug, die dicken Ringe an den Fingern, die Golduhr vor seinem fetten Wanst. Sein dröhnendes Gewiehere. Und dass er immer die hübschesten Mädchen abbekam. Wann immer er ihm begegnete, hatte der Kerl eine andere junge Frau am Arm, und Christian beschlich jedes Mal der Verdacht, dass auch seine Susanna, die Hure, dem windigen Charme dieses Weiberhelden erlegen war.

Ob einer seiner Söhne gar nicht von ihm war? Oder beide? Nein, bestimmt nicht, sie sahen ihm doch ähnlich. Lorenz weniger. Aber Lorenz war noch klein. Das konnte sich auswachsen. Und wenn nicht?

Aber er war auf Hackschmitt und dessen Speisehaus angewiesen. Sonst würde Vaters Bäckerei, jetzt seine, die Durststrecke nicht überleben und auch die kleine Weinwirtschaft nicht. Die würde den Bach runtergehen, wie all die anderen Gasthäuser im Viertel in den letzten Jahren. Zolter in der Rüppurrer Thorgasse hatte bereits dichtgemacht, auch der Löwenwirt, und erst neulich war Carl Weichsle zu ihm gekommen und hatte ihm verkündet, dass, wenn nicht bald was passierte, er sich die Kugel gäbe. Christian hatte ihn ausgelacht.

Doch es stimmte schon. Kaum jemand, außer in den besseren Kreisen, trank noch den teuren Wein, in diesen Zeiten war billiges Bier angesagt, und in Karlsruhe schossen Brauereien wie Pilze aus dem Boden. Darauf hatte Hackschmitt gesetzt, als er sein Füllhorn eröffnete. Immerhin hatte Vater davon profitiert. Brot wurde immer gegessen. An den Tables d'hôte der Gasthäuser genauso wie in den Familien. Brot brauchten sie alle, in guten wie in schlechten Zeiten. Noch vor Kartoffeln. Er würde nur die Qualität halten müssen. Nein. Er müsste besser werden, viel besser. Vielleicht wäre dann seine Conditorei noch nicht verloren.

Christian hob den Kopf.

»Keine Sorge, Hackschmitt, ich back dir das beste Brot, das du jemals deinen Gästen aufgetischt hast.«

»Genau das habe ich von dir hören wollen.«

Assisi an der Wand

Weinbrenner schob sich mit der Gabel ein daumendickes Stück warmen Schweinebratens in den Mund, kostete den saftigen Geschmack, wie er sich angenehm im Mund verbreitete, und kaute mit Bedacht. Der erste Bissen am Morgen, wenn die Stadt neu erwachte, wenn noch keine Schüler im Bureau hinten im Atelierbau waren und ihr Stimmengemurmel durch den Garten herüberwehte, war der beste. Das Hündchen zu seinen Füßen unterm Tisch winselte leise. Der Oberbaudirektor schaute zur Tür, ob sie geschlossen war und Apolone ihn nicht sähe, bevor er Herrn Beppo ein kleines Stückchen besten Fleischs gab und ihn am Kopf kraulte. Mit der Serviette, die er wider alle Etikette in den eigenen vier Wänden im Knopfloch seines Hemdes verknotete, wischte er sich über den Mund, griff zum Weinglas und nahm einen kräftigen Schluck. Dann mischte er Wasser dazu.

An der Wand vor ihm schwang unerschütterlich das Perpendikel der alten Schwarzwälder Schilduhr, ein Erbstück von seinen Eltern. Klick machte es und klack. Klick – klack, klick – klack. Beruhigend, gleichmäßig, Garant von Beständigkeit, die er sich ersehnte, wohl wissend, dass das Leben meist anders spielte. Er erhob sich, um die Uhr aufzuziehen. Leise ratterten die schweren Tannenzapfengewichte nach oben. Er verglich die Uhrzeit mit der Zeit auf seiner Taschenuhr, rückte den großen Zeiger der Schwarzwalduhr um fünf Minuten vor und betrachtete das kleine Gemälde auf dem Schildbogen, als hätte er es nie zuvor gesehen. Vom Maler in eine liebliche Berglandschaft gesetzt, ragte am Ufer eines Gewässers ein burgähnliches Wohnhaus empor. Hohe Bäume, ähnlich Zypressen, umgaben das idyllische Anwesen. Dahinter war ein Dorf zu sehen, Fischerhütten, ein Bauernhof, ein Kirchlein. Nirgendwo ein Mensch.

Die Alpen, dachte Weinbrenner, es könnte in den Alpen sein, an einem der tiefgrünen Gletscherseen. Seine Gedanken flogen davon.

Italien. Die Überquerung des Gotthards, Airolo, der Lago

Maggiore. Später Pisa, Florenz, Rom. Vor allem Rom und der Ausflug nach Neapel. Die fünf schönsten Jahre seines Lebens. Die unbeschwertesten, wenngleich er nie Geld in der Tasche gehabt hatte. Aber jung war er gewesen, herrliche sechsundzwanzig Jahre jung. Und noch schlank und rank. Nun gut, das war übertrieben, er hatte schon immer ein wenig zur Fülle geneigt. Die Natur meinte es eben gut mit ihm.

Er schmunzelte, während er an sich hinunterblickte. Um seine Füße zu sehen, musste er den Bauch einziehen. Gretl hatte ihn geliebt, so wie er war, mit seinem stattlichen Körper und dem widerborstigen Haar, das sich nicht zähmen lassen wollte. In Straßburg hatten sie sich verlobt, er, Johann Jakob Friedrich Weinbrenner, und Margaretha Salome Arnold, die Tochter seines Onkels aus der elsässischen Verwandtschaft. Sie war ihm nach Karlsruhe gefolgt. Gern, hatte sie ihm versichert und trauerte nichtsdestotrotz zeit ihres Lebens dem romantischen Städtchen an der Ill mit seinen Fachwerkhäusern und überkragenden Erkern nach. Doch sie wusste um die Einmaligkeit der Chance, die der selige Markgraf Carl Friedrich ihrem Mann bot: eine noch nicht einmal einhundertjährige Residenzstadt planen und aufbauen zu können, nicht gerade von null, aber doch fast.

Das Schloss hatte es bereits gegeben. Auch die zweiunddreißig Strahlenalleen, die dem Ort seinen eigenwilligen Grundriss verpassten, waren schon angelegt. Und natürlich standen eine Reihe von Amtsgebäuden und Wohnhäusern, zwei Kirchen, die evangelische und die reformierte, und ein Brunnenhaus. Aber die Stadt wuchs, und sie sollte nach dem Willen des Hofs geordnet weiterwachsen. Wie viele Baumeister gab es schon, die so eine Gelegenheit erhielten? Bestimmt keinen zweiten. Johann Jakob Friedrich Weinbrenner durfte jungfräuliches Terrain beackern, sozusagen.

Es war ihr so herausgerutscht, und sie war rot geworden, als er sie daraufhin in den Arm genommen und auf den Mund geküsst hatte.

»Genauso ist es, Gretl. Ein paar Kollegen vor mir haben den Boden vorbereitet, und ich darf nun säen und hoffentlich ernten.«

Nur kurz hatte er gezögert, als Hannover ihn mit einem finanziell sehr viel reizvolleren Angebot lockte. Aber das jungfräuliche Terrain und seine Zuneigung zu Gretl gaben den Ausschlag. Karlsruhe lag nun einmal näher an der geliebten Heimat seines jungen Weibs als die Stadt an Ihme und Leine. Seine Entscheidung für die badische Residenz war auch ein Geschenk an die Frau seines Herzens, und sie fiel ihm umso leichter, als sein erlauchter Landesvater sich gönnerhaft erwies und eiligst sein Jahressalär aufstockte. Weinbrenner hatte sich mit Verve in die große Aufgabe gestürzt.

Die Uhr schnaufte rasselnd, holte Atem wie ein alter Mann. So wie ich auch mittlerweile schnaufe, ging es dem Oberbaudirektor durch den Kopf. Dann schlug das Uhrwerk sieben Mal.

Er ging nach nebenan in seine private Schreibstube, in der er auch die wichtigsten Risse und Dokumente aufbewahrte, damit sie nicht in unbefugte Hände fielen, nahm Papier und Stifte und rückte das Stehpult nahe ans Fenster zur Schloßstraße. Das frühe Morgenlicht genügte kaum, dennoch setzte er seine Brille auf und begann zu zeichnen. Die Albaner Berge, die er als junger Student vor einem Vierteljahrhundert mit Freund Feodor durchstreift hatte, der steinige Feldweg vor ihnen, das Wäldchen zur Rechten. Er sah alles vor sich, als wäre es gestern gewesen. Das Dorf in flimmernder Mittagshitze. Die rötlich gelben Bauernhäuser aus schwerem Bruchstein, die Kirche, die Osteria. Feodor Iwanowitsch mit seinem Skizzenbuch am wackeligen Holztisch, trunken von der Schönheit der römischen Landschaft.

»Eigentlich muss ich diesen Hurensöhnen von Kosaken dankbar sein. Hätten sie mich nicht als unschuldiges Knäblein meiner Mutter Hand entrissen und mich an den Zarenhof nach Petersburg verschleppt und zu buckelnder Pagendienerei verurteilt, ich hätte nie gewusst, dass es ein Paradies auf Erden gibt«, hatte der Freund gesagt. Aber auf dem braunen kalmückischen Mongolengesicht des Freundes hatte ein melancholisches Lächeln gelegen, und in seinen Augen glitzerte es verräterisch, als sie sich zugetrunken hatten. Weinbrenner schmeckte den beerig-süßen Rotwein, roch das Brot, das eben aus dem Ofen gekommen war. Sie hieß Giulia. Er hatte sich nicht getraut, sie zu einem Spaziergang einzuladen.

»Bist du schon am Arbeiten?«

Friederikes Stimme schreckte ihn auf. Sie war, ohne dass er es bemerkt hatte, hereingekommen und hinter ihn getreten. Jetzt hielt sie den Leuchter hoch, um zu sehen, was er aufs Papier gezaubert hatte.

»Wie schön«, sagte sie. »Dorthin würde ich auch gern einmal reisen.«

Er fühlte sich ertappt. Das italienische Mädchen musste damals so alt gewesen sein wie seine älteste Tochter heute. Er legte die Bleifeder aus der Hand, nahm Friederike in die Arme und hauchte ihr einen Kuss ins Haar. »Guten Morgen, Jungfer Tochter.«

Sie küsste ihn zurück.

»Guten Morgen, Herr Vater. Kaffee ist fertig. Julie kommt auch gleich. Nur mit frischem Brot kann ich nicht dienen, wir haben nur noch altes von vorgestern. Du weißt ja ...«

»Dann tunken wir eben. Wir können dankbar sein, dass es uns gut geht. Der arme Hemmerdinger. Entsetzlich. So einfach von jetzt auf gleich. Die Familie kann einem leidtun.«

Er hakte sich bei seiner Tochter unter, und gemeinsam gingen sie zurück ins Frühstückszimmer. Sie passte ihren rascheren Schritt dem seinen an.

»Wann wird Barbara wieder zur Arbeit kommen?«

Er dachte an den ständigen Staub und Dreck im Bureau, der einfach nicht zu vermeiden war, wenn zehn oder fünfzehn Schüler gleichzeitig um die Zeichentische herumstanden oder sich hin und her bewegten, um die Skizzen und Entwürfe der anderen zu sehen. Er konnte schließlich nicht von ihnen verlangen, die Straßenschuhe auszuziehen, und leider kam es nicht jedem in den Sinn, sie gefälligst vorher auf der Matte am Eingang abzuputzen. Und erst die Brotkrümel! Dabei hatte er das Essen und Trinken im Bureau strikt untersagt. Jeder Schüler wurde bei Aufnahme in seine Bauschule eigens darauf hingewiesen. Aber sie schienen Orgien zu feiern, kaum dass er ihnen den Rücken kehrte.

Barbara war die Einzige, bei der er keine Angst hatte, dass sie beim Saubermachen die Papiere beschädigen könnte. Er hatte es vor ihr mit vielen Mägden versucht, alle waren sie schusselig gewesen, hatten Eselsohren und Knicke in die Blätter gemacht oder sie so verlegt, dass er hinterher nichts mehr fand, und eine hatte gar Seifenwasser über die Risse gespritzt. Er hatte alles neu machen müssen. Bis er Barbara Hemmerdinger fand. Persönlich hatte er sie ins Bureaugebäude geführt. Er ließ sich dies von niemandem nehmen. Niemand außer ihm hätte ihr erklären können, auf was sie zu achten habe und worauf es ihm besonders ankäme, nicht einmal seine Töchter. Sie hatte aufmerksam zugehört und sich über die Zeichnungen gebeugt, die auf den Tischen lagen, hatte die Skizzen von der Stephanskirche an der Wand betrachtet, wie er sie sich ursprünglich vorgestellt hatte, und dann die Bilder mit den italienischen Motiven. Tivoli, die Landschaft bei Paestum, der Minervatempel in Assisi. Vor dieser Vedute war sie lange stehen geblieben.

»Das sieht aus wie unsere neue Stadtkirche am Markt«, hatte sie dann bemerkt, ohne sich nach ihm umzudrehen. »Wo ist das?«

»In Italien«, hatte er geantwortet und gewusst, dass sie die Richtige für diese Arbeit war.

»Barbara wird voraussichtlich schon morgen wiederkommen«, sagte Friederike, während sie ihm und sich Kaffee eingoss. »So hat der Bub es gesagt, als er uns gestern die Nachricht gebracht hat.«

»Welcher Bub? Hat Barbara denn Kinder?«

»Ach, Vater, du bringst aber auch alles durcheinander.« Seine jüngste Tochter Julie kam wie ein Wirbelwind ins Zimmer hereingestürmt. Sie musste seine Frage noch gehört haben. »Barbara hat doch keine Kinder, ihr Bruder ja, ich glaube, die Schwester auch, aber Barbara nicht. Und mir kannst du auch schon einschenken, mich gibt's nämlich auch noch«, fauchte sie ihre Schwester an. Dann umarmte sie den Vater, drückte ihm einen vernehmbaren Schmatzer auf die Backe und plotzte auf ihren Stuhl.

»Schenk dir doch selber ein!«, konterte Friederike und knallte ihr die Kanne hin. »Ich bin nicht deine Hanna.«

»Streitet euch nicht!« Weinbrenner hob flehentlich die Arme. »Eure arme Mutter dreht sich im Grab um, wenn sie euch so hört.«

»Wir streiten uns doch nicht.« Julie guckte ihn treuherzig an. »Oder streiten wir, Schwesterchen?«, wandte sie sich harmlos an Friederike.

»Mit vollem Mund ist schlecht reden«, brummte die und mümmelte mit vorgestrecktem Hals und gespitzten Lippen heftig vor sich hin.

Weinbrenner zog die Augenbrauen hoch. Töchter waren anstrengend, seine zumindest. Es musste am Alter liegen. Sie waren keine Kinder mehr, aber auch noch nicht richtig erwachsen. Eigentlich ungenießbar.

Andererseits, wenn er sie während der Versammlungen des Kleinen Museums beobachtete, füllte sich seine Brust mit väterlicher Sanftmut. Beide, Friederike und Julie, zeigten sich an diesen Abenden von ihrer besten Seite, keine nahm der anderen etwas weg, sie ergänzten sich vorzüglich. Wie ihre Mutter erwiesen sie sich als die geborenen Gastgeberinnen, ganz besonders Friederike ging in dieser Rolle auf. Im vergangenen Jahr hatte sie, selbstverständlich nicht ohne ihn vorher um Erlaubnis zu bitten, den kleinen Museumskreis ins Leben gerufen. Den Namen hatten sich seine beiden jungen Dämchen ungeniert von der großen Karlsruher Museumsgesellschaft abgekupfert, diesem noblen Treffpunkt Karlsruher Honoratioren in der Langen Straße. Zu seiner Überraschung entwickelte sich Friederikes Kleines Museum im eigenen Haus schon bald zu einem beliebten Salon. Von Monat zu Monat erschienen mehr Gäste, neben jungen Männern mit keck geschlungenen Bindern und modischen Beinkleidern auch gebildete Frauen und Desmoiselles. Denn das große Museum in der Stadt war der Weiblichkeit verwehrt, die dortige Bibliothek, die Lesezimmer, die Restauration und der Debattierclub waren ausschließlich den männlichen Bürgern vorbehalten. Nur zu den regelmäßigen Tanzvergnügungen waren Frauen geladen, es tanzte sich so schlecht ohne sie.

Und doch hatte drei Jahre zuvor eine Frau das Gebäude

eingeweiht, sein Gebäude, das er an der Kreuzung zur Rittergasse mit einem imposanten Eckrondell abgeschlossen hatte. In der Beletage führte ein offener Balkon um die Rundung herum und schützte drei hohe, durch Pilaster voneinander getrennte Rundbogentüren, die viel Tageslicht in den Saal lenkten. Großherzogin Stéphanie höchstpersönlich hatte die Grußworte gesprochen und ihn zu seinem Werk beglückwünscht, in ihrer Ansprache seine Kunst in höchsten Tönen gelobt. Er hatte bescheiden abgewinkt.

»Und das war's dann mit Frauen«, hatte Friederike geschimpft, kaum dass sie von der feierlichen Zeremonie wieder zu Hause waren. »Ich werde irgendwann auch mal ein Museum gründen, aber dann nur für Frauen.«

Gretl, die zu diesem Zeitpunkt noch lebte, hatte das Kind zu besänftigen versucht, er hatte es geneckt. Aber er musste erkennen, dass er sich in seinen Mädels getäuscht hatte. Wenn die beiden sich etwas in den Kopf setzten, kämpften sie hartnäckig dafür. Er konnte es nicht leugnen, Friederike und Julie waren seine Töchter.

Zuerst hatte er es überhaupt nicht gern gesehen, dass Sophie Reinhard, die Malerin, nach Gretls Tod Friederike und ihre Schwester in ihren Plänen unterstützte.

»Aber was wollen Sie, Friedrich? Das Rad der Zeit anhalten?«

Nein, natürlich nicht. Und ein Unmensch war er auch nicht. Es gab unbestreitbar viele Fräuleins und Damen, die ebenso geistreiche Gespräche führen konnten wie Männer. Nicht wenige waren der Lektüre zugetan, einige fanden Gefallen an wissenschaftlichen Sujets, die selige Markgräfin Karoline Luise, diese gelehrte Frau, war ihnen Vorbild. Er hatte Durchlaucht noch erlebt, wie sie in Begleitung ihres Gemahls Carl Friedrich das Lyceum besuchte und sich mit ihm und den Schulkameraden unterhielt. Schon damals hatte er sich gewundert, wieso eine Frau solch umfassende Kenntnisse in Botanik und Medizin besaß. Sogar für Mathematik und Physik interessierte sie sich. In der Nacht hatte er von ihr geträumt, und sie war schön und liebreizend gewesen wie eine Elfe.

Doch bei aller Bewunderung, bei allem Verständnis fand er

das Verhalten mancher Frauen gewöhnungsbedürftig, und er fragte sich, wie weit die Bildungsbeflissenheit des weiblichen Geschlechts denn noch gehen sollte. War es nicht falsch verstandener Ehrgeiz, dass junge Mädchen Wissen in sich anhäuften, das sie nie bräuchten? Würden sie nicht krank darüber werden? Würde es sie womöglich für die Ehe verderben? Dass sie vom Lesen hässliche Runzeln bekämen, wie manch einer behauptete, stimmte natürlich nicht. Doch der Braten konnte den Frauenzimmern schon mal danebengehen oder die Kartoffeln im Topf anbrennen, wenn sie zu lange die Nase ins Buch steckten. Das hatte er bei Gretl mehr als einmal leidvoll erfahren müssen. Aber sie hatte nach solch hausfraulichen Malheurs eine unnachahmliche Art gehabt, den Kopf zur Seite zu neigen und ihre Arme um ihn zu schlingen, sodass er ihr nie ernsthaft böse sein konnte. Ein Kuss besiegelte die Versöhnung. Und dann hatte er seine Töchter auf die beste Mädchenschule von Karlsruhe geschickt. Er hätte es auch getan, wenn Gretl ihn nicht darum gebeten hätte.

Sein Sohn kam ihm in den Sinn, s'Fritzle. Sein Nachfolger hätte er werden können, Oberbaudirektor Weinbrenner junior. Fünfzehn wäre das Kind jetzt, wenn es noch lebte. Aber mit zehn Monaten war es gestorben. Der Herr hat's gegeben, der Herr hat's genommen, wer war er, sich gegen Gott aufzulehnen? Und er liebte ja auch seine beiden großen Desmoiselles. Von ganzem Herzen. Trotz ihrer höheren Töchterbildung. Oder vielleicht auch deswegen.

Gedankenverloren fuhr er sich durch die Haare. Lass es gut sein, Weinbrenner, du verlierst dich in Vergangenes. Heute ist heute.

»Also, wer ist nun dieser Bub, der die Nachricht von Hemmerdingers Tod gebracht hat?«, kam er auf seine vorherige Frage zurück. Er sprach lauter als nötig und hielt seine Tasse hoch, um anzudeuten, dass sie leer war.

»Andreas«, antwortete Friederike und goss ihm nach, »der älteste Sohn der Mauckles. Die wohnen über Hemmerdingers in der Mansarde. Du kennst doch den Mann. Er macht hier schon mal den Garten, und neulich hat er die Dachkändel repariert.«

Er erinnerte sich, er hatte den Mann zwei- oder dreimal gesehen. Dass er Mauckle hieß und bei den Hemmerdingers im Haus lebte, hatte er nicht gewusst. Mit solchen Sachen wollte er nichts zu tun haben, die überließ er seinen Töchtern und der treuen Apolone. Er brauchte seine Zeit für andere Dinge.

»Vater?« Julie knabberte an den Fingernägeln und legte den Kopf schräg. »Ich muss dir etwas beichten, aber versprich mir, nicht böse zu werden.«

»Wie soll ich dir das versprechen, wenn ich nicht weiß, um was es geht?«

Er bemühte sich um eine strenge Miene, aber wenn Julie ihre großen Augen auf ihn richtete und sie dann aussah wie ihre Mutter selig, schmolz er dahin.

»Guck doch nicht so verdrießlich!«, bettelte sie.

»Ich guck doch gar nicht verdrießlich. Nun sag schon, was hast du angestellt?«

»Ich hab Andreas fünfzehn Gulden aus der Haushaltskasse gegeben. Für die Hemmerdingers. Sie müssen doch die Beerdigung bezahlen. Und mit der Bäckerei verdienen sie zurzeit kaum was, wegen der Teuerung.«

»Fünfzehn Gulden!«

Julie antwortete nicht.

»Ohne mich vorher zu fragen?«

»Ich konnte dich nicht fragen, du warst gestern Abend im Theater.« Sie stülpte ihre Unterlippe nach vorn.

Weinbrenner trank seine Tasse auf einmal aus.

Genau wie Gretl, Gretl, wie sie leibte und lebte. Wenn es darum ging, anderen zu helfen, war sie sofort zur Stelle gewesen. Nie im Leben hätte sie ihn vorher um Erlaubnis gefragt. Sie hatte einfach gehandelt und sein Einverständnis vorausgesetzt.

»Fünfzehn Gulden! Dem Sohn eines Tagelöhners! Aus dem Dörfle! Woher weißt du, dass er das Geld nicht in die eigene Tasche steckt?«

Julie verzog den Mund, ihre Augen funkelten bockig.

»Weil ich glaub, dass er ehrlich ist.«

Weinbrenner schaute von Julie zu Friederike. Die Jüngere war ganz die Mutter, Friederike kam nach ihm. Leider. Sie besaß sein ausgeprägtes Kinn, das breite, etwas grobschlächtige Gesicht und seinen Mund, diesen, wie Julie vortrefflich bemerkt hatte, immer etwas verdrießlich hängenden Mund, den er selbst nicht mochte, wenn er sich im Spiegel betrachtete.

Aber er konnte doch nichts dafür.

Er forschte in Friederikes Antlitz nach der Milde ihrer Mutter. In den Augen vielleicht. Nicht so augenfällig wie bei Julie, aber doch ein bisschen. Erwartungsvoll blickte auch seine Älteste ihn jetzt an.

Er räusperte sich. »Also gut. Aber euch ist klar, dass es dann von jetzt an nur noch sonntags Fleisch gibt?« Er machte eine Pause. »Bis zum nächsten Zahltag«, setzte er trocken hinzu, schob seinen Stuhl zurück und erhob sich schwerfällig. »Und jetzt ab an die Arbeit, ich vertrödle hier nur meine Zeit mit euch. Komm, Herr Beppo, wir gehen ins Bureau.«

»Ich hab's doch gewusst. Sie sind der beste aller Väter«, rief Julie und flog ihm um den Hals.

»Wie viele hast du denn?«, kollerte er gerührt und ziepte sie liebevoll am Ohrläppchen.

Würfel und Pyramiden

Constantin Wiesli war der Erste, der zum Unterricht erschien. Fast jeden Morgen war er der Erste, und er pflegte seine Schuhe im Vorplatz des Bureaus abzutreten. Auch sonst machte er einen anständigen Eindruck und kleidete sich sauber, nur Rock und Hose verrieten, dass der Schüler herzlich wenig Geld besaß. Als Heranwachsendem war es dem Oberbaudirektor nicht viel anders ergangen, schon mit vierzehn hatte er sich seinen Unterhalt verdienen müssen. Lehrjahre waren kein Zuckerschlecken, wenn man nicht aus begütertem Elternhaus kam. Und doch wollte Weinbrenner keinen einzigen Tag davon missen.

Wiesli lernte erst seit knapp einem Jahr an seiner Schule. Ein vielversprechender Geist. Schon die ersten Entwürfe, die der junge Mann aus Basel geschickt hatte, überzeugten den Architekten. Der Vater, ein reformierter Pfarrer, hatte angekündigt, dass er die Gebühren für das erste Studienjahr, immerhin stolze vierundzwanzig Karolinen, sofort und auf einmal begleichen wolle. Wieso ein Schweizer Pfarrer einen solchen Batzen Geld besaß, war Weinbrenner schleierhaft, und er hatte zunächst nicht allzu viel auf diese Note gegeben. Es war der Junge, der ihn interessierte, dessen Begabung, sein Sinn für die Harmonie von Gebäuden, sein sicheres Gespür für klare Fassadengliederung. Er hätte ihn auf jeden Fall aufgenommen, auch ohne die freilich verheißungsvolle Ankündigung des Vaters. Vielleicht hatte der fromme Mann ja sein ganzes Leben dem Sohn zuliebe nur Wasser und Brot gegessen, oder er hatte geerbt.

Dass Pfarrer Wiesli dann tatsächlich wie versprochen umgehend zahlte, kaum dass der Filius in Karlsruhe angekommen war, sprach für die Honorigkeit der Familie und tat dem Budget der Schule gut. Manchen Eleven und deren Vätern musste er monatelang hinterherrennen.

»Ich hätte es nicht für möglich gehalten, aber umso besser«, gestand sich Weinbrenner ein und bestellte gleich am nächsten Tag mehrere tausend Bögen Papier bei der Ettlinger Papiermühle. »Wer hat, der hat.«

Was Weinbrenner an Constantin Wiesli nicht behagte, war, dass der neue Schüler die Aufgaben, die er ihm stellte, immer öfter monierte.

»Andauernd Würfel. Seit Tagen nur Pyramiden und Würfel. Wann kann ich endlich Risse zeichnen?«

Begabt, aber im höchsten Grad ungeduldig, urteilte der Oberbaudirektor im Stillen und ärgerte sich ein klein wenig.

»Sie bauen die Kuppel doch auch nicht vor der Grundsteinlegung«, wies er ihn zurecht, wenngleich er insgeheim Wieslis Aufmüpfigkeit nachvollziehen konnte. Hatte er nicht auch als Student in Rom, ach, schon viel früher, Entwürfe gezeichnet und diese für großartig, bedeutungsvoll und selbstverständlich für realisierbar gehalten? Vielleicht nicht alle, aber einige. Immerhin hatten ihn diese frühen Studien zu der Erkenntnis gebracht, dass ein Baukünstler neben Leidenschaft und Talent vor allem über fundiertes Wissen verfügen musste, und er war fest entschlossen gewesen, eines Tages eine Schule, eine Akademie für angehende Architekten zu gründen. Mit dem Bureau in seinem Garten in der Schloßstraße 28 hatte er seine Vision in die Tat umgesetzt.

Nach und nach trudelten die anderen Schüler ein, Brunarus aus dem Rheinland wie immer als Letzter mit wehendem Schal, verrutschtem Hut und, wie nicht anders zu erwarten, mit verdreckten Schuhen. Aus dem würde nie etwas werden, wenn er so weitermachte. Jeden Abend in die Schenke, zum Bier und den liederlichen Weibern. So wild hatte es selbst Feodor Iwanowitsch in Rom nicht getrieben, obwohl sein kalmückischer Malerfreund wahrlich keiner Zecherei abhold war und sie beide, jung und übermütig, wie sie waren, manch fidele Stunden im Café Greco zugebracht hatten.

»Meine Herren, lassen Sie uns beginnen«, rief Weinbrenner in die Runde. »In den nächsten Tagen werden Sie sich dem Thema Licht und Schatten widmen, dabei den Gang der Sonne berücksichtigen …«

»Wenn die sich überhaupt noch mal zeigt«, warf einer dazwischen. Ein paar lachten.

Weinbrenner runzelte die Stirn. Und das wollten gesetzte junge Männer sein, angehende Architekten, die einmal für die schönsten und repräsentativsten Bauten einer Stadt zuständig sein würden! Selbst Friederike und Julie waren vernünftiger.

»... und dabei den Gang der Sonne berücksichtigen«, wiederholte er lauter. »Dann gehen wir über zu Beleuchtung und Schattierung, auch zur Schattierung architektonischer Körper, und schließlich werden Sie sich mit der Katoptrik befassen.«

Jetzt war er es, der lachte. Innerlich. Und er freute sich der fragenden Gesichter.

»Sie wissen ja, um was es sich bei der Katoptrik handelt.«

Keine Antwort. Abwartendes Schweigen.

»Die Katoptrik, meine Herren, ist die Lehre von der Reflexion des Lichts. Sie handelt von der mathematischen Bestimmung des auf die Oberflächen der Körper einfallenden und von dort wieder zurückgeworfenen Lichts. Die Oberflächen der Körper reflektieren das auf sie fallende Licht.«

Weinbrenners Blick ging von einem zum andern. Ihre Gesichter zeigten, dass er ihr Interesse geweckt hatte, und er bereute den mahnenden Ton, der ihm eben noch, wenn auch in gut gemeinter erzieherischer Absicht, herausgerutscht war. Wer jung war, durfte hin und wieder auch mal albern sein. Es sei ihm zugebilligt. Gelassener setzte er seinen Vortrag fort und vergaß alles andere um sich herum, er war in seinem Element.

»Man teilt die Körper in solche von polierten und unpolierten Oberflächen. Die polierten, die Spiegel, geben nicht nur das auf sie einfallende Licht, sondern auch alle beleuchteten Objekte nach Beschaffenheit ihrer Oberflächen wieder rein von sich. Dagegen reflektieren die unpolierten Körper bloß das Licht und zum Teil auch die Farben.«

Er ging zu einem der Arbeitstische und begann, geometrische Körper auf ein leeres Blatt Papier zu zeichnen. Die Schüler rückten näher. Mit leichter Hand skizzierte der Meister Säulen, Kugeln, einen sechszackigen Stern, zog Linien, schraffierte Schatten.

Heger meldete sich. »Kann ich etwas fragen?«

»Nur zu. Fragen Sie. Sie sollen fragen. Es ist das A und O des Wissens. Darauf baut alles auf. Nur so werden Sie lernen, selbstständig zu denken und eigenständig zu planen. Es geht schließlich nicht ums blinde Nachahmen der alten Meister.«

»Wie verhält es sich beim Schall? Auch der Ton wird ja von den Körpern zurückgeworfen, auf die er stößt. Ist das vergleichbar mit der Lichtreflexion? Gibt es auch bei Tonstrahlen sozusagen polierte und unpolierte Oberflächen? Und was bedeutet das für den Bau von Opern und Konzerthallen?«

Hegers Bemerkung löste eine lebhafte Diskussion über das Verhalten von Licht- und Schallwellen aus, eine Diskussion, die schon bald über das reine Bauwesen hinausging und, wie Weinbrenner wieder einmal bewusst wurde, zumindest teilweise in den Unterricht von Johann Gottfried Tullas Ingenieurschule ein paar Straßen weiter gehörte.

Seit Jahren gab es Bestrebungen, das Baubureau zusammenzulegen mit der Einrichtung des früheren Kameraden aus dem Lyceum, der sich auf seinem Fachgebiet ebenso hohes Ansehen erworben hatte wie er auf seinem. Doch die Gründung einer gemeinsamen Lehranstalt ließ auf sich warten. Kam in einer schlauen Herrenrunde die Sprache darauf, verwies Weinbrenner gern auf die Trägheit der staatlichen Stellen, die Entscheidungen mit Vorliebe hinauszuzögern pflegten, wenn die Angelegenheit nicht gerade lebensbedrohlich war. Aber auch ihm pressierte es nicht unbedingt damit, obgleich er vernünftigerweise zugeben musste, dass eine Vereinigung beider Schulen einen gewissen Sinn hatte. Aber, hatte er einmal in einer trauten Stunde zu Gretl gesagt, ein Ingenieur sei bestimmt Kenner und sicher auch guter Sachverwalter physikalischer Gegebenheiten, ein Architekt hingegen Gestalter, Künstler und Schöpfer, und die Physik dessen Diener. Das seien somit zwei völlig unterschiedliche Ebenen, die sich nicht ohne Weiteres vereinbaren ließen.

Gretl hatte ihre Hand auf seinen Arm gelegt und ihn aus ihren klugen Augen wissend angeschaut. Nein, ihr konnte er kein X für ein U vormachen. Ihr nicht.

»Ja gut«, hatte er gebrummelt und mit ihren Fingern gespielt, dankbar, dass er keine großen Worte machen musste. »Tulla ist nun mal nicht mein Busenfreund. Aber«, hatte er sich verteidigt, »auch er ist mir nicht unbedingt hold.«

»... im Theater Licht und Schall bündeln«, hörte Weinbrenner Constantin Wiesli eben sagen. Der Baseler hatte sich besonders rege an dem Gespräch beteiligt. Das Thema schien ihn zu begeistern. Ob er ihn nach Leipzig mitnehmen sollte?

Mit Franz Heger hatte Weinbrenner die Reise schon vor einem Monat besprochen, aber warum eigentlich kein zweiter Schüler? Der übermütige Schweizer könnte von dem bedächtigeren Heger nur profitieren, vielleicht ein Stück Selbstbescheidung lernen. Und war es nicht seine Pflicht, vielversprechende junge Menschen zu fördern?

Energisch klopfte Weinbrenner auf den Zeichentisch, um die Debatte zu beenden.

»Machen wir weiter, meine Herren!« Und die Herren konzentrierten sich.

Später, nach dem Unterricht, bat er Heger und Wiesli, ihm in sein Arbeitszimmer zu folgen. Er hatte sich entschieden, in seinen Gedanken war er schon unterwegs. Leipzig wartete, der Umbau des dortigen Theaters, eine großartige Aufgabe. Der neu zu gestaltende Zuschauerraum würde wie das Karlsruher Hoftheater Zirkelform erhalten, eine Anordnung, die er, was Schall und Ton betraf, für die beste hielt. Die Ränge hingegen hatte er als amphitheatralischen Aufbau geplant. Auch die Bühne mit den Kleiderzimmern und dem Orchestergraben sollte von Grund auf renoviert werden.

Ob er damals bei der Musik hätte bleiben sollen? Er war nicht schlecht gewesen als Flötist.

Aber als Architekt war er besser.

Dennoch könnte er eigentlich häufiger üben, seine Finger waren ganz steif, weil sie keine Bewegung mehr hatten. Nach Leipzig, befahl er sich, nach Leipzig setzt du dich gefälligst an den guten alten Telemann!

Während er vom Bureau nach vorn zum Wohnhaus eilte, Heger und Wiesli im Schlepptau hinterher, spielte er mit den Fingern in der Luft. Der rechte Ringfinger war der problematischste. Immer schon gewesen. Jetzt ließ er sich kaum noch biegen, er musste mit der anderen Hand nachhelfen. Rheumatismus? Gichtlähmung? Er hatte keine Ahnung. Er war jetzt einundfünfzig, und alles war möglich, auch ein plötzliches Ende. War es denn normal, dass er oft so schwer atmete?

Seit Gretls Dahinscheiden machte ihm der Tod Angst, aber er wollte nicht darüber nachdenken, er hatte noch so viel vor. Die Fertigstellung des neuen Rathauses. Die Stadterweiterung. Der Schiffskanal, der Karlsruhe in Ost-West-Richtung mit dem Rhein verbinden sollte. In der Nähe des Schloßparks, dort, wo die Karlstraße in hoffentlich nicht allzu ferner Zukunft auf die Mühlburger Allee stoßen würde, hatte er ein Hafenbecken geplant, davor Platz für ein Kaufhaus. Was hatte sich Markgraf Carl Wilhelm anno 1715 nur dabei gedacht, eine Residenz zu gründen, die weit weg von den großen Handels- und Fernstraßen lag!

Gewiss, zunächst hatte der Markgraf keine Stadt bauen wollen, nur ein Jagdrepos inmitten des dichten Waldes, einen friedlichen Ort der Ruhe. Oder anderweitiger Freuden! Vielleicht, um den Mühen des Alltags zu entkommen. Wahrscheinlich auch seiner Frau. Sie war ihm nicht ins neue Karlsruher Schloss gefolgt.

Von der Vorstellung einer ungestörten Einsamkeit für sich und sein Gefolge hatte sich Hoheit allerdings bald schon verabschiedet, hatte diese zweiunddreißig schnurgeraden Alleen anlegen lassen, die sich alle vom barocken Schlossturm, vom sonnengleichen Mittelpunkt aus, wie Strahlen ins Land erstreckten.

Mit möglicherweise zwiespältigen Gefühlen dürfte er dann beobachtet haben, wie die kleine Hofsiedlung wider Erwarten immer mehr Menschen anzog, sich von einem verträumten Sommersitz zu einem Städtchen entwickelte und die Strahlenwege zu Gassen und Straßen. Nur fehlten jetzt eben die wichtigen Verkehrsverbindungen nach Basel, Straßburg oder Mannheim. Daher hielt Weinbrenner den Stichkanal zum Rhein für wünschenswert, mehr noch, für eine unabdingbare Notwendigkeit.

Der Architekt wollte gerade die rückwärtige Tür zum Haus aufstoßen, als Apolone sie öffnete und er über die Schwelle in den Gang hineinstolperte. Er konnte sich gerade noch fangen.

»Verzeihen Sie, Herr Direktor, das wollt ich nicht. Aber er ist schon wieder da.«

»Wer? Wer ist schon wieder da?«

»Dieser Italiener, der schon mehrere Male nach Ihnen gefragt hat. Er sagt, er hat Ihnen beim letzten Mal Entwürfe dagelassen. Davon wüsste ich nichts, hab ich ihm gesagt. Kann es sein, dass Barbara sie entgegengenommen hat?«

»Leonelli?«

»Ja, ich glaub, so heißt er. Ich hab ihm gesagt, dass Sie keine Zeit haben. Da hat er gesagt, dass er so lange warten wird und sich nicht mehr von der Stelle rühren tät, bis Sie sich endlich Zeit für ihn nehmen. Er sitzt im kleinen Empfangszimmerle.«

Weinbrenner seufzte.

»Mit was man sich nicht alles herumschlagen muss! Der Mann ist ein Stümper und anscheinend auch noch starrköpfig. Hat keine Ahnung vom Bauen, aber will unbedingt eine Baumeisterstelle in dieser Stadt! Sie haben's ja gehört, Heger. An Selbstgefälligkeit scheint es diesem Miniaturenmaler nicht zu mangeln. Nur dass sich in seinem beigefügten Werksverzeichnis kein einziges Gebäude von Bedeutung fand. Oh doch, ich darf nicht lügen …«

Weinbrenner schnaubte und stieß mit Schwung die Tür zu seinem Arbeitszimmer auf.

»Unter seinen Papieren fand ich den Plan für einen Kuhstall, den er gebaut haben will. In irgendeinem Kaff in der Nähe von Straßburg. Behauptet er.«

»Und was soll ich ihm sagen?«, fragte Apolone schnell, bevor Weinbrenner mit seinen Schülern in der Schreibstube verschwinden konnte.

Der Oberbaudirektor überlegte.

»Lass ihn sitzen, bis er schwarz wird. Irgendwann wird er schon gehen. Nein, halt! Heger, Sie geben ihm seine Bögen zurück und befördern ihn nach draußen. Kann ich Ihnen das zumuten?«

»Es wird mir ein Vergnügen sein. Übrigens habe ich heute Morgen meiner Wirtin auf den Zahn gefühlt. Sie erzählte mir, dass Signor Leonelli bei der Witwe Ihres Vorgängers verkehrt und diese ihm Zugang zu den beliebten Männerabenden des Großherzogs verschafft hat. Für Blender hat unsere Königliche Hoheit ja bekanntlich eine besondere Schwäche.«

»Ts«, tadelte Weinbrenner, »das will ich nicht gehört haben, Heger.«

Dann aber drückte er seinem Schüler die Arbeiten des Vedutenmalers in die Hand.

»Und passen Sie auf, wenn Sie zu unserem Freund gehen«, warnte er gespielt pathetisch. »Lassen Sie alle Türen offen, damit wir hören, falls er Ihnen einen Dolch zwischen die Rippen stößt. Schreien Sie, und wir eilen Ihnen zu Hilfe.«

Er mokierte sich über seine eigene Theatralik. »Sie glauben gar nicht«, sagte er zu Wiesli, nachdem Heger den Raum verlassen hatte, »was ich in dem schönen Italien alles erlebt habe an Überfällen und leidenschaftlichen schwarzlockigen Mannskerlen. Bisweilen waren wir unseres Lebens nicht mehr sicher. Und doch, was für eine großartige Zeit. Reisen Sie nach Italien, junger Freund, dieses Land muss man einfach gesehen haben.«

In Erinnerung versunken, blieb er vor einem Bild der Rotonda in Vicenza stehen. Mit dem Zeigefinger tippte er auf den von Säulen gesäumten Treppenaufgang der italienischen Villa.

»Diese Architektur, Wiesli, angepasst an unser nördliches Klima, das ist es …« Die restlichen Worte behielt er für sich.

In den edlen, klaren Linien der Antike flirrt das mediterrane Licht, locken die sanften Farben des Landes, wo die Zitronen blühen.

Wo die Zitronen blühen!

Er mochte ja ein genialer Poet sein, dieser Goethe, fand goldene Worte in seinen Gedichten. Ganz ohne Frage. Er selbst verstand nicht viel davon. Und doch, wenn Weinbrenner an die Visite des Weimarers in Karlsruhe vor zwei Jahren dachte, wie sie alle um den Dichterfürsten herumscharwenzelt waren, Herr Goethe hier, Herr Goethe da! Innerlich hatte er den Kopf geschüttelt. Respekt ja, Respekt gebührte dem Mann, aber das hofschranzige Getue war Weinbrenner auf den Geist gegangen. Und was ihn wirklich geärgert hatte, war dieser eine Satz, den Goethe über Freund Feodor hatte fallen lassen. »Ausgestopft müsste er sich im Naturalienkabinett gut ausnehmen.«

Nur weil der Maler mit seinen mongolischen Steppenaugen, den hohen Backenknochen und in seiner phantasievollen deutsch-kalmückischen Kleidung auf andere befremdlich wirkte. Und, zugegeben, manchmal etwas vierschrötig daherkam, insbesondere wenn der Wein ihn belebte. Alle hatten sie einvernehmlich mit Goethe gelächelt, die Herren von Biedenfeld, Gmelin, Hebel, Böckmann und wer immer sich dem Besuch der wissenschaftlichen Sammlung von Mineralien, Muscheln, Insekten und Fischen noch angeschlossen hatte. Falls der ein oder andere betreten gewesen sein sollte, hatten sie es nicht gezeigt. Und auch er hatte nicht widersprochen, haderte noch heute mit sich, dass ihm keine schlagfertige Antwort eingefallen war. Hansnarr!, hatte er damals mürrisch gedacht, als der Dichterfürst auch noch lateinisch zu reden anfing. Schließlich hatte er nach einer Entschuldigung gesucht, um sich zu verabschieden. Er müsse zu seinen Baustellen.

Andererseits, seinen Entwürfen war Goethe zugetan gewesen. Mit großem Interesse hatte der Dichter sich zuvor im Atelier Risse und Pläne zeigen lassen und sich lobend über das Hoftheater und seine Kirchenbauten ausgelassen. Goethe teilte mit ihm die Idee der Antike, seine Vorstellungen von einer südlichen Lebensempfindung in Deutschland. Und er, Weinbrenner, brachte mit seiner Architektur Arkadien nach Deutschland.

Oder verlor er sich an eine Utopie?

Mit Heger kam der Alltag zurück.

»Und?«, fragte er seinen Schüler.

»Der Mann kocht vor Wut.« Der Studiosus ahmte den Tonfall des Abgewiesenen nach: »›Er wird noch von mir hören, der Oberbaudirektor. Da kann er Gift drauf nehmen, richten Sie ihm das aus.‹«

»Hab ich's Ihnen nicht gesagt, Wiesli? So sind sie, die guten südländischen Seelen. Heißsporne. Trotzdem müssen sie die architektonischen Grundlagen lernen wie alle anderen auch.«

»Aber blendend sieht er aus«, wendete Heger ein, »Augentrost einer jeden Witwe, Balsam für ihre einsamen Herzen.«

»Pfui, Heger, das gehört sich nicht.« Weinbrenner hob den Zeigefinger. Kindsköpf, alle miteinander! Seine Schüler genauso wie dieser eingeschnappte Leonelli. War er in ihrem Alter auch so unreif gewesen?

»Kommen Sie, kümmern wir uns jetzt um Leipzig.«

Leonelli

Er ballte die Hände zu Fäusten, verkrumpelte die Papiere in seiner Rechten. Weg damit. Was sollte er noch mit den Rissen? Zerreißen würde er sie, die Schnipsel dem Architekten vor die Füße werfen.

Im Gleichmarsch näherte sich ein Trupp Soldaten, marschierte an ihm vorbei, kam gleich darauf vor dem Ettlinger Thor zum Stehen. Der Kommandant schrie, die Posten traten heraus, salutierten. Ablösung.

Ein Stadttor will der großartige Herr Weinbrenner geschaffen haben, glanzvolles Entree einer fürstlichen Residenz!, höhnte Leonelli. Sieht aus wie der Eingang zu einem Friedhof, zu einem armseligen Gottesacker! Ein Bau plump und ohne jede Eleganz. Billige Kopie römischer Vorbilder. Der verstorbene Markgraf Carl Friedrich hat sich von seinem Baumeister schön blenden lassen.

Fuhrleute passierten die Kontrolle, Frauen mit Wäschekörben schlenderten aufreizend langsam hindurch, poussierten mit den Wächtern. Er verachtete ihre Koketterie. Ihn bemerkten sie nicht. Niemand bemerkte ihn, für alle war er ein Nichts. Und das Weinbrenner'sche Anwesen hinter ihm verschlossen und abweisend.

Ein schwarzer Käfer krabbelte übers Trottoir, nichtsnutziges Getier auf kaltem Boden. Ein Anflug von Macht ergriff ihn, als er darauftrat. Mit einem Knacken brach der Chitinpanzer.

Oh nein, er würde seine Entwürfe nicht zerreißen. Diesen Gefallen tat er Weinbrenner nicht. Darauf wartete der doch nur. Schon in Rom hatte der Deutsche ihn behandelt, als sei er Luft. Aber der würde sich noch wundern, der Herr Oberbaudirektor. Seine Königliche Hoheit, Großherzog Karl, hatte ihm Audienz gewährt, kaum dass er angekommen war in der Residenz. Seine Vorschläge zur Gestaltung von Garten und Palais des Markgrafen Friedrich hatte der Fürst mit Gewogenheit zur Kenntnis genommen und ihn aufgefordert, Entwürfe einzureichen. Mit einer liebenswürdigen Einladung zur nächsten Soiree in die Privatgemächer Seiner Königlichen Hoheit war er entlassen worden.

Während Leonelli in Richtung Marktplatz ging, rollte er die Entwürfe zusammen und schlug den Kragen seines Überrocks hoch. Leute eilten vorbei, zwei Reiter überholten, ein Paar kam ihm entgegen. Der Mann, sehr viel jünger als die Dame, hochgewachsen und mit sehr blonden Haaren unterm glänzenden Zylinder, führte Madame galant am Arm. Als die beiden mit ihm auf einer Höhe waren, huschte ein Lächeln des Erkennens über Monsieurs Gesicht, und der schön geschwungene Mund formte einen kaum wahrnehmbaren Gruß. Leonelli neigte diskret den Kopf. Nach ein paar Schritten drehte er sich noch einmal um. Adams Gang war der eines Flaneurs, unnachahmlich weltmännisch.

Verrat

»Mord«, erklärte Dr. Schweikhard, »aber eher Selbstmord.« Mit seinem Taschentuch putzte er das Mehl von einem neben dem Korbregal stehenden Hocker, bevor er sich setzte.

Bei den Worten des Oberhofrats presste Barbara die Hände auf den Mund und unterdrückte den Schluchzer, der ihr in der Kehle saß. Doch dann fuhr sie fort, das Brennholz, das Christian vom Hof hereinbrachte, neben dem Backofen aufzuschichten, als habe Schweikhard keine solche Ungeheuerlichkeit von sich gegeben.

Auch der Bruder sagte nichts, verschwand nach draußen, um gleich darauf mit neuem Holz zurückzukehren. Doch unversehens ließ er die Scheite fallen. Dumpf polternd schlugen sie auf den Boden.

»Nein!«, herrschte er den Arzt an. »Selbstmord? Das glaub ich nicht.«

»Doch«, beharrte Schweikhard. »Es spricht vieles dafür, dass Ihr Vater sich das Leben genommen hat.«

»Mein Vater? Nie! Wie kommen Sie darauf? Es kann nur Mord gewesen sein. Oder ein Unfall.«

Barbara trat neben ihn. Lass ihn doch ausreden, den Oberhofrat, wollte sie sagen, er wird seine Gründe haben. Er hat doch Vater untersucht. Ein Oberhofrat weiß, was er sagt.

»Bitte, Christian …«

»Du sei still!«, zischte er.

Er stützte sich schwer auf den Arbeitstisch, wischte mit dem Ärmel das erhitzte Gesicht ab. Der Holzdreck mischte sich mit dem Schweiß auf seiner Haut zu grauen Striemen.

»Was immer es war, Herr Hemmerdinger, aber ein Unfall bestimmt nicht«, erklärte Schweikhard.

Barbara sah, dass der Arzt ihr einen prüfenden Blick zuwarf, dann den Bruder fixierte, dessen Augen, die jetzt flatterten. Aber Christian heulte nicht. Auch als die Mutter gestorben war, hatte er nicht geheult. Zwar war er nach ihrem Tod tagelang verloren durchs Haus gegeistert, aber geweint – nein, geweint hatte er nicht.

»Bitte, Herr Doktor, sagen Sie mir, dass es ein Unfall war.« Christians Stimme hatte fast etwas Flehendes.

»Das kann ich nicht«, erwiderte Schweikhard. »Es sei denn, Sie sagen mir, Ihr Vater habe Steine gesammelt.«

»Steine? Nein, natürlich nicht. Wozu auch? Was hätte er damit machen sollen?«

Aus dem kleinen Sack, mit dem er gekommen war, holte der Oberhofrat mehrere Steinbrocken und reihte sie vor sich auf dem Boden auf. Einer hatte die Größe eines Straußeneis, die anderen waren kleiner.

»Das fanden wir in den Taschen seines Rocks und seiner Hose, der große Stein war mit einem Seil um seinen Bauch gebunden.«

»Mord«, flüsterte der Bruder fassungslos.

»Hatte Ihr Vater Feinde?«

Christian zuckte hilflos die Achseln. »Nicht dass ich wüsste. Hier in der Straße haben ihn alle gemocht.«

Der Doktor stand auf und klopfte sich das Mehl vom Hosenboden.

»Es tut mir leid, Herr Hemmerdinger. Ich habe die Polizeybehörde benachrichtigt. Die Steine verbleiben einstweilen dort. Wenn das Amt die Kleider freigibt, erhalten Sie sie zurück.«

Er nahm den Beutel auf und wollte zur Tür.

»Bitte, Herr Oberhofrat, eine Frage noch. Wenn … Wenn es wirklich kein Unfall war, wie hat man ihn dann entdeckt? Ich meine, mit den Steinen … Wer hat ihn denn gefunden?«

»Einer der Kutscher vom Wagenplatz vor dem Durlacher Thor. Er hätte mal müssen, hat er gesagt. Und da schwamm eine Mütze auf dem Wasser, oder vielmehr sie hatte sich zwischen Ästen verfangen. Er wollte sie rausfischen, könnte man ja vielleicht gebrauchen, hat er gedacht, und als er versuchte, den Ast zu sich heranzuangeln, hat er gesehen, dass da jemand im Wasser lag. Da hat er Alarm geschlagen.«

»Und seinen Siegelring? Haben Sie ihn zufällig in Vaters Taschen gefunden?«, mischte sich Barbara in das Gespräch, fast versagte ihr die Stimme. Sie sah die nackten Finger des Vaters neben dem knienden Arzt, das bleiche Gesicht, die nassen Haare. Seine weit geöffneten Augen waren auf sie gerichtet gewesen. Sie schluckte, sah den roten Stoffball auf dem Wasser tanzen, um sich selbst kreiseln, in der Untertunnelung verschwinden.

»Nein. Sonst war nichts in seinen Taschen. Glauben Sie, dass er ihm gestohlen wurde?«

»Es könnte ja sein, dass man ihn deswegen überfallen hat.«

»War er wertvoll?«

Barbara wusste es nicht.

»Ich weiß nur, dass er ihn nie ausgezogen hat, aber jetzt war er nicht mehr an seiner Hand.«

Dr. Schweikhard federte ein paarmal unschlüssig mit den Zehenspitzen auf und ab.

»Es hätte Kampfspuren geben müssen«, gab er schließlich zu bedenken.

»Und die gab es nicht?«

»Der Sergeant, der den Fundort inspiziert hat, konnte nichts Auffälliges entdecken. Kein runtergetretenes Gras, keine Schleifspuren. Auch der Körper war völlig unversehrt. Nirgends eine Schramme, keine Wunden, keine Blutergießungen. Nur eine alte Narbe am linken Zeigefinger.«

»Da hat er sich einmal mit dem Messer geschnitten. Das ist lange her«, bestätigte Barbara.

»Zieht man einen Ring aus, bevor man sich das Leben nimmt?«, sinnierte sie laut, nachdem der Oberhofrat gegangen war. »Dann müsste er hier irgendwo liegen.«

Barbara schaute sich im Raum um.

»Der Ring bedeutete ihm viel. Es war das Einzige, was er von seinem Vater hatte. Ich glaub, er war sogar noch von seinem Großvater.«

Irgendwann wird ihn Christian bekommen, hatte er einmal zu ihr gesagt, aber das verschwieg sie dem Bruder.

Sie ging hinüber in Vaters Schlafecke. Als Mutter krank wurde, hatte er sich einen Hocker und eine Kleidertruhe dorthin gestellt, um sie nicht zu stören, wenn er morgens in der Frühe mit dem Backen fertig war und sich für ein paar Stunden aufs Ohr legte.

Die Zudecke über dem Strohsack war glatt gestrichen, das Paar Schuhe, in dem er gearbeitet hatte, stand zum Reinschlüpfen bereit am Fußende, sein Mehlkittel lag ausgeklopft und zusammengefaltet über dem Sitz, auf der Truhe eine Bibel. Der Vater war immer ordentlich gewesen.

Zu seinen Lebzeiten hätte sie es nicht gewagt, an seine Sachen zu gehen, und auch jetzt scheute sie sich, die Decke zu lüpfen, den Wäschekasten aufzuschließen. Der Schlüssel steckte, aber es wäre ihr wie Leichenfledderei vorgekommen.

»Er hat aufgeräumt, als ob er hat verreisen wollen«, sagte sie mehr zu sich als zu Christian.

»Vielleicht nach Schröck, um Brotgetreide von den Holländerschiffen zu kaufen? Heute ist eine Lieferung gekommen, von der ich nichts gewusst hatte. Vielleicht hat er das gestern noch geregelt.« Christian deutete auf einen vollen Sack an der Wand.

»Das glaub ich nicht«, widersprach Barbara. »Er hätte uns gesagt, wenn er so was vorgehabt hätte. Schröck liegt direkt am Rhein, das ist ein gutes Stück zu gehen, und er wär dann durchs Linkenheimer Thor hinaus, nicht durchs Durlacher.«

Sie schaute dem Bruder zu, wie er mit der Hand neues Roggenmehl in die Schüssel mit dem angesetzten Sauerteig streute und unterrührte. Sein Gesicht war frostig.

»Du glaubst nicht an einen Unfall?«, fragte er.

Nein, dachte Barbara bei sich, das war kein Unfall, der Ball ist nicht mehr aufgetaucht. Es kann nur Mord oder Selbstmord gewesen sein. Aber wer hätte den Vater umbringen sollen? Und warum?

»Hilft dir Bernhard heute nicht?«, fragte sie ausweichend.

»Er ist Arbeit suchen, hat er gesagt. Die Bäckerei wirft nicht genügend ab für uns alle.«

Christian fegte das überschüssige Mehl auf dem Tisch zusammen und schüttete es in einen Holztrog. Es staubte.

»Die neue Lieferung reicht nur für knapp eine Woche.«

»Morgen ist frisches Brot fürs Bureau fällig.«

Christian nickte, und Barbara begann Mehl zu sieben. Eine Weile arbeiteten sie stumm nebeneinander.

»Selbstmord?«, fing Christian wieder an. »Unser Vater? Nein, niemals.« Seine Stimme zitterte.

»Warum kannst du dir nicht vorstellen, dass er so was getan hat?«

»Weil …«, druckste er, und sie sah, wie er nach Worten rang. Er setzte sich auf den Hocker, auf dem zuvor der Oberhofrat gesessen hatte. »Es wäre schrecklich, wenn es Mord gewesen ist. Aber dafür könnte er wenigstens nichts.« Christian stockte. »Aber wenn er Selbstmord gemacht hat, dann …«

Er wusste nicht, wie er sich ausdrücken sollte.

»Dann hat er uns im Stich gelassen. Das willst du sagen.«

»Ich hab Bernhard was versprochen, und Vater hat mich dabei unterstützt. Ich steh zu dir, hat er immer gesagt. Aber wenn er Selbstmord gemacht hätte, dann … dann …«

»… hätte er sein Wort nicht gehalten.«

»Wieso nimmt er sich das Leben, wenn er sagt, dass er mir immer helfen will.« Christians Stimme wurde schärfer, unbeherrscht stieß er mit dem Fuß gegen das Regal mit den Körben.

»Vielleicht gab es Gründe, dass er das Leben nicht mehr ausgehalten hat?«

»Gründe? Was für Gründe? Hat er nicht Verantwortung für uns gehabt? Er kann mich doch nicht einfach mit allem sitzen lassen. Und wo ist sein Geld? Gerade noch ein Gulden war in der Kasse.«

Er deutete vorwurfsvoll zur Kleidertruhe.

»Du hast sie aufgemacht?« Barbara war entsetzt, aber schon redete Christian weiter:

»Was hätte ich denn tun sollen? Wovon hätte ich denn den Karrenfahrer bezahlen sollen, als der vorhin das Mehl brachte? Nächste Woche ist wieder Holz fällig, es regnet durchs Dach, der Apotheker kriegt noch immer Geld für Mutters Medizin, und wir müssen essen.«

Abrupt brach Christian ab, er schloss die Augen, seine Schultern bebten.

»Irgendwo wird das Geld sein«, meinte Barbara begütigend.

»Viel ist es nicht, was wir haben, hat der Vater mir noch nach Mutters Tod gesagt, aber es tät zum Leben reichen. Zusammen mit meinem Lohn kämen wir über die Runden, hat er gesagt.«

Christian hörte nicht auf Barbara. Er begann laut zu überlegen, so, als liefe er neben dem Vater her, wie um herauszubekommen, was ihm zugestoßen sein könnte.

»Er ist durchs Tor gegangen, aber nicht in Richtung Durlach, sondern nach Norden, am Schaafgraben entlang. Ich kenn den Weg, mit Pferd und Wagen kann man dort nicht fahren. Er ist schmal und holprig. Später biegt er ab und führt durch die Felder nach Rintheim, Hagsfeld und noch weiter.«

»Kennt er dort vielleicht jemanden, zu dem er wollte?«, unterbrach Barbara ihn. Sie legte das Mehlsieb auf die Seite und säuberte ihre Hände an einem Tuch. Es dauerte eine Weile, bis der Bruder antwortete.

»Früher hat er von einem Freund erzählt, der irgendwo dort im Norden gewohnt haben soll. In der Nähe von Staffort oder Schloss Stutensee. Aber wo genau? Keine Ahnung. Das ist schon so lange her.«

»Und wie heißt dieser Freund?«

Christian zuckte mit den Schultern. »Der… Del… Deller … ich weiß nicht.«

»Vielleicht wollte er zu ihm, aber wenn wir keinen Namen haben, können wir ihn nicht finden und fragen.«

»Nur warum hätte er dabei seine ganze Barschaft mitnehmen sollen? Nein. Viel wahrscheinlicher ist, dass Vater eine Rechnung bezahlen musste und mit dem Geld unterwegs war. Strauchdiebe riechen so was.« Christian redete sich in Rage, mit jedem Wort wurde seine Stimme heiserer. »Vielleicht war's sogar dieser Kutscher, der ihn gefunden haben will. Wahrscheinlich war's der. Der hat ihn zusammengeschlagen, beraubt, Steine in seine Rocktaschen gefüllt, und dann ab mit ihm in den Graben.«

Aber Barbara war nicht überzeugt.

»Ich weiß nicht. Du hast doch gehört, was Schweikhard gesagt hat: Sie haben keine Spuren von einem Kampf gefunden.« Als sie weiterredete, wisperte sie fast. »Auch wenn es uns nicht gefällt, Christian, ich glaube, Vater hat Mutters Tod nie überwunden. Es ging ihm nicht gut in den letzten Monaten. Er hat kaum noch geredet, und dünn ist er geworden.«

Christian platzte fast.

»Vater ist dünn geworden«, schrie er, »Vater hat nicht mehr geredet! Vater ging es schlecht! Und wer fragt, wie's mir geht? Allein hat er mich gelassen. Mit Absicht. Wenn es ihm dreckig gegangen ist, wenn er Sorgen gehabt hat, warum hat er dann nicht mit mir geredet? Hat er kein Vertrauen zu mir gehabt?«

»Vielleicht wollte er dich mit seinen Sorgen nicht belasten.«

»Was heißt, mich nicht belasten wollen? Jetzt hab ich doch auch den ganzen Ärger auf dem Buckel.«

Verbittert wischte er das Sieb vom Tisch, klirrend schlug es auf dem Fußboden auf. In einer dichten Wolke sackte das Mehl in sich zusammen.

»Christian!«

»Christian! Ist das alles, was du sagen kannst? Ich hab bis übermorgen Zeit, dann will der Mehlhändler sein Geld. Soll ich auch noch den letzten Rest von meinem sauer Ersparten opfern?«

Barbara starrte ihren Bruder mit offenem Mund an, heiliger Zorn überkam sie.

»Mein Gott, bist du selbstsüchtig! Was soll ich denn sagen? Jeden Kreuzer von meinem Gehalt habe ich in all den Monaten abgeliefert. Ebenso Christina. Anders als du haben wir auch nicht einen Sou behalten. Haben wir je ein Wort des Dankes von dir gehört? Nein, denn es versteht sich ja von selbst, dass unser Geld alle fressen dürfen, während der Bruder seins behalten darf.«

Was bildete dieses Herrchen sich ein? Dass nur er das Recht hatte, verletzt zu sein? Christians Vorwürfe gegen den Vater schnitten ihr ins Herz. Sie riss sich die Mehlschürze herunter und feuerte sie in eine Ecke.

»Wenn du zur Besinnung gekommen bist, dann gib mir Bescheid, dann suchen wir noch mal alles durch. Wenn unser Vater von sich aus aus dem Leben geschieden ist, wird er seine Gründe gehabt haben, und wir finden einen Brief, den Ring, Geld oder irgendetwas. Wenn er aber überfallen und beraubt wurde, dann …«, sie schluchzte auf, zog aber sofort, wütend über die Tränen, die ihr aus den Augen schossen, die Nase hoch. »Wenn er überfallen wurde, dann ist es halt so. Dann können wir auch nichts mehr ändern. In beiden Fällen können wir nichts ändern. Wir können uns nur zusammensetzen und überlegen, wie es weitergehen soll.«

Sie drehte sich auf dem Absatz um und rannte aus der Backstube. Mit einem Knall schlug sie die Tür hinter sich zu.

Regen, nichts als Regen

Weinbrenner setzte den Hut auf und trat hinaus vor den Eingang. Fast war er geneigt, seinen Schülern zuzustimmen, das Wetter war eine einzige Katastrophe. Seit dem frühen Morgen regnete es Bindfäden, ein kalter Dauerregen, gegen den die Sonne keine Chance hatte. Stünde die Fahrt nach Leipzig nicht unmittelbar bevor, keine zehn Pferde würden ihn aus dem Haus kriegen. Doch es musste sein. Müller & Wagner hatten nach ihm schicken lassen. Die ersten Andrucke der Stadtvergrößerungspläne seien fertig, er solle doch bitte vorher noch vorbeikommen, um sie sich anzuschauen und sein Placet zu geben.

Seine Kutsche war noch immer beim Wagenmacher, und da ein Unglück selten allein kam, gab es auch vor dem Ettlinger Thor keine einzige Mietkarosse. Notgedrungen musste er sich zu Fuß auf den Weg machen. Vielleicht war es nicht mal das Schlechteste, der Spaziergang würde ihn auf andere Gedanken bringen. Weinbrenner band sich den Schal um den Hals, schlug den Mantelkragen hoch und durchquerte den Vorgarten zur Straße.

Er war angespannter als sonst vor einer Reise. Gereizt. Sonst war jede Fahrt für ihn ein Vergnügen gewesen, ein angenehmes Abenteuer, bei dem er sich mit Herz und Seele seiner Arbeit widmete und Sehenswürdigkeiten studierte, die er bislang nur von Veduten und Gemälden kannte. Er wollte nicht so weit gehen und behaupten, dass ihn die Tour nach Leipzig belastete, aber seit einiger Zeit fühlte er einen Druck auf dem Magen, den er sich nicht erklären konnte. Gewiss, der Umbau des Leipziger Theaters war ein bedeutsamer Auftrag, überdies warteten Gespräche mit Kollegen auf ihn, die alles andere als leicht werden würden. Aber das war im Grunde genommen nichts Außergewöhnliches. Schließlich hatte er schon viele bedeutende Werke geschaffen, ohne dass sein Magen revoltierte, und Konflikte unter Männern vom Fach gehörten zum Handwerk wie Zirkel, Stift und Papier.

Gretl fehlte ihm. Ganz einfach. Mit ihr hatte er seine Freuden, aber auch Mutlosigkeit und Ungewissheit teilen können. Ohne sie war ihm das Leben in den letzten anderthalb Jahren schwerer geworden. Endlos die Tage, wenn ihn wieder einmal der Schmerz überwältigte. Dann vergrub er sich umso tiefer in die Arbeit, zu tun gab es genug. Erst neulich hatte Staatsrat Klüber ihn mit technischen Zeichnungen für russische Öfen beauftragt, interessant, aber er würde die Aufgabe hintanstellen müssen.

Unterm Regen hindurch eilte Weinbrenner voran. Der Anblick des Schlossturms am Ende der Straße stimmte ihn versöhnlich. Er konnte sich glücklich schätzen, in dieser Stadt wirken zu dürfen, wo von jeder Strahlenstraße aus das Schloss, der Mittelpunkt der Residenz, zu sehen war. Es lag darin etwas Geniales, eine Hommage an die reine Verstandesfähigkeit des Menschen.

Nur gelegentlich unpraktisch, dachte der Oberbaudirektor. Der eigenwillige Karlsruher Stadtplan bescherte ihm in schöner Irregularität jede Menge abschreckender spitzer und stumpfer Straßenecken, die eine vernünftige Gebäudeplanung zwar nicht unmöglich machten, aber unnötig komplizierten. Mehr als einmal hatten seine Vorgänger im Bauamt empfohlen, die Gassen stadtauswärts, also jenseits der quer verlaufenden Langen Straße, in Zukunft nicht mehr strahlenförmig, sondern nunmehr im rechten Winkel weiterzuführen, und auch er hatte zeitweilig mit diesem Gedanken gespielt. Doch der selige Großherzog Carl Friedrich hatte dieses Ansinnen stets abgelehnt. Sein Großvater Markgraf Carl Wilhelm, so hatte Königliche Hoheit einmal seinem damals noch jungen Stadtplaner erklärt, sein Großvater habe mit Sinn und Verstand diesen vollendeten Wegestern rund um seine Jagdruhe anlegen lassen, und er würde den Teufel tun, diese göttliche Schöpfung in Frage zu stellen. Widerspruch zwecklos. Friedrich Weinbrenner hatte zustimmend den Kopf gesenkt, was hätte er auch sonst tun sollen. Er gelobte sich, das Beste daraus zu machen.

Aber alle Architektengenerationen nach mir werden deshalb Kopfschmerzen bekommen, er freute sich diebisch. Wenn er allein an Seeligmann Ettlingers Haus Lange Straße, Ecke Kronengasse dachte! Wochenlang hatten er und seine Schüler sich mit dem verwünschten Grundriss herumgeplagt. Letztendlich hatte es nur eine Lösung gegeben, in allen drei Stockwerken den mittig gelegenen kreisrunden Salons jeweils einen asymmetrisch versetzten ovalen Vorraum anzugliedern. Ein paar Nebenräume und Abstellkammern gerieten dadurch mehr als krummwinklig, was sein ästhetisches Selbstverständnis auf eine harte Probe gestellt hatte.

Aber die Fassade war großartig. Harmonisch gelbgrau, Eckbalkon auf fächerartigen Konsolen, schlichte Fenster, wie er sie liebte, zwei Hauseinfahrten mit ebenso schlichten runden Torbögen, von den Schlusssteinen des vorigen Jahrhunderts hatte er Abstand genommen.

Alles in allem eine gelungene Arbeit.

Weinbrenner ließ das Rondell hinter sich und bog in die Hospitalstraße ein, sein Magen begann unvernünftig zu grummeln.

»Du alter Ochs, du alter.«

Aber es nützte nichts. Die Knie wurden ihm schwach, wie damals, als er, gerade fünfzehnjährig, das erste Mal verliebt war. Er hatte keine Ahnung gehabt, wer jenes Mädchen gewesen war, eine Magd vielleicht oder die Tochter einer Linkenheimer Bäuerin, denn er hatte sie häufig vor dem Zimmermannsplatz seines Vaters vorbeigehen sehen. Ihm gefielen ihr wippender Gang und die Art, wie sie mit Grazie den Marktkorb auf dem Kopf balancierte. Mit kerzengeradem Rücken und weißen Bändern, die das enge Schnürleibchen zusammenhielten. Sie war älter als er gewesen, ein gutes Stück, dennoch hatte er seinen ganzen Mut zusammengenommen und sie gegrüßt. Zweimal. Ob sie gemerkt hatte, wie es um ihn stand?

Sophie Reinhard war nicht älter als er. Im Gegenteil, neun Jahre jünger, 1775 geboren wie seine verstorbene Frau. Er hatte es zufällig erfahren und war erschrocken gewesen. Es schien ihm, als betrüge er Gretl.

Jetzt stand er vor der Nummer siebenundsechzig. Er könnte klingeln. Vielleicht war sie zu Hause und leistete ihrer Mutter, der Staatsratswitwe, Gesellschaft. Ein Stündchen könnte er sich zu den Damen setzen, eine Tasse Kaffee trinken, mit Sophie über Italien plaudern. Sie kannte das Land mindestens so gut wie er, hatte es, wie er berauscht von den großen Meistern und ihren Werken, vielmals besucht und schwärmte vom Licht, von diesem ganz eigenen Licht des Mittelmeers. Feodor Iwanowitsch, damals schon lange nicht mehr der kleine buckelnde Pagenbub mit Chinesenzopf, sondern bereits vom badischen Hof geförderter und anerkannter Maler, hatte sie ihm eines Tages vorgestellt, Demoiselle Reinhard, Hofmalerin, und er hatte seine Überraschung kaum verbergen können. Eine Frau in einer solchen Position, mit einem Jahreseinkommen, das ihr ein unabhängiges Arbeiten ermöglichte, war noch immer alles andere als eine Selbstverständlichkeit, wiewohl es inzwischen Frauen gab, die sich einen Namen gemacht hatten, gerade in der Kunst.

Zuerst hatte ihr lebhaftes Wesen ihn irritiert. Dass sie mit Händen redete und ihr Herz offen auf der Zunge trug, verunsicherte ihn. Sollte eine Frau nicht vielmehr Innigkeit, Anmut und Unschuld zeigen und sich zurückhalten in ihren Äußerungen? Natürlich verlangte niemand, dass sie schwieg in Gesellschaft, nein, nein, das nicht. Aber diese Ausbrüche von Leidenschaft und Tatendrang, wie er sie bisher nur beim italienischen Volk erlebt hatte, widersprachen sie nicht dem Wesen idealischer Weiblichkeit?

Und doch faszinierte Sophie Reinhard ihn, ihre fröhliche Unbekümmertheit, ihre Begeisterungsfähigkeit, nicht zuletzt auch ihre erstaunlichen Kenntnisse der Antike. Er hatte den Eindruck, dass sie besser als jeder andere, besser sogar als sein kalmückischer Freund, mit dem er doch die Unterkunft in Rom geteilt hatte, seine Liebe zur griechischen und römischen Klassik verstand und nachvollziehen konnte. Als hätte sie Vitruv studiert oder den großen Palladio, diskutierte sie mit ihm über seine Pläne für Theaterbauten, Adelspaläste und Gotteshäuser. Und er hatte sich darauf eingelassen, hatte sie durchs Bureau geführt, mit herzklopfender Freude, und ihr seine Risse gezeigt.

Sophie!

Schon hatte er die Hand an der Schelle, als er sich besann. Vielleicht saß sie gerade an der Staffelei und malte. Da wollte er nicht stören.

»Du bist ein Trottel, Weinbrenner.«

Noch nicht einmal ein Jahr war es her, dass ihr Verlobter gestorben war, eine Zeit der Trauer musste er ihr zugestehen.

»Und überhaupt, was erwartest du eigentlich? In deinem Alter!«

Er läutete nicht, er ging an Madame Reinhards Haus vorbei, den Blick eisern geradeaus gerichtet. Der Wind blies ihm Regenschauer ins Gesicht, von der schräg gegenüberliegenden Artilleriekaserne kam das belfernde Kommando eines Hauptmanns: »Und vorwärts, marsch, eins-zwei, eins-zwei …«

Es war nicht mehr weit bis zur Wagner'schen Steindruckerei am Anfang des Holzmarkts, ein paar Ruten nur, als ihm auf der anderen Straßenseite ein Mann auffiel, erst wegen des verwegenen breitkrempigen Schlapphuts, den er trug, und dem weiten Mantel, der ihn wie eine Fahne umwehte. Dann aber auch, weil die Person stehen geblieben war und ihn offensichtlich beobachtete. Weinbrenner war sich sicher, diesen Menschen nicht zu kennen, dennoch zog er im Weitergehen den Hut und grüßte höflich.

Er erschrak, als er unverhofft jemanden dicht hinter sich bemerkte. Kein Schatten hatte den Menschen angekündigt, kein einziger Schritt, er schien Schuhe zu tragen, die lautlos waren. Fast berührte er ihn.

»Weinbrenner?«

Einfach so: Weinbrenner! Ohne Herr. Wie zu Lyceumszeiten oder unter Kumpanen in einer Schankwirtschaft. Eine Person ohne Kinderstube.

»Was wollen Sie von mir?«

»Sie wissen nicht, wer ich bin?«

Weinbrenner trat zurück. Die Krempe des Huts hing dem Fremden tief ins Gesicht, der Architekt ahnte es mehr, als dass er es erkennen konnte. Schmal war es, die Augen dunkle Löcher, lauernd. Um den Hals trug der Mann einen Schal, der auch das Kinn verdeckte und gerade noch den Mund frei ließ, einen dünnen Mund mit blau gefrorenen Lippen. Die Hände hielt er in seinem weiten Rock vergraben.

»Ich habe es schon Ihrem Schüler gesagt, Sie werden noch von mir hören, Weinbrenner.«

Mit einem Ruck zog der Unbekannte seine Hände aus den Taschen des Überwurfs, pustete bedrohlich aggressiv in die Innenflächen und rieb sie anschließend zum Wärmen aneinander. Der Oberbaudirektor zweifelte nicht, dass sein Gegenüber zuschlagen würde, wenn er nur eine einzige falsche Bewegung oder eine schiefe Bemerkung machte. Zwar war er größer und stämmiger als der andere, doch er war nicht mehr der Jüngste und ungelenk obendrein. Und wer weiß, sein Feind konnte eine Waffe haben. Besser, er rührte sich nicht.

»Sie bilden sich ein, der größte aller Architekten zu sein. Unfehlbarer Gott der Baukunst«, raunte der Fremde. »Aber Sie täuschen sich. Denken Sie an die Kirchenkuppel …«

Der Mann lüpfte seinen Hut, ein, zwei Zoll nur, eine Andeutung scheinbarer Höflichkeit, so beiläufig, dass Weinbrenner den Hohn der Geste spürte.

Und dann war der dunkle Gesell verschwunden, als hätte ihn die Erde verschluckt.

Der Baumeister drehte sich nach allen Seiten um. Hatte er Gespenster gesehen?

Monoton rauschend fiel der Regen, dämpfte jedes Geräusch. Die Hospitalstraße lag menschenleer, der Holzplatz vor ihm verwaist. Trotzdem war Weinbrenner, als lauere ihm jemand auf. Ungestüm rüttelte er am Klingelstrang der Wagner'schen Druckerei und schlüpfte erleichtert durchs Tor, als ein Bediensteter aufmachte.

Huhn mit Morcheln

Er konnte sich kaum auf das Gespräch mit dem Druckereibesitzer konzentrieren. Aber der ungleichmäßige Andruck fiel ihm doch sofort ins Auge. An einigen Stellen auf den Bögen war die Farbe dunkler, an anderen heller. Das ging nicht. Hatte das Wagner nicht gemerkt? Wo hatte der Mann seine Augen gehabt? Der Oberbaudirektor verbiss sich einen Vorwurf, immerhin kam der Drucker ihm auch öfters entgegen, wenn er Sonderwünsche hatte. Vor allem aber musste Weinbrenner ständig an den unheimlichen Vorfall von eben denken.

»Achten Sie darauf, dass der Stein wirklich glatt ist. Vielleicht muss er auch nur sorgfältiger eingewalzt werden«, sagte er daher bloß, »und diese eine Linie hier ist nicht richtig. Schauen Sie, wo sie auf meiner Vorzeichnung endet und bis wohin Ihr Zeichner sie gezogen hat. Wer hat es gemacht? Sutterer? Eigentlich kann man sich auf ihn verlassen. Er soll es korrigieren. Und dann machen Sie mir bitte fünfzehn Drucke.«

Er verabschiedete sich schnell, aber als der Torflügel zur Straße hinter ihm ins Schloss gefallen war, blieb er wie festgeleimt stehen. Er keuchte, ein feiner Stich durchzuckte seine Brust. Wer war dieser Krempenmann gewesen? Dann schlug er sich an die Stirn.

Natürlich. Leonelli. Wer sonst? Waren es doch fast dieselben Worte gewesen, die Heger nachgeäfft hatte, nachdem er den Möchtegern-Architekten gestern aus seiner Wohnung hinauskomplimentiert hatte.

Sie werden noch von mir hören, Weinbrenner.

Wieder ziepte es in ihm, ein kurzer, beißender Schmerz.

Der Bursche hatte Deutsch mit italienischem Akzent gesprochen. Aber da war auch ein französischer Unterton gewesen, ein Akzent, wie Weinbrenner ihn von Gretl und seiner Onkelfamilie aus Straßburg kannte. Doch die wenigen Sätze waren viel zu kurz gewesen, viel zu wirr und hastig hervorgespuckt, als dass er die Herkunft dieses Straßenschrecks hätte bestimmen können.

Spionierte dieser Kerl mit dem französisch-italienischen Doppelgesicht ihm nach? Oder wohnte er hier irgendwo, und die Begegnung war reiner Zufall?

Der Regen hatte in der Zeit, in der er in der Druckerei gewesen war, aufgehört, aber die feuchte Luft drang durch ihn hindurch bis auf die Knochen. Er fror. Jetzt etwas Heißes, etwas, das ihn von innen her wärmen würde. Nicht nur ein Kaffee, etwas Schärferes müsste es schon sein. Ein Cognac. Weinbrenner fühlte sich schwach wie ein Vogeljunges, schutzlos, aus dem Nest gefallen, mit klammen Federn. Er hustete, die Rippen taten ihm weh. Oder lag es daran, dass er heute noch nichts Richtiges gegessen hatte? Er würde ins Museum gehen, eine Erkältung konnte er sich jetzt nicht erlauben.

Eine halbe Stunde später saß der Oberbaudirektor aufatmend vor einem Teller mit appetitlich geschmorten Hühnerbrüstchen, aber wirklich beruhigt war er nicht. Leonellis Drohworte schrillten ihm in den Ohren. Denken Sie an die Kirchenkuppel! Man könnte meinen, es gäbe Leute in dieser Stadt, die ihm ans Bein pinkeln wollten.

Er pickte eine Morchel auf. Die feine Säure von Zitrone und der Hauch Muskat waren ganz nach seinem Geschmack.

Habe ich nicht alles getan, was ich konnte, um eine Stadt zu entwickeln, die dem Auge gefällig ist und der Seele schmeichelt? Stehe ich nicht Tag und Nacht am Zeichentisch, rastlos, ohne mich zu schonen, um allen und jedem zu Gefallen zu sein? Am besten noch ehegestern!

Weinbrenner spießte die Gabel ins Fleisch, löste ein Stück vom Knochen und führte es zum Mund. Vorzüglich. Geheimrat Frackle grüßte ihn und setzte sich zwei Tische weiter zu einer Gruppe von Honoratioren. Gut so. Ihm war nicht nach Leut, er könnte jetzt niemanden um sich herum vertragen. Ob sie über ihn redeten?

Da baue ich seit bald zwanzig Jahren ohne Fehl und Tadel, habe mir weit über die badischen Grenzen hinweg in ganz Deutschland einen guten Ruf erarbeitet, muss keinen Vergleich mit niemandem fürchten, werde gelobt und gutachterlich angefragt, und dann flattern, als glänzende Schmetterlinge getarnt, ein paar Großtuer aus ihren unscheinbaren Larven heraus und setzen sich an meine Gebäude, um sie zu bekleckern.

Er ertränkte den Angriff auf seine Kunst mit Wein und bestellte umgehend ein zweites Glas.

Was zu viel ist, ist zu viel!

Natürlich waren Unstimmigkeiten im Bauwesen alltäglich. Ständig gab es Diskussionen im Finanzministerium, weil Amtsgebäude, Stadttore, Theater oder Schlachthäuser mehr Gelder verschlangen, als der Großherzog bewilligt hatte. Auch bei den eigenen Kollegen im Amt brauchte er nicht selten eine Engelsgeduld und manchmal drastische Worte, um sie von der Richtigkeit seiner Entwürfe zu überzeugen, von privaten Bauherren ganz zu schweigen.

Weinbrenner leerte auch das zweite Glas Wein in einem Zug.

Hackschmitt aus der Waldhorngasse war so einer. Alles hatte der Füllhornwirt besser gewusst als er. In puncto Wein, Bier, Fisch und Fleisch mochte dies ja der Fall sein, aber von der Baukunst verstand der Mensch absolut nichts. Hatte keine Ahnung, wann Säulen sinnvoll waren und wann nur geschmacklose Ziererei und warum er Fenster und Türen so und nicht anders gestaltete. Es war ein endloses Palaver gewesen, unnötig wie ein Kropf und reinste Zeitverschwendung. Weinbrenners Gemüt geriet schon wieder in Wallung, als er sich der Auseinandersetzung mit dem Gasthausbesitzer erinnerte.

Und dann, die Bauarbeiten waren schon in vollem Gange, hatte dieser Hinterwäldler plötzlich einen Erker gewollt! Was für ein Unding. Erker, so hübsch sie sich in Gretls heimatlichem Straßburg auch machten, mit seinem edlen, schlichten Baustil waren sie nicht zu vereinbaren. Ganz abgesehen davon, dass die Bauordnung der Residenz Erker klipp und klar untersagte. Keine unverhältnismäßig ausladenden Ecken, Kanten und Vorsprünge sollten die klaren Linien der Fassaden und das lichte Bild der Straßen stören. Das Dörfle war davon schließlich nicht ausgenommen.

Dem Mann entgegenkommend, hatte er ihm einen Balkon vorgeschlagen, aber der Wirt war nicht von seiner Idee abzubringen. Sein Großvater im Württembergischen habe einen Erker am Haus gehabt, und er wolle auch einen. Breitbeinig und eine Schnapsfahne vor sich hertragend, hatte der Gastwirt geglaubt, ihn abkanzeln zu können: »Ich bin hier der Bauherr, Sie sind nur der Ausführende.«

Er hatte sich von dem Hohlkopf nicht beeindrucken lassen. Es war nicht das erste Mal, dass er solche Debatten führen musste, und als der oberste Verantwortliche im Bauamt hatte er selbstredend dafür zu sorgen, dass großherzogliche Verordnungen eingehalten wurden. Es ging nicht an, dass jeder baute, wie er wollte.

»Dann gehen Sie doch zurück ins Württembergische, wenn Ihr Lebensglück partout von einem Erker abhängt«, hatte er dagegengehalten und Hackschmitt das Tranchierbesteck entwunden, mit dem dieser vor seiner Nase herumfuchtelte. Mit gläsernen Augen war der Wirt auf eine Bank gesunken.

»Bei mir spielen Sie nicht die erste Geige, Herr Weinbrenner, lassen Sie sich das gesagt sein«, hatte er gelallt und ihm die Faust gezeigt. »Und glauben Sie nicht, dass ich auch nur einen Kreuzer Ihrer Rechnung bezahle. Keinen einzigen Kreuzer zahle ich. Wegen Nichterfüllung des Auftrags.«

Das war natürlich lächerlich. Aber gut, wenn der Wirt Streit wollte, konnte er ihn haben.

»Dann sehen wir uns halt vor Gericht wieder«, hatte er zurückgeblafft. Möglich, dass er auch noch anderes gesagt hatte, Groberes, denn er schwieg selten, wenn er sich ärgerte, und natürlich hatte er sich geärgert. Die Köchin des Goldenen Füllhorns hatte im Türrahmen gestanden, ihr Blick keine Regung verraten. Gottlob, dass nicht alle so waren, das Arbeiten würde sonst keine Freude mehr machen.

Den Balkon hatte er dann doch gebaut, im Obergeschoss genau mittig über dem Wirtshauseingang, schön auf geschwungene Sandsteinkonsolen gesetzt mit einem luftigen schmiedeeisernen Geländer. Beides, die Konsolen und die feinen geometrisch gemusterten Gitter, ähnelte denen der Sommerschu'schen Häuser, die nicht weit von hier um die Ecke herum lagen. Zusammen bildeten die Bauten eine gelungene Einheit, die das Viertel aufwertete. Ja, es war ein Schmuckstück geworden, das Wirtshaus in der Waldhorngasse, und am Ende hatte Hackschmitt auch nichts mehr gesagt.

Weinbrenner rief den Serviteur heran und bestellte Kaffee und den Cognac.

»Jeder maßt sich an, ein Urteil über ein Kunstwerk fällen zu können, auch wenn er weder Ausbildung noch Befähigung dazu besitzt«, erklärte er dem Bediensteten.

»Jawohl, Herr Oberbaudirektor, jeder«, bestätigte der Kellner mit verständnisvoller Miene und einer leichten Verbeugung.

Weinbrenner fröstelte nicht mehr, im Gegenteil, es war ihm jetzt so warm, dass er sich am liebsten seines Rocks entledigt hätte. Der aus dem Nichts aufgetauchte Vedutenmaler schwirrte ihm durch den Kopf wie eine sirrende Schnake. Er verkehre bei der Witwe seines Vorgängers, des seligen Baudirektors Jeremias Müller, hatte Heger gesagt, und die Wittib, das wusste die ganze Stadt, mochte ihn nicht. Herr Weinbrenner habe ihren Mann aus dem Amt gedrängt, hatte sie all die Jahre bei jeder sich bietenden Gelegenheit zum Besten gegeben.

Ganz verkehrt war das vielleicht nicht, aber lag es an ihm, dass die Geschmäcker sich änderten und die Zeit des verzopften Müller abgelaufen war? Der Alte war kein schlechter Baumeister gewesen, gewiss nicht, das behauptete ja auch niemand. Dem Markgrafen hatte es lediglich gefallen, seiner Residenz ein moderneres Gesicht zu geben. Und er, Weinbrenner, war der richtige Mann dafür gewesen. Und außerdem war das Ganze schon bald zwanzig Jahre her, kein normaler Mensch käme auf die Idee, nach zwanzig Jahren Rache nehmen zu wollen. Schon gar keine alte Dame wie die Müllerin, oder doch?

Weinbrenner nippte am Cognac, den der Ober gebracht hatte. Angenehm scharf rann er ihm durch die Kehle.

Er hatte diesen Leonelli noch nie zuvor gesehen. Was wollte der Mann von ihm? Sich rächen, weil er ihn nicht empfangen und seine Risse abgelehnt hatte? Lächerlich. Oder versuchte jemand anderes, den Italiener gegen ihn aufzuwiegeln?

Denken Sie an die Kirchenkuppel!

Ein Langhaus als Gotteshaus hatte sich Oehl vom katholischen Kirchenvorstand vorgestellt, ein herkömmliches Langhaus mit Chor, Mittelschiff und Seitenschiffen. Doch so etwas passte nicht auf diesen Platz zwischen Rittergasse, Neuer Herrengasse und Erbprinzenstraße. Er hatte der katholischen Gemeinde stattdessen eine Rotunde empfohlen, ein zweites Pantheon. Doch wie hatte der Staatsrat reagiert? Verständnislos, ablehnend. Keine Spur von Wertschätzung hatte Oehl für die römisch-antike Rundform gezeigt und das Modell des kirchlichen Dachstuhls im Bureau mit Missachtung gestraft. Und dann erst dieses Hin und Her mit dem Glockenturm!

»Eine katholische Kirche ohne Turm ist wie ein Rumpf ohne Kopf«, hatte der uneinsichtige Mensch die Vermessenheit besessen, ihm ins Gesicht zu sagen, ihm, dem Oberbaudirektor, der fünf lange Jahre in Italien die Architekturkunst studiert hatte.

»Nach den Regeln der Ästhetik gehört auf ein solches Rundgebäude kein Turm«, hatte er zurückgeschnappt. Das wäre ja noch schöner.

Leider war ihm der selige Großherzog in den Rücken gefallen, und obgleich offensichtlich war, dass Seine Königliche Hoheit mit ihren achtzig Jahren nicht mehr richtig wusste, was sie befahl und anordnete, hatte der Bürger Weinbrenner seinem Landesherrn zu gehorchen. Es war eine der schlimmsten Niederlagen seines künstlerischen Werdegangs gewesen, und noch immer schwoll ihm der Kamm, wenn er an den Glockenturm dachte, den er allen Gesetzen der Architektur zum Trotz über dem Altarraum seiner Stephanskirche errichten musste und der nun gleich einem Geschwür in den Himmel ragte. Auch würde er nie vergessen, wie Oehl ihn beim Hinausgehen aus seinem Bureau als Hydra betitelt hatte.

»Sie haben ja nun selbst miterlebt, was für ein Bautyrann dieser Weinbrenner ist«, hatte Oehl seinen Begleitern zugeraunt, »eine Hydra mit kaum zu ertragenden ästhetischen Launen.«

Der feine Herr Staatsrat hatte wohl geglaubt, er hätte es nicht gehört, aber er war nicht taub.

Das Atelier hatte er an jenem Nachmittag nicht mehr betreten. Wie ein Löwe war er durch den Garten gestapft, Herr Beppo mit eingezogenem Schwanz an seiner Seite. Warum nur verweigerten sich die Menschen der Schönheit und der Gesetzmäßigkeit der Antike?

»Keinem Staatsdiener kann es jemals schlimmer ergangen sein als mir mit diesen Herren von der katholischen Kirche«, hatte er Feodor geklagt, als sie am Abend bei Wein und Pfeife beisammensaßen, sein Duzbruder mit einem Skizzenblock auf dem Schoß, eifrig zeichnend. Der Hund zu seinen Füßen hatte kurz den Kopf gehoben, mit dem Schwanz gewedelt und sich noch ein wenig näher an sein Hosenbein geschmiegt.

»Bin ich so hässlich?«, hatte Weinbrenner aufbegehrt, als er wenig später hinter den Hofmaler trat und ihm über die Schultern blickte. Seine ohnehin hängenden Mundwinkel reichten auf dem Bild fast bis zum Doppelkinn, das aus dem Rockkragen herausquoll. Zwischen den buschigen Augenbrauen schwoll ein beleidigter Wulst über der Nasenwurzel, in den bleistiftschwarzen Augen grollte der Donner. Und seine Locken erst! Mit Hingabe gestrichelt, standen sie vorwurfsvoll in alle Himmelsrichtungen ab.

»Im Augenblick ja«, bestätigte Feodor Iwanowitsch, »aber guck, wie hübsch Herr Beppo ist. Als ob er weiß, dass ich ihn zeichne, hat er sich in Positur gelegt und sich nicht mehr gerührt.«

»Er ist der Einzige, der mich versteht«, brummte Weinbrenner, »und der Einzige, der weiß, dass ich ein großes Herz habe.«

Dann hatte er weitergetrunken und Feodor weitergezeichnet, aber nicht mehr den Hund, sondern ausschließlich ihn, und um Mitternacht hatten sie die Bilder gemeinsam dem Kaminfeuer übergeben.

»Besser so, was soll die Nachwelt von uns denken«, befanden sie und hatten sich gerührt in den Armen gelegen.

Aber damit war die Sache mit der katholischen Stadtkirche noch lange nicht ausgestanden.

Der Bau war nur schleppend vorangekommen, der ständig angesäuselte Maurerpolier Nader noch der beste aller Poliere gewesen. Die Gipser hatten gepfuscht. Der nunmehr amtierende Großherzog Karl war beleidigt, dass die Kirche allein seiner Gemahlin Stéphanie de Beauharnais gewidmet war, und dann krachten vor nicht einmal drei Wochen unerwartet Stücke des Plafonds zu Boden, und der Geheime Referendär Pfeiffer vom Kirchenvorstand gefiel sich darin, über ein Echo in der Kuppel zu lamentieren, das wahrscheinlich völlig belanglos war. Man solle die gesamte Kirche bis zu ihrer Wiederherstellung schließen, hatte der Jungsporn dem Ministerium geraten.

Weinbrenner war noch immer empört, wenn er an das Schreiben dachte, das ihm Kollege Frommel gebracht hatte. Mit höhnischem Zwinkern, wie er glaubte, bemerkt zu haben.

»Aber nein, Herr Oberbaudirektor«, hatte Frommel die Unterstellung heuchlerisch von sich gewiesen. »Sie täuschen sich.«

Er hatte sich bestimmt nicht getäuscht.

Auch wenn der Referendär Pfeiffer seinen Namen nicht explizit genannt hatte, Weinbrenner empfand den Tadel doch als unmittelbaren Angriff auf seine Person. Noch nie war es vorgekommen, dass ein Gebäude, das unter seiner Bauleitung entstanden war, wegen Mängeln geschlossen werden musste. Eines frühen Morgens hatte er sich in die Kirche geschlichen, doch es waren kaum Gläubige anwesend und schon gar keine, die sangen. Statt Echos herrschte im großen Rund andächtiges Schweigen. Dort, wo sich die Deckenverputzung gelöst hatte, waren hölzerne Absperrungen aufgestellt, um zu verhindern, dass Personen zu Schaden kämen.

Bevor ihn jemand erkannte und zur Rede stellen könnte, hatte der Baumeister das Gotteshaus fluchtartig verlassen. An jenem Abend hatte er in seinem kleinen Arbeitszimmer lange vor den Plänen gestanden und gegrübelt, wo ihm ein Fehler unterlaufen sein könnte, aber er hatte keine Antwort gefunden. Möglich, dass es am Baumaterial lag, sie hatten ja sparen müssen. Immer mussten sie sparen, an den unmöglichsten Stellen. Oder die Handwerker hatten geschlampert. Er hatte mitbekommen, dass Oehl sie ständig angetrieben hatte wie störrische Esel. Angeblich hingen sie immer nur faul auf dem Gerüst herum und ließen sich die Sonne auf den Pelz brennen. Vielleicht hatten die Burschen sich dafür rächen wollen, und nun fiel es auf ihn zurück.

Weinbrenner hatte den Kaffee kalt werden lassen. Er probierte ihn dennoch, hielt sich dann aber an den Rest des Cognacs. Wenn doch nur alles so leicht zu genießen wäre wie dieses himmlische Getränk. Die Bauschäden an der katholischen Kirche verfolgten ihn im Schlaf, und die Vorwürfe, er habe bei der Akustik versagt, hingen im Raum. Als sei er ein Dilettant!

Sie glauben, unfehlbar zu sein. Täuschen Sie sich nicht.

Hydra! Bautyrann!

Unfehlbar? Hielt er sich für unfehlbar?

Nein. Das war er nicht, aber er war durchdrungen von seiner Arbeit, das ja. Vielleicht polterte er zu viel, vielleicht schoss er zuweilen übers Ziel. Aber was er erreicht hatte, hatte er durch Wissen und Können und unermüdlichen Fleiß erreicht, nicht durch Prahlerei und Niederträchtigkeit. Er konnte mehr vorweisen als dieser windige Leonelli und Referendär Pfeiffer zusammen. Und am Ende dankten sie es ihm immer wieder. Auch Staatsrat Oehl war nach Abschluss der Bauarbeiten zu ihm gekommen und hatte die neue Stephanskirche als ein Kunstwerk, einzig in seiner Art, gelobt. Was also sollten jetzt Pfeiffers Verunglimpfungen? Wegen ein paar Schäden, die sich vermutlich leicht beheben ließen. Aber dieser Leonelli tutete genau in ebenjenes Horn.

Kannten die beiden sich? Hatte der Geheime Referendär dem Italiener die Schäden in der Kirche gezeigt und zettelte eine Verschwörung gegen ihn an?

Als sich die Tür zum Speisesaal öffnete und der Direktor des Lyceums hereinkam, lehnte sich Weinbrenner erlöst in seinem Stuhl nach hinten.

»Hebel, guter Mann, kommen Sie, setzen Sie sich zu mir! Bringen Sie mich auf bessere Gedanken!«

»Sie sehen aus, als hätten Sie Kummer«, bemerkte der Dichter mit feinem Seelenhirtenlächeln. Sein Vatermörderkragen reichte ihm bis zu den Ohrläppchen, darüber kringelte sich weißes Haar zu kleinen vorwitzigen Löckchen.

»Aber i lueg, was sich do mache losst dägege«, versprach er und hob sein Glas, das der Kellner ihm vorgesetzt hatte. »Gsundheit un uf Ihr Wohl, Herr Oberbaudirektor.«

Schlachttag

Christian hatte sich nicht wieder blicken lassen, seit er am Abend nach ihrem Streit seine Stiefel und den alten Regenumhang übergezogen hatte und aus dem Haus gestürzt war. »Soll Bernhard doch backen«, hatte er geschrien, und weg war er.

»Den haben die Flöhe gebissen«, schalt Barbara und machte sich daran, den großen Henkelkorb mit den Frühstücksbroten für das Hackschmitt'sche Haus zu beladen. Durch das kleine Fenster zum Hof dämmerte der Samstagmorgen herauf. Sie war müde, hundemüde, das bisschen Schlaf hatte nicht gereicht.

Als sie gestern Nacht von ihrer Arbeit nach Hause zurückgekehrt war, hatte sie mit der Schwester überlegt, wie es weitergehen sollte. Das Geld, das Witwe Dollmätsch ihnen geschenkt hatte, zusammen mit Christinas magerem Verdienst aus der Bügelei würde sie, wenn sie gut rechneten, vielleicht gerade so über die nächsten ein, zwei Wochen retten. Damit wäre allerdings noch nicht Vaters Beerdigung bezahlt und neues Mehl schon gar nicht. Danach hatten sie die Wohnung auf den Kopf gestellt, um Vaters Ring zu finden. Vater hätte ihn nicht anbehalten, wenn er freiwillig in den Tod gegangen wäre, das konnten sie sich beide nicht vorstellen. Wenigstens den Ring hätte er seinen Kindern hinterlassen. Wenigstens den.

Auch nach ihrem Lohn wollte Barbara schauen. Es konnte doch nicht sein, dass ihr ganzes Salär, das sie erst vor fünf Tagen vom Oberbaudirektor bekommen und wie immer dem Vater abgegeben hatte, bereits aufgebraucht war. Dass nur noch ein Gulden im Kasten lag, wie Christian behauptete. Und wo waren eigentlich die fünfzehn Gulden geblieben, die der Architekt ihnen durch Andreas hatte zukommen lassen und die sie Christian anvertraut hatte. Er war jetzt das Oberhaupt der Familie. Hatte er es einfach eingesteckt?

Sie hatten mit der Backstube und Vaters Schlafplatz begonnen, jetzt auch die Truhe geöffnet und die Bibel durchgeblättert, und Barbara hatte mit der Kerze in den Ofenraum geleuchtet, ob dort drin ein eiserner Kasten steckte. Als Christina sie deshalb verspottete, hatte sie sich gewehrt. Sie wollte sich nicht den Vorwurf machen müssen, nicht sorgfältig genug gewesen zu sein. Geheimverstecke konnte es an den unmöglichsten Orten geben. Alles hatten sie durchforstet und das Unterste zuoberst gestülpt, die Küche, den Ladenraum, die Zimmer. Keine Nische hatten sie ausgespart, auch nicht Hof und Abtritt. Für die Kinder war es eine Gaudi gewesen. »Was sucht ihr?« »E goldenes Nixle in em silberne Büchsle.«

Einen Strumpf hatten sie gefunden, den Christina vermisst hatte, und eine tote Maus, aber keinen Ring, kein Geld. Irgendwann hatte die Schwester die Kinder ins Bett geschasst, und sie war gegangen, Bernhard beim Backen zu helfen.

Was mochte der Ring wert sein?, hatte sie überlegt, während sie die Laibe formte und einen Teigling nach dem anderen in die vorbereiteten Körbchen legte, damit sie vor dem Backen noch einmal trieben. Wie viel würde jemand bekommen, wenn er den Schmuck im Pfandhaus versetzte? Lohnte sich dafür ein Mord? Wie sich das anhörte: Lohnte sich dafür ein Mord! Aber wenn es nichts zu essen und zu beißen gab, hatten Menschen keine Moral. Dann bedeutete ein Siegelring wahrscheinlich schon ein Vermögen.

Als gegen halb fünf in der Früh das Feuer im Ofen heruntergebrannt war, hatte Bernhard die Asche herausgeschabt, mit dem nassen Hudl den heißen Steinboden sauber gewischt und die Brote eingeschossen. »Den Rest schaff ich allein, geh schlafen!«, hatte er gesagt, und sie hatte sich für zwei Stunden aufs Ohr gelegt.

Barbara schob sich ein frisches Weckle in den Mund. Es war ein wenig zu dunkel geraten, verkaufen könnten sie es nicht mehr, aber ihr schmeckte es.

Und mit was backen wir in Zukunft? Mit Holzspänen?

Stephanie, den Schlafdaumen noch im Mund, kam leise zur Tür hereingeschlichen und kauerte sich in ihren Schoß. Sie kraulte dem Kind den Nacken, die Stelle, die es besonders liebte. Dann schob sie es beiseite.

»Ich muss«, sagte sie.

»Darf ich mit?«, bettelte Stephanie und hängte sich an Barbaras Rock.

»Nein, du musst hierbleiben und deiner Mutter helfen.« Dann hob sie sich den Korb auf den Kopf und machte sich auf den Weg.

Das Schweinchen quiekte und quietschte, als Schuttler es aus dem Stall zerrte, auch die anderen Sauen grunzten in heller Aufregung, aber der alte Mann scherte sich nicht darum.

»Jetzt bist du dran, du Ferkel«, triumphierte die dicke Marie, wiegte abschätzend das Schlachtbeil in ihrer Hand und betäubte das rosige Tier mit einem gezielten Schlag auf den Schädel. Eine Handbreit unter dem Brustbein setzte sie das Messer an, stieß es, ohne zu zögern, fest hinein in den Leib und durchtrennte mit einem gezielten Schnitt die Schlagadern. Ein Blutstrahl schoss heraus und ergoss sich in den Bottich, den Schuttler bereithielt. Mit der anderen freien Hand begann er, im gleichmäßigen Rhythmus den warmen Saft umzurühren, damit die Masse nicht gerann.

»Das gibt 'ne feine Griebewurscht«, rief die Köchin, als sie Barbara am Eingang des Wirtschaftshofs erblickte. »Blut- und Leberwurscht und dazu sauer Kraut, mein Leibgericht.« Sonst oft launisch und griesgrämig, strahlte die dicke Marie bei der Aussicht auf ein üppiges Festessen jetzt übers ganze Gesicht.

»Bei dir wär ich auch gern mal Gast«, seufzte Barbara und schaute zu, wie der Alte und die Köchin das ausgeblutete Ferkel in einen Trog mit heißem Wasser legten. Blut- und Leberwurst, Ripple, Sülze, davon konnte sie nur träumen. Sie erinnerte sich nicht, wann sie das letzte Mal Fleisch gegessen hatte. Was ging es Marie gut. Bestimmt packte sie immer ein paar Leckerbissen für sich beiseite.

»Komm heute Abend! Dann gibt es Spanferkel mit Austern, Kapern und Oliven. Für die reichere Hälfte dieser Welt. Wenn du glaubst, dass du dazugehörst …« Marie schnitt eine Grimasse. Ohne zu Ende zu reden, zog sie das tote Tier im Wasser ein paarmal hin und her und machte sich dann daran, mit der Kratzglocke die Borsten von der Schwarte zu entfernen.

»Du kannst gegen Heinrich Hackschmitt sagen, was du willst, meine Liebe«, nahm sie, bärbeißig, den Faden wieder auf, »aber dieser gerissene Fuchs schafft es immer, das Beste zu ergattern, was es auf dem Markt gibt. Selbst in Zeiten wie diesen, wo es nichts gibt. Keine Ahnung, wie er das macht. Aber bei uns hat der Hunger keine Chance.«

Mit einem Ruck hob Marie das Ferkel aus dem Wasser und schnitt ihm die Sehnen der Hinterläufe ein. Schuttler half ihr, den Körper mit zwei Haken kopfüber an die Leiter zu hängen, die an der Hofmauer lehnte. Barbara drehte sich um. So gern sie Wurst aß und fetten Schinken, das Ausnehmen der Kreatur mochte sie nicht mitansehen.

»Ich geh schon rein«, beschied sie die beiden und verschwand in der Küche des Goldenen Füllhorns, wo sie die neuen Brote in dem dafür vorgesehenen Gestänge unter der Decke versorgte. Auf dem Herd summte der Kaffee, den Marie jeden Morgen für die Gäste des Hauses kochte. Barbara schenkte sich eine Tasse ein, aber anders als an anderen Tagen trank sie heute im Stehen.

»Was ist los mit dir?«, fragte die Köchin, als sie wenig später mit Herz, Leber, Lunge und den sonstigen Innereien zur Tür hereinkam. »So kurz angebunden kenn ich dich gar nicht. Wegen der Sache mit deim Vater? Oder gibt's noch anderen Ärger?« Sie legte die Flomen auf einen flachen Holzteller, löste die Nieren heraus und begann, das Eingeweidefett klein zu schneiden.

Barbara druckste. »Streit mit Christian«, rutschte ihr schließlich heraus.

»Mit dem zu streiten ist wahrlich keine Kunst. Gräm dich nicht! Wär's dein Liebster, wär's schlimmer.«

Barbara errötete.

»Nee, Schätzle, was seh ich da! Du bist doch nicht etwa verliebt? Wer ist es denn? Pass nur auf, dass es dir nicht so ergeht wie der Lies, gestern hat sie das Balg bekommen.«

Die Stimme der Köchin klang verächtlich, fast böse, doch während sie die Flomenstücke in eine Pfanne auf dem Herd warf, um das Schmalz auszulassen, beruhigte sie sich wieder.

»Aber mich geht das ja nichts an«, bemerkte sie, griff sich

eines der duftenden Roggenbrote und begann es in Scheiben zu schneiden.

»Die Lies hat mir mal gesagt, der Hackschmitt würde sie heiraten«, fiel Barbara ein.

»So, hat er das? Na, wenn du es sagst.«

Ohne aufzuschauen, zersäbelte Marie den Brotlaib in einer Geschwindigkeit, dass es Barbara angst und bang wurde. Auf das letzte Stück schmierte die Köchin dick Butter, setzte sich und schob den Knaus in den Mund.

»Essen hält Leib und Seele zusammen«, brummte sie behaglich.

»Von woher habt ihr denn die Butter?« Barbara staunte.

»Ich hab's dir doch gesagt. Hackschmitt hat seine Beziehungen. Ich nehm, was er bringt, und guck, was ich draus machen kann.« Dann verteilte sie die noch warmen Brotscheiben auf den Frühstückstellern.

»Aber die Lies …«, fing Barbara nochmals an, »die Lies hat mir wirklich mal gesagt, dass der Hackschmitt sich von seiner Frau trennen würde.«

»Ha«, hohnlachte die dicke Marie. »Wer's glaubt, wird selig. Das würde der Kerl nie wagen, die Alte hat doch's Geld mit in die Ehe gebracht, der steht doch unter ihrem Pantoffel. Neulich hat sie uns beehrt und ist von der Langen Straß mal hierhergekommen. Rauschte hier herein, als wär sie die Königliche Hoheit persönlich. Und hat ein Palaver angefangen wegen dem Mädel und dem Bastard, dass die Wänd gwackelt habbe! Ein Ehekrach feinschter Güte, kann ich dir sagen. Ich hätt net lauschen müssen, ich konnt auch so jedes Wort verstehn.«

Die Köchin fuchtelte mit dem Brotmesser in der Luft herum, Barbara wich ihr aus.

»Ein Drache ist das, dieses Weib. Sagt er immer, der Hackschmitt.«

Maries Augen funkelten.

»Mich wundert's net, dass er mit der nix mehr zu tun haben will. Die schikaniert ihn nach Strich und Faden, und eifersüchtig ist sie obendrein. Aber da hat sie selber Schuld. Was schickt sie den Mann auch allein in die Waldhorngass zum Wirtschaften, ein Mann in den besten Jahren. Aber die Alte kriegt ja den Hals net voll, das Gasthaus auf der Langen Straß reicht ihr nicht. Nein, zwei müssen es sein, und vielleicht irgendwann auch noch ein drittes, das macht dann der Sohn, der jetzt noch bei ihr im Rosegarte isch. Zum Rosegarte! Wie affig!«

»Irgendwie tut sie mir leid.«

»Wer? Die Hackschmittin?«

»Nein, die Lies. Noch so jung und schon ein Kind. Und wenn er sie nicht heiratet und auch das Kind nicht anerkennen tut, dann hat sie nur ihren Vater, um ihr zu helfen.«

»Die Lies tut dir leid? Hör mir nur auf damit! Warum hat die doofe Gans sich denn mit einem verheirateten Mann eingelassen? Zuerscht die Füß breit mache und dann jammere. Und jetzt lass mich arbeiten, sonst kriegen die Gäscht heut nix zu essen.«

Die Köchin war schon wieder so launisch und griesgrämig wie eh und je.

Als sie in den Schankraum kam, war Hackschmitt dabei, die ersten Tische zu bedienen. Ein junges Mädchen half ihm, es war noch neu im Geschäft und ungeschickt.

Barbara wartete und wunderte sich. Nie hätte sie gedacht, dass so viele Herren ihren Wein und Kaffee am Morgen außerhäusig einnahmen. Wahrscheinlich Kaufleute auf der Durchreise oder Pensionäre und Witwer ohne Familien. Von dem Mann links in der Ecke wusste sie, dass er Lakai am Hof war und keine Frau hatte. Fast alle gönnten sich dicke Scheiben Schinken und Fleisch. Einfach nur Milch und trocken Brot, allenfalls noch Schmalz wie bei ihnen zu Hause, stand nur bei einem einzigen Gast auf dem Tisch. Ihr wurde heiß, als sie ihn erkannte.

Es gab wenige Augenblicke in Barbaras Leben, in denen sie sich wünschte, nicht hier in Klein-Karlsruhe zu leben, in dem alten Häusle des Großvaters, wo die Wände feucht und schief waren und der Wind durch die Fenster pfiff. Es gab Augenblicke, in denen sie alles darum gegeben hätte, die Tochter eines Geheimen Rats oder zumindest eines Kaufmanns mit Haus in der Residenz zu sein. Dies war so ein Augenblick.

Bitte, Vater, verzeiht mir.

Sie wusste nicht, wie der junge Studiosus hieß, hatte auch noch nie ein Wort mit ihm gewechselt. Das stand ihr nicht zu. Aber schon als er das erste Mal zu Weinbrenner gekommen war, hatte er ihr gefallen. Sehr sogar. Er war so ganz anders als die anderen, hielt sich fern von ihnen, schien klug und umsichtig zu sein, nicht so dreist wie dieser Brunarus, der sich immer einen Spaß daraus machte, sie zu begrapschen. Sie konnte das auf den Tod nicht leiden, und weil das Mannsbild das wusste, machte er es erst recht und feixte widerwärtig. Wenn aber der junge Herr lachte, kribbelte es ihr im Bauch.

Sie hatte er noch nie angelacht. Immer nur Jungfer Julie.

Barbara verkroch sich hinter den Kaminvorsprung im Durchgang, damit er sie nicht entdeckte. Es war das erste Mal, dass sie ihn hier sah. Wohnte er in der Umgebung und kam womöglich jeden Tag ins Goldene Füllhorn zum Frühstück? Dann hätte sie ihn eigentlich schon einmal bemerkt haben müssen. Allerdings war sie heute spät dran, und die Wirtsstube selbst betrat sie auch nur, wenn es mit Hackschmitt etwas zu besprechen gab. So wie heute.

»Was ist? Auf was wartest du noch?«

Hackschmitt prallte unsanft gegen sie, als er mit einem Stapel Teller hinter der Theke hervorkam.

»Ich würde gern heut schon das Brotgeld kassieren. Nicht erst am fünfzehnten. Ausnahmsweise.«

Das Herz klopfte ihr bis zum Hals, aber sie hatte es geschafft. Sie hatte gesagt, was sie sagen wollte. Und er musste doch Verständnis für ihre Lage haben.

Hinterher dachte sie, es war ein Fehler gewesen, dass sie die ganze Zeit auf den Fußboden geschaut hatte. Mit hocherhobenem Haupt hätte sie ihm ins Gesicht sehen sollen, direkt in die Augen.

»Kassieren? Ich hör immer kassieren.«

Der feiste Wirt meckerte wie ein Ziegenbock. »Hat denn Christian dir nichts von unserer Abmachung gesagt? Wir haben doch alles besprochen, er und ich. Ich bezahl euch fürs Brot, wenn ihr eure Schulden bezahlt habt. Solange liefert ihr mir das

Brot kostenlos. Brot gegen Geld sozusagen.« Er keckerte boshaft. »Ihr könnt von Glück sagen, dass ich so großmütig bin. Aber was steh ich da rum und red mit dir. Das geht dich gar nix an. Das ist ein Vertrag zwischen deinem Bruder und mir. Verschwinde also, und komm morgen gefälligst pünktlicher wie heute. Und leg noch einen Fünfpfünder drauf, gestern hat's nicht gereicht.«

Als sie wieder aufzublicken wagte, stand Hackschmitt breitbeinig an einem der Tische unterm Fenster und unterhielt sich mit den beiden Herren, die dort speisten. Zwischen drei Fingern der rechten Hand schwang er seine goldene Taschenuhr an ihrer langen Gliederkette und drehte sie angeberisch im Kreis. Der Tisch, an dem Weinbrenners Schüler gesessen hatte, war leer, Brotteller und Milchglas waren abgedeckt. Barbara verließ das Goldene Füllhorn durch den Hinterausgang, stieß gegen den alten Schuttler, aber sie hetzte weiter, ohne sich zu entschuldigen.

Was redete Hackschmitt da? Was für eine Abmachung hatte er mit ihrem Bruder getroffen? Und was bedeutete diese hirnrissige Vereinbarung Brot gegen Schulden? Schulden wofür?

Erst in der Weinbrenner'schen Küche in der Schloßstraße, als Apolone sich beschwerte, dass sie nicht antworte, wenn man sie etwas fragte, kam sie zur Besinnung.

»Was hast du gesagt?«

»Was mit dir los ist. Du hast die Gabeln in den Abfall geschmissen statt ins Waschwasser.«

»Verzeihung.«

Sie fischte das Besteck aus dem Müll. Ob ihr der Oberbaudirektor noch mal Geld leihen würde, wo er ihnen doch schon fünfzehn Gulden für Vaters Beerdigung gegeben hatte?

Sie konnte kaum klar denken. Mechanisch, wie eine Automatenpuppe auf dem Jahrmarkt, verrichtete sie ihre Arbeit, schrubbte die Eingangsstufen, wischte Staub, polierte Gläser und wusch nach dem Mittagessen das Geschirr, aber sie war nicht bei der Sache. Als sie die Bauschüler am Nachmittag das Bureau verlassen sah, bügelte sie noch die Hemden fertig, die die Jungfern nach Leipzig mitnehmen wollten, dann nahm sie

Besen, Putzlumpen und Wassereimer und ging hinüber in die Schule.

Im Vorplatz hörte sie Stimmen. Sie kamen aus dem Unterrichtsraum.

»Doch, ich würde sie gern sehen. Wenn es Ihnen nicht unangenehm ist, sie mir zu zeigen.«

Barbara hielt den Atem an, langsam öffnete sie die Tür, gerade nur so weit, dass sie hindurchlinsen konnte. Ihr mit dem Rücken zugewandt, stand Demoiselle Julie am letzten Zeichentisch unterm Fenster, daneben der junge Herr von der Frühstückstafel. Auch von ihm sah sie nur ein paar schwarze Haare, die wirr vom Hinterkopf abstanden, den hohen Hemdkragen, die zwei hinteren Knöpfe seines Rocks, Hosen, die zu lang waren und über die Fersenkappen der Schuhe hingen.

Die beiden schienen sie nicht bemerkt zu haben. Der Studiosus blätterte zwischen den Papieren auf dem Tisch, fand die Bögen, nach denen er wohl gesucht hatte, und breitete sie vor der Jungfer aus. Er wirkte nervös, nervöser als an anderen Tagen, wenn Barbara sonst zu ihm hinüberschielte.

Möglichst geräuschlos trat sie zurück, schloss sacht die Tür und schlich auf Zehenspitzen durch die Vorhalle hinaus in den Garten. Dort blieb sie stehen und lauschte. Nichts. Hier draußen konnte man nicht hören, ob im Bureau gesprochen wurde.

Mit einem Mal schossen ihr Tränen in die Augen. Unbeholfen fuhr sie sich übers Gesicht, aber es nützte nichts. Sie heulte Rotz und Wasser, sie heulte das ganze Elend heraus, das in ihr steckte. In der Halle im Wohnhaus sank sie auf einen Stuhl, der Besen fiel lärmend zu Boden. Alles und jedes hatte sich gegen sie verschworen. Es war ungerecht, das ganze Leben war ungerecht. Sie schluchzte und heulte, putzte die Nase in die Schürze und heulte weiter.

»Was ist denn mit dir los, Kind?«

Weinbrenners tiefe Stimme erschreckte sie. Über seinen fülligen Bauch spannte der Hausrock.

Der muss morgen gewaschen werden, dachte sie, als sie gelbe Eierflecken darauf entdeckte. Ein letzter Schluchzer schlüpfte ihr aus der Kehle.

Der Architekt nahm sich einen Stuhl und setzte sich vor sie.

»Ist es wegen dem Tod von deinem Vater?«, fragte er.

Barbara schüttelte den Kopf und nickte gleichzeitig. Nein, ja, doch. Alles und überhaupt.

»Erzähl!«, forderte Weinbrenner sie auf.

So verständnisvoll das klang, Barbara wusste, dass dieses eine Wort ein Befehl war, dem sie sich nicht zu widersetzen hatte. Sie begann zu erzählen. Von Hackschmitt und Christian und den fünfzehn Gulden, von denen sie nicht wusste, wo sie waren, murmelte auch vage etwas von ein paar Schulden, die es da gäbe, weil die Mutter doch krank gewesen sei. Alles sagte sie nicht, sie verstand es ja selbst nicht. Und auch über den jungen Herrn und die Jungfer Julie im Bureau schwieg sie sich aus.

»So ist das also«, beendete der Oberbaudirektor ihren Monolog. Er hatte sie nicht ein einziges Mal unterbrochen. »Dann ist es ja gut, dass ich dich noch gesehen hab, bevor wir morgen nach Leipzig aufbrechen. Komm mit!«

Barbara folgte ihm zu seinem Arbeitszimmer, vor der Tür wartete sie. Als Weinbrenner wieder herauskam, drückte er ihr einen dicken Umschlag in die Hand.

»Fünfzig Gulden. Ich traue dir zu, dass du haushalten kannst. Ein Geschenk ist das nicht. Wir werden zu gegebener Zeit miteinander abrechnen, du und ich, auf Heller und Pfennig. Aber keine Bange, wir werden eine Lösung finden, damit euch nicht das Wasser abgegraben wird. Und jetzt geh und wasch dir dein Gesicht. Du siehst ja entsetzlich aus, geradewegs zum Fürchten.«

Theaterdonner

»Sehen Sie, das sind die Aufrisse Ihres Herrn Vater.«

Constantin Wiesli pustete eine Staubflocke von dem Entwurf der Fassadenansicht des Leipziger Stadttheaters. Wie eine Spinnwebe hatte sich die Fluse zwischen zwei der gezeichneten ionischen Säulen im Obergeschoss breitgemacht.

»Und das hier ist von mir.« Er legte mehrere Bögen nebeneinander und beschwerte die Ecken mit Holzklötzchen, damit sie nicht zusammenrollten. Jungfer Julies dunkle, in der Mitte gescheitelten Haare verwirrten ihn. Eines Tages wollte er sie bitten, sie für ihn zu öffnen und über die Schultern fallen zu lassen.

»Der Oberbaudirektor hat ausdrücklich gewünscht, dass ich mir eigene Gedanken mache«, sagte er stattdessen und streifte das junge Mädchen mit einem forschenden Blick. Durfte er so unverblümt zu ihr reden? Immerhin war ihr Vater sein Lehrmeister. Sie schien seinen Zwiespalt nicht zu bemerken, sondern studierte aufmerksam die Blätter, die er ihr hinlegte. Zumindest kam es ihm so vor.

Wie viel Sachkenntnis konnte er bei der Tochter eines Architekten voraussetzen? Und wie viel Interesse an der Baukunst?

Aber sie war es ja gewesen, die ins Bureau gekommen war. Er hatte sie nicht darum gebeten. Mit einem schüchternen Lächeln hatte sie den Kopf zur Tür hereingestreckt. Sie wolle nicht stören, aber sie habe gehört, er begleite den Vater nach Leipzig und also auch sie und die Schwester. Da habe sie gedacht, es sei vielleicht gut zu wissen, was er so mache.

»Man will ja nicht wie eine Ignorantin danebensitzen, wenn die Herren sich während der Fahrt unterhalten.«

Sie störe nicht, überhaupt nicht, hatte er beteuert und einen Hocker zur Seite geschoben, der im Weg stand. Ob sie sich auch von Heger dessen Arbeiten hatte zeigen lassen?

Er breitete zwei Blätter vor ihr aus, den Grundriss des Theaters und ein Bild vom Innenraum.

»Das Auditorium«, stellte Jungfer Julie fest.

»Genau. Ihr Vater nahm hier die Idee des antiken Zirkelrunds auf und passte es unserer Zeit an. Großartig, wie er das macht. Aber hier …«, er hielt inne, durfte er es wagen?, »… habe ich etwas anders gemacht als der Herr Oberbaudirektor.«

Würde sie den Unterschied zwischen den beiden Plänen erkennen? Er hatte noch mit niemandem über seine Bedenken gesprochen, hatte es sich nicht getraut, um sich nicht lächerlich zu machen. Aber er konnte kaum noch an sich halten.

»Die Leute, die hier einmal sitzen werden …«, er deutete auf die vordersten Logenplätze nahe der Bühne, die sich gegenüberlagen, »… werden ein Problem haben. Wegen des Winkels können sie kaum sehen, was drunten vor sich geht. Statt die Galerien wie ein Amphitheater auszurichten, sollten wir sie gleich dem Parkett als sauberen Halbkreis anlegen.«

Julie schaute ihn mit großen Augen an. »Wir?«

»Ich mein ja nur«, verteidigte sich Constantin, aber er fand trotzdem, dass er mit seiner Meinung richtiglag.

Ob sie ihm die Kritik an ihrem Vater verübelte?

»Sie sagten vorhin, Sie hätten eigene Entwürfe, die mit Leipzig nichts zu tun hätten.«

Ungeniert blickte die Jungfer auf dem Arbeitstisch herum. Das weiße Pelzkrägelchen, das ihr Gesicht umkränzte, duftete nach Lavendel. Constantin hätte am liebsten seine Nase in den weichen Flausch hineingesteckt. Doch dann suchte er die Skizzen heraus, die er angefertigt hatte, kaum dass Weinbrenner ihn zu der Reise eingeladen hatte.

Er war von der Aussicht, nach Leipzig zu kommen, überwältigt gewesen und hatte zu zeichnen begonnen, was ihm in den Sinn gekommen war. Zuerst Schauspielhäuser im Stil seines Lehrers, dann aber immer schneller und atemloser Theater für verwunschene Lustschlösschen, wo sich mit eilig hingeworfenem Strich Damen und Herren plaudernd in Foyers und Parkanlagen ergingen, Seebühnen für englische Gärten, ein überdachtes Amphitheater auf einer künstlich aufgeworfenen Insel, phantastische Theater in utopischen Welten. Bis tief in die Nacht hinein war er die letzten beiden Abende im Bureau geblieben, hatte wie in Trance und unbehelligt von anderen Schülern gearbeitet. Keiner war da gewesen, der ihm dumm über die Schultern geguckt hätte, wie es tagsüber vorkam.

»Dein Kirchturm sieht aus wie ein Schornstein«, hatte Brunarus neulich gegeifert.

»Und dein Kirchendach stürzt ein, wenn die ersten Gläubigen Amen sagen«, hatte er grantig entgegnet und in der Zeichnung des Rheinländers drei Fehler bei der Holzkonstruktion angekreuzt.

Damit hatte er ihn sich zum Feind gemacht.

Einmal war das Dienstmädchen in seine Abgeschiedenheit hereingeplatzt, aber als sie ihn bemerkte, wollte sie das Bureau sofort verlassen. Mit einer Kopfbewegung hatte er ihr angedeutet, sie solle ruhig ihre Arbeit machen, wusste er doch, dass Weinbrenner auf Sauberkeit Wert legte. Leise hatte sie gewischt und gefegt, so leise und unauffällig, dass er sie vergaß. Erst als die Tür wieder ins Schloss fiel, hatte er hochgeschaut. Aber da war sie schon fort.

Jungfer Julie hatte ein Licht angezündet und hielt es über die Blätter.

»Vorsicht!«, sagte er.

Sie lächelte spöttisch. »Für wen halten Sie mich?«

Er biss sich auf die Lippen, aber dann legte er ihr das letzte seiner Bilder vor. Seine Lieblingsphantasie. Ein Theater zu Füßen schroffer Berge, halb im Freien gelegen, halb in einer künstlichen Höhlenwelt verborgen, in die durch schmale Felsspalten Licht eindrang. Grazil erhoben sich zwischen filigranen Stützpfeilern Glaswände, eine ausladende, ebenso gläserne Kuppel dehnte sich über der offen liegenden Bühne, damit diese vor Regen und Schnee geschützt wäre. Ein Palmenhaus für eine Opernaufführung. Als Kulisse die Schweizer Landschaft. Der Himmel Teil der Dramaturgie.

»Und so ein Glasdach hebt?«, fragte Julie ungläubig.

»Darauf kommt es hier noch nicht an, Mademoiselle. Es geht zuerst um das Grundlegende. Zuerst muss ich wissen, was ich möchte. Danach überlege ich, wie es zu bewerkstelligen ist.«

Schon fing es in seinem Kopf wieder zu sprudeln an.

Man könnte eine offene Volksbühne über den Wasserfall von Schaffhausen … oder daneben … Und das Wasser in die Bühne mit einbeziehen. Oder …

»Sie sind schön, Ihre Entwürfe.«

Aber die Mimik des Mädchens verriet Skepsis.

»Finden Sie?« Nichts erhoffte er mehr, als dass ihr seine Zeichnungen gefielen.

»Ein wenig gewagt vielleicht. Ich könnte mir denken, dass mein Vater sie nicht unbedingt goutiert.«

»Aber man muss doch auch mal etwas wagen. Sonst würde die Welt ja stehen bleiben. Schauen Sie!«

Er nahm Julie den Leuchter ab, fasste sie bei der Hand und zog sie hinüber in die andere Ecke des Bureaus.

»Schauen Sie hier«, wiederholte er und hielt das Licht hoch. Die Darstellung an der Wand zeigte eine Schwimmhalle in einem dunklen, geheimnisvoll anmutenden Innenraum, über dem sich eine mit Stuckrosetten versehene tonnenartige Decke wölbte. Von dort ergossen sich durch rechteckige Öffnungen Lichtstrahlen über die verschiedenen Wannen und den weiträumigen Badesaal.

»Das römische Hippiasbad«, erklärte Constantin. »Ein Theater hat es darin übrigens auch gegeben. Es ist eines der antiken Bauwerke, die Ihr Herr Vater in Rom nach den Beschreibungen von Schriftstellern jener Zeit zu rekonstruieren versuchte. Die Entwürfe hat er dem Markgrafen eingereicht, aber der damalige Baudirektor verurteilte die Pläne in Bausch und Bogen, übrigens nicht nur die für das Hippiasbad, sondern auch erste Entwürfe für ein städtisches Rathaus. Alles Spinnerei, soll Müller gesagt haben, Herr Weinbrenner soll tunlichst vernünftig arbeiten, statt sich in Exzentrik zu üben. Jetzt stellen Sie sich mal vor, Ihr Herr Vater hätte sich von dieser Meinung unterkriegen lassen!«

Er schaute Julie von der Seite an, das Näschen, so viel hübscher als das Prachtexemplar des Vaters, die goldgefasste Perle im Ohrläppchen, den Mundwinkel, der vergnügt nach oben zeigte.

»Dann wäre er höchstwahrscheinlich Zimmermann geblieben wie Onkel Ludwig, wäre nie nach Straßburg gekommen, um meine Mutter zu heiraten, und mich gäbe es nicht.« Um ihre Augen bildeten sich lustige Fältchen.

»Und der Residenz ginge einiges ab«, ergänzte Constantin.

Sie hielten sich noch immer an den Händen.

Er wollte sie in den Arm nehmen, ihr einen Kuss stehlen, ihr zuraunen, dass er sie allerliebst fand. Er wollte sie zum Tanz einladen. Nicht ins Museum, wo das ganze Noblessenzeug verkehrte, sondern nach Beiertheim ins Stephanienbad, wenn dort im April oder Mai die Musikbelustigungen losgingen. Er wollte ihr sagen, wie sehr er sich auf morgen freute, auf die Fahrt nach Leipzig. Mit ihr. Da öffnete sich die Tür des Bureaus.

»Wer in drei Teufels Namen ist um diese Uhrzeit noch hier?« Die Stimme des Oberbaudirektors schlug ein wie Geschützdonner.

»Julie, was soll das?«

Erschrocken entzog das Mädchen Constantin ihre Hand, raffte ihren Rock und wollte am Vater vorbei zur Tür hinausflitzen. Aber er erwischte sie am Ärmel und hielt sie fest.

»Wir sprechen uns noch, Dorothea Juliene.« Dann ließ er sie los.

»Und nun zu uns beiden, Herr Wiesli.«

Der Baumeister trat neben ihn an den Arbeitstisch. Sein Blick schweifte über die kreuz und quer liegenden Papiere. Er kramte seine Brille aus der Westentasche und beugte sich vor, um besser sehen zu können. Am Auditorium des Leipziger Stadttheaters und dem Gegenentwurf blieb er hängen.

»Können Sie mir erläutern, was Sie vorhaben?«

Constantin beschloss zu schweigen.

»Diese Logen hier, Herr Wiesli …«, Weinbrenner tippte mit dem Zeigefinger auf dieselben Logen, die Constantin wenige Minuten zuvor beanstandet hatte, »… sind das kleinere Übel. In der Oper kommt es aufs Hören an. Die Musik muss sich frei entfalten dürfen. Muss überall gleich rein sein. Auf den ersten Plätzen im Parkett ebenso wie in den obersten Rängen. Für das Ohr dürfen keine gesellschaftlichen Unterschiede gelten. Wenn Sie das nicht verstehen, haben Sie nichts begriffen.«

Dann entdeckte Weinbrenner das phantastische Bergtheater.

»Und was bedeutet das?«
Abermals war Constantin nicht gewillt zu antworten.
»Ich habe Sie etwas gefragt, Herr Wiesli. Ich erwarte eine Erklärung.«
»Sie sagten, ich solle mir eigene Gedanken machen.« Constantin konnte nicht verhindern, dass er stotterte. »… nicht einfach nur nachahmen. Selbst Pläne entwerfen«, brachte er noch hervor.
»In der Tat. Das habe ich gesagt, ich stehe dazu. Planen Sie, planen Sie so viel, wie Sie wollen. Ich halte Sie baukünstlerisch für im hohen Maße begabt.« Der Bauschuldirektor malte mit dem Arm einen schwungvollen Kreis in der Luft über alle ausgebreiteten Blätter hinweg. »Doch planen Sie nicht mit meiner Tochter!«
Er schaute ihn bei diesen Worten nicht an, aber die Stimme des Lehrmeisters war schneidend.
»Ich denke, Sie fahren morgen besser nicht mit nach Leipzig. Bleiben Sie hier und zeichnen Sie! Entwürfe. Ich entlasse Sie aus dem mühseligen Aufgabenkatalog des Malens von Licht und Schatten, Pyramiden und Würfeln. Ich habe Sie lange genug damit drangsaliert. Ich gebe Ihnen andere Arbeiten, die Ihrer Begabung entsprechen.«
Weinbrenner hielt inne, schien zu überlegen.
»Aber …« Constantins linkes Auge flimmerte.
»Wollten Sie etwas sagen?«
Er klappte den Mund zu und schüttelte den Kopf. Der Oberbaudirektor sprach weiter, hastiger, als er sonst mit seinen Schülern zu sprechen pflegte.
»Ich vertraue Ihnen zwei Projekte an, Wiesli, und bin überzeugt, dass Sie sie zu meiner größten Satisfaction durchführen werden. Zum einen ein Pferdegestüt im Hardtwald an der Fasanerie, bringen Sie mir erste Ideen und Entwürfe. Und in dem lieblichen Flecken Rotenfels, etwa fünf bis sechs Kutschstunden von Karlsruhe entfernt an dem Flüsschen Murg, gibt es eine alte Steingeschirrfabrik. Gebäude und Grundstück gehören seit letztem Jahr Markgraf Wilhelm von Hochberg. Er möchte dort einen Landsitz haben. Schauen Sie sich beide Örtlichkeiten an, machen Sie sich sachkundig, ich gebe Ihnen freie Hand.«

Weinbrenner hielt inne, betrachtete nachdenklich das Felsentheater mit den Glaswänden.

»Hm«, machte er. »Rotenfels wird Ihnen gefallen, die bäuerliche Ruhe dort ist Labsal für die Seele. Sie werden auf ganz neue Gedanken kommen. Wandern Sie durch die Wälder, lauschen Sie den Vögeln, beziehen Sie meinetwegen die Felsen außen herum in Ihre Überlegungen mit ein. Und wenn Sie schon einmal vor Ort sind, machen Sie einen Ausflug nach Baden, von Rotenfels ist es nicht mehr weit bis dorthin. Berichten Sie mir, wie es um den guten Badischen Hof steht, bei der Planung dieses Hotels habe ich wahrlich Herzblut vergossen. In ein paar Wochen werde ich wieder zu Hause sein, Ihre Spesen regeln Sie zwischenzeitlich mit Apolone, ich werde ihr die entsprechenden Anweisungen geben. Am besten machen Sie sich gleich morgen an die Arbeit. Und damit gute Nacht.«

Schwer atmend drehte sein Lehrmeister sich um und stapfte zur Tür.

»Und löschen Sie die Kerzen, wenn Sie nachher gehen«, rief er ihm über die Schulter hinweg noch zu.

Dann verhallten die Schritte Weinbrenners in der Nacht, Constantin stand allein in der Schule vor dem unaufgeräumten Zeichentisch. In seinen Schläfen pochte es, der Kopf schien ihm zerspringen zu wollen.

Nicht nach Leipzig! Wo er doch schon alles gepackt hatte!

Ein Pferdegestüt und ein Gutsherrenschlösschen.

Was für ein Maulchrist, dieser Weinbrenner! Was für ein mitleidloser Despot! Ein …

Constantin fiel kein Wort ein, das seiner Enttäuschung gerecht wurde. Er sank auf einen Hocker und legte den Kopf auf die Tischplatte. Julie. Was würde sie sich jetzt alles anhören müssen. Hilflos war sie ihrem Vater ausgeliefert, und er konnte ihr nicht beistehen, sie nicht retten vor diesem Unmenschen, däm Stieregrind, der bestimmt noch nie in seinem Leben geliebt hatte. Bestimmt nicht.

Constantin heulte fast vor Verzweiflung.

Abendessen in Auerbachs Keller

Die Wachen salutierten, Weinbrenners Kutsche passierte das Durlacher Thor. Die Stadt blieb hinter ihnen.

Noch war es duster draußen, kaum dass Weinbrenner die Pappelbäume erkennen konnte, die die Allee nach Durlach säumten. Heger neben ihm hatte bereits die Augen geschlossen, um noch eine Runde zu schlafen, bevor sie später in einem der Gasthöfe am Weg ihren Frühstückskaffee einnehmen würden. Bei der Nachricht, dass Constantin Wiesli nun doch nicht mitkäme, hatte der Studiosus überrascht den Mund geöffnet, aber dann nicht weiter nachgefragt. Vielleicht, weil er noch verschlafen war. Insgeheim hoffte der Oberbaudirektor, dass sich die Angelegenheit mit seiner dürftigen Erklärung, Wiesli habe sich krankgemeldet, erledigt haben würde. Etwas anderes war ihm nicht eingefallen.

Für Julie dagegen war die Sache alles andere als erledigt. Weinbrenner kannte seine Tochter, sie hatte ihn heute Morgen noch keines Blicks gewürdigt.

Beleidigt kauerte sie ihm schräg gegenüber auf der Kante ihres Sitzes, eine Reisedecke über den Knien, ein Kissen im Rücken, und starrte durchs Fenster hinaus in die Finsternis. Ihr Gesicht konnte er nicht sehen, aber beim Einsteigen in den Wagen war es ihm im Licht der Laterne so vorgekommen, als seien ihre Augen rot verheult gewesen. Auch Friederike hatte außer einem flüchtig dahin geworfenen Guten Morgen nichts gesagt, hatte sehr beschäftigt getan, war hin- und hergerannt zwischen Haus und Vorfahrt, hatte Melchior, dem Kutscher, geholfen, die Körbe mit dem Proviant zu verstauen, und sich schließlich mit unzähligen Küssen und Umarmungen von Apolone verabschiedet.

Natürlich hatte er am Abend zuvor Julie noch ausgezankt. Viel zu jung sei sie für derartige Eskapaden. Im Übrigen sei es eine bodenlose Dreistigkeit, dass einer seiner Schüler es wagte, sich auf diese Weise das Oberbaudirektorenwohlgefallen erschleimen zu wollen.

Das fehlte ihm noch, ein zukünftiger Baumeister als Schwiegersohn! Mit ihm unter einem Dach! Als ob es in der Familie nicht schon genügend Architekten und Architektenanwärter gäbe. Nicht immer war es ein Vergnügen, mit den verschiedenen Arnolds auszukommen. Leider konnte man sich die Familie nicht aussuchen, die Ehemänner der Töchter aber sehr wohl. Aber das sagte er nicht laut, das behielt er für sich.

»Ich gehe davon aus, dass du den jungen Baseler auch nicht im Geringsten ermutigt hast?«

Dabei hatte er Julie scharf gemustert. Aufgebrachter als beabsichtigt war ihm der Satz über die Lippen gekommen. Aber was hätte er sonst zu einer in flagranti ertappten, noch nicht mal siebzehnjährigen Tochter sagen sollen?

»Ich habe mir nur die Baupläne anschauen wollen«, hatte sie gemotzt und an ihm vorbei zum Plafond gestarrt. Das könne ja wohl keine Sünde sein.

Wenn doch nur Gretl noch leben würde, dachte er jetzt, während die Kutsche Fahrt aufnahm. Wie sollte er nur je allein auf diese beiden Fräuleinchen aufpassen? Dazu war er doch gar nicht der richtige Mensch.

»Schicken Sie sie nach Italien!«, hatte ihm Sophie Reinhard geraten, als er ihr einmal sein Leid geklagt hatte. »Schauen Sie mich an«, hatte sie hinzugefügt, »hat es mir geschadet, dass ich in der Welt herumgekommen bin? Nein, im Gegenteil, ich habe viel gelernt und kann mich selbst ernähren.«

Was für eine Frau! Ihm wurde warm, wenn er an ihre schwarzen Haare dachte. Sie trug sie offen, nur mit einem Samtband im Nacken leicht zusammengehalten.

Wenn sie ihm aber mit solchen neumodischen Vorstellungen kam und ihn dabei anlächelte, überzog sich sein Gesicht mit roten Flecken, und er begann zu schwitzen. Jedes Mal wollte er widersprechen und tat es nie. Vielmehr hatte er eines Tages beschlossen, seine Töchter nach Leipzig mitzunehmen. Sie waren Feuer und Flamme gewesen.

Aber gestern Abend hatte Julie nicht mehr gewollt.

»Ich komm nicht mit, ich bleibe hier.« Tränen waren ihr aus den Augen geschossen.

Natürlich hatte er sich auf so ein kindisches Geschwätz nicht eingelassen, sondern kurzen Prozess gemacht.

»Morgen um vier ist die Nacht rum, um fünf geht's los, und jetzt wird geschlafen.«

Er vermutete, dass sie wenig geschlafen hatte.

Rhythmisch federnd rollte das Gefährt über die gut ausgebaute Durlacher Straße. Aber schon kurz darauf zügelte Melchior die Pferde, bog am nächsten Querweg links ab und erreichte bald den Abzweig nach Hagsfeld. Weinbrenner entspannte sich. Wenn sie gut vorankämen, wären sie in acht oder neun Tagen in Leipzig. Mit Heger allein könnte er zügiger reisen, mit ihm wäre er auch die Nächte hindurchgefahren, aber diese Anstrengung wollte er seinen Töchtern nicht zumuten.

Trotz der morgendlichen Kälte durchströmte Weinbrenner ein gutes Gefühl. Wie schön, dass die beiden ihn begleiteten. Er würde sie in die Leipziger Gesellschaft einführen. Mit ihnen abends Konzerte besuchen und in Auerbachs Keller dinieren. Durch die Wimpern seiner halb geschlossenen Lider beäugte er die beiden.

Friederike schaute neugierig in die dämmrige Landschaft. Links der noch nachtdunkle Hardtwald. Zur anderen Seite, so weit das Auge reichte, sandiger Ackerboden. Über den Durlacher Bergen dämmerte der Tag herauf. Julie schmollte noch immer.

Ob er vorschnell geschimpft hatte? Vielleicht hatte er, ohne es zu wissen, mit dieser Reise ihr Interesse an der Baukunst geweckt. Immerhin ging sie, seit sie ein kleines Mädchen war, regelmäßig zur öffentlichen Zeichenschule und seit vier Jahren in Haldenwangs landschaftliche Zeichenakademie. Sie malte nicht einmal schlecht. Auf jeden Fall besser, als sie sang.

Er könnte Julie Unterricht geben, früh am Morgen, wenn noch keiner seiner Schüler im Bureau wäre. Ein kühner Gedanke, aber warum nicht? Hatte nicht auch die Tochter von Baumeister Weinlig aus Dresden große Neigung zur Architektur gezeigt? Geist und Bildung hatte dieses Mädchen besessen, er hätte sich stundenlang mit ihr unterhalten können. Mein Gott, wie viele Jahre war das her. Zwanzig? Fünfundzwanzig?

Es war auf jeden Fall vor Italien. Auf seiner Studienreise von Wien nach Berlin hatte er sie und ihren Vater kennenlernen dürfen. Liebenswürdig war sie gewesen, die Jungfer, natürlich und bescheiden, und er hatte es bedauert, aufbrechen zu müssen. Bestimmt war sie heute verheiratet, vielleicht aber auch schon wieder verwitwet. Er könnte von Leipzig aus einen Abstecher machen, um herauszufinden …

Das aufgeregte Wiehern der Pferde ließ ihn zusammenfahren, mit einem heftigen Ruck kam der Wagen zum Stehen. Weinbrenner schleuderte nach vorn, fiel auf Friederike, die aufkreischte und sich an ihm festklammerte. Draußen lärmten Stimmen.

»Raus aus dem Wagen«, brüllte jemand. Eine Peitsche knallte, jemand jaulte auf, dann fiel ein Schuss.

Weinbrenner rappelte sich auf, bemerkte Julies verstörtes Gesicht, das bleiche Hegers, zog die Doppelpistole aus dem Etui neben seinem Sitz und herrschte seinen Schüler an, er solle gefälligst die zweite Waffe nehmen, die neben ihm hing. Schon wurde der Kutschschlag aufgerissen, die hagere Fratze eines Mannes tauchte auf, dahinter ein zweiter Gauner.

»Zum Teufel mit euch Gelichter«, donnerte der Oberbaudirektor unerschrocken und stieß geistesgegenwärtig dem ersten die Faust vor die Brust. Der verlor das Gleichgewicht, rutschte vom Tritt und riss seinen Kumpanen mit sich. Weinbrenner schoss blind hinterher, vorsorglich.

Als ob das Geknalle die Pferde angestachelt hätte, setzten sie sich unversehens in Bewegung, vielleicht war es aber auch nur eines, denn die Kutsche fuhr zwar an, geriet aber ins Schlingern, bekam Schlagseite und kippte krachend um.

Weinbrenner kam auf Heger zu liegen, der wie Espenlaub zitterte, sich ansonsten aber wie ein Maikäfer totstellte. Wenn die Situation nicht so brenzlig gewesen wäre, der Architekt hätte spöttisch losgeprustet. Friederike schien gegen irgendetwas gestoßen zu sein, sie blutete aus der Nase, hielt aber ihre Schwester Julie fest im Arm und versuchte mit der anderen Hand, dem Studiosus die Waffe zu entwinden. Wie mutig sie ist, dachte Weinbrenner noch, da gellten wieder Schreie auf der Straße.

»Los, fort von hier!«, rief die Stimme, die sie vor wenigen Sekunden noch aufgefordert hatte, aus dem Wagen zu kommen. Weinbrenner hörte die Kerle wegrennen. Einer schien verletzt zu sein, denn der, der vielleicht ihr Anführer war, fauchte ungnädig: »Mann, hab dich nicht so, du bist doch kein Kind.« Dann entfernten sich die Angreifer, ihre Rufe erstarben, und durch die offene Kutschtür, durch die der Himmel hereinschaute, sah Weinbrenner, dass es hell geworden war. Vorsichtig steckte er den Kopf hinaus.

Melchior krümmte sich auf der Erde, hielt mit beiden Händen seinen Oberschenkel fest umklammert. Blut quoll zwischen den Fingern hervor.

»Diese Feiglinge. Aus dem Hinterhalt«, wetterte er, als er den Architekten vom Kutschwagen herunterklettern sah. »Schaffen Sie's allein, Herr Oberbaudirektor?«

Weinbrenner bejahte. »Durchschuss oder Streifschuss?«, wollte er wissen.

»Streifschuss. Nur halb so schlimm«, versicherte der Kutscher tapfer, aber sein Gesicht strafte ihn Lügen.

Weinbrenner half Heger aus dem umgestürzten Wagen, dann hievten sie gemeinsam Friederike und Julie heraus. Wenigstens dazu ist der Herr Student zu gebrauchen, knurrte der Baumeister bei sich und nahm seiner ältesten Tochter die Pistole ab.

»Ich hätt geschossen«, beteuerte diese, während sie sich mit einem Tuch das Gesicht zu säubern versuchte.

»Das trau ich dir ohne Weiteres zu«, warf Julie dazwischen, bewegte prüfend Arme und Beine, drehte den Kopf in alle Richtungen und schüttelte schließlich ihr Kleid aus.

»Ein wenig derangiert sehen wir aus, würd ich sagen, aber ich glaube, wir haben noch mal Glück gehabt. Nur, du hättest mich ruhig etwas sanfter anpacken können«, beschwerte sie sich dann bei der Schwester. »Morgen wird mein Arm grün und blau sein.«

»Oh pardon, Jungfer Mimose«, gab Friederike zurück, »das nächste Mal werde ich besser aufpassen.« Dann prusteten sie beide los, Friederike zog die Jüngere zu einem nahen Baumstumpf. Kaum dass sie saßen, fingen sie zu weinen an. Und zu lachen. Im selben Atemzug. Heger brachte ihnen eine Decke.

»Und auch was zu essen«, bat Friederike. »Falls die Sachen nicht alle im Dreck liegen.«

Erleichtert, dass die Mädchen in leidlicher Verfassung zu sein schienen, ging Weinbrenner zu seinem Kutscher hinüber.

»Hm, lebensgefährlich ist es nicht, aber so fährst du mir auf keinen Fall weiter.« Er legte ein kleines Kissen, das er zwischen dem vom Wagen herabgefallenen Gepäck gefunden hatte, fest auf die Wunde, um das Blut zu stillen, und verband die Blessur notdürftig.

»Hast du irgendjemanden von den Räubern erkannt? Wie viele waren es?«

»Drei, aber erkannt, nein, erkannt hab ich keinen.«

»Könntest du sie beschreiben?«

»Ich weiß nicht, es ging alles so schnell.«

Dann aber schwenkte Melchior schadenfreudig seine Peitsche.

»Den einen wird man immer erkennen, wenn er es denn nicht vorzieht, in die Neue Welt auszuwandern. Ein gemeingefährliches Ungeziefer, dieser Kerl. Aber ich hab's ihm ganz schön gegeben, quer übers Gesicht.«

Mit einer Geste deutete er an, wie der Hieb den Räuber getroffen hatte, von der linken Schläfe übers Auge, die Nase, rechts am Mund vorbei bis zur Schulter.

»Der wird noch lange an diesen Morgen denken. Ich aber auch«, gab er zu, zischend zog er die Luft durch die Zähne. »Tut scho a bissele weh.«

»Wir kehren um«, entschied Weinbrenner. »Wir sind höchstens eine Wegstunde von Karlsruhe entfernt, und der Wagen ist ohnehin hinüber.«

»Und was machen wir mit der Bagage?«, fragte Heger, der zu ihnen herübergekommen war.

»Entweder wir warten auf einen Bauern mit einer Karre, oder ich schicke Sie zum Durlacher Thor, damit Sie Hilfe holen.«

»Ich? Den ganzen Weg allein? Vielleicht lungern die Kerle noch irgendwo im Gebüsch herum.«

»Ach, Heger, man merkt, Sie sind noch nicht viel gereist. Wenn Sie wie ich in Italien ständig mit solchem Gesindel zu tun gehabt hätten, wären Sie daran gewöhnt und würden gelassener reagieren. Überfälle sind dort an der Tagesordnung. Allein während des Pontifikats von Papst Pius VI. sind vierzigtausend Menschen im Kirchenstaat ermordet worden. Heißt es wenigstens«, setzte er, Abbitte leistend, hinzu, als er das entsetzte Gesicht seines Schülers sah. Eine Hand legte sich auf seinen Arm.

»Vater!«

Er hatte nicht gehört, dass Friederike neben ihn getreten war. Eindringlich blickte sie ihn an.

»Schon gut, meine Tochter, schon gut. Vielleicht stimmt die Zahl nicht. Vielleicht waren es nur zwanzigtausend. Ein schönes Land ist es ja trotzdem, und leben tu ich auch noch.«

Er streichelte ihr liebevoll das Haar. Dann ging er zu Julie, setzte sich neben sie auf den Baumstamm und legte den Arm um ihre Schulter. Sie schmiegte sich an ihn.

»Wir sollten besser nach Hause zurück und uns umkleiden«, flüsterte sie, machte aber keine Anstalten aufzustehen. »Wir können ja in zwei oder drei Tagen wieder losfahren. Damit du rechtzeitig nach Leipzig kommst.«

»Willst du denn dann auch wieder mit?«

»Ich glaube, es ist ziemlich unwahrscheinlich, dass wir zweimal hintereinander überfallen werden, meinst du nicht auch? Und ich wollte doch schon immer in Auerbachs Keller speisen. Wie der Herr Goethe.«

»Wie der Herr Goethe, ach so?« Weinbrenner war beleidigt. »Nur deshalb?«

Julies Augen blitzten vergnügt, sie drückte ihm einen Kuss auf die Nase.

»Natürlich auch wegen Ihnen, Sie wundervollster aller Väter.«

Die Rechnung ohne den Wirt

»Na großartig! Besser hätt's ja gar nicht klappen können. Soll ich diese Idioten jetzt womöglich auch noch bedauern?«

Christians schrille Stimme durchschnitt die verrauchte Tavernenluft. Die anderen Männer schwiegen. Johann Appenzeller zappelte nervös mit beiden Beinen, die Sitzbank vibrierte.

»Herrgott noch mal, gib Ruh«, schrie ihn Kuchler, der Schuhmacher, vom anderen Ende an, und Appenzeller drückte seine Knie aneinander. Am Nachbartisch kicherte ein Mädchen. Der Kerl, der sie auf dem Schoß hatte, langte ihr mit der einen Hand in den Ausschnitt, mit der anderen unter den Rock. Wieder kicherte sie, spreizte die Beine unter ihrem Kleid und schmiegte sich an den Freier. Christian zwang sich, nicht hinzugucken.

Seit Susanna auf und davon war, hatte er kein Weib mehr angerührt. Das machte ihn ganz kribbelkopfert, aber er traute keiner mehr. Sie waren alle gleich. Nur hinterm Geld her. Vom Kuchler die Lies genauso. Obwohl sie fromm tat wie die heilige Madonna persönlich. Sie hätte den Reitknecht aus der Quergass haben können, aber nein, schmeißt sich diesem hinterfurzigen Fettwanst von Hackschmitt an den Hals, weil der ihr ein Halskettle gschenkt hat. Billigster Tand vom Krämer. Hat sie wirklich geglaubt, der Kerl würde sich von seiner reichen Frau trennen? Der wär schön blöd. In zehn Jahren ist der Lies ihr kirschrotes Kussmündle genauso verkniffen wie das Maul der Hackschmittin. Und jetzt hängt ihr ein Gör am Bändel. Das hat sie davon.

Er schüttete den Rest seines Biers in sich hinein, glotzte in den leeren Krug, drehte ihn dann um. Die letzten Tropfen kleckten auf den Tisch.

»Hör auf mit der Sauerei, hol dir lieber noch einen«, wetterte Kuchler und griff im gleichen Atemzug Appenzeller wieder an: »Du hast doch gesagt, dass der Lemmer sich auf seine Sach versteht.«

»Herrgott noch mal, ja«, verteidigte der sich. »Ich weiß doch auch nicht, was da schiefgelaufen ist. Der Kutscher war auf jeden Fall nicht der, mit dem Lemmer und seine Leute sich abgesprochen hatten. Das war ein anderer.«

»Und der hat sich nicht schlecht gewehrt«, bemerkte Michael Jahraus, der Maurer, der neben Appenzeller saß. »Ich hab Lemmers Compagnon gesehen. Einen Peitschenschlag quer übers Gesicht. Der flennt wie ein Säugling.«

»Ich wollte dich mal so sehen«, konterte Appenzeller und fing schon wieder zu wibbeln an.

»Trink und reg dich nicht auf, davon wird's auch nicht besser. Und kann mir mal einer erklären, was genau passiert ist?«, fragte Kurte Vogel, der, noch in seiner Zimmermannskluft, als Letzter zu der Männerrunde gestoßen war, aber niemand beachtete ihn.

»Hätt ich mich nur nicht auf dich verlassen, Appenzeller. Hätt ich das nur allein gemacht«, lamentierte Christian, und Kuchler pflichtete ihm bei.

»Jetzt reißt euch zusammen«, fuhr Vogel den beiden über den Mund. »Wir hatten einen Plan, und der war gut. Also, warum hat er nicht funktioniert?«

»Weil der Dämlack von Lemmer den Kutscher verwechselt hat.« Christian verdrehte die Augen, aber Appenzeller nahm seinen Kumpanen in Schutz.

»Es war der einzige Wagen weit und breit, hat er gesagt. Und genau die Uhrzeit, wo Hackschmitt eigentlich hätt kommen sollen. Um sieben hat der Wirt in Hagsfeld sein wollen, die Droschke hat er auf sechs Uhr bestellt.«

»Wer sollte fahren? Kannte Lemmer den Mann?«, wollte Vogel wissen.

»Na ja, nicht richtig«, gab Appenzeller zu und machte eine vage Bewegung mit der Hand. »Er hat mir nur gesagt, er kennt da einen, der würde wieder einen kennen, der hätte noch ein Hühnchen mit Hackschmitt zu rupfen, der tät bestimmt mitmachen. Mehr weiß ich nicht.«

»Also wusste Lemmer gar nicht, wie der Fuhrmann aussehen würde. Hatten die nicht irgendein Zeichen ausgemacht?«

Appenzeller starrte vor sich hin.

»Was frägst du mich?«

Vogel ließ nicht locker.

»Wie viel hat der Mann dafür kassiert?«

»Fünfzehn Gulden. Und nach Auftragserfüllung noch mal das Gleiche.«

»Was ich ihm liebend gern gegeben hätte, wenn es gut gegangen wär«, belferte Christian. Jetzt aber waren seine fünfzehn Gulden zum Henker!

»Und dann kam nicht der bestellte Kutscher mit Hackschmitt, sondern jemand anderes?«, bohrte Kurte Vogel weiter. »Was war mit Hackschmitt? Warum ist der nicht zur erwarteten Uhrzeit gekommen?«

Appenzeller verzog das Gesicht.

»Keine Ahnung.« Er pulte mit dem Zeigefinger den Dreck aus einem Loch auf der Tischplatte. »Lemmer hat mir nur verzählt, dass sie zuerst gedacht haben, der Kutscher spielt ein bisschen Komödie, damit Hackschmitt ihm später nicht ans Zeug flicken kann. Wär ja normal. Aber als sie dann den Wagenschlag aufmachten und Lemmer keinen Hackschmitt drin sitzen sah, sondern irgendeinen anderen, übrigens auch so einen Dicken, und noch dazu zwei junge Weiber und einen, der aussah wie ein Kaufmannssohn, da war ihm klar, dass sie die falsche Karosse erwischt hatten. Und das mit der Peitsche war ja nun auch nicht abgemacht.«

»Weiß denn Lemmer, wer da im Wagen gesessen hat?«, fragte Jahraus. »Und was ist mit dem Kutscher? Kennt Lemmer ihn? Was ist, wenn der Mann ihn anzeigt? Und wenn Lemmer dann nicht dichthält und uns verpfeift?«

Kuchler rutschte auf seinem Stuhl hin und her und suchte Christians Blick. Der schaute weg. Er hatte keine Sekunde gezweifelt gehabt, dass alles glattgehen würde.

Als er nach dem Streit mit Barbara mitten in der Nacht Hackschmitt aufsuchte, um ihn zu fragen, ob er ihm helfen könne, mit Geld, mit Mehl, mit was auch immer …

Als der Wirt ihm erwiderte, seine Großzügigkeit habe Grenzen, er wolle jetzt endlich sein Geld wiedersehen …

»Das Geld, das dein Vater mir noch schuldet. Das ich ihm vorgestreckt hab. Für Mehl aus den Niederlanden …« Anderswo sei ja nichts mehr aufzutreiben, und so was zu organisieren sei nun mal nicht umsonst.

»Dann für die Medizin, die eure Mutter gebraucht hat.« Die aber so überflüssig gewesen sei wie ein Kropf, denn gestorben sei sie ja trotzdem.

»Schließlich das Geld für den Wein für euern Laden«, der im Übrigen schon längstens ihm gehöre und den er dem Vater nur aus lauter Edelmut noch zur Pacht gelassen habe.

»Und vergiss nicht die Zinsen! Denn umsonst ist nur der Tod, und der kostet's Leben.«

Als Hackschmitt ihm das alles vorrechnete, begann sich die ganze Schankstube um ihn herum zu drehen wie ein Karussell.

»Beweis mir das«, erregte sich Christian. »Ich glaub dir kein Wort«, und er hätte dem Protz bedenkenlos auf seinen aufgedunsenen Wanst gekotzt, wenn er nur was im Magen gehabt hätte.

Der Gastwirt griente höhnisch und zeigte ihm die Zettel mit der Unterschrift des Vaters, auf billigstes Papier hingeschmierte Schuldscheine vom November und Dezember, den Monaten, als die Mutter im Sterben lag. Und schließlich Mehlrechnungen noch und nöcher. Die Zahlen gingen ins Astronomische.

Der Vater war am Ende gewesen und hatte ihm nichts davon gesagt. War in die Fänge dieses Raffzahns geraten, und jetzt steckte er darin.

»Ich besorg dir Mehl, und du backst für mich weiter wie bisher. Kostenlos und gratis natürlich. So lange, bis die Schulden abbezahlt sind. Wie viel von den Broten du behalten kannst, um sie anderweitig zu verkaufen, darüber reden wir noch.«

Christian sah und hörte Hackschmitt wie durch eine wabernde Nebelwand.

»Oder du überschreibst mir deine Bäckerei, dann hättest du die Schulden auf einmal los und arbeitest für mich gegen Lohn. Aber nicht, dass du glaubst, ich zahl auch noch für deine Geschwister. Es ist deine Sache, wer dir hilft und wie du denjenigen bezahlen willst. So, mein Lieber, ich glaub, wir haben uns verstanden. Und nun erlaubst du, ich muss noch meine Abrechnung machen. Im Übrigen, wie wäre es mal mit feinem weißen Brot für mich? Ich fahr am Sonntag früh nach Hagsfeld, ich kenn da jemanden.«

Wie betäubt war Christian danach durch die nächtliche Kälte geirrt, bis er vor Rosinas Schwalbeneschtle stand, der letzten Hütte in der schummrigen Heckengasse. Drinnen in der Spelunke war es warm gewesen, drinnen hatte er Franz Kuchler, Lies' Vater, sitzen sehen, da kam ihm die Idee. Eine ganz einfache Idee und hundertprozentig sicher. Der Schuhmacher stimmte sofort zu. Verbündete fanden sie mühelos, Politische wie den Maurer Michael Jahraus und Kurte Vogel, die auf die zugezogenen Groß-Karlsruher schon seit Jahren einen Rochus hatten, und Johann Appenzeller, der sich als Straßenknecht durchs Leben schlug, meist aber ohne Arbeit war. Appenzeller aber kannte Gott und die Welt.

»Lemmer und seine Leute müssen weg.«

Kurte Vogel sprach aus, was Christian dachte. Vor allem der mit der Wunde im Gesicht würde auffallen.

»Ins Ausland. Nach Württemberg oder besser noch ins Elsass«, schlug Jahraus vor. »Du musst mit Lemmer reden, Appenzeller.«

»Und was, wenn die nicht wollen? Wenn sie hier Familie haben? Was dann?«

»Dann werden sie uns kennenlernen. Mach ihm das klar«, sagte Kuchler drohend. Christian sah ihn an. Würde der Schuhmacher so weit gehen?

»Fällt dir was Besseres ein?«, schnauzte der.

»Nein«, räumte Christian ein. »Nur dass mein Problem nicht damit gelöst ist, dass wir Lemmer und seine Kumpanen beseitigen. Dann ist Hackschmitt immer noch da und wird mich ausnehmen wie eine Gans und dich auslachen, wenn du kommst und Geld für die Lies und das Kind haben willst. Was ist es eigentlich?«

»Ein Bub.«

»Er leugnet ab, dass er der Vater ist, und wird's auch weiterhin tun«, mischte sich Kurte Vogel ein. »Habt ihr gewusst, dass die Lies nicht die Einzige ist, der er ein Kind gemacht hat? In der Kronengasse soll noch so ein Gör rumlaufen. Auch die Mutter von dem hat damals im Füllhorn bedient genau wie deine Lies, und als der Bauch dick wurde, hat er sie vor die Tür gesetzt. Wer weiß, wer sein nächstes Opfer ist. Er sucht sich ja immer hübsche Serviteurinnen, und die dumme Küh fallen drauf rein. 'tschuldigung, Kuchler, nix für ungut, aber es ist doch wahr«, schimpfte er.

»Ich schneid ihm den Schwanz ab, wenn ich ihn krieg.« Der Schuhmacher rammte die Spitze des Messers, mit dem er zuvor Kutteln gegessen hatte, in den Wirtshaustisch.

»Euer erster Plan war weitaus besser. Was nützt dir ein kastrierter Mann, der krepiert? Dann kriegst du auch kein Geld mehr von ihm«, spöttelte Vogel.

»Und dabei war alles so gut vorbereitet.« Noch immer kam Christian nicht über den Reinfall hinweg. »Der Schuppen hinter der Kiesgrube, niemand hätte ihn dort gefunden. Stundenlang hätte er schreien können, ohne dass ihn jemand gehört hätte. Keinen Tag hätt's gedauert, und er hätt jede einzelne unserer Forderungen unterschrieben. Ich schwör's.«

»Unterhalt für das Balg«, bellte Kuchler, »und die Vernichtung der blöden Schuldscheine.«

»Entschädigung für alle, die er fertiggemacht hat. Carl Weichsle, Zolter, der Metzger in der Blockgasse.« Michael Jahraus zog eine Liste mit mindestens zehn Namen aus seiner Tasche.

»Alles war vorbereitet, Papier, Tinte und Feder«, vollendete Christian finster.

In der Schenke war es still geworden. Sie waren die letzten Gäste im Schwalbeneschtle. Die Dirne und ihr Galan waren verschwunden.

»Bis morgen«, murmelte Jahraus und stand auf. Auch Kurte Vogel verabschiedete sich.

»Und was mach ich jetzt?«, fragte Christian, als er mit Kuchler und Appenzeller allein war.

»Jetzt kannst du dir nur noch den Strick nehmen wie dein Vater«, schlug der Schuhmacher vor und stierte vor sich hin.

»Halt's Maul! Mein Vater hat keinen Selbstmord gemacht. Barbara sagt, er hatte seinen Siegelring nicht an, als sie ihn gefunden haben. Ich bin überzeugt, Hackschmitt hat ihn gezwungen, ihm den Ring rauszugeben und dazu sein gesamtes Geld. Und dann hat er ihn in den Schaafgraben geschmissen.«

»Das hätte doch nie gereicht, um alle Schulden zu bezahlen. Du hast mir eine Zahl genannt, da ist mir ganz schwarz vor Augen geworden. Und was sollte Hackschmitt denn mit dem Siegelring machen? Damit kann er doch gar nichts anfangen.«

»Verkaufen«, mutmaßte Christian.

»Hier in Karlsruh? Das käm raus.«

»Nicht hier. Anderswo.«

»Hm, vielleicht. Und bei dir kassiert er gleich noch mal, also doppelt sozusagen.«

Christian sprang hoch. Daran hatte er noch nicht gedacht. Das wäre ja noch schlimmer. Den Vater erpressen und dann von ihm, dem Sohn, die gleiche Summe gerade noch mal einstreichen.

»Dieser Aasgeier.« Christian schoss das Blut zu Kopf, er torkelte. Appenzeller versuchte, ihn auf den Stuhl zurückzuziehen.

»Setz dich und lass erst mal Gras über die Sache wachsen. Zuerst müssen Lemmer und seine Freunde weg, und dann können wir's doch noch mal versuchen. Der Schuppen läuft uns nicht davon, und Fesseln schimmeln nicht.«

»Bis dahin bin ich ruiniert«, murmelte Christian, der mit einem Schlag wieder nüchtern war. Er schwankte auch kaum, als er zum Ausgang ging.

»Schreib an!«, rief er Rosina hinter der Theke zu.

Draußen war es stockfinster. Aber nach ein paar Schritten gewöhnten sich seine Augen an die Dunkelheit, der Kopf hörte zu kreiseln auf. Er wusste, was er tun würde.

Während er gegen den nächsten Baum pinkelte, fing er zu pfeifen an.

Beruflich bedingtes Misstrauen

Es kostete Barbara Überwindung, Christian nicht anzubrüllen, als dieser, dunkle Bartstoppeln im Gesicht, nach Mitternacht zur Tür der Backstube hereinschneite. Er stank nach Bier und Rauch.

Gutmütig schob er Bernhard vom Knettrog weg. »Mach mal Platz, Kleiner«, sagte er. Es klang fast zärtlich.

»Wasch dich zuerst!«, blaffte Barbara.

Mach mal Platz, Kleiner! Welche Gnade! Der hohe Herr lässt sich herab und kommt helfen! Und Bernhard schaut auch noch dankbar zu ihm hoch wie e Hündle. Ich hätt ihm de Teig an de Kopf gschmisse.

»Wenigstens die Händ und die Ärm.« Barbara konnte ihre Verbitterung nicht verbergen. Und wollte es auch nicht. Trotzdem presste sie die Lippen aufeinander, damit ihr nichts rausrutschte, das sie vielleicht doch irgendwann bereuen würde.

Für einen Augenblick schlossen sich Christians Augen zu schmalen Schlitzen, er wollte Kontra geben. Dann aber drehte er sich wortlos um und stiefelte aus dem Raum. Als er wieder zurückkam, mit sauberen Fingern und frischem Hemd, versetzte er dem Bruder einen liebevollen Schlag.

»Lass mich das machen, feuer du schon mal den Ofen an«, meinte er und fuhr mit den Händen in den Teig. »Und dann geht schlafen, alle beide, heut bin ich dran.«

Aber Barbara ging nicht, zu groß waren ihre Wut und ihre Enttäuschung.

Kreuzt hier auf und tut, als ob nichts gewesen wäre. Kein Wort der Entschuldigung. Keine Erklärung, wo er die ganze Zeit über gesteckt hat.

Du glaubst doch nicht im Ernst, dass du so leicht davonkommst.

Sie wartete. Die Frage nach den angeblichen Schulden beim Füllhornwirt lag ihr auf der Zunge, aber Christian kam ihr zuvor. Sein Blick ging zu den fast leeren Mehlsäcken.

»Keine Sorge, ich krieg das geregelt. Hackschmitt hat versprochen, uns zu helfen.«

Barbara knirschte mit den Zähnen.

Und lügen tust du auch noch. Aber wart, ich krieg dich.

Als läse er ihre Gedanken, schaute Christian weg und machte sich wieder an seine Arbeit.

Barbara konnte kaum an sich halten.

Wie du willst. Wenn du nicht offen zu mir bist, muss ich es umgekehrt auch nicht sein.

Kein Wort würde sie ihm sagen von dem Geld, das der Oberbaudirektor ihr geliehen hatte. Wenn er sich wunderte, wie sie über die Runden kämen, würde sie ihm genauso die Antwort verweigern wie er ihr. Das ist mein Geld, was geht's dich an, von woher ich es hab, würde sie ihm ins Gesicht spucken.

Er stand tief über den Trog gebückt und knetete jetzt geschickt und ausdauernd, besser, als sie und Bernhard es jemals könnten. Zugegeben, auf sein Handwerk verstand er sich, aber sonst war er eine miese Kanaille.

Ob der junge Herr Bauschüler, der nur Augen für Jungfer Julie hatte, auch so mit seinen Schwestern umsprang, falls er welche hatte?

Ihr Zorn verfolgte sie bis in den Schlaf, und als sie nach schweren Träumen ein paar Stunden später wieder erwachte, fühlte sie sich wie gerädert, alle Knochen im Leib taten ihr weh. In der Küche hörte sie Christina werkeln, Lorenz quengelte nach Milch und Brot, aus dem Laden kam Stephanies piepsige Kinderstimme: »Macht zehn Kreuzer«, und gleich darauf knallte die Tür, die vom Verkaufsraum in die Hofdurchfahrt ging.

Barbara stand auf. Das Wasser, das die Schwester ihr hingestellt hatte, machte sie etwas munterer, der kurze Gang über den Hof zur Backstube weckte sie vollends. Morgenlicht lag über den Hausdächern, noch grau und verhalten, aber die Luft fühlte sich wärmer an als in den Tagen zuvor. Barbara blieb stehen, atmete tief durch. Ein einsames Büschel Schneeglöckchen duckte sich an die Bretterwand des Schuppens, in den kahlen Ästen des Birnbaums auf dem Nachbargrundstück krakeelte ein Spatz.

Christian hatte die Backstube säuberlich gefegt und nass aufgewischt. Wie Infanteristen in der Marschkolonne reihten sich dunkle Roggenlaibe einer neben dem anderen in den Regalen, die meliert-ökonomischen folgten und dahinter eine ganze Batterie Weckle. Der Raum war erfüllt von dem Duft des frisch gebackenen Brots.

Und vom Vater.

Da war er. Saß auf seiner Bettstatt, auf dem mehlstaubigen Überwurf, sprach nicht, rührte sich nicht, blickte sie nur an, mit gütigen Augen.

»Vater?«

Jetzt stand er neben ihr. Die Hand, an der der Siegelring fehlte, berührte die ihre.

»Sagt was, Vater, bitte sagt was!«

Da war er nicht mehr. Die Decke über dem Stroh glatt und unberührt.

Sie sank auf den Hocker, ihre Knie schlotterten. Sie legte die Hände vors Gesicht, weinte, fühlte wieder den Vater, aber anders als zuvor, nunmehr eine Erinnerung, wie er nach ihr gefasst hatte, und eine Woge von Glück durchströmte sie. Mit dem Hemdärmel trocknete sie die Tränen und begann, die Brote für Hackschmitt und das Weinbrenner'sche Bureau zu packen. Trotz der Reise des Meisters nach Leipzig ging der Lehrbetrieb weiter, und die jungen Studiosi waren gute Esser. Barbara hatte sogar den Eindruck, dass die Schüler mehr aßen, wenn Weinbrenner nicht im Lande war. Ist die Katze fort, tanzen die Mäuse.

Von Christian und Bernhard war nichts zu hören, als sie zuerst mit dem Korb fürs Goldene Füllhorn auf dem Kopf an deren Zimmer vorbeiging. Draußen auf der Gasse aber hatte der Tag begonnen. Soldaten, die Uniformjacken noch nicht zugeknöpft, wetzten zum Dienst, Handwerker hatten es eilig, auf ihre Baustellen zu kommen, ein Lumpensammler schrie sich die Lunge aus dem Hals, vor der Nummer siebenundvierzig stand Jakob Bastiani im Gespräch mit einem Mann. Sie wunderte sich. Sergeant Bastiani war keiner, der groß Schwätzchen auf der Straße hielt. Wurde er angesprochen, war er zwar freundlich, blieb aber kurz angebunden, und Fragen, die seiner Meinung nach von geringer Dringlichkeit waren, wehrte er beamtisch-nüchtern ab. Ob ein Blitzableiter auf dem Haus obligatorisch sei? »Gehen Sie zum Stadtamt oder besser noch zum Bauamt, die müssen es wissen, ich sag womöglich noch was Falsches.« Der Polizeysergeant sprach nur, wenn es unbedingt sein musste.

Dieses Gespräch musste wohl sein, denn Bastiani hielt sein Gegenüber regelrecht fest, nicht mit Händen, sondern mit Worten, vielleicht mit Fragen, denn sie hatte den Eindruck, dass der andere auf dem Sprung war und sich loszueisen versuchte. Als der Mann den Kopf drehte, stockte Barbara der Atem.

Schon wieder der junge Herr.

Was tat der hier? Sollte er nicht eben jetzt mit dem Oberbaudirektor in der Kutsche sitzen, an der Seite von Jungfer Julie, sodass ihrer beider Arme sich berührten, wenn der Wagen über die unvermeidlichen Schlaglöcher der Chausseen und staubigen Heerstraßen ratterte und ihre Blicke sich verstohlen kreuzten?

Bastiani hatte Barbara erspäht. Komm her, bedeutete er ihr, und sie folgte widerstrebend seiner Aufforderung. In ihrem Magen kitzelte es, als sie neben den Studiosus trat. So nah war sie ihm noch nie gewesen. Sie roch ihn, ein Geruch wie von Laub und frischem Heu. Barbara grüßte verlegen, aber Weinbrenners Schüler schien keine Notiz von ihr zu nehmen. Vielleicht erkannte er sie nicht einmal.

»Hast du es schon gehört, Barbara? Weinbrenner ist überfallen worden. Gestern Morgen, nicht weit hinterm Durlacher Thor.«

Fast wäre ihr vor Schreck der Korb vom Kopf gefallen.

»Der Oberbaudirektor? Du lieber Himmel!« Vorsichtshalber nahm sie die Brote herunter.

»Sie hatten noch Glück im Unglück. Er konnte das Pack in die Flucht schlagen. Nur die Kutsche ist völlig ramponiert. Ein gewisser Heger, ein Mitreisender, hat die Torwacht um Hilfe gerufen, so haben wir davon erfahren.«

»Und wo sind sie jetzt? Sind sie weitergereist?«

»Nein, sie sind umgekehrt und erst mal wieder nach Hause gefahren.«

»Was ist mit den Jungfern?«, wandte sich Barbara an den jungen Herrn. »Ist ihnen was passiert?«

Bastiani kam dem Studiosus zuvor.

»Constantin Wiesli war nicht mit dabei«, erklärte er, und Barbara wunderte sich über den ungewohnt spitzen Ton des Sergeanten und seinen scharfen Blick, mit dem er den Schüler von Weinbrenner regelrecht abzutasten schien.

Constantin Wiesli. Ein schöner Name.

»Aber ich versteh nicht. Sollten Sie nicht mit dem Oberbaudirektor nach Leipzig fahren?«, fragte sie ihn.

Der Satz war noch nicht zu Ende, da schoss ihr das Blut in den Kopf. Was musste dieser Herr Wiesli nur von ihr denken, dass sie ihn so impertinent ausfragte? Am liebsten hätte sie sich in ein Mäuseloch verkrochen. Natürlich antwortete der Studiosus nicht, stattdessen entschuldigte er sich bei Bastiani.

»Sie erlauben, Herr Sergeant, aber ich muss jetzt wirklich los, ich komme sonst zu spät. Der Herr Architekt wird mich brauchen.«

»Aber gewiss, mein Freund, grüßen Sie ihn von mir!«

Barbara schaute Constantin Wiesli hinterher, wie dieser davonlief, fast sprang er. Er denkt nicht an den Oberbaudirektor, er denkt an Julie, und das Herz tat ihr weh.

»Woher kennst du ihn, und was macht er hier in der Straße?«, fragte sie Bastiani.

»Er wohnt bei mir, seit drei Wochen. Zuvor hat er am Marktplatz logiert, aber da wurde es ihm zu teuer auf Dauer. Der Herr Papa ist weder Kaufmann noch Finanzrat, sondern ein armer Pfaffe.« Der Sergeant lachte leise. »Er hat das alte Zimmerle meiner Mutter. Viel Staat kann man damit nicht machen.«

»Wohnt denn der Reitmeyer nicht mehr bei dir?«

»Der ist nach Bruchsal versetzt worden.«

Barbara schwieg. Aus dem Haus gegenüber trat Futtermeister Wenzelsmann auf die Straße, lüpfte grüßend den Hut und hastete in Richtung Schloss. Ein Bub trieb Hackschmitts zwei Sauen zur Stadt hinaus.

»Ich versteh das nicht«, begann Barbara wieder, und sie nahm in Kauf, dass sie zu spät in die Schloßstraße käme. »Er sollte doch nach Leipzig mitfahren.«

»Das hatte er mir auch erzählt. In den Tagen davor war er wie elektrisiert gewesen. Saß sogar hier in seinem Zimmer noch bis zum Morgengrauen über irgendwelchen Plänen. Seit Freitag hatte er schon die Reisetasche gepackt gehabt.«

»Und dann? Was ist passiert?«

»Keine Ahnung. Am Samstag nach der Schule verschwand er, ohne zu grüßen, in seinem Zimmer, obwohl er sonst immer gern bei mir hereingeschaut hat. Er wollte auch nichts essen und nichts trinken. Am Abend ging er fort. Weil ich ihn nicht gehört habe, dachte ich am Sonntagmorgen natürlich, dass er abgereist ist. Aber dann tauchte er unvermittelt am Abend wieder hier auf, mit einer Laune, kann ich dir sagen! Zum Davonlaufen! Auf meine Frage, warum er denn nicht unterwegs sei, brauste er auf, verbot sich jedes inquisitorische Verhör, wie er es nannte, und haute sofort wieder ab. Was hätt ich machen sollen? Bin ich sein Vater? Aber dann kam die Nachricht von dem Überfall auf den Oberbaudirektor, und als ich ihn eben sah, wie er zum Frühstücken ins Füllhorn wollte, da habe ich ihn mir gekrallt.«

»Du glaubst doch nicht …« Barbara presste ihre Hand auf den Mund.

»Ein eigenartiger Zufall, findest du nicht? Zuerst soll er mit, dann fährt er nicht mit, schlägt sich stattdessen irgendwo die Nächte um die Ohren. Schon seltsam, wenn du mich frägst. Ist dir in Weinbrenners Bureau irgendwas Ungewöhnliches aufgefallen?«

Die Stimmen im Unterrichtsraum. Constantin Wiesli neben Jungfer Julie. Seine Haare, die vom Kopf abstanden.

Barbara hielt einen Moment die Luft an.

Bei Lies konnte sie sich vorstellen, dass die Haare zerwühlte, Männerhaare. Gut konnte sie sich das vorstellen. Bei Jungfer Julie nicht. Andererseits, das Mädchen war oft eigensinnig. Eigensinniger, als es sich für eine Demoiselle aus gutem Hause gehörte. Dafür bewunderte Barbara sie schon fast wieder. Aber was gingen Bastiani ihre Gefühle an. Bei aller Freundschaft, die sie verband, nichts.

»Nein, mir ist nichts aufgefallen. Hast du dem Studiosus vom Überfall erzählt?«

»Selbstverständlich. Er hat getan, als sei er erschrocken. Dann wollte er sofort weg. ›Ich muss zum Herrn Oberbaudirektor, gucken, ob er meine Hilfe braucht‹, hat er gesagt. Als ob der Baumeister mutterseelenallein auf der Welt wäre und sonst niemanden hätte. Lächerlich. Es passte dem jungen Herrn ganz offensichtlich nicht, dass ich ihn ausfragte. Er gab auch keine richtigen Antworten.«

Nachdenklich blickte der Polizeysergeant in die Richtung, in die sein Untermieter verschwunden war.

»Könntest du in den nächsten Tagen nicht mal ein Auge auf ihn haben, Barbara?«

»Ich?«

»Na, du bist doch sozusagen an der Quelle.«

»Ich weiß nicht, Jakob, ob ich so was kann.«

Ich will das nicht, dachte sie. Nein und noch mal nein. Der junge Herr, dieser Mensch, der ihr gefiel, so gut gefiel und immer mehr von Tag zu Tag, das konnte doch kein gemeiner Mensch sein, kein Schuft, der Kutschen überfiel.

»Mach nicht so ein Gesicht, Barbara! Vielleicht bilde ich mir das alles ja auch nur ein. Beruflich bedingtes Misstrauen. Aber tu mir trotzdem den Gefallen.«

Sie nickte resigniert und wollte sich verabschieden.

»Übrigens …« Bastiani hielt sie am Arm fest. »Der Leichnam eures Vaters ist freigegeben. Ich wäre später noch vorbeigekommen, um es euch zu sagen. Ihr könnt ihn beerdigen.«

»Hat der Oberhofrat noch etwas herausfinden können?«

»Nein, alles spricht dafür, dass euer Vater seinem Leben selbst ein Ende gesetzt hat. Ich weiß, das ist nicht schön für euch. Es tut mir leid.«

»Christian verkraftet das nicht. Er will glauben, dass Vater ermordet wurde.«

»Dr. Schweikhard ist ein sachkundiger Arzt. Ich kann mir nicht vorstellen, dass er sich täuscht.«

Offene Ohren

Sie bekam den jungen Herrn den halben Tag nicht zu Gesicht. Der Morgen ging damit drauf, dass sie und Apolone sich durch einen Berg von aufgeplatzten Koffern und Körben wühlten, die sich inmitten der Eingangshalle türmten. Nur notdürftig hatten die Reisenden das ganze heruntergefallene Gepäck wieder zusammengesammelt und zu Ballen gebunden, bevor sie notgedrungen die Rückkehr antraten. Barbara schickte einen Botenjungen in die Waldhorngasse, damit Tagelöhner Mauckle käme, um die Kisten und Reisetaschen wieder in Ordnung zu bringen. Danach half sie der Haushälterin, die verdreckten Sachen zu säubern, auszuklopfen und neu herzurichten.

Als sie einen Stoß Hemden holen wollte, um sie der Haushälterin zum Waschen zu bringen, stand der Oberbaudirektor trübsinnig vor den geöffneten Portefeuilles mit den Entwürfen für das Leipziger Theater. Vorsichtig blätterte er die Pläne durch, fast alle hatten Eselsohren und Knicke abbekommen. Einmal entfernte er ein Stöckchen, das zwischen die Bögen gerutscht war und ein Loch ins Papier gedrückt hatte. Es tat Barbara in der Seele weh, zu sehen, wie niedergedrückt der Architekt war. Und übermüdet. Wahrscheinlich hatte er die halbe Nacht kein Auge zugemacht.

»Kümmer dich um die Papiere, Barbara! Heger wird dir helfen. Guckt, was noch brauchbar ist und was neu gemacht werden muss. Erst dann werd ich wissen, wann wir wieder fahren können. Ich kann mich doch auf dich verlassen? Und wenn mich jemand sucht, ich bin im Museum«, fügte er hinzu, griff nach Hut und Mantel und zog leise die Eingangstür hinter sich zu.

Weinbrenners Vertrauen erfüllte sie mit Stolz. Umso mehr bedrückte sie der Verdacht, den Jakob Bastiani geäußert hatte. Sollte Weinbrenners Schüler Wiesli wirklich etwas mit dem Überfall zu tun haben? Wie von Hunden gehetzt, war er nach dem Gespräch mit dem Polizeysergeanten davongerannt. Schuldeingeständnis oder blinde Verliebtheit?

Das Haus schien wie ausgestorben, nachdem der Oberbaudirektor gegangen war. Die Jungfern schliefen noch tief und fest.

»Kein Wunder, nach dem Schreck!«, wiederholte Apolone ein ums andere Mal und zeigte kein Verständnis dafür, dass der Baumeister die beiden jungen Mädchen, der schlimmen Erfahrung zum Trotz, auch beim nächsten Mal wieder auf die lange Reise mitnehmen wollte.

»Aber sie wollen es doch selbst, hast du mir gesagt«, warf Barbara ein.

»Ja, gestern Abend, nachdem alles glücklich vorbei war und sie wieder saubere Kleider anhatten. Da waren sie ausgelassen wie junge Fohlen. Ach, herrje, so dürfte ich ja eigentlich nicht sprechen, aber genau so sind sie im Zimmer rumgehupft, die beiden Fräuleinchen, und haben gegackert wie die Hühner. Nur, wenn du mich frägst, so eine Fahrt ist nichts für so junge Damen, ich würde sie ihnen verbieten. Aber mich frägt ja keiner.«

Beleidigt rubbelte und schrubbte sie an einem Paar Hosen herum, betrachtete sie von allen Seiten, ob noch irgendwo ein Fleck wäre, und hängte das Beinkleid dann über eine Garderobenstange.

Barbara war in der Bügelkammer, um die Weißwäsche zu falten, als sie Wieslis Stimme in der Küche hörte. Jäh unterbrach sie ihre Arbeit. Blut schoss ihr zu Kopf, das Herz raste. Der Studiosus bat um frisches Wasser, der Krug im Bureau sei leer.

»Nie im Leben! Er sucht nur nach einem Vorwand, um ins Haus zu kommen und Julie zu sehen!«

Sie ärgerte sich über ihre Eifersucht. Wer war sie schon, dass sie sich ebenbürtig wähnte mit einem Fräulein aus gutem Hause?

Und trotzdem bist du eifersüchtig, stichelte die Stimme in ihr.

Sie schloss die Augen, und da, sie hatte es ja gewusst, fragte der Studiosus auch schon. Fragte in einem so scheinheilig beflissen höflichen Ton, dass sie am liebsten vor ihm ausgespuckt hätte wie ein Waschweib, dem ein stinkichter Ochsenknecht ans Mieder ging.

»Wie geht es den Jungfern? Sind sie bereits auf?«

»Gott bewahre, nein, sie sollen sich ausruhen, die armen Hascherl«, tönte Apolone resolut. »Was glauben Sie denn! Die müssen doch erst mal zu sich kommen!«

Ob er den Krug genommen hatte und gegangen war? Barbara lugte durchs Schlüsselloch, sah aber nur den Tisch und einen Zipfel von Apolones schwarzem Kleid.

Warum nur war er nicht mit nach Leipzig gefahren?

Herr Wiesli sei nicht in der Kutsche gesessen, hatte Bastiani gesagt, jedes einzelne Wort betonend. Das Misstrauen des Sergeanten war mit Händen zu greifen gewesen. Er hatte den jungen Herrn in die Enge treiben wollen.

Etwas musste passiert sein am Samstagnachmittag im Bureau. Ein Zerwürfnis zwischen Wiesli und dem Weinbrennertöchterle? Barbara würde es nicht wundern, sie kannte das schnippische Mundwerk der Jungfer nur allzu gut. Es gab kaum einen Tag, an dem die beiden Schwestern sich nicht in die Haare gerieten, und fast immer fing Julie an. Ja, so war es wahrscheinlich gewesen, wahrscheinlich hatte ein Wort das andere ergeben. Mademoiselle hatte die Unterlippe nach vorn geschoben und an die Decke gestarrt, wie sie es zu tun pflegte, wenn sie sich durchsetzen wollte. Der Student hatte den Gekränkten gespielt und dickköpfig, wie er bestimmt war, heroisch auf die Fahrt verzichtet.

Und es nachher natürlich bereut.

Oder sie hatte gesagt, dass sie ihn nicht mehr sehen wolle. Bemühen Sie sich nicht weiter, mein Herr! Kommen Sie mir nicht mehr unter die Augen! Junge Mädchen sagten so etwas schnell, mit kaltem Zungenschlag, aus einer Marotte heraus, die sie nachher ebenfalls bereuten.

Und dann war er hergegangen und hatte diesen Überfall inszeniert, um die Geliebte von seiner Liebe zu überzeugen und sie zur Umkehr zu bewegen. Wie romantisch.

Barbara sank auf einen Hocker, das Hemd, das sie gerade in der Hand hielt, ausgerechnet Julies Hemd, wie sie am Kragenmuster erkannte, glitt ihr aus der Hand, in den Ohren ein Sausen. Romantisch war es vielleicht, aber vor allem war es töricht gewesen, im höchsten Maße töricht. Der Mann konnte dafür ins Gefängnis kommen.

Natürlich kam er dafür ins Gefängnis.

Und dann schoss Barbara ein Gedanke durch den Kopf.

Sie würde Jakob Bastiani sagen, dass Wiesli zu bewusster Stunde mit ihr zusammen gewesen sei. Und wenn der junge Herr dem Sergeanten etwas anderes erzählte, könnte sie genierlich tun und sagen, der Herr Studiosus wolle sie schützen, sie und ihren guten Ruf.

Ob Constantin Wiesli sie dafür lieben würde? Ein bisschen wenigstens?

Gegen Mittag hatten sie das Gröbste erledigt, Apolone und sie. Die jungen Damen waren aus ihren Zimmern hervorgekrochen und in der Küche aufgetaucht, noch blass im Gesicht, aber hungrig, ein gutes Zeichen. Apolone strahlte. Sie hatte gekocht, im großen Kessel dampfte dicke Erbsensuppe mit Speck. Nach dem Abwasch fand Barbara endlich Zeit, die Mappen mit den Rissen ins Bureau zu bringen und sich, wie der Oberbaudirektor angeordnet hatte, mit Heger ans Ausbessern der Entwürfe zu machen.

Schon beim Betreten des Schulraums spürte sie die beklommene Stimmung. Kaum jemand redete, und wenn doch, nur im Flüsterton. Selbst Brunarus, vor dem sie sich sonst fürchtete, schaute lediglich kurz auf, als sie hereinkam, und wendete sich sofort wieder seinen Aufgaben zu, ohne dass er sie mit anzüglichen Sprüchen behelligte. Wie am Samstag, als sie ihn mit Julie überrascht hatte, stand Constantin Wiesli auch jetzt an seinem Arbeitsplatz, wieder mit dem Rücken zu ihr. Er schien nicht bemerkt zu haben, dass sie im Raum war. Tief über seine Schreibplatte gebeugt, zeichnete er und trat dabei von einem Fuß auf den anderen. In hoffnungslosen Falten schlappte seine Hose über die Schuhe.

Er hat kein Geld für den Schneider. Sie könnte Christina bitten, sie für ihn zu kürzen. Ihr zuliebe.

Heger wartete bereits. Er räumte seine eigenen Papiere fort, nahm ihr die Portefeuilles ab, und gemeinsam begannen sie, die Bögen zu sortieren und auf Schäden hin zu untersuchen. Dann machten sie sich an die Arbeit. Mit einem kleinen Handfeger und weichen Pinseln befreiten sie die Blätter von Sand und Staub. Manchmal hatte sich ein winziger Stein oder ein Stückchen Holz in die Entwürfe gedrückt. Vorsichtig versuchte Heger, die Stellen mit einer kleinen Klinge zu säubern. Barbara ging anschließend mit dem Polierstahl drüber, um das aufgeraute Papier wieder zu glätten. Sie brauchte keine Anweisungen. In den vielen Monaten, in denen sie in der Bauschule sauber machte, hatte sie gelernt, worauf es ankam. Risse wurden mit dünnstem Papier hinterklebt, Knicke mit warmem Wasser befeuchtet, damit sie danach mit dem Plätteisen wieder halbwegs glatt gebügelt werden konnten. Wenn sie befürchtete, sie könnte die Drucke verderben, schob Barbara Heger das Blatt hin, der es übernahm und damit weitermachte.

Allmählich leerte sich das Bureau. Ein Schüler nach dem anderen packte seine Sachen und machte sich auf den Nachhauseweg. Der Meister, das war so sicher wie das Amen in der Kirche, würde heute nicht mehr hereinschauen. Auch Wiesli verstaute seine Papiere. Als er an Heger und ihr vorbeikam, stutzte er, blieb stehen. Offensichtlich hatte er sie erkannt, das erste Mal, dass er sie angesehen hatte!, und so, als wolle er etwas sagen. Aber dann ging er weiter. Hinter ihm schloss sich die Tür.

Wenn er tatsächlich gemeinsam mit irgendwelchem üblen Pack Weinbrenners Kutsche überfallen hatte, angeblich sollen es ja mehrere Wegelagerer gewesen sein, wenn er also mit dabei gewesen war, dann wusste er nun, dass sie wusste, dass Bastiani ihn verdächtigte. Andererseits, wie wollte jemand, der sich keinen Schneider und kein Herrenfrühstück mit Fleisch leisten konnte, Helfershelfer bezahlen? Oder täuschte sie sich in ihm? Lief Constantin Wiesli mit einer Maske herum und war in Wirklichkeit ein ganz anderer?

Bis auf Brunarus waren sie und Heger jetzt allein im Bureau. Als ob er nur auf diesen Moment gewartet hätte, kam der Rheinländer zu ihnen herübergeschlendert. Rittlings pflanzte er sich auf einen Hocker, stützte lässig seine Ellbogen auf die

Tischplatte, bettete sein Kinn in beide Hände und maß Barbara vom Kopf bis zur Taille. Dann wanderte sein Blick zum Ausschnitt ihres Mieders und blieb dort haften.

»Du musst ja beim Alten einen dicken Stein im Brett haben, mein schönes Kind, dass er dich so was machen lässt.«

Genüsslich ließ er seinen Speichel durch die Zähne flitschen. Er spitzte den Mund zum Kuss und schmatzte geziert, wollte gar nicht mehr damit aufhören. Barbara ballte die Faust wie ein Bierkutscher.

Wenn du net gleich dei' Gosch hältsch, vergess ich mich.

Und wenn sie ihre Arbeitsstelle verlöre. Es war ihr egal.

Heger rettete sie.

»Ich glaube, du störst, Brunarus.«

»Ich? Stören? Ich werd dir was sagen, Heger, und dann wirst du nicht mehr wollen, dass ich gehe, denn dich betrifft's genauso, du bist ja auch in der Kutsche vom Alten gesessen, und wenn du Pech gehabt hättest, wärst du jetzt nicht mehr am Leben. Der Wiesli war's, dieser falsche Hund. Jetzt guckst du, nicht wahr? Tut immer so fleißig und unschuldig. Aber das hat er nicht verknusen können, dass unser großer Meister ihm von jetzt auf gleich seine Leipzigreise streicht. Das werd ich ihm heimzahlen, hat er gesagt. Na, was sagst du jetzt?«

Brunarus schaukelte überheblich auf den hinteren Beinen des Hockers.

Bitte, lieber Gott, lass ihn umkippen, aber feste, betete Barbara, sie hätte schreien mögen vor Wut. Doch sie zwang sich weiterzuarbeiten, als sei sie taub und stumm und allein im Raum.

»Wie kommst du darauf?« Heger stellte genau die Frage, die ihr auf den Lippen brannte. »Wer behauptet das? Ich hatte eher den Eindruck, dass nicht Weinbrenner ihm die Reise gestrichen hat, sondern dass ihm was dazwischengekommen ist. So hab ich es verstanden.«

»Wenn du mir nicht glaubst …« Brunarus kippelte vor und zurück. »Ich hab ihn gesehen«, trumpfte er auf. »In einer Kneipe. Er hat mich nicht bemerkt, so besoffen, wie er war. Und er hat auf irgendeinen Gevatter eingeredet wie auf einen lahmen

Gaul. Ich hab gehört, was er gesagt hat. ›Das werde ich ihm heimzahlen, dem Alten, aber Heger nimmt er mit, diesen Erbschleicher …‹«

Ob Heger diesem unsympathischen Brunarus glaubte? Es konnte stimmen oder auch nicht, was der von sich gab, wer konnte das schon nachprüfen.

»Ich, lieber Heger, würde an deiner Stelle dem Pfaffensohn nicht über den Weg trauen …«

Dass der liebe Gott ihrer Bitte so umgehend und spektakulär nachkäme, hatte Barbara nicht zu hoffen gewagt. Es rumste heftig, als der Student hintenüberstürzte und hart mit dem Kopf auf den Boden knallte. Sie machte keine Anstalten, ihm auf die Beine zu helfen. Auch Heger rührte sich nicht, blieb, wo er war.

»Servus«, rief er dem Rheinländer nur nach, als dieser hinkend das Bureau verließ.

»Du wirst niemandem von diesem Gespräch berichten. Es hat nicht stattgefunden«, bestimmte Heger und arbeitete weiter, als sei nichts geschehen.

Herrenrunde

»Guck, schau da, der Oberbaudirektor, der Held des Tages. Wiederauferstanden von den Toten?«

Tulla natürlich, der es nicht lassen konnte. Johann Gottfried, der ihn mit seinem Mundwerk schon im Lyceum gepiesackt hatte. Weinbrenner schwoll der Kamm. Musste der ausgerechnet heute im Museum sein, wenn er dort speisen wollte, und zwar bitte schön ohne hämische Anspielung auf sein missliches Kutscherlebnis? Könnte der Ingenieur nicht ausnahmsweise mal dort weilen, wo der Pfeffer wächst, in Straßburg zum Beispiel, um mit der dortigen Wasserdirektion über die Rheinbegradigung zu verhandeln, anstatt ihm das Leben noch schwerer zu machen, als es ohnehin schon war?

Feodor, der nach ihm den Speisesaal betreten hatte, stupste ihm den Zeigefinger wie eine imaginäre Pistole in den Rücken.

»Wer den Schaden hat, braucht für den Spott nicht zu sorgen. Guck mich an«, ulkte der Kalmücke dicht an seinem Ohr, lenkte aber sofort ein, als er Weinbrenners Verdruss bemerkte.

Er hätte den Freund erwürgen mögen. Weil der natürlich mal wieder recht hatte. Wie immer. Mit seinem asiatischen Steppengesicht war Feodor Iwanowitsch fürwahr noch ganz anderen Sticheleien ausgesetzt. Hofmaler hin, Hofmaler her, die Kinder in den Gassen riefen dem Armen »Schlitzäugle« hinterher, und bei Empfängen tuschelten die Damen über ihn. »Haben Sie ihn gesehen, den gelben Hunnen? Wie hässlich er ist, er kann einem leidtun«, und dabei wedelten sie heftig mit ihren Fächern. Nur ein paar Zofen träumten von einem exotischen Abenteuer, das sie aus der Enge der Residenz hinaus in eine orientalische Märchenwelt entführen würde, und auch die Pferdeknechte zollten ihm uneingeschränkt Bewunderung, weil er besser reiten konnte als zu Fuß gehen.

Der Finger des exotischen Freundes schob ihn unerbittlich vorwärts.

»Lass dich nicht beirren, Fritz! Manche Leute lieben es, sich auf Kosten anderer zu amüsieren. Wahrscheinlich haben sie es nötig.«

»Und außerdem gibt der Klügere nach«, stimmte Weinbrenner ihm zu und hob den Kopf. Aber Tullas Despektierlichkeit kratzte doch an seinem Gemüt.

Irgendwann hatte es angefangen mit den kleinen Animositäten zwischen ihnen. Sie beäugten sich gegenseitig bei ihrer Arbeit, und Weinbrenner wusste, dass Tulla ihn für selbstherrlich und besserwisserisch hielt. Vertrauliche Bemerkungen blieben in der Residenzstadt nie lange geheim, sondern erreichten stets rasch und zuverlässig die Person, die es treffen sollte.

Dabei schätzte Weinbrenner den Mann im Grunde genommen. Bewunderte ihn für sein neuestes Vorhaben, die Begradigung der zahllosen Rheinschleifen, ein Projekt, das der Ingenieur seit Langem mit großer Beharrlichkeit verfolgte, denn die vielen Überschwemmungen zwischen Basel und Bingen, die die Ortschaften in Flussnähe in unschöner Regelmäßigkeit heimsuchten, verursachten jedes Mal hohe Ernteschäden. Auch der Schiffsverkehr würde von der Regulierung des Stroms profitieren, weil sich die Fahrtzeit beträchtlich reduzierte. Doch seit mit den Arbeiten am Fluss begonnen worden war, schien es Weinbrenner, als trumpfe der Ingenieur ihm gegenüber noch bissiger auf, als er es eh schon tat. Kaum zu glauben, dass sie als Kinder gemeinsam Kirschen gebengelt hatten.

»Packen wir also den Stier bei den Hörnern und setzen wir uns zu dem Herrn Ingenieur«, seufzte Weinbrenner ergeben. Er musste sowieso noch mit ihm über den innerstädtischen Verbindungskanal zum Rhein sprechen. Ohne diesen Menschen und sein Fachwissen war so ein Unternehmen nun einmal nicht zu bewerkstelligen.

Sie hätten auch kaum eine andere Wahl gehabt. Denn Apotheker Sommerschu, der Tulla gegenübersaß, zeigte schon einladend auf die beiden freien Stühle am Tisch, und auch Kupferstecher Haldenwang, der Dritte in der Runde, winkte ihnen freundlich zu, wobei er jedoch entschuldigend auf seinen vollen Mund und den Essensteller vor sich deutete.

»Lassen Sie sich nur nicht stören. Schmeckt's denn?«, erkundigte sich Weinbrenner. Der Duft von welschem Hahn mit Krebsschwänzen, Speck und Parmesan stimmte ihn friedlich. Das Frühstück lag schon lange zurück, er würde sich das Gleiche bestellen.

»Es schmeckt«, bestätigte denn auch Haldenwang, nachdem er den Bissen zu Ende gekaut hatte, und rückte ein Stück, um Feodor Iwanowitsch Platz zu machen.

»Das ist doch ein Elend, dass man heutzutage seines Lebens nicht mehr sicher ist. Man könnte meinen, wir lebten noch im tiefsten Mittelalter und nicht im neunzehnten Jahrhundert«, klagte Sommerschu.

»Wissen Sie denn, wer es gewesen ist?«, erkundigte sich Haldenwang.

»Wer schon?« Weinbrenner hob beide Hände. »Strauchdiebe, Straßenräuber.« Er hatte auch dem Polizeyamtmann, der ihn befragt hatte, nichts anderes sagen können. »Nein, ich habe wirklich keine Ahnung. Aber ich könnte Ihnen Geschichten erzählen, meine Herren, aus Italien ...« Er unterbrach sich, als der Kellner an den Tisch kam, um seine und Feodors Bestellung aufzunehmen.

»Die wird man nie erwischen«, prophezeite Sommerschu, bevor der Architekt seine Geschichten aus Italien erzählen konnte, und schnalzte erbost mit der Zunge. »Immer wird am falschen Ende gespart. Wir bräuchten mehr Feldschützen. Mehr Patrouillen. Aber die napoleonischen Kriege haben uns ein Vermögen gekostet, und jetzt ist Ebbe in der Staatskasse. Es wird noch Jahre dauern, bis sich Baden davon erholt.«

Die welschen Hähne kamen. Tulla war bereits vorher mit Essen fertig gewesen und rührte Zucker in seinen Kaffee. Leise klepperte der Löffel gegen die Tassenwand. Eine Weile war nur das Schaben der Messer und Gabeln auf den Tellern zu vernehmen, das Gemurmel der Gäste an den Nachbartischen, das Aufschwingen der Tür, wenn die Bediensteten herein- oder hinausschwirrten.

Tulla legte seinen Kaffeelöffel auf die Untertasse.

»Strauchdiebe, schon möglich«, bemerkte er. »Aber, mein

Bester, könnte es nicht sein, dass es da jemand bewusst auf dich abgesehen hatte?«

Weinbrenner ließ die Gabel sinken, die er gerade zum Mund führen wollte. Sein früherer Schulkamerad schaute ihn arglos an, doch der Architekt glaubte, Häme darin zu lesen, so wie damals, als er vom Kirschbaum heruntergefallen war und sich den Hosenboden aufgeschlitzt hatte. Oder täuschte er sich? Weinbrenner fluchte, er würde aus diesem schmallippigen Mann nie schlau werden. Hastig spießte er ein Stück vom Geflügel auf und steckte es in den Mund, fast verschluckte er sich.

»Daran habe ich auch schon gedacht.« Haldenwang pflichtete seinem Vorredner bei. »Bitte verstehen Sie mich nicht falsch, Herr Oberbaudirektor, aber in Ihrer Position! Da hat man nicht nur Freunde.«

»Verdächtigen Sie jemand Bestimmtes, Herr Ingenieur?«, fragte Feodor erwartungsvoll, nachdem er zu Ende gegessen hatte und nun noch die Soße mit Brot auftunkte.

»Nein, einen Verdacht habe ich nicht. Der Gedanke war mir einfach so gekommen. Eine klitzekleine Rache vielleicht. Manch einer mag unseren lieben Weinbrenner mit seiner geradlinigen Art vielleicht missverstehen.«

Tulla verneigte sich leicht vor dem Baumeister, dann prostete er ihm versöhnlich zu. Haldenwang aber versenkte sich angelegentlich in sein Essen, Sommerschu blickte interessiert zum Fenster hinaus, wo nichts zu sehen war außer blassblauem Himmel und der Wand des Hauses gegenüber. Allein Feodor Iwanowitsch grinste ganz offen, und in seinem Mund blitzte der Goldzahn, den er sich von seinem Hofmalersalär hatte einsetzen lassen.

Komisch, dass mir das bei ihm nichts ausmacht, dachte Weinbrenner, als er die belustigte Miene des Freundes sah. Komisch, dass ich seinen Spott ertragen kann. Ihn dafür regelrecht liebe. Ihre Augen begegneten sich. Reg dich um Himmels willen nicht auf, schienen die von Feodor wieder zu sagen, und Weinbrenner erblickte in ihrer unergründlichen Tiefe die schwermütige Weite der astrachanischen Steppe, von der der Kalmücke träumte, wenn sie spätabends bei einer Flasche Wein oder auch zweien vor dem Kamin saßen. Und je länger sie dort saßen, desto prächtiger, desto schmerzhafter aber auch, wurden die Erinnerungsphantasien des Freundes an das Land, das ihm nicht gegönnt worden war.

Die Sehnsucht muss tief in ihm sitzen, kam es Weinbrenner in den Sinn. Ich habe wenigstens zu Hause die Uhr meiner Eltern und hier in der Stadt einen Bruder.

»Ich geb's ja zu«, grummelte er reuig und zwinkerte dem Freund kaum merklich zu, »manchmal bin ich schon ein bisschen ungehalten. Aber ...«, ereiferte er sich schon wieder, »... meist gibt es auch Gründe dafür, und nicht zu knapp. Mag ja sein, dass das nicht jedem behagt. Doch überfällt man deswegen den anderen?«

»Die Welt ist schlecht geworden«, mischte sich Sommerschu erneut ein. »Heutzutage kann man keinem mehr über den Weg trauen, die Sitten sind verroht, die Menschen unbeherrscht und selbstsüchtig.« Um Zustimmung heischend schaute er in der Runde herum, aber niemand ging auf sein Wehklagen ein. Haldenwang bestellte einen Mokka.

»Und was ist mit diesem Schankwirt aus der Waldhorngasse?«, erkundigte er sich dann. »Sie hatten doch eine ziemlich böse Auseinandersetzung mit ihm, und der Mann kann ungemütlich werden, wenn etwas nicht nach seinem Kopf geht.«

»Da kenne ich noch jemanden ...«, säuselte Tulla, aber weitere Worte gingen in dem Gelächter unter, das von einer der anderen Tafeln herüberschallte.

Weinbrenner lief rot an und verdrängte die spitze Antwort, die ihm auf der Zunge lag. Es half ja nichts. Er würde mit diesem Mann noch ein paar Jährchen zusammenarbeiten müssen, ob er wollte oder nicht. Als hätte er die Bemerkung des Ingenieurs nicht gehört, wandte er sich dem Kupferstecher zu.

»Es stimmt, Hackschmitt ist in der Tat ein unflätiger Zeitgenosse, und ich traue ihm jede Betrügerei zu. Aber einen Überfall, nein, das kann ich mir nicht vorstellen.«

Es war doch offensichtlich gewesen, dass der Wirt bei ihrem Streit, der, beiläufig gesagt, auch schon geraume Zeit zurücklag, einen über den Durst getrunken hatte. Er dürfte am nächsten

Tag nicht mehr gewusst haben, was er alles für Blödsinn verzapft hatte. Auf sein Architektenhonorar wartete Weinbrenner allerdings noch immer. Vor Kurzem hatte er deshalb endlich Klage bei Gericht eingereicht.

»Übrigens, Hackschmitt baut, wussten Sie das?«, bemerkte Sommerschu.

Weinbrenner horchte auf.

»Nein, das kann nicht sein. Wie kommen Sie darauf?«

»Doch, Fritz. Vor Hackschmitts Wirtschaft liegen Gerüststangen«, meldete sich Feodor Iwanowitsch zu Wort.

»Seit wann?« Dem Oberbaudirektor brach der Schweiß aus. Dieser Gastwirt konnte einen in den Wahnsinn treiben.

»Seit zwei, drei Tagen. So genau weiß ich es nicht, immer bin ich ja nun auch nicht dort, wenngleich das Füllhorn das beste Bier in der ganzen Stadt hat. Das zweitbeste ist das in Hackschmitts Wirtschaft auf der Langen Straße …«

»Wohin Sie's von Ihrem Logis aus ja glücklicherweise nicht weit haben«, unterbrach ihn Tulla im süffisanten Ton, aber Feodor Iwanowitsch redete ungerührt weiter.

»Bei der Küche schwanke ich. In der Langen Straße sind die Haseküchle besser, in der Waldhorngasse die Rehkeule mit den gedämpften Äpfeln. Du solltest wirklich über deinen Schatten springen und endlich mal mitkommen.«

Weinbrenner knurrte. Hundertmal schon hatte der Freund versucht, ihn in die beiden Häuser mitzuschleppen. Aber eher würde er verhungern, als jemals die Küche dieses ungebildeten Patrons zu kosten, selbst wenn die Speisen und Getränke noch so erlesen wären.

»Wissen Sie, was er vorhat?«, fragte er den Apotheker. Ihm war nicht bekannt, dass der Schankwirt im Amt irgendeinen Antrag auf Umbau gestellt hätte.

Sommerschu zuckte mit den Schultern. »Die Leute sagen, er will den Balkon verändern.«

Das gab es ja gar nicht! Weinbrenner schnaubte. Für wen hielt dieser Hackschmitt sich, dass er es wagte, eine städtische Verordnung zu missachten? Oder waren die eigenen Kollegen ihm in den Rücken gefallen und hatten etwas genehmigt, von dem er nichts wusste? Aber nein, so weit würden sie nicht gehen. Oder doch?

»Ich hätte gute Lust, diesem aufgeblasenen Wirt den Hals umzudrehen«, platzte der Oberbaudirektor empört heraus.

Am Tisch hinter ihm wurde ein Stuhl gerückt. Jemand stand auf, stieß hart gegen die Rückenlehne des Stuhls, auf dem er saß. Die Person nuschelte unverständlich, schon war sie am Ausgang des Gastraums.

Pikiert schaute Weinbrenner dem Gast hinterher, der ihn so rüde angerempelt hatte. Den schmächtigen Körper des Mannes umwehte ein weiter Wettermantel. Die Türklinke schon in der Hand, verbeugte der Unbekannte sich noch einmal zu der kleinen Herrengesellschaft und setzte, noch im Raum, den breitkrempigen Hut auf, den er in der Hand gehalten hatte. Weinbrenner sah die tief in den Höhlen liegenden dunklen Augen auf sich gerichtet. Dann war die Person durch die Tür. Fast glaubte der Baumeister, die Schritte des Fremden draußen auf dem Gang zu hören, wie er sich entfernte. Aber das konnte nicht sein, die Tür war gepolstert, und an den benachbarten Tables d'hôte ging es hoch her. Er hörte Gespenster.

»Wer war das?«, fragte er. Die Worte blieben ihm im Hals stecken.

»Kennen Sie ihn nicht?« Sommerschu wunderte sich. »Das war doch Leonelli, ein Kollege von Ihnen.«

Leonelli

Er hängte seinen Hut an den Nagel neben der Tür, streifte sich, Finger für Finger, die Handschuhe ab, die Steiger ihm geborgt hatte, dann schälte er sich aus dem weiten Winterlaken und ließ es achtlos zu Boden fallen.

Im Zimmer roch es nach Putzmittel und Mottenkraut. Er trat ans Fenster und schob den olivgrünen Samtvorhang zur Seite. Eine blasse Sonne, schüchtern wie ein noch unberührtes italienisches Bräutchen, schickte schummriges Licht in die Mansarde, vom Holzmarkt stieg das Geschrei der Händler zu ihm empor, auf einer Bank vor dem Hospital schräg gegenüber warteten Frauen mit Kindern auf dem Schoß, vielleicht auf einen Arzt oder auf Armenspeisung, es interessierte ihn nicht. Am äußersten Ende des dreieckigen Platzes, wo der offene Landgraben vom Trottoir überbrückt wurde, stand neben dem niedrigen Schutzmäuerchen unbeweglich ein Angler.

Weinbrenner war also noch nicht abgereist.

Er goss sich aus einer Karaffe, die Steigers Magd ihm am Abend zuvor hochgebracht hatte, ein Glas Wein ein und ging damit zurück zum Fenster.

Als er ins Museum gekommen war, hatte er den Architekten sofort im Kreis der Herren entdeckt, sie aber hatten ihn nicht bemerkt. Dass der Tisch neben ihnen frei gewesen war und er ihr Gespräch verfolgen konnte, war göttliche Fügung. Es hatte so sein sollen.

Er würde Weinbrenner immer und überall erkennen, selbst inmitten der größten Menschenmenge, diese massige Gestalt, das inzwischen fülligere Gesicht mit der markanten Nase und den fleischigen Lippen, die ihn angezogen und abgestoßen hatten, als er in Rom den noch jungen Studiosus zum ersten Mal gesehen hatte. Don Georgo hatte den Deutschen in den höchsten Tönen gelobt.

»Lernen Sie das Perspektivmalen bei ihm, etwas Besseres kann Ihnen nicht passieren«, hatte er ihm geraten. Der Spanier verpasste keine seiner Lektionen bei dem Tedesco. Aber ihn hatte Weinbrenner abgewiesen. Don Georgo suchte, ihn zu beschwichtigen. »Der Deutsche meint es nicht so, amigo, probieren Sie es noch einmal, vielleicht war es nur ein ungünstiger Moment gewesen.«

Es war kein ungünstiger Moment gewesen. Weinbrenner hatte ihn weggewinkt, da konnte ein Don Georgo tausendmal das Gegenteil behaupten. Er kannte doch diese Art von nichtssagender Geste und leerem Blick.

»Geh spielen, amore mio«, hatte die Mamma geflötet und ihn mit diesem unverkennbaren Handfächeln nach draußen geschickt, wenn sie inmitten ihrer vielen Freunde und Verehrer tänzelte und glänzte und Luftküsse verschenkte. »Geh mit Lucilla in den Garten!« Sie hauchte ihm eine zarte, duftende Liebkosung auf den Mund, die er aufsaugte wie ein Verdurstender das Wasser, und gab ihm einen Klaps auf den Po. Er gehorchte, aber unter der Tür linste er noch einmal zur Mutter, sah, wie sie ihr Glas mit dem perlenden Getränk darin an die Gläser ihrer Gäste stieß, dass es glockenhell plingte, sah ihre Augen leuchten und den roten Mund in ständiger Bewegung. Er wartete. Doch nie schaute sie ihm hinterher. Nie schickte sie ihm einen letzten Kuss.

Er spielte mit dem Glas in seiner Hand, der Wein beruhigte ihn. Durchs Fenster drang ein dünner Luftzug. Er nahm seinen Schal vom Hals, polsterte damit das Fensterbrett und stopfte die Ritzen.

Alles hatte er nicht verstanden, was die Herren am Nebentisch beredet hatten. Noch immer spielte ihm das Deutsch kleine Streiche. Bei Hof konnte er sich auf Französisch unterhalten, bisweilen auch auf Italienisch. Er war gewarnt worden, bevor er in die badische Residenz kam. Die Karlsruher sprächen Französisch nur dann, wenn es sich nicht vermeiden ließ, sie bevorzugten ihren heimatlichen Dialekt. Primitives Volk! Kein Standesbewusstsein! Und dabei hatten sie eine Großherzogin, die Französin war! Aber eines hatte das Gespräch ihm doch bestätigt: dass Weinbrenner nicht unanfechtbar war. Diesen Ingenieur Tulla vermochte er nicht einzuschätzen, aber den Schankwirt würde er sich zunutze machen. Nach allem, was er eben gehört hatte, dürfte das nicht allzu schwer sein. Er würde dem Gasthof bald einen Besuch abstatten.

Drunten rollte der Mann an, der fast täglich und stets um dieselbe Zeit mit seinem Laufrad ein paar Runden auf dem Holzmarkt drehte. Leonelli stellte das leere Weinglas auf die Marmorplatte des Nachttischs, öffnete das Fenster und lehnte sich hinaus, um ihm besser hinterherschauen zu können.

Vor zwei Wochen war ihm die Gestalt mit dem dunklen Schnäuzer und Kinnbärtchen zum ersten Mal aufgefallen. Von Kopf bis Fuß adrett gekleidet, lief der Mann – oder besser – fuhr dieser, rittlings auf einem zweirädrigen Holzgestell sitzend, um den Platz herum. Er stieß sich immer abwechselnd mit dem rechten, dann mit dem linken Fuß vom Boden ab, während er sich an einer Art Lenkstange vor seinem Bauch festhielt. Die beiden Räder an den jeweiligen Enden der Apparatur nahmen die Anschubkraft auf, die Maschine beschleunigte, und der Wunderakrobat peste in atemberaubender Geschwindigkeit durch die Straßen, einen Rattenschwanz von Kindern hinter sich herziehend, die johlend und kreischend versuchten, mit dem Mann Schritt zu halten.

Meist kam der Schwarzgekleidete aus der Kreuzgasse, kurvte waghalsig in die Hospitalstraße ein, kreiste wie jetzt ein paarmal um die Holzhändler herum und sauste dann in wilder Fahrt in die Adlergasse. Ein Spinner, sagten die Leute, aber sie blieben doch stehen und schauten ihm mit offenem Mund hinterher. Die Aufmerksamkeit war ihm gewiss.

Leonelli schloss das Fenster. Wenn überhaupt einer ein Genie war, dann war es nicht Weinbrenner, sondern dieser Lauffahrer mit seiner großartigen Erfindung. Der Mensch überwand seine eigene Trägheit. Das war die Zukunft. Weinbrenner verkörperte das Alte, seine Erfolge gehörten der Vergangenheit an. Noch merkte das keiner, aber wenn er, Leonelli, demnächst dem Großherzog seine eigenen Risse vorlegte, würde der Allerdurchlauchtigste sofort begreifen, das Geniale in seiner Planung erkennen und seine zukunftsweisenden Ideen zu schätzen wissen. Excellence!, würde Leonelli sagen und einen tiefen Bückling machen, Excellence!, Ihr ergebenster Diener.

Draußen war es noch hell, doch Leonelli zog den Vorhang wieder vor, entzündete den Leuchter, holte Papier und Stift und setzte sich an den Tisch. Nichts sollte ihn jetzt mehr ablenken. Der Begleitbrief zu den Entwürfen musste tadellos sein. Impeccable.

»Excellence.

Je me fais un devoir de remettre à votre Excellence …«

Er hielt inne, las murmelnd, was er geschrieben hatte, überlegte. Dann strich er die Worte durch und begann aufs Neue.

Immer wieder setzte er an, immer wieder verwarf er. Bogen um Bogen schrieb er voll und zerknüllte sie wieder. Endlich stand er gereizt auf, schenkte sich erneut Wein ein und legte sich mit dem vollen Glas in der Hand aufs Bett. Die Farbe des Weines erinnerte ihn an die Haarfarbe Adams.

Kunstgeschmäcker

Nach dem Essen, das er sich wahrlich geruhsamer erhofft hatte, ließ Weinbrenner den Stadt-Rhein-Kanal Stadt-Rhein-Kanal sein und verabschiedete sich vor dem Museum von den Herren Sommerschu, Haldenwang und Tulla.

»Wir müssen noch miteinander reden«, erinnerte ihn der Letztere, aber er wich aus.

»Jetzt nicht, nach Leipzig.« Er hätte im Augenblick Dringlicheres zu tun.

»Das glaube ich gern«, bemerkte der Ingenieur, und wie schon zuvor argwöhnte Weinbrenner, dass der andere ihn hänseln wollte. Hinter allem und jedem witterte er plötzlich eine Verhöhnung seiner Person. So empfindlich war er nie gewesen, aber der schnöde Angriff dieses Leonelli und der Überfall auf seine Kutsche stellten sein Nervenkostüm auf eine harte Probe. Er wünschte, er hätte die dicke Haut eines Elefanten.

Freund Feodor begleitete ihn die Lange Straße hinunter, schweigend liefen sie nebeneinanderher, der Architekt in Gedanken versunken.

»Du brütest was aus«, bemerkte Feodor trocken.

»Was du nicht sagst«, gab Weinbrenner bissig zurück. »Und was machst du heute noch?«

»Tulpen pflücken.«

»Um diese Jahreszeit?«

»In der Hofbibliothek blühen sie immer, zumindest während der Öffnungszeiten von zehn bis zwölf und drei bis fünf. Die schönsten Exemplare findest du dort in den Folianten der seligen Markgräfin Karoline Luise, aufs Feinste nach der Natur gemalt.« Helle Begeisterung sprach aus Feodor Iwanowitschs Augen. »Manchmal setze ich mich einfach hin und blättere in den Büchern, manchmal nehme ich mir ein paar mit nach Hause. Unglaublich, was diese Frau zu ihren Lebzeiten alles an wissenschaftlichen Werken und Abhandlungen gesammelt hat. Hätten sie mich nicht aus der Jurte meiner Eltern geraubt, nach

Petersburg entführt und von dort wie eine chinesische Vase aus irgendeiner Quingdingdongzeit weiterverschenkt, ich fürchte, ich hätte mich selbst auf den Weg hierher machen müssen. Aber ob ich jemals angekommen wäre? Wahrscheinlich hätte sich mein Pferd unterwegs in der Wüste die Haxen gebrochen, und ich wäre jämmerlich verhungert und verdurstet.«

Theatralisch ließ der Kalmücke seine Zunge aus dem Mund hängen und verdrehte die Augen. Wider Willen musste Weinbrenner lachen.

»Was machen die Vorbereitungen für die Kunstausstellung im nächsten Jahr?«

»Sie sind gerade erst angelaufen, aber es sieht gut aus. Es tut sich etwas in diesem Städtchen, Fritz, unser Allerdurchlauchtigster will die Kunstmetropolen das Fürchten lehren.« Feodor verzog sein Gesicht zu einer Grimasse, sein Goldzahn funkelte.

»Was, meinst du, soll ich zeigen? Die Kinder unseres guten Carl Friedrich? Ich finde, das Gemälde zeugt von einer gewissen bürgerlichen Bescheidenheit, die dem Hof gut zu Gesicht steht. Mit Prunk ist in diesen mageren Zeiten kein Staat zu machen. Oder Porträtzeichnungen? Johann Peter Hebel ist mir gelungen, mein Förster Bachmeyer, Hummel auch. Nicht schlecht wäre vielleicht auch ein gelockter Bacchus mit einer reizenden Ariadne im Arm.«

»Ich mag deine Porträts, es ist, als schaute mich die betreffende Person direkt an, so lebendig sind die Gesichter.«

»Aus genau diesem Grund hatte ich auch daran gedacht, dich noch mal vor dem Kamin zu zeichnen. Schade, dass wir damals die Blätter dem Feuer übergeben haben.«

»Untersteh dich, ich kündige dir die Freundschaft …!«

»Na gut, überredet. Kein Oberbaudirektor am lodernden Feuer. Übrigens, Demoiselle Reinhard wird ebenfalls ausstellen. Aber das weißt du wahrscheinlich.«

Feodors Bemerkung versetzte Weinbrenner einen Stich. Wieso hatte Sophie ihm nichts davon erzählt? Warum diese Zurückhaltung? Spürte sie nicht seine Verehrung?

»Zwei Außenseiter, Fritz, haben es geschafft. Sie, eine Frau, und ich, der barbarische Hunne.«

Weinbrenner hörte den Triumph in der Stimme des Hofmalers. Zwei Außenseiter? So hatte er es noch nie gesehen. Fühlte Sophie genauso? Auf ihn wirkte sie stets selbstsicher, couragiert. Aber vielleicht irrte er sich. Vielleicht gab es Befindlichkeiten in ihrem Inneren, von denen er sich keine Vorstellungen machte. Ein verborgener Zagemut, weswegen sie sich mit dem Mann aus dem fernen unbekannten Land womöglich verbundener fühlte als mit ihm, der wie selbstverständlich inmitten der Gesellschaft stand und sich seiner Stellung sicher sein durfte. Obgleich er aus Kreisen stammte, wo den Kindern der Erfolg auch nicht ohne Weiteres in die Wiege gelegt war.

Der Oberbaudirektor schaute den Freund von der Seite an. Die pelzbesetzte, vom vielen Tragen abgegriffene fuchsbraune Mütze saß Feodor verwegen schief, nur ein Ohr bedeckend, auf dem Haupt. Die nachtschwarzen Augen über den hohen Wangenknochen verrieten spöttischen Trotz. Nur der Schnauzbart hing ihm melancholisch über die Oberlippe. Weinbrenner blieb stehen und zwang damit den Maler, das Gleiche zu tun.

»Verzeih, dass ich hin und wieder so unleidlich bin und nur an mich denke«, sagte Weinbrenner und hätte den Freund am liebsten an seine Brust gezogen.

»Tust du das?« Feodor legte den Kopf schief. »Dort drin«, und er tippte dem Architekten mit dem Zeigefinger an die Stelle, wo das Herz schlug, »… sehe ich immer einen ganz anderen Fritz. Ich seh dort einen, der wie ich aus einer anderen Welt gekommen ist und Angst hat, dass ihn die neue nicht trägt, dass sie ihn eines Tages zurückstößt oder zerdrückt wie eine Laus. Nur, Fritz, gell, das darf keiner wissen. Wie die Geier würden sie über unsere Seelen herfallen und sie zerfleischen. Das ist ganz allein unser beider Geheimnis. Und wenn wir das nächste Mal vor deinem Kamin sitzen, dann singen wir gemeinsam gegen die Angst.«

Während er weiterging, begann Feodor Iwanowitsch selbstvergessen zu summen. Es waren dunkle Töne, die wie fernes Donnergrollen aus der Tiefe seiner Kehle strömten.

»Was ich ihnen verüble«, unterbrach er sich, »ist, dass sie mir die Erinnerung an meinen eigenen Namen geraubt und die

Sprache meiner Mutter aus mir herausgeprügelt haben. Da ist nur noch dieses eine Lied, das mir geblieben ist. Ich verstehe nicht einmal die Worte, aber ich werde es dir beibringen.«

Am Marktplatz angekommen, umarmten sie sich, der Kalmücke wandte sich zum Schloss, wo im rechten Flügel die Bibliothek untergebracht war.

Weinbrenner blieb einen Augenblick stehen und schaute dem Freund hinterher, dann versuchte er, die fremde Melodie nachzusingen, das Lied jenes Kindes, das noch nicht Feodor hieß. Glück erfüllte ihn, und das Gefühl dauerte an, als er in der Zähringerstraße an Sommerschus Haus vorbeikam. Zwei dreistöckige Wohngebäude hatte er dem Apotheker vor ein paar Jahren entworfen, mit völlig gleichen Fassaden, identisch die Bandornamentik im Erdgeschoss und identisch die schmucken Balkone in der Beletage mit jeweils einem großen Bogenfenster in den Giebeln. Eine schlichte Mauer zur Straße, die bis in die Höhe der beiden Balkone reichte, verband die Gebäude miteinander. Durch das mittig gelegene Tor mit dem runden Abschlussbogen gelangte man direkt in den Innenhof. Die wundervolle Symmetrie, aber auch die schmiedeeisernen Gitter an den Balkonen und das Brüstungsgitter über der Hofmauer verliehen der Vorderfront eine Leichtigkeit, die ihn selbst immer wieder überraschte.

Noch immer strömten kehlige Laute aus seinem Mund, aber jäh verstummte er, peinlich berührt wie neulich Abend im Theater. Die Leute mussten ja glauben, er sei nicht ganz gescheit im Kopf. So schlagartig, wie ihn die Freude ergriffen hatte, verging sie, die Gegenwart hatte Weinbrenner längst wieder eingeholt. Als Oberbaudirektor hatte er nach dem Rechten zu sehen, ob es ihm passte oder nicht. Minuten später bog er in die Waldhorngasse ein.

Schon von der Ecke aus sah er die Arbeiter die Holzstangen am Goldenen Füllhorn hochziehen.

»Er macht, was er will, dieser Parvenu.«

Witwe Dollmätsch aus der Achtunddreißig, die ihm öfters eine Tasse Kaffee gekocht hatte, wenn er vorbeigeschaut hatte, um die Bauarbeiten an dem Wirtshaus zu überwachen, lag mit vergrätschten Armen im Fenster, ihr graues Haar wippte im Rhythmus der Worte.

»Nur bei mir hat er damit keinen Blumentopf gewinnen können. Das wurmt ihn bis heute. Er wartet nur darauf, dass ich das Zeitliche segne, damit er mein Grundstück endlich bekommt. Aber den Gefallen werd ich ihm nicht tun, und wenn ich hundert Jahre werden muss. Ich bitt unsern Herrgott jeden Tag, dass er sich noch ein bissele gedulden tut.«

Weinbrenner hörte nur mit halbem Ohr auf die Frau. Das Gerüst ragte bereits bis ins Obergeschoss. Was, um Himmels willen, hatte der Wirt vor?

»Wo Ihnen das Haus so schön gelungen ist, Herr Oberbaudirektor. Wenn das mein Mann noch gesehen hätte. Sie wissen ja, der war auch in Italien gewesen wie Sie, sogar auf dem Vesuv war er, stellen Sie sich das mal vor, auf einem Vulkan! Aber Reisen bildet, hat mein Verflossener immer zu mir gesagt. Was man einmal erlebt hat, kann einem niemand mehr nehmen, hat er gesagt. Selbst wenn man nur als Diener eines Herrn reist. Aber dieser Hackschmitt, der hat ja keine Ahnung von der Welt. Der ist ja noch nie übers Beiertheimer Feld hinausgekommen. Eine Schande ist das, was er aus Ihrem Haus gemacht hat. Gucken Sie sich nur die hässlichen Buchstaben überm Eingang an. Haben Sie die überhaupt schon gesehen. Ist das denn erlaubt? Die Farben tun eim ja in den Augen weh. Aber den Leuten gefällt's, die finden das schön. Ich glaub sogar, die kommen nur deshalb. Und auf dem neuen Erker will er Stuckgirlanden anbringen lassen, sagt er, und die dann grün und rot anmalen. Hat der denn überhaupt eine Genehmigung, dass er aus dem Balkon einen Erker machen darf?«

»Hat er denn gesagt, dass er einen Erker bauen will?«, erkundigte sich Weinbrenner und bemühte sich, möglichst gelassen zu wirken. Beim Anblick des schreiend bunten Wirtshausnamens über der Eingangstür fiel es ihm allerdings alles andere als leicht.

»Das hat er in der Tat gesagt, ja.«

Sollten die Kollegen im Bauamt irgendetwas gemauschelt haben? An ihm vorbei, hinter seinem Rücken? Das wäre allerhand.

»Ich werde das prüfen lassen«, versicherte er der Frau. »Das geht so nicht.«

Sie strahlte ihn an, klopfte das Kissen aus, auf dem sie ihre Unterarme gebettet hatte, und packte es wieder ins Fenster.

»Sie glauben gar nicht, Herr Oberbaudirektor …«, fuhr sie fort und legte den Busen auf die weiche Unterlage, »Sie glauben gar nicht, was der Hackschmitt hier in der Straße alles so rumposaunt. Dass er sich nichts vorschreiben lässt, nicht von Ihnen und von keinem Fürsten. Der weiß ja nicht, was er sagt. Will sich mit dem Großherzog anlegen! Wissen Sie, was er jetzt will? Die Häuser gegenüber aufkaufen, die Leute rausschmeißen, dann alles abreißen und eine Herberge erbauen, mindestens dreimal so groß wie das Füllhorn. Fünfzehn Übernachtungszimmer will er haben, jedes mit zwei Kronleuchtern. Stellen Sie sich das mal vor! Es wird ein Palast, prahlt er, ein Promenadenhaus mit Tanzpavillon und einem Garten vorn und hinten. Und im Sommer sollen Musiker auftreten. Wenn Sie mich fragen, Herr Weinbrenner, wird das ganz was anderes. Ich kann mir genau vorstellen, wer dort übernachten wird. In Zimmern mit zwei Kronleuchtern. Und so was genau hier, vor meinen Augen. Können Sie da nicht was dagegen tun?«

»Ich werde mich drum kümmern, Frau Dollmätsch, und ich versichere Ihnen, solange ich Oberbaudirektor sein werde, wird nichts dergleichen passieren. Das verspreche ich Ihnen.«

Grüne Escarpins

Erst viel später, nachdem Sophie Reinhard ihn in die Wohnung gebeten, nachdem sie ihm einen Weinbrand serviert und sich zu ihm gesetzt hatte, fand er allmählich seinen Seelenfrieden wieder.

Er war lange vor ihrer Tür gestanden, bevor er sich entschlossen hatte, die Schelle zu läuten, und noch während sie ihm öffnete und ihn mit diesem Lächeln in den hellbraunen Augen begrüßte, das ihm seit ihrer ersten Begegnung nicht mehr aus dem Kopf ging, befürchtete Weinbrenner, einen Fehler gemacht zu haben.

Ein grünes Samtband hielt ihr langes schwarzes Haar leicht im Nacken zusammen, von dort fiel es seidig über den Rücken. Sie musste gearbeitet haben, denn sie hatte noch Pinsel und Malstock in der Hand, am Kinn schimmerte karminrot ein Farbklecks wie ein Schönheitspflästerchen aus einem vergangenen Jahrhundert. Sie hatte ihn anscheinend selbst noch nicht bemerkt, und er sagte nichts.

Ich fühl mein Herz sich regen …

»Sie sehen aus, Friedrich, als hätte Sie jemand geärgert«, begrüßte Sophie ihn und bat ihn ins Kaminzimmer. »Setzen Sie sich doch schon, ich bin gleich bei Ihnen.«

Sie kam mit einem Schälchen Nüsse und kandierter Früchte aus der Küche. Und mit einem sauber gewaschenen Antlitz.

»Das Mädchen ist einkaufen«, erklärte sie, und Weinbrenner dachte, schade, das Karminrot hatte ihr gestanden.

Sophie Reinhard nahm ihm gegenüber Platz und sah zu, wie er den Cognac probierte. Zustimmend wiegte er den Kopf, zwang sich zu einem Lächeln und trank dann einen zweiten, größeren Schluck. Er holte tief Luft, aber das Atmen tat ihm weh. Als stecke seine Brust in einem Panzer, der die Rippen zusammenpresste.

»Etwas quält Sie, Friedrich. Der Überfall?«

Zuerst nickte er, aber dann schüttelte er den Kopf. Natürlich war es auch der Überfall, aber nicht nur. Es war Hackschmitt, über den er sich aufregte. Es waren Tullas sarkastische Anspielung und Haldenwangs naive Bemerkung, dass er in seiner Position nicht nur Freunde haben könne. Es war diese grässliche Larve von Leonelli, von dem er nicht wusste, was in dessen Kopf vorging, warum er um ihn herumsurrte wie eine lästige Motte. Es war alles zusammen und noch viel mehr.

Er wischte sich übers Gesicht, öffnete den Mund. Und schloss ihn wieder. Früher hätte er jetzt Gretls geliebte Hände genommen, hätte ihre Fingerspitzen geküsst, jede einzeln, vom kleinen Finger über Ring-, Mittel- und Zeigefinger bis zum Daumen, und dann erzählt, was ihn umtrieb. Er betrachtete die Hände der Malerin, die in ihrem Schoß lagen, auch auf dem linken Mittelfinger haftete ein Rest eingetrockneter Farbe. Umbrabraun wie die Farbe des Tuchs, das sie um die Schultern trug. Er griff nicht nach ihrer Hand, aber er begann zu reden, mit langen Pausen zwischen den Sätzen. Er konnte nicht ermessen, wie Mademoiselle Reinhard seinen Bericht aufnehmen würde, sie war so ganz anders als Gretl. Aber jetzt gab es kein Zurück mehr, er erzählte. Zuerst von der Herrenrunde im Museum, dann von den Gerüststangen am Goldenen Füllhorn.

»Sie sind also zu Hackschmitt gegangen?«, folgerte Sophie.

»Ich habe ihn zur Rede gestellt.«

»Hat ein Bauherr nicht das Recht, zu bauen, wie er will, auch umzubauen und neu zu bauen, wann er will? Ist es nicht seine Sache, wenn er nach einem oder drei Jahren etwas verändern möchte? Es ist doch sein Eigentum, sein Geld?«

Aus Sophie Reinhards Worten hörte Weinbrenner nur Sachlichkeit heraus, kein Arg.

»Bedingt, Sophie, bedingt. Er muss sich mit dem Bauamt absprechen, es gibt Bestimmungen und Vorgaben, wie ein Haus in einer Gemeinde beschaffen sein muss. Seine Höhe, die Anzahl der Stockwerke, beides hängt ab von der Entfernung des Gebäudes zum Schloss und zum Marktplatz. Dann die Form des Dachs und der Fenster, der Farbanstrich und, und, und. Man kann nicht einfach machen, was man will. Maßstab sind die Modellhäuser, Abweichungen davon nur unter bestimmten Voraussetzungen zulässig. Je nachdem verwirkt der Grundstückseigentümer damit die großherzogliche Baugnade, zumindest aber kann die Summe, mit der Seine Majestät das Bauunternehmen bezuschusst, geringer ausfallen als vorgesehen.«

»Und ein Erker …?«

»… ist überhaupt nicht zulässig.«

»Warum regen Sie sich dann auf? Gegen die Bauordnung kommt Hackschmitt doch nicht an.«

Das stimmte, gegen die Bauordnung könnte der Schankwirt nichts ausrichten. Er würde auf jeden Fall verlieren. Aber …

»Es ist nicht allein die Sache mit dem Erker.«

Weinbrenner nahm sich eine Handvoll Nüsse, dann trank er den Cognac aus.

»Ich hätte den Auftrag ablehnen sollen, als er damit an mich herantrat. Aber ich fand das Projekt reizvoll. Um die Ecke herum liegt Sommerschus Grundstück. Dessen Wohnhäuser und der renovierte Gasthof hätten gemeinsam ein vollendetes städtisches Ensemble ergeben, und so habe ich die Aufgabe als Herausforderung gesehen.«

Er hielt inne, es fiel ihm schwer, weiterzureden.

»Hackschmitt hat an meinem Entwurf von Anfang an herumgekrittelt, ohne die geringste Ahnung von der Sache zu haben. Alles wollte er anders haben, einen Eingang mit Säulen, Blütenranken über den Fenstern und eben einen Erker. Seine Vorstellungen hätten nie und nimmer zu Sommerschus Haus gepasst.«

»Und auch nicht zu Ihren eigenen baukünstlerischen Vorstellungen.«

»Nein, auch nicht zu meinen Vorstellungen von harmonischer Eleganz. Es hätte mir den Magen umgedreht.« Weinbrenner lächelte. Er fühlte sich verstanden.

»Irgendwann, als ich kurz davor war, aufzugeben, war er urplötzlich mit allem d'accord. Ich solle endlich bauen, und ich baute. Nur dann verweigerte er mir mein Honorar, und jetzt …«, der Architekt atmete heftig, »jetzt wirft er mir Pfusch am Bau vor.«

»Pfusch am Bau? Seit wann?«

»Seit vorhin, als ich ihn wegen des Geredes um den Erker befragen wollte und was das mit dem Gerüst soll. Und wissen Sie, was er mir antwortete? Der Balkon sei baufällig, der Boden brockle, das Geländer löse sich aus der Verankerung, und ich sei ein Stümper. Das, Sophie, hat mir die Sprache verschlagen. Das hat mir in den bald zwanzig Jahren meiner Tätigkeit noch keiner vorgeworfen.«

Und dabei habe ich nie jemandem etwas Böses gewollt, habe nie meinen Namen mit Gemeinheit und Niedrigkeit befleckt, wollte er hinzufügen, aber er schwieg, noch immer erschüttert.

Sophie nahm sich eine gedörrte Pflaume, biss ein Stück davon ab und betrachtete das schwarze Innere der Frucht.

»Das ist ein schlimmer Vorwurf«, sagte sie und steckte den Rest in den Mund.

»Damals, als ich nach Baufertigstellung mit dem ersten Handwerksmeister das Haus abgenommen habe, war alles in Ordnung. Es gab keine Mängel. ›Sie haben es drauf angelegt, mich umzubringen‹, hat er mir vor noch nicht einmal einer Stunde ins Gesicht gesagt, ›stellen Sie sich vor, ich trete hinaus auf den Balkon, der kracht ein, und ich stürze hinunter.‹ Aber er weigert sich, mir den angeblichen Schaden zu zeigen. Hackschmitt ließ mich nicht in den zweiten Stock. Daran merkt man schon, wes Geistes Kind dieser Rüpel ist. Sie können es sich vorstellen, ein Wort hat dann das andere ergeben. ›Gehen Sie mir aus den Augen‹, hat er mich angeschnauzt, ich sähe ja, dass er schon jemanden hat, der das in Ordnung bringt. Einen Mann von Format. Wirklich, das hat er gesagt: ein Mann von Format! Da bin ich explodiert.«

Sollte er ihr auch erzählen, dass er in seinem Zorn einen Teller vom Tisch gewischt hatte, der in tausend Stücke zersprang? Und dass bei der Brüllerei zwischen ihm und dem Wirt die Passanten draußen auf der Straße stehen geblieben waren? Als er dann wutschnaubend die Wirtschaft verließ, trollten sie sich, nur ein Polizeysergeant schien sich nicht dafür zu schämen, dass er gelauscht hatte wie das allergewöhnlichste Marktvolk. Der Ordnungshüter hatte ihn ins Visier genommen, als sei er ein gemeiner Verbrecher.

Weinbrenner stand auf und trat vor das Bild an der Wand, aus dem heraus ihn die ganze Zeit über ein schlanker, milde blickender Herr anschaute, nicht mehr jung, aber auch noch nicht alt, mit einem gewinnenden, offenen Gesicht trotz der scharfen Nase, die silbergrauen, schütterer werdenden Haare in der Mitte leicht gescheitelt. Unter einem dunkelgrauen Rock leuchtete blendend weiß der hohe, eng am Hals anliegende Hemdkragen hervor.

»Mein Vater, als er jünger war«, sagte Sophie hinter ihm.

»Sie führen den Bleistift ganz ausgezeichnet. Ich wollte, ich hätte Ihre Begabung.«

»Sein hängendes Lid machte mir am meisten Schwierigkeiten.«

Er setzte sich wieder. Unter dem Rock der Malerin lugten frühlingsgrüne Escarpins hervor, die seidigen Satinschuhbänder schimmerten im fahlen Licht des Spätnachmittags, das durch die Fenster fiel. Er nahm sich einen getrockneten Apfelring aus der Schale.

»Warum«, fragte die Malerin, »belastet Sie etwas, das Sie leicht widerlegen können? Warum lassen Sie sich von diesem Gastwirt provozieren?«

Weil er dünnhäutig geworden ist, wollte er sagen, aber er wusste selbst nicht, wie er seine Gefühle in Worte fassen sollte. Was in seinem Inneren wühlte, war neu für ihn, hatte er zuvor nicht gekannt. Wie etwas erklären, das einem selbst unverständlich war?

Wenn er nachts im Bett lag und sich schlaflos hin und her wälzte, nagten Zweifel an ihm, Zweifel an seinem Tun, an seinen Entscheidungen, an seiner Kunst. Machte er alles richtig? Was würden die nächsten Jahre bringen? Wie lange durfte er noch leben? Früher, wenn er Sorgen hatte, war es Gretl gewesen, die ihn festhielt, ihn wieder aufrichtete, seine Unruhe hinwegküsste. »Mein Löwenherz«, wisperte sie ihm ins Ohr, ihre Wärme gab ihm Halt, und mit Lust verlor er sich in ihr. Aber Gretl war nicht mehr.

»Ich bin jetzt über fünfzig«, fing er stockend an und wischte die Finger an einer Serviette sauber.

»Letzten November bin ich fünfzig geworden«, präzisierte er. »Die Zeit vergeht, und sie vergeht immer schneller. Wie viele Jahre werde ich noch arbeiten können? Fünf Jahre? Zehn? Vielleicht auch nur noch drei oder zwei. Die neue Generation von Architekten, ich selbst lehre sie, steht schon bereit und scharrt mit den Füßen.«

Während er redete, blickte er an Sophie vorbei, hinaus in die aufkeimende Abenddämmerung. Seine Gastgeberin machte keine Anstalten, ein Licht anzuzünden. Es sprach sich leichter im Dunkeln.

»Da ist dieser Wiesli aus der Schweiz«, sagte er. »Ein Küken noch, ein Springinsfeld. Aber in ihm stecken eine Kraft und eine Begabung, die ich für einmalig halte. Nur werde ich mich hüten, ihm das zu sagen. Es würde ihm nicht guttun. Man muss ihn vielmehr im Auge behalten, ihn behutsam lenken, dann wird er in zwanzig Jahren zu den Größten unseres Fachs gehören. Dabei gefällt mir beileibe nicht alles, was er macht. Da ist noch viel Exzentrisches dabei, modische Spielerei ohne Tiefgang. Noch braucht er Führung, um zu erkennen, was eitle Süchtelei ist und was wahre Kunst, die über die Jahrhunderte Bestand haben wird. Und doch, ich gestehe es, seine Skizzen und Risse haben etwas Besonderes an sich. Aus ihnen spricht Neues und Frisches, etwas noch nie Dagewesenes. Sie begeistern mich – und befremden mich gleichzeitig.«

»Sind Sie neidisch auf die Jugend?«

»Neidisch?«

»Oder haben Sie Angst, dass das Neue Sie überrollt?«

»Wiesli entwirft Dinge, die mir nie in den Sinn gekommen wären. Das macht mir Angst.«

Und würde der Junge sein Schwiegersohn werden, müsste er womöglich mit ansehen, wie dieser ihn eines Tages überflügelte. Ganz abgesehen davon, dass er seine Töchter ohnehin keinem anderen Mann überlassen wollte. Denn wer könnte besser für sie sorgen als er selbst?

Weinbrenner hob zerstreut das Cognacglas an die Lippen, setzte es aber wieder ab, nachdem er merkte, dass es leer war. Als die Malerin ihm nachschenken wollte, lehnte er ab.

»Eigentlich, Sophie, habe ich erreicht, was ich wollte, und es gibt keinen Grund, zu hadern. Ich wollte bauen, und ich darf es. Ich wollte eine Schule der Architektur gründen, und ich habe es getan. Ich versuche, meinen Schülern die antike Baukunst nahezubringen, nicht damit sie sie gedankenlos widerkäuen, sondern damit sie ihren Wert erkennen und daraus schöpfen können. Sie sollen selbstständig denkende Architekten werden, keine Nachahmer. Und wenn ich sie mir so anschaue, meine Herren Studiosi, kann ich sagen, dass sie alle auf dem besten Weg sind. Nun ja, fast alle.«

Weinbrenner lehnte sich in seinem Sessel zurück. Er war jetzt entspannter als zuvor, das Reden tat ihm gut. Aber noch hatte er nicht alles gesagt, was ihn bedrückte. Er forschte in Sophies Gesicht, sie schien darauf zu warten, dass er weitersprach.

»Und trotz allem ist da ein seltsames Gefühl in mir. Wie soll ich es erklären? Meine Architektur hat mit dem gebrochen, was in der Epoche davor war, und in der klaren Eleganz meiner Gebäude spiegelt sich nun unsere heutige Zeit wieder. Formen und Bedürfnisse, meine ich, stehen im Einklang. Aber ich spüre bei dem einen oder anderen meiner Schüler, dass sie etwas bewegt, was sie vielleicht selbst noch nicht einmal benennen können, und ich schon gar nicht.«

Er hatte Baudirektor Müller im Amt abgelöst, und jung, wie er damals war, hatte er sich selbstverständlich eingebildet, alles besser, moderner, weitsichtiger machen zu können als dieser kranke alte Mann. Müller hatte sich verdrängt gefühlt. Nun wurde er selbst alt. Andere kamen.

»Dass nichts Bestand hat, Sophie, ist eine Binsenweisheit. Aber es ist erschreckend, wenn es einem unvermittelt zu Bewusstsein kommt.«

Im Zimmer war es vollends dunkel geworden, die Einrichtung nur noch vage zu erahnen.

»Zuweilen erscheint mir mitten in der Nacht mein Vorgänger im Amt ...«

»Ein Alptraum.«

»Ja.« Jetzt lachte Weinbrenner. »Der gute Jeremias sitzt auf einer Wolke und grollt. Ich gestehe, ich hätte freundlicher mit ihm umspringen sollen, damals. Aber wenn man jung ist …«

»… will man mit dem Kopf durch die Wand und das Rad neu erfinden.«

»Es scheint ein Naturgesetz zu sein.«

Er erlaubte ihr jetzt doch, ihm noch einmal vom Cognac nachzuschenken, einen Schluck nur. Ihre Gesichtszüge konnte er nicht mehr erkennen.

»Ja, vielleicht bin ich neidisch«, kam er auf ihre vorherige Frage zurück, »neidisch, weil die jungen Menschen die Zukunft noch vor sich haben. Ich aber bin am obersten Absatz meiner Lebensleiter angelangt. Und da stehe ich und blicke erstaunt hinunter auf ihre Ideen und Visionen. Und vielleicht gibt es bereits einige, die mich am liebsten in die Wüste schicken möchten, je eher, desto besser, um selbst tun und machen zu können, was ihnen vorschwebt.« Noch einmal lachte er verhalten, wurde aber sofort wieder ernst.

»Hört irgendwann der schöpferische Genius auf, Sophie? Und wenn ja, wann? In welchem Alter? Es gibt Tage, an denen mir nichts Neues einfallen will. Tage, an denen ich denke, dass ich nicht mehr mitkomme, dass ich zurückbleibe, nur noch hinterherlaufe.«

»Bleiben Sie zurück? Oder bleiben Sie sich treu?«

»Ich weiß nicht, ob das nicht ein und dasselbe ist. Zuweilen frage ich mich, ob ich anders bauen könnte, als ich es jetzt tue. Und wenn ja, würde das Sinn ergeben?«

»Käme es aus Ihnen selbst heraus, oder wollten Sie damit nur Ihren Schülern etwas beweisen und sich einer neuen Zeit anbiedern?«

Er antwortete nicht. Demoiselle Reinhard erhob sich, nun würde sie doch Licht machen.

»Wir werden es nicht ändern können, Fritz«, bemerkte sie, während sie den Leuchter auf einen Beistelltisch stellte. Der Schatten ihrer Figur wanderte über die Tapete.

»Auch über meine Bilder wird die Zeit hinweggehen. Geschmäcker ändern sich. Soll ich deswegen jetzt hergehen und anders malen? Wie denn? Was wollen die Menschen in fünfzig oder hundert Jahren sehen? Wir wissen es doch gar nicht. Nein. Ich habe keine andere Wahl, als es den künftigen Generationen zu überlassen, wie sie über mich urteilen. Ich kann nur an jetzt denken. Und das Jetzt sind die Käufer von heute, die Kunstausstellung im nächsten Jahr und das, was mir gefällt. Nur das gilt.«

Er stimmte ihr zu, aber er begriff auch, dass ihn diese Fragen von nun an nicht mehr loslassen würden. Wahrscheinlich gehörten Zerrissenheit und Ängste zum Künstler wie die Nacht zum Tag, war es das ständige Sichhinterfragen, das diesen weiterbrachte. Bis unweigerlich der Augenblick käme, an dem er an seiner persönlichen Wegschranke anlangte und ein Weitergehen nicht mehr möglich war. Noch war es nicht so weit, noch steckten in ihm Kraft und Schaffensfreude, und, wer weiß, vielleicht würde ihm das Glück zuteil, bis zu seinem Ende wirken zu dürfen. Aber das lag nicht in seiner Hand.

Der Druck auf seiner Brust hatte sich gelöst und machte einer Gelassenheit Platz, die er lange vermisst hatte. Er stand auf und streckte die Beine.

»Fritz.«

Sophie hatte den Leuchter aufgenommen und nach seinem Arm gegriffen.

»Kommen Sie, ich möchte Ihnen etwas zeigen. Ich bin bei den Vorbereitungen für die Kunstausstellung. Sagen Sie mir bitte, was Sie von meiner Auswahl halten. Darf ich Sie darum bitten?«

Sie dürfen mich um alles in der Welt bitten, wollte er sagen. Aber dann drückte er nur ihre Hand, bot ihr den Arm und begleitete sie zur Staffelei im Nebenzimmer, auf der in schillernden Rottönen ein Stillleben stand, die leuchtenden Granatäpfel aufgeschnitten, zum Greifen echt wirkende dunkle Trauben. Erste Skizzen für ein Ölgemälde lagen auf dem Tisch, ein kniender Bub mit Hirtenstab, eine fromme Frau, das Gebetsbuch auf dem Schoß.

»Ich schwanke noch«, sagte die Malerin. »Die heilige Elisabeth mit dem Johannesknaben hier, der Tod der Katharina von Siena oder vielleicht doch unser seliger Markgraf Carl Wilhelm, den Traum von der Gründung der Stadt träumend?«

»Ich denke, als Mitbegründer der Ausstellung würde unser Lyceumsdirektor sich für eine der beiden Heiligen entscheiden. Ich selber, verzeihen Sie meine Aufrichtigkeit, bevorzuge ein anderes Bild.«

Er hatte die Zeichnung an der Atelierwand entdeckt. Zum ersten Mal, dass er sie sah. Sophie im Profil, anmutig, aufgeschlossen, ihrer selbst bewusst. Ein dunkles Samtband hielt das fast blauschwarze Haar am Hinterkopf zusammen. Von dort fiel es in leichten Wellen in den Nacken. Das Schultertuch war umbrabraun wie der Fleck an ihrem Finger, der Kreidestrich leicht und doch von bewunderungswürdiger Akkuratesse.

»Wer hat das gemalt?«, fragte er, aber er kannte die Antwort bereits.

»Ein frühes Selbstporträt.«

»Sie sind heute so schön wie damals.«

Markgräfler Wein

Es war schon dunkel, als sie ihre Arbeit beendeten. Die meisten Entwurfsbögen hatten sie säubern können, nur einige wenige Aufrisse waren nicht mehr zu retten gewesen. Barbara würde sie morgen zu Wagner bringen, damit er sie neu druckte.

Als sie ins Wohnhaus kam, hörte sie Stimmen im Salon, Weinbrenners klangvollen Tenor, Julies aufgeregtes Giggeln, das unverkennbar deklamierende Organ von Hofrat Böckmann, der über Sonnenflecken referierte, die er an den wenigen wolkenlosen Tagen dieses und des vergangenen Jahres beobachtet habe.

»Die sind schuld an unserem schlechten Wetter«, sagte jemand, und Barbara blieb stehen, um zu lauschen.

»Nein, nein«, erwiderte der Hofrat, »so einfach ist das nicht«, und er warnte eindringlich davor, dieses astronomische Phänomen mit der nasskalten Witterung in Verbindung zu bringen. Er sei vielmehr überzeugt, dass es andere Gründe geben müsse, warum die Sonne seit Monaten nicht mehr hinter den dunklen Wolken hervorkam. Gründe, die allerdings noch nicht erforscht seien. Unter den Anwesenden löste Böckmanns Darstellung einen lebhaften Disput aus, der fast in einen Streit übergegangen wäre, wenn sich Demoiselle Reinhard nicht demonstrativ von ihrem Stuhl erhoben hätte. »Am Wetter können wir doch eh nichts ändern«, rief sie beschwörend in die Runde. »Lasst uns lieber auf den glücklichen Ausgang des Kutschabenteuers unserer Freunde trinken.«

»Halb Karlsruhe ist gekommen, alle wollen wissen, wie's unseren Reisenden geht«, erklärte Apolone, die eben mit blanken Gläsern aus der Küche kam. »Denne Fräuleinchen tut's gut. Es wird sie auf andre Gedanken bringen. Kannst du mir helfen?«

Barbara nickte.

»Hol noch Wein, von dem Markgräfler! Heut lassen wir uns nicht lumpen, hat unser Oberbaudirektor gesagt. Übrigens …«, und Apolone kicherte leise, »hast du sie gehört, die Reinhard?

Sie ist mit ihm gemeinsam nach Hause gekommen. Ich glaube fast …« Aber dann verriet sie doch nicht, was sie fast glaubte, setzte das voll beladene Tablett auf einem Konsoltisch in der Diele ab und blinzelte vielsagend.

»Ich würd mich freuen für ihn. Er ist doch ein Mann in den besten Jahren. Der gute Carl Friedrich selig war schon fast sechzig, als er zum zweiten Mal heiratete. Dass er sich mit der Frau eine Hex ins Schloss geholt hat, konnte ja keiner wissen. Ich wart nur drauf, dass nach dem Tod vom ersten Erbprinz bald der zweite dran glauben wird. Die Hochbergin wird keine Ruh geben, bis sie nicht ihre Söhn auf dem Thron sitzen sieht.«

Sie nahm das Gläsertablett wieder auf, bedachte Barbara mit einem bedeutungsvollen Blick, »du wirst schon sehen«, und eilte zu den Gästen.

Barbara musste im Laufe des Abends mehrmals in den Keller hinuntersteigen, um neuen Wein für die illustre Gesellschaft zu holen. Enge Freunde des Hauses wie Aloys Schreiber und Johann Peter Hebel waren gekommen, städtische Honoratioren, selbst Vertreter ausländischer Staaten. Neben Finanzminister Boeckh, Dr. Gmelin, dem das Naturalienkabinett unterstand, und Oberlandesrabbiner Löw Ascher hatte auch der Direktor des Hoftheaters selbstverständlich seine Aufwartung gemacht. In einer Ecke sah Barbara den preußischen Gesandten Varnhagen und dessen Frau Rahel sitzen, die sich angeregt mit einer Gruppe von Herren und Damen unterhielten, von denen Barbara nicht wusste, wer sie waren.

Frau Varnhagen kannte sie. Vom Sehen. Eine gebildete Frau, sagten die Leute. Das Ehepaar wohnte wie Barbara in der Waldhorngasse, aber zum Schloss hin, wo die besseren Leut zu Hause waren. Ob Frau Varnhagen vom Tod des Bäckers Hemmerdinger gehört hatte? Aber selbst wenn, würde Madame kaum wissen, dass sie die Tochter war.

»Was immer die Ursache des Temperatureinbruchs sein mag, die Folgen sind nicht zu übersehen«, ergänzte Varnhagen gerade Böckmanns Ausführungen, als Barbara mit einer neuen Flasche Wein hinzutrat. »Zu Hunderten lagern die armen Schlucker vor meiner Tür, Männer, Frauen, ganze Familien, damit ich ihnen einen Pass ausstelle. Auf den Dörfern gibt es nichts mehr zu nagen und zu beißen, die Menschen lassen alles zurück, Haus, Hof, ihre Felder, und emigrieren. Allein aus dem Badischen sind es schon über zwanzigtausend, die meisten wollen nach Polen oder Russland.«

Im Vergleich dazu geht es uns gut, dachte Barbara. Auch sie hatte von Nachbarn aus Klein-Karlsruhe gehört, die die Wetterkatastrophe ins Elend gestürzt hatte. Ob sie je ihr Ziel erreichten? Und das Leben dort wirklich besser war?

»Blutarmut und Hungergeschwulste greifen um sich. Im südlichen Baden und in der Eidgenossenschaft sind viele an Entkräftung und Auszehrung gestorben«, berichtete Varnhagen unterdessen.

Das Paradies gibt es nicht, zumindest nicht für unsereins, dachte Barbara und stellte Frau Varnhagen ein Glas Markgräfler hin und eine Schale mit Zuckerwerk.

»Danke«, sagte diese lächelnd. Barbara knickste.

Im Nebenraum hatte sich um Friederike und Julie eine Schar jüngerer Leute versammelt, Freunde, die regelmäßig die Versammlungen des Weinbrenner'schen Kleinen Museums besuchten, dazu Heger und ein paar andere Schüler. Wo war der Schweizer? Unauffällig suchte sie inmitten der Gäste, bis sie Wiesli in der Nische zwischen Anrichte und Flügeltür entdeckte. Er kauerte, ein Schatten seiner selbst, auf einem der steifen Esszimmerstühle und starrte abwechselnd Julie und seine Schuhspitzen an.

Du blinder Narr!

Schütteln und ohrfeigen sollte man ihn. Begriff er denn nicht, dass die Jungfer ihn überhaupt nicht beachtete? Dass ihre ganze Aufmerksamkeit dem jungen Jurapraktikanten neben ihr galt, der am Markt wohnte, in diesem vornehmen hohen Eckhaus zur Langen Straße, natürlich auch das ein Werk ihres Oberbaudirektors. Und es war ganz offensichtlich, dass dieser Walz keinen Zoll mehr von Julies Seite weichen würde. Bestimmt schlapperten bei ihm auch nicht die Hosenbeine über die Schuhe.

»Ihr Versuch, sich mit Mademoiselle wieder zu versöhnen,

mein Herr, ist aussichtslos«, murmelte sie vor sich hin. »Kommen Sie, lassen Sie uns nach Hause gehen, wir haben ja den gleichen Weg.«

Aber es dauerte noch zwei Stunden, bis die Gesellschaft sich auflöste und sie und Apolone die Lichter hinter den Herrschaften löschen konnten.

Denn Julie hatte noch singen und Friederike sie auf dem Klavier begleiten müssen. Dann wurde ausgiebig Karten gespielt, während Herr Iwanowitsch aus dem Stegreif heraus zeichnete und den Damen anschließend ihre Porträts schenkte. Mit bewunderndem Aufschrei nahmen diese die rasch hingeworfenen Skizzen entgegen und zeigten sie beglückt in der Runde herum. Die alte Witwe Lux wurde ganz feierlich, als sie ihr Konterfei betrachtete. Sie nahm die Hände des Hofmalers in ihre runzeligen, schaute ihm gerührt in die Augen und küsste ihn unter dem Beifall der Gäste.

»Das ist das schönste Bild, das jemals ein Künstler von mir gemalt hat. Danke, Feodor Iwanowitsch, ich danke Ihnen.«

Weinbrenner höchstpersönlich wickelte es für sie in festes Papier, damit das kleine Bild auf der Heimfahrt nicht Schaden nähme.

Barbara konnte sich kaum noch auf den Beinen halten, als sie durch die nachtdunkle Stadt nach Hause ging. In der Schloß- und Hospitalstraße war niemand mehr unterwegs. Zwischen den Häusern schwebte der Rußgeruch erloschener Kamine, aber auch, und stärker als am Morgen, eine Ahnung von Frühling. Tief sog Barbara die unerwartet laue Luft ein. Sie hatte nicht gesehen, wann Wiesli gegangen war, irgendwann hatte er nicht mehr auf dem Armesünderstühlchen hinter der Tür gesessen. Sie stellte sich vor, er ginge neben ihr.

»Machen Sie sich keine Sorgen, ich werde Ihnen helfen«, sagte sie in die Stille hinein und schämte sich sofort, denn sie hatte laut gesprochen.

Sie überquerte die Kronengasse, und hier mittendrin in Klein-Karlsruhe waren die Sträßchen mit einem Mal belebt. Es war schon Mitternacht, aber noch immer standen die Männer vor den Bierschenken und hielten wohlfeile Reden, von irgendwoher kam Fiedelmusik. Frauen, einige mit Säuglingen auf den Armen, wiegten sich im Takt dazu, ganz wagemutige hatten sich schon ihre Umschlagtücher von den Schultern genommen und sie um die Hüften gebunden. Auf dem winzigen Platz zwischen Block- und Brunnegässle, wo eine dünne, noch kahlästige Linde ihr Leben fristete, loderten kleine Feuer. Schwatzende Anwohner hockten drum herum, zwei Frauen sangen. Es roch nach ranzigem Schmalz und gebratenen Kartoffeln.

Barbara wusste nicht, warum sie an der Ecke linksherum gegangen war. Die Straße teilte sich hier, und in der Mitte bildeten die niedrigen Dörflehäuser ein Rechteck. Sie hätte rechts gehen können und wäre ebenso gut nach Hause gekommen. Normalerweise ging sie rechts. Aber linksherum war kein wirklicher Umweg. Linksherum führte am Goldenen Füllhorn vorbei und an der Siebenundvierzig, an der sie nicht vorbeikäme, wenn sie rechtsherum gegangen wäre. In der Siebenundvierzig wohnte Jakob Bastiani und – Constantin Wiesli.

Als sie den Nebeneingang des Gasthofs passierte, schimmerte noch Licht durchs Küchenfenster. Barbara wunderte sich nicht. Es war jedes Jahr dasselbe und nach den Schlechtwetterkapriolen der vergangenen Monate umso verständlicher, dass der buchstäblich über Nacht ausgebrochene Frühling die Leute aus den Häusern trieb. Hackschmitt und die dicke Marie dürften den Abend über alle Hände voll zu tun gehabt haben. Kein Mensch dachte in solchen Augenblicken an die Polizeystunde. Die Dörfler lachten sich eins, luden die Patrouillen ein mitzutrinken, und diese ließen sich nur allzu gern überreden. Unter einem lutherischen Großherzog mussten die Gesetzeshüter ja nicht notwendigerweise päpstlicher sein als der Papst. Und wer weiß, wann wieder ein solch liebliches Lüftchen wehte.

Barbara bog in die Waldhorngasse. Auch durch die vorderen Fenster des Gasthofs fiel noch schwacher Kerzenschein auf die Straße, als plötzlich die Eingangstür aufschwang und ein Mann herauswankte. Er stolperte über seine Füße und die Stufe hinunter, schlug der Länge nach hin, raffte sich wieder auf, versuchte vergebens, sich an der Hauswand festzuklammern, und rutschte wie ein schlapper Mehlsack zu Boden. Seine Haare standen wild zerzaust vom Kopf ab. Falls er einen Hut oder eine Kappe getragen hatte, musste er sie verloren haben. Blutrote Flecken zierten die weiße Hemdbrust, die Beinkleider stanken, als wäre ein voller Krug Rotwein darübergeschüttet worden.

»Du saudummer Esel«, sagte Barbara laut und deutlich, aber der Kerl reagierte nicht. Sie überlegte nicht lange, packte den Betrunkenen unter den Achseln, zerrte ihn auf die Beine, legte seinen linken Arm über ihre Schultern und zwang ihn zum Gehen. Der Esel torkelte, aber Schritt für Schritt schleifte sie ihn vorwärts.

»So hab ich mir das gemeinsame Nachhausegehen mit dir nicht vorgestellt«, fauchte sie, während sie aufpasste, dass Wiesli ihr nicht entglitt.

Gott sei Dank war er dünn. Wäre es Brunarus, sie hätte um Hilfe rufen müssen. Aber nach Brunarus hätte sie sich auch nicht gebückt. Vor der Siebenundvierzig ließ sie den jungen Herrn zu Boden gleiten und trommelte gegen die Fensterläden. Es dauerte eine halbe Ewigkeit, bis Jakob Bastiani endlich unterm Tor erschien.

»Ach, du liebs Herrgöttle von Biberach«, stieß der Polizeysergeant beim Anblick des benebelten Weinbrennerschülers hervor, »eigentlich sollte man ihn so liegen lassen, damit er seine Lektion lernt.«

Vollendete Tatsachen

»Ach, du liebs Herrgöttle …«, entfuhr es Bastiani wenige Stunden später schon wieder, als er am nächsten Morgen, nur angetan mit dem Uniformrock über der abgetragenen Haushose, mitten in der Schankstube des Goldenen Füllhorns stand und auf den in seinem Blut liegenden toten Heinrich Hackschmitt hinunterblickte.

»Ach, du liebs Herrgöttle von Biberach! Da hat aber jemand gewütet.«

Der Wirt war übel zugerichtet, sein Körper von Stichen übersät. In der Bauchgegend klaffte eine tiefe Wunde. Der oder die Täter hatten anscheinend ziellos zugestochen, zwischen die Rippen, in den Hals, ins Gesicht, in Arme und Oberschenkel. Bis zum Tresen war das Blut gespritzt.

Auch Barbara starrte fassungslos auf den schweren Leib, während die dicke Marie abwechselnd heulte, wimmerte oder hysterisch kreischte und nicht wusste, wohin mit ihren Händen. Sie riss an ihrer Schürze herum und zerwühlte sich das Haar, und immer wieder schlug sie sich mit allen zehn Fingern auf einmal auf den Mund, bis der Polizeysergeant sie anpfiff, sie solle jetzt endlich Ruh geben.

»Setz dich oder geh in die Küch, du machsch mich ganz verrückt.«

Da ließ sie sich auf eine Bank fallen, presste die Lippen aufeinander und hielt sich an der Tischkante fest. Jetzt wieder ganz Amtsperson, erinnerte sich Bastiani seiner Dienstpflichten.

»Raus hier, raus mit euch«, schrie er die Leute an, die sich von der Straße hereinpressten. »Und du auch«, befahl er dem Bub, der wenige Minuten zuvor mit der entsetzlichen Nachricht zu ihm gerannt war und wohl glaubte, er habe ein Sonderrecht und dürfe bleiben. Fluchend vertrieb Bastiani die Neugierigen aus dem Wirtshaus und verriegelte die Eingangstür.

Allmählich kam Barbara wieder zu sich. Sie ging in die Küche, wo auf der Feuerstelle Kaffee im Wasserbad vor sich hin siedete, füllte vier Tassen, drei für sich, Bastiani und Marie, die letzte reichte sie dem alten Schuttler, der bei dem Lärm aus seiner Kammer im Hinterhof herausgekommen war, sich aber nicht weiter als bis zum Ausschank vorgewagt hatte.

»Danke«, brummte der Sergeant, »das weckt Tote auf«, bemerkte er trocken, nachdem er vorsichtig probiert hatte, um sich nicht zu verbrennen. »Wobei mir's bei manchen lieber wär, sie täten bleiben, wo sie sind.«

Er behielt die Tasse in einer Hand, während er den Leichnam umrundete, langsam, damit er den Kaffee nicht verschüttete und nirgends mit seinen Schuhen anstieß, nicht am toten Körper und nicht an den Sachen, die kreuz und quer herumlagen, umgestürzte Stühle, kaputte Gläser, Teller, Servietten, Tischdecken, Kerzenleuchter, ein Bratenrest.

»Was ist das?«, fragte er die Köchin.

»Gedämpfter Schweinebraten«, sagte die, ohne hinzugucken, »mit Nelken und Zitrone.«

Immer wieder bückte sich der Sergeant und sammelte ein paar Gegenstände in eine Serviette. Ein langes blutbeflecktes Küchenmesser, allem Anschein nach die Tatwaffe, die aus unerfindlichen Gründen unter die Kommode geraten war, einen Knopf von Hackschmitts Rock, den scharfkantig abgeschlagenen Hals einer Weinflasche, der wie griffbereit neben der Hand des Toten lag.

»Das riecht nach Raubüberfall«, befand Bastiani trocken. »Wer hat ihn gefunden?«

Marie hob die Hand, aber sie brachte kein vernünftiges Wort hervor. »Kaffee kochen …« stammelte sie, »… keiner …«, die Stimme kippte weg.

Barbara kam ihr zu Hilfe.

»Ich hab heute Morgen frisches Brot gebracht«, begann sie und setzte sich mit ihrer Tasse zur Köchin. »Ich hatte mich noch gewundert. Denn am Eingang standen zwei oder drei Herren vor verschlossener Tür. Das ist ungewöhnlich, eigentlich ist vorn immer schon offen, wenn ich komme. Ich bin dann durch den Nebeneingang in die Küche, aber Marie war nicht da, nur der Kaffee stand fertig auf dem Herd. Da hab ich mich auf die Suche nach ihr gemacht. Sie stand hier in der Gaststube …«

Barbara erhob sich, ging an den Durchgang zur Küche und

zeigte von hier auf eine Stelle zwischen den Tischen im Speiseraum.

»Dort hat sie gestanden und rührte sich nicht, guckte immer nur nach unten. Zuerst konnte ich nicht sehen, auf was sie da guckte, aber dann …«, sie ging zurück an den Tisch, »… dann sah ich ihn da liegen. So wie er jetzt noch liegt.«

Den letzten Satz hauchte Barbara, als fürchtete sie, dass der tote Hackschmitt sie hören könne.

»Und dann fing Marie mit einem Mal an zu schreien.«

Bei diesen Worten heulte die Köchin abermals auf, legte aber sofort mit Blick auf den Polizeysergeanten ihre Hände fest auf den Mund und unterdrückte ihr Weinen.

»Sie hat so laut geschrien«, berichtete Barbara weiter, »dass von überall her die Leute gelaufen kamen. Schuttler von seiner Kammer im Hof, Passanten durch den Seiteneingang, auch Frühstücksgäste. Die schimpften, weil es so spät war …«

»Wann hast du den Haupteingang zur Waldhorngasse aufgemacht?«, fragte Bastiani.

»Erst als ich jemanden mit der Nachricht zu dir geschickt hab. Der Schlüssel hat von innen gesteckt.«

Sie schaute Bastiani verwirrt an. »Das war vielleicht falsch, oder? Denn natürlich sind nun auch hier gleich jede Menge Gaffer hereingekommen. Aber ich hab nur gedacht, jemand muss dir Bescheid geben.«

»Und dann hast du Conrad geschickt?«

»Der stand grad da, ich hab ihm nicht gesagt, was passiert ist, ich hab ihm nur aufgetragen, er soll dir Bescheid geben, dass du sofort kommen musst.«

»Hat jemand was berührt, den Toten oder die Sachen, die herumliegen? Ist irgendwas verändert worden?«

Barbara verneinte. »Als die Leute den Hackschmitt dort so haben liegen sehen, hat sich keiner getraut, näher zu kommen.«

Bastiani schien zu überlegen.

»Vorn war also abgeschlossen. Aber die Hintertür zur Kleinen Hospitalgasse war offen. Sonst wärst du ja nicht in die Küche gekommen und die Leute auch nicht. Ist die denn immer offen, Marie?«

Die Köchin schreckte hoch, als hätte sie etwas Schlimmes geträumt.

»Die kleine Tür?« Sie rieb sich ihre verquollenen Augen. »Die ist fast immer offen«, bestätigte sie dann. »Nur wenn der Wirt mir sagt, ich soll abschließen, wenn ich geh, schließ ich ab. Sonst bleibt sie auf. Manchmal erwartet er ja noch jemanden. Geschäftspartner. Behauptet er. Mitten in der Nacht!« Sie schnaufte empört. »Oder junge Mädle! Meistens ist morgens offen, wenn ich komm. Selten, dass ich aufschließen muss.«

»Du hast einen Schlüssel?«

»Ja, sicher, ich muss ja in die Küch können, wenn er noch beschäftigt ist mit seinen Bettmamsells. Wenn als die Lies da war, ist er nicht vor acht aufgestanden.«

Wieder schnaufte Marie und rümpfte missbilligend die Nase.

»Aber mit dem dicken Bauch ist sie nimmer gekommen, auch net, nachdem das Kind geboren war. Das hat er sich verbeten, der feine Herr Wirt, so ein schreiendes Gör passt ihm nicht in den Kram, wenn er rumpoussiert.«

Bastiani schien Hackschmitts unsittlicher Lebenswandel weniger zu stören als die Köchin. Ihn bewegte etwas anderes.

»Gestern Abend, hast du da abgeschlossen oder nicht?«, wollte er von ihr wissen.

»Er hat nichts gesagt, also hab ich nicht abgeschlossen, als ich gegangen bin.«

»Um wie viel Uhr war das?«

»Ich weiß es nicht genau. Irgendwann nach elf.«

Barbara schaute durch die dicke Marie hindurch auf einen fernen Punkt. Gestern Abend, als sie am Nebeneingang des Füllhorns vorbeigekommen war, hatte es Mitternacht geschlagen gehabt, aber es war noch Licht im Haus gewesen. Zumindest zwei oder drei Kerzen mussten gebrannt haben, vielleicht nicht alle in der Küche, aber eine wohl doch. Die anderen Leuchter mochten hier in der Gaststube gestanden haben. Sie konnte sich nicht erinnern, ob der Nebeneingang offen oder zu gewesen war, abgeschlossen oder angelehnt. Vielleicht war Hackschmitt zu diesem Zeitpunkt schon tot gewesen. Die Flammen hätten leicht einen Brand auslösen können.

»Und als du gegangen bist, ist dir da was aufgefallen, war da etwas anders als sonst?«, hörte Barbara den Sergeanten die Köchin fragen.

War ihr selbst etwas aufgefallen, abgesehen vom Kerzenlicht? Nein, nichts. Eine Gruppe von vier oder fünf Männern, die in Richtung Lange Straße unterwegs waren. Höfische Herrschaften, die sich nicht einmal nach ihr umgedreht hatten. Der feine Herr Wiesli natürlich und die Flecken auf seinem Hemd. Rotwein oder Blut? Barbara versuchte, sich an den Geruch zu erinnern. Von drinnen in der Schankstube war kein Laut gekommen. Zumindest hatte sie in diesem Moment nicht darauf geachtet.

»Ob mir was aufgefallen ist, als ich gegangen bin?« Die dicke Marie fingerte an den Bändeln ihrer Haube herum. »Ich weiß nicht. Da war ein Mann draußen auf der Straße. Ich hab ihn von der Küche aus gesehen. Er ist mir aufgefallen, weil er immer hin- und hergelaufen ist und einen merkwürdigen Hut getragen hat.«

»Was für einen Hut?«

»Einen großen flachen. Mit breiter Krempe. So einen hab ich noch nie gesehen.«

»Hast du eine Ahnung, wer es gewesen sein könnte? Ist der Mann früher schon hier herumgeschlichen?«

Die Köchin schüttelte den Kopf.

»Nein, ich hab ihn noch nie gesehen. Aber er war mir unheimlich, er hat mich die ganze Zeit über durchs Küchenfenster beobachtet.«

Ein energisches Klopfen am vorderen Eingang ließ alle im Raum zusammenzucken.

»Aufmachen«, rief eine Stimme. »Sofort aufmachen! Lasst mich rein, ich bin seine Frau.«

»Das ist doch keine Frauenstimme«, wunderte sich Bastiani, aber die dicke Marie nickte und wischte sich über das erhitzte Gesicht.

»Doch. Sie hat eine sehr tiefe Stimme. Von den Cigarros. Die raucht wie ein Mann.«

Der Polizeysergeant öffnete die Tür einen Spalt, schon hatte die Person ihren Fuß dazwischengeschoben. Während er sie einließ, schasste er gleichzeitig die anderen Leute weg, die schubsten und drängelten, um einen Blick auf die Leiche zu erhaschen.

Barbara sah die Hackschmittin zum ersten Mal. »Es ist ein barsches Weib«, hatte die dicke Marie immer gesagt, und sie hatte sich vorgestellt, dass die Frau ebenso rund und handfest sei wie die Köchin. Umso überraschter war sie beim Anblick der knochigen Gestalt, die trotz einer offensichtlich eleganten und teuren Garderobe wenig Weibliches an sich hatte. Mit ihrer auffällig langen Nase und einer für eine Frau ungewöhnlichen Größe war sie das genaue Gegenteil von der appetitlichen kleinen, molligen Lies. Und sie wirkte zehn Jahre älter als ihr toter Mann. Barbara ertappte sich dabei, dass sie zumindest in dieser Hinsicht Mitgefühl für den erbärmlichen Füllhornwirt empfand. Nur die dichte, hier und da schon leicht ergraute, aber noch immer schwarz schimmernde Lockenpracht auf dem Kopf weckte Barbaras uneingeschränkte Bewunderung.

Die Frau besann sich nicht lang. Sie ließ ihre Augen durch die Schankstube schweifen, entdeckte den hinter dem Tresen verharrenden Schuttler, bedachte Marie mit einem, wie es schien, herablassenden Guten Morgen, musterte Barbara abfällig von Kopf bis Fuß und trat dann ohne die geringste Spur von Erregung an den Körper ihres Mannes. Mit ausdruckslosem Gesicht begutachtete sie von oben herab die leblose Figur, die mit halb geöffneten Augen an die Decke zu stieren schien.

»Das musste ja so kommen.« Ihre herbe Männerstimme schallte durch den Raum. Dann bückte sie sich und schloss dem Toten die Lider.

»Das macht man doch so, nicht wahr?«, wandte sie sich an Bastiani. »Erwarten Sie aber darüber hinaus keine Trauer von mir. Dieser Mann hat nichts anderes verdient. Ich habe ihm oft genug gesagt, dass in unserem Geschäft Höflichkeit das A und O ist, und wenn es Schwierigkeiten gibt, muss man eben mal die Zähne zusammenbeißen und lächeln. Ich habe das schon früh von meinem Vater gelernt, aber er …«, die Hackschmittin tat eine wegwerfende Geste in Richtung ihres toten Gatten, »… er kümmerte sich nicht darum. ›Dein selbstherrliches Auftreten wird dich noch Kopf und Kragen kosten‹, habe ich ihm gesagt. Und jetzt haben wir den Schlamassel, ich hab es ja gewusst.«

»Warum meinen Sie, dass das so kommen musste? Hatte Ihr Mann Feinde? Ich habe den Eindruck, dass er beliebt war. Die Restauration war doch immer gut besucht. Er scherzte mit jedem wie mit Freunden.«

»Freunde?« Die Witwe musterte Bastiani belustigt. »Mein Mann und Freunde! Mein Mann hatte Gäste. Und bestimmt jede Menge Feinde. Ich kann mir nicht vorstellen, dass es auf Gottes weiter Welt irgendeinen Menschen gab, der ihm gewogen war. Außer vielleicht sein jeweiliges Herzliebchen. Und dann auch nur aus Berechnung, dafür würde ich beide Hände ins Feuer legen.«

Sie fixierte Barbara. Diese verkernte sich fast an ihrem eigenen Atmer.

Das ist nicht zu fassen! Sie hält mich für eine zweite Lies. Muss ich mir das gefallen lassen?

Aber noch bevor sie auf die Unverschämtheit reagieren konnte, scherte der Sergeant dazwischen.

»Kennen Sie einige seiner Feinde, Madame Hackschmitt? Ist jemand darunter, der so eine Tat begangen haben könnte?« Barbara warf er einen beschwörenden Blick zu. Sie beherrschte sich, aber es fiel ihr schwer.

Die Hackschmittin brauchte nicht zu überlegen.

»Friedrich Weinbrenner, der Architekt. In letzter Zeit hat sich Hackschmitt besonders viel und gern mit ihm herumgestritten. ›Du bist ein Rindvieh‹, hab ich zu ihm gesagt, doch er hat sich ein diebisches Vergnügen daraus gemacht, den Oberbaudirektor zu düpieren. Aber …«, das Gesicht der Hackschmittin verzog sich verächtlich, »… wenn Sie mich so geradeheraus fragen, wer die Tat begangen haben könnte, würde ich sagen, das war der Vater von dieser kleinen Hure, die für ihn die Beine breit gemacht hat. Das allein wäre ja noch nicht das Schlimmste, das haben hundert andere vor ihr auch schon gemacht. Es ist mir zwar unbegreiflich, aber anscheinend gibt es immer genug Frauenzimmer, die nichts Besseres zu tun haben, als für so einen aufgeplusterten Gecken die Röcke zu heben.«

Wieder traf ihr Blick Barbara, aber dieses Mal sprach Bastiani ein Machtwort.

»Ihre Eifersucht in Ehren, Hackschmittin, aber es steht Ihnen nicht zu, Barbara Hemmerdinger zu beleidigen. Noch einmal, und ich werde Sie eigenhändig wegen übler Nachrede vor Gericht bringen.«

»Eifersüchtig? Ich? Dass ich nicht lache.« Aber dann verlor ihr Blick etwas von seiner Härte, ihre tiefe Stimme bekam einen wärmeren Klang.

»Barbara Hemmerdinger?«, fragte sie. »Die Tochter von Bäcker Hemmerdinger, den sie aus dem Landgraben gefischt haben?«

Bastiani nutzte die Gunst des Augenblicks. »Sie wollten von dem Vater erzählen, dessen Tochter …«

»Ja, Kuchler, dieser Saubeutel. Als das Malheur passiert war, hab ich dem unseligen Mädchen noch Geld gegeben, damit sie das Kind wegmachen lässt. Hab ich bei anderen auch schon gemacht. Ich lass mir doch meine Familie nicht verwässern, das bin ich meinem Vater schuldig. Aber der Kuchler war anders als die anderen. Er hat seiner werten Tochter den kleinen Eingriff in die Natur verboten. Er wollte nämlich Unterhalt. Unterhalt auf Lebenszeit! Damit wäre er fein raus gewesen, der Herr Schuster, er hätte seine Werkstatt an den Nagel gehängt und sich bis zum Ende seiner Tage auf die faule Haut gelegt. Das nenn ich Erpressung. Aber er hat sich geschnitten. Hackschmitt ist auf seine Forderungen nicht eingegangen, und ich hab ihm auch die Tür gewiesen, als er damit zu mir kam. Ja, ich kann mir gut vorstellen, dass Kuchler sich hat rächen wollen.«

Noch immer verriet die Miene der Hackschmittin keine Gemütsregung, als sie sich den Leichnam ihres Mannes ein zweites Mal besah. Dann griff sie in die linke Westentasche des Toten und angelte die goldene Taschenuhr an der Gliederkette heraus. Ohne sich vor den blutbesudelten Kleidungsstücken zu ekeln, löste sie sie vom Knopfloch. Der Glasdeckel über dem Zifferblatt war gesplittert. Bei dem Kampf, der zwischen Gastwirt und Angreifer stattgefunden haben musste, hatte die Uhr anscheinend einen Schlag abbekommen. Fast liebevoll strich die Witwe über das teure Stück.

»Ich erlaube mir, sie wieder an mich zu nehmen. Es war ein Geschenk meines Vaters an Hackschmitt zu unserer Hochzeit«, erklärte sie. »Ich werde sie reparieren lassen, und jetzt empfehle ich mich, ich habe zu tun. Nur eins noch, Herr Sergeant, sorgen Sie dafür, dass ich heute Nachmittag, spätestens morgen früh, die Papiere meines Mannes einsehen kann. Das Geschäft muss weitergehen. Eine Unterbrechung kann ich mir in diesen wirtschaftlich flauen Zeiten nicht gestatten. Und du, Marie, machst hier sauber. Wenn ich heute Abend komme, möchte ich, dass man nichts mehr von diesem … von diesem Zwischenfall hier sieht. Ich werd dir ein Mädel schicken, das dir helfen soll. Und jetzt komm, wir haben einiges zu besprechen. Was hattest du in dieser Woche für den Mittagstisch geplant …?«

Die Witwe Heinrich Hackschmitts und Wirtin vom Rosengarten in der östlichen Langen Straße rauschte erhobenen Hauptes zur Küche, ihr Seidenrock raschelte. Marie verzog das Gesicht, aber sie folgte widerspruchslos ihrer neuen Dienstherrin.

Bastiani schaute den beiden hinterher, dann setzte er sich zu Barbara.

»Ein Asche speiender Vulkan, dieses Weib«, bemerkte der Sergeant, und Barbara wusste nicht, ob er die Frau bewunderte oder ihr misstraute.

»Glaubst du ihr? Kannst du dir vorstellen, dass Lies' Vater jemanden umbringt, weil er keinen Unterhalt bekommt?«, fragte sie ihn.

»Ich weiß nicht, du kennst ihn besser wie ich. Ich hab ihn zwar auch schon jähzornig erlebt, und er spuckt gern große Tön. Aber ob er es immer so meint, wie er es sagt? Und wär er so dumm, die Kuh zu schlachten, die er eigentlich melken will?«

Barbara verkniff sich eine scharfe Bemerkung. Auch wenn sie Hackschmitt nicht hatte leiden können, im Angesicht seines Todes hielt sie dennoch jede missfällige Bemerkung für unangebracht.

»Ich kann mich mal umhören«, schlug sie vor. »Für die Augen hast du mir ja schon eine Aufgabe gegeben, aber die Ohren hab ich noch frei. Ich wollte sowieso in den nächsten Tagen mal zur Lies, 's Kind guckn gehn.«

»Apropos Augen ... Was ist mit der Schnapsleiche, die du mir gestern Nacht abgeliefert hast? Ist das Zufall, oder gibt es da einen Zusammenhang zwischen der Attacke auf Weinbrenners Kutsche am Sonntag und jetzt diesem Überfall auf Hackschmitt nur einen Tag später? Ich hoffe nicht, dass der junge Mann irgendwas damit zu tun hat. Aber man steckt ja nicht drin in einem anderen Menschen, und letztendlich kenne ich ihn noch nicht lange.«

Bei den Worten ihres alten Freundes überzog sich Barbaras Gesicht tief dunkelrot, verlegen juckte sie sich an der Nase.

»Der junge Schüler ... Ich ...«

Bastiani weidete sich an ihrer Verlegenheit.

»Also doch, irgendwie hatte ich mir schon so was gedacht. Geht das schon lange?«

Noch immer puterrot schüttelte Barbara den Kopf. Sie hätte ihm jetzt diese Lüge auftischen können, die sie sich ausgedacht hatte, um Constantin Wieslis Kopf zu retten.

»Es ist nicht, wie du denkst«, rutschte es ihr stattdessen heraus, und sie erzählte von der Bauschule und von den Rissen, um die herum sie sauber machte, von Brunarus, Heger und Wiesli. Auch von Julie. Warum war sie nur so blödsinnig ehrlich?

»Das mit dem Kutschüberfall, das könnt ich mir vorstellen, auch wenn ich mir wünsche, dass er es nicht getan hat«, schloss sie. »War das gestern Nacht Blut an seinem Hemd oder Wein?«, fragte sie dann.

»Ich hab's mir nicht angeguckt. Als du ihn gebracht hast, gab es dazu keine Veranlassung. Aber jetzt werde ich mir nachher mal seine Kleider vornehmen.«

»Nur wieso hätte er Hackschmitt umbringen sollen, selbst wenn er mit dem Überfall auf Weinbrenners Kutsche zu tun gehabt hätte?«

Barbara schluckte die Tränen, die ihr hochkamen. Als Kind hatte sie Zuflucht auf Jakob Bastianis Schoß gesucht, wenn sie ein totes Vögelchen gefunden hatte oder hingefallen war und sich die Knie blutig geschlagen hatte.

»Vielleicht gab's gar keinen Grund, vielleicht hat er einfach nur zu viel gesoffen: Hackschmitt macht Schluss für den Abend und will abrechnen. Er bittet Wiesli zu gehen, wird vielleicht ein bisschen handgreiflich, aber der junge Mann sperrt sich dagegen. Will lieber weiter in Selbstmitleid zerfließen und seinen Liebeskummer ertränken, sticht dann, ohne zu wissen, was er tut, auf den Wirt ein, einfach so. Im Suff. Gut möglich, dass er sich nicht einmal mehr daran erinnert.«

Barbara schaute entsetzt. »Ist so was möglich?«

»Alles ist möglich im Leben.« Bastiani streichelte ihr hilflos übers Haar. »Ich muss die Polizeydirektion benachrichtigen. Die Sache wird ans Kriminalgericht nach Durlach gehen. Dort werden sie deinen Constantin in die Zange nehmen, und wenn er keinen vernünftigen Verteidiger bekommt, dann gnad ihm Gott. Ich kann das nicht verhindern.«

Jetzt weinte Barbara doch.

»Können wir nicht irgendwas tun, Jakob, damit er nicht festgenommen wird?«

»Wie stellst du dir das vor? Ich bin nur ein kleiner Polizeydiener, ich kann keine Entscheidungen treffen.«

»Aber zu mir sagst du, ich soll Augen und Ohren offen halten.«

»Ja, schon, aber –«

»Bastiani, Herr Sergeant.« Fast lautlos war Schuttler an ihren Tisch getreten und unterbrach ihr Gespräch. Barbara hatte ihn völlig vergessen gehabt, Bastiani musste es ähnlich ergangen sein.

»Da war noch einer hier gewesen gestern Nacht. Im Hof.«

»Erzähl!«, forderte der Sergeant ihn auf, und Schuttler quetschte sich in die Bank, aber so, dass er den Toten nicht sehen musste.

»Ich bin ein alter Mann, da muss man schon mal nachts raus.«

»Ja und?«

»Ich bin also zum Abtritt über den Hof, und als ich fertig war, kam jemand die Treppe vom oberen Stockwerk runter. Sie ist ja an die hintere Wand des Hauses angebaut worden, als Hackschmitt das Haus aufgestockt hat, zum Hof zu ist sie offen.«

»Ich weiß. Und wer war's.«

»Auf jeden Fall nicht der Wirt. Erstens ist der viel dicker, und zweitens hab ich den in der Gaststube gehört. Hackschmitt war ziemlich laut, er hat sich mit jemandem gestritten.«

»Mit wem? Mit einem Mann oder mit einer Frau?«

»So gut hör ich nun auch wieder nicht, aber ich glaub, dass es keine Frau war.«

»Die Hackschmittin?«

Schuttler kratzte sich am Kopf, schien in sich hineinzuhören.

»Ich könnt's nicht sagen.«

»Und was war nun mit dem Mann, der die Treppe runterkam? Wie sah er aus?«, hakte Bastiani nach.

»Weiß nicht, der war wie ein Schatten. Ich hab mir auch, als ich ihn sah, nichts dabei gedacht. Hackschmitts Angelegenheiten sind nicht meine. Aber jetzt denk ich, vielleicht hat es ja doch was zu bedeuten.«

»Hat der Mann einen Hut mit breiter Krempe aufgehabt?«

»Nee.«

»Dann also eine Mütze oder eine Kappe?«

»Das konnte ich in der Dunkelheit nicht sehen, aber ich glaub, er war mit ohne was.«

»Einen Hut kann man abnehmen«, überlegte Bastiani. »Vielleicht war's dieser Unbekannte, den Marie draußen auf der Straße gesehen hat. Wie viel Uhr war es, als du austreten musstest?«

»Ich muss immer zweimal. Einmal vor Mitternacht. Meist ist dann noch Betrieb in der Schenke. Und dann noch mal morgens, gegen vier, da hör ich dann schon die ersten Arbeiter in der Straße, und im Sommer wird's bereits hell.«

»Und gestern Abend, war es da das erste oder das zweite Mal, dass du rausmusstest?«

»Das erste Mal.«

Bastiani schaute Barbara lange schweigsam an, er schien mit sich zu ringen.

»Gut, geben wir deinem Studiosus eine Chance«, sagte er dann. »Und gucken wir mal in den oberen Stock. Mir schwant nichts Gutes.«

Leonelli

Lange hatte er es gestern nicht mehr in seiner Stube ausgehalten. Als die Nacht hereinbrach, hatte er sich ein neues Hemd angezogen und war losgegangen, den Füllhornwirt zu finden. Weinbrenners Feind war sein Freund.

In den Straßen hatten die Menschen den Frühling gefeiert, hatten getanzt und gezecht, ein junges Ding hatte sich bei ihm eingehängt. Aber die Unbekümmertheit der Leute widerte ihn an, und die Dirne hatte er zurückgestoßen. Die Verwünschungen, die sie ihm unter dem Gelächter der Umstehenden hinterhergrölte, perlten an ihm ab wie Wassertropfen an Fettpapier.

Das Baugerüst an der Restauration war nicht zu übersehen. Durch die Fenster hindurch entdeckte Leonelli den Wirt, diesen Hackschmitt. Er musste es gewesen sein, die Art, wie der Mann die Gäste an den Tischen hofierte, Bier und Wein kredenzte, ein gewichtiges Mannsbild, umtriebig, beschwingt. Mitunter blaffte er die Kellnerin an, vielleicht arbeitete sie ihm nicht fix genug. Dabei hetzte das blasse Ding ständig mit Tellern und Gläsern, Fleisch, Suppen und Brot hin und her. Das Geschäft lief wie geschmiert, und Hackschmitt sah aus, als überschlüge er im Kopf schon den Umsatz des Abends. Sein Gesicht glänzte vor Zufriedenheit.

Leonelli merkte, dass andere Passanten auf ihn aufmerksam wurden, und ging hinein, aber er fand die Tische in der Schankstube besetzt und Hackschmitt zu beschäftigt, als dass er ihn in ein vertrauliches Vieraugengespräch hätte verwickeln können. In der Ecke randalierte ein Betrunkener. Auf die Aufforderung des Wirts, sich zu mäßigen, reagierte das schmächtige Bürschlein mit Flüchen. Enttäuscht verließ Leonelli das Goldene Füllhorn wieder, seine Verdrossenheit schlug um in Wut. Ohne Ziel trieb es ihn durch die stiller werdenden Gassen des Dörfle.

Aus dem Landgraben vor ihm ragte ein Pfahl empor, daneben schaukelte, kaum erkennbar, ein Boot sachte auf und ab. Von hier waren es nur wenige Ruten bis zur Insel, einem schmalen

Streifen Land, eingeschlossen zwischen dem modrigen Kanal und dem von Rintheim kommenden Schaafgraben. Acht oder zehn Häuschen klebten an der Böschung, Bretterbuden, die er hasste wegen ihres fauligen Geruchs, der Feuchtigkeit und der Kakerlaken. Der Hofgeiger, der ihn dorthin einmal mitgenommen hatte, schlug sie mit einer Holzlatte tot, als sie beieinanderlagen, doch natürlich waren da immer noch mehr. Obwohl er die Augen geschlossen hielt, hatte er geglaubt, sie zu riechen, und er bildete sich ein, die Viecher krabbelten über ihn. Voller Abscheu war er aufgesprungen und aus der Hütte geflüchtet, die Stimme des Musikers im Ohr, der ihn vergeblich bat zu bleiben.

Beim Weitergehen stieß er mit dem Fuß an einen losen Pflasterstein. Er hob ihn auf, wog ihn abschätzend in den Händen und schleuderte ihn dann ins Wasser. Wo er eintauchte, konnte er nicht sehen, er vernahm nur das Aufklatschen. In der Nacht klang es wie ein Gewehrschuss.

Genauso etwas bräuchte er, etwas Knalliges, Aufsehenerregendes, etwas, das alle Welt wachrüttelte. Er musste endlich Weinbrenner die Maske der Selbstsicherheit vom Gesicht reißen, den Stern des Baumeisters zum Verlöschen bringen. Mit Fingern sollten die Leute auf ihn zeigen. Er warf einen zweiten Stein und einen dritten. Jeder Schlag ins Wasser erregte ihn mehr, bis er davon abließ und umkehrte. Adam erwartete ihn. Bei Adam gab es keine Kakerlaken.

Es dämmerte, als er den Freund wieder verließ, er war ruhelos. Der Gedanke an Hackschmitt beherrschte ihn.

Er ging nicht nach Hause. Die ersten Frühaufsteher begegneten ihm, Mägde schrubbten die Trottoirs. Als er in die Waldhorngasse kam, sah er die Menschenmenge vor dem Goldenen Füllhorn. Eine Alte, die er fragte, was passiert sei, gab ihm bereitwillig Auskunft. Zuerst war ihm, als hätte ihm jemand eine Ohrfeige versetzt.

Dann fiel ihm der Krawallbruder ein, der sich mit Hackschmitt angelegt hatte, das Gesicht, das er schon einmal irgendwo gesehen hatte. Ein Weinbrennerschüler! Und plötzlich begriff er. Das war es! So musste es gewesen sein! Er hatte seine Sensation. Für den Bruchteil einer Sekunde kam ihm der Gedanke, Gott zu danken, grazie, grazie al cielo, aber noch war es zu früh zum Jubeln.

Wiewohl er in der Nacht kaum ein Auge zugemacht hatte, war an Schlaf nicht mehr zu denken. In seinem Zimmer am Holzmarkt riss er das Mansardfenster auf, atmete gierig die kühle Luft ein und stürzte ein Glas Wein hinunter, bevor er Papier und Feder aus der Tischschublade hervorholte und zu schreiben begann:

»Excellence,

Citoyens de Karlsruhe, ville de résidence du Grand-Duc …« Er schrieb auf Französisch. Die Worte sprudelten aus ihm heraus wie Wasser aus einem Brunnenrohr. Einige Sätze, die, wie er meinte, die entscheidenden waren, wiederholte er auf Deutsch und hoffte, dass ihm keine Sprachfehler unterliefen. Als er fertig war, überlegte er, ob er das Blatt mit seinem Namen signieren sollte. Dann aber beließ er es bei dem letzten Satz: »Un très humble et très obéissant serviteur – Ein sehr ergebener und gehorsamer Diener«. Dieses Papier würde dem Hof und den Bewohnern der Stadt die Augen öffnen.

Durch das Fenster kam unverdrossen Spatzengetschilp, auf dem Platz vor dem Haus feilschten Käufer und Händler um Holzpreise, und mit einem Mal, während er an die Luke trat und über das Treiben unter sich hinwegblickte wie ein Fürst über sein Volk, entschlüpfte Leonelli ein siegesgewisser Gluckser. Nun hatte er Weinbrenner in der Hand. Jetzt hing dessen Zukunft von ihm ab, von ihm, dem Vedutenmaler und Architekten Leonelli, den bisher niemand beachtet hatte. Aber das würde sich ändern. Heute Abend, spätestens morgen würde er in aller Munde sein.

Leonelli räumte die Schreibsachen weg und nahm seinen Hut. Er kannte eine Druckerei in Durlach. Dort wusste niemand, wer er war.

Verbrannte Spuren

Um diese Uhrzeit hätte Barbara längst bei Weinbrenners in der Schloßstraße sein sollen. Sie hörte Apolone brutteln und sich über die verantwortungslose Jugend echauffieren, die grad tun würde, was sie wolle. Aber was bedeutete das schon angesichts dessen, was passiert war. Der grauenhafte Mord ließ sich nicht ungeschehen machen, und sie hoffte inständig, einen Beweis zu finden, dass der junge Herr, dass Constantin nur zufällig in das Geschehen mit hineingeraten war. Und da Jakob Bastiani es ihr nicht verbot, folgte sie ihm mit klopfendem Herzen die Hoftreppe hinauf ins obere Stockwerk.

Trotz Schuttlers Aussage war sie nicht auf das vorbereitet gewesen, was sich ihr und dem Sergeanten dort bot. Angesichts des Chaos in Hackschmitts Schlafzimmer blieben beiden die Worte im Hals stecken. Rechnungsbücher, Papiere, Kleidung, der Inhalt von Schubladen und Schränken, die Bilder von den Wänden, alles, was nicht niet- und nagelfest war, lag verstreut auf dem Fußboden herum. Schatullen waren aufgebrochen, die beiden bronzenen Leuchter verbogen. Der oder die Eindringlinge mussten wie von Sinnen gewesen sein. Sogar auf den Kerzen waren sie herumgetrampelt. Nur eines war anders als drunten in der Schankstube, nirgendwo gab es auch nur eine Spur von Blut.

»Warum zertritt jemand, der Geld und Wertsachen stehlen will, Kerzen?«, fragte Barbara und hob eines der Talglichter auf, das nur noch aus dem Docht und winzigen Wachsbrocken bestand.

»Vielleicht, weil er nicht gefunden hat, wonach er suchte.« Bastiani hob mit der Spitze seines Säbels ein aufgeschlitztes Kopfkissen an. Daunenfedern wirbelten auf. Dann entdeckte der Sergeant unter einem der herausgekippten Schubfächer eine prall gefüllte Geldkatze. Es klirrte und klimperte, als er den Beutel leerte, um die Münzen zu zählen. Über zweihundert Gulden.

»Und so was lässt ein Einbrecher liegen?«

»Vielleicht ist er gestört worden.«

Bastiani wiegte bedächtig den Kopf.

»Ich weiß nicht. Als wenn Berserker gewütet hätten«, erwiderte er, »ich glaub fast nicht mehr an einen Raubmord. Wenn ich mir diese Zerstörungswut anschaue, fällt mir nur eins ein: Hass.«

»Das spricht gegen Constantin als Täter«, frohlockte Barbara. »Er hatte doch bestimmt keinen Grund, den Wirt zu hassen, und voll, wie er war, ist er sicher auch nicht hier heraufgekommen, um alles kurz und klein zu schlagen.«

»Wissen wir, was zwischen ihm und Hackschmitt vielleicht vorher gewesen ist? Im Augenblick haben wir keinen anderen, der als Täter in Frage käme, höchstens noch Kuchler«, hielt Bastiani dagegen.

»Und was ist mit der Hackschmittin?«

»Barbara, das ist eine Frau!«

»Oja, eine sehr eifersüchtige.«

»Das wissen wir noch nicht, das vermuten wir nur. Ich werd sie erst noch mal befragen müssen«, beeilte sich der Sergeant klarzustellen und hüstelte.

War der Mann von allen guten Geistern verlassen? Wollte er das Weib schonen?

»Sie ist genauso verdächtig wie Constantin«, entrüstete sich Barbara. »Noch mehr. Sie hätte jede Menge Gründe gehabt, ihren Mann umzubringen.«

Aber Bastiani schien ihr nicht zuzuhören.

»Wiesli und Kuchler. Das sind für mich die beiden Hauptverdächtigen.«

Entschlossen drehte er den Schlüssel in der Tür zu Hackschmitts Zimmer um, steckte ihn tief in die Rocktasche und stieg hoheitsvoll die Treppe hinunter in den Hof. Barbara blieb nichts anderes übrig, als ihm zu folgen.

Nach dem, was sie gesehen hatte, konnte sie sich kaum vorstellen, dass weder Marie noch Schuttler Lärm im Schlafzimmer gehört haben wollten. Aber als Bastiani die beiden noch einmal befragte, schüttelte der alte Mann wieder den Kopf. Nein, er habe keine ungewohnten Geräusche aus dem Obergeschoss vernommen, als er zum Abtritt musste. Wie ein Geist sei der Schatten, den er gesehen hatte, die Treppe heruntergeschwebt, lautlos. Und auch die Köchin beteuerte, dass sie nichts bemerkt habe. Sie habe doch bereits ausgesagt, dass es auf der Straße und in der Schankstube laut gewesen und sie um elf gegangen sei. Was sich danach im Gasthof zugetragen habe, könne sie daher nicht wissen.

»Denk an die Witwe«, erinnerte Barbara Bastiani, bevor dieser sich auf den Weg zur Polizeydirektion machte.

»Schon gut«, parierte er. »Du brauchst mir keine Belehrungen zu erteilen, ich weiß, was ich zu tun habe.«

Sie musste sich sputen. Zu Hause wartete der Korb mit dem Brot für die Bauschüler. Sie hatte Apolone versprochen, ihn noch vor Vaters Beerdigung am Mittag vorbeizubringen. Nein, die armen Studiosi sollten nicht hungern müssen. Und ja, nach dem Friedhof käme sie zur Arbeit, sie würde sie nicht mit dem Haushalt allein lassen.

Als Barbara das Haustor aufstieß, roch sie den Rauch. Feuer im Backofen, um diese Uhrzeit? Eine böse Ahnung überfiel sie.

Die dreizehn Schritte über den Hof hinweg kamen ihr vor wie eine Ewigkeit. Dreizehn Schritte, während alles vor ihr verschwamm, die Mauer zum Nachbarhaus, das kärgliche Beet, in dem sich das erste Frühlingsgrün zeigte, das Aborthäusle. Sie riss die Tür auf. Christian fuhr herum. Die Papiere, die er eben in die Flammen werfen wollte, fielen ihm aus der Hand, aber schon bückte er sich, sammelte sie wieder zusammen und stopfte sie ins Loch.

Barbara war genauso schnell. Wie eine Furie schoss sie durch den Raum, riss aus dem Ofen heraus, was sie zu fassen bekam, suchte nach dem Kratzer, zerklopfte und zerstieb das Feuer und zog jeden Zettel heraus, der noch nicht verbrannt war. Christian hinderte sie nicht daran. Erstarrt wie Lots Weib, stand er da, dann sank er auf einen Schemel.

»Ich hab gehört, was mit Hackschmitt passiert ist«, murmelte er tonlos und knetete seine Hände, so wie er nachts den Brotteig knetete.

Barbara sagte nichts. Sie holte sich den Stuhl und begann, Schnipsel für Schnipsel die geretteten Papiere durchzublättern.

»Der unterzeichnende Georg Hemmerdinger bestätigt, von Heinrich Hackschmitt, Gastwirt des Goldenen Füllhorns, siebzig Gulden erhalten zu haben, und verpflichtet sich zur Rückzahlung der genannten Summe bis zum 1sten April 1817, nebst anfallender Zinsen in Höhe von 32 Procent. Im Falle der Nichtrückzahlung ...«

»Heinrich Hackschmitt, Gastwirt des Goldenen Füllhorns, leiht dem Bäcker G. Hemmerdinger zum Kauf für Medizin 8 Gulden ...«

»Georg Hemmerdinger ... erhält von H ... ...hmitt ...wertiges Weizenmehl aus holländ... ...erung zum Sonderpreis von ... 25 Gulden, die ... gegen 28 ... Zinsen, rüc... bar in ... Wochen.

Barbara ließ die angekokelten Blätter in ihren Schoß sinken.

»Vaters Schulden?«

»Hackschmitts Forderungen«, antwortete Christian kaum hörbar.

»Wenn Vater so viel Schulden bei ihm hatte, warum hätte er ihn dann umbringen sollen, wie du behauptest? Das macht doch keinen Sinn.«

»Weil Hackschmitt wusste, dass Vater am Ende war, dass er die Schulden nie hätte bezahlen können. Der Dreckskerl hat ihn ermordet, nur um mich dann unter Druck setzen zu können. Er hat sie mir alle gezeigt, die Schuldverschreibungen, jedes einzelne Blatt. Und wie irrsinnig dabei gelacht.«

Barbara starrte Christian an.

»Du hast Hackschmitt getötet. Du warst das.«

Christian fuhr hoch.

»Versteh doch ...« Seine Stimme klang verzweifelt. »Ich wollt alles vernichten, damit Hackschmitt keine Beweise mehr hätte. Dann hätt er auch kein Geld mehr zurückverlangen können.«

Er biss sich auf die Fingernägel, mit den Zähnen riss er Hautfitzel ab, am Daumen, am kleinen Finger. Barbara starrte auf das Blut, das aus den haarfeinen Wunden quoll. Christians Blut, Hackschmitts Blut. Ihr Magen drehte sich, mit Mühe schaffte sie es, sich nicht zu übergeben.

»Zuerst wollten wir den Hackschmitt nur entführen, ihn zwingen, alle Papiere zu widerrufen.«

»Was heißt entführen? Und wer ist wir?«, unterbrach Barbara ihn.

»Vogel, Appenzeller. Du kennst sie nicht. Du musst sie auch nicht kennen.«

»Auch Kuchler? Lüg nicht«, drohte sie, als sie sah, wie Christian rumdruckste. »Ich kenn dich, du steckst ständig mit Kuchler zusammen.«

»Ja, auch Kuchler. Wir hatten schon alles vorbereitet. Tinte. Feder. Ein fertiges Papier. Hackschmitt hätte nur zu unterschreiben brauchen. Und er hätte unterschrieben, wenn er tagelang nichts zu essen bekommen hätte. Aber dann saß dein verfluchter Oberbaudirektor in der Kutsche und nicht der Hackschmitt. Der ganze Plan ist geplatzt, ich dachte, wir kommen nie mehr aus der Sache raus. Wir würden Schulden haben bis zum Sanktnimmerleinstag. Anton und Lorenz würden noch dran zugrunde gehen. Und Bernhard hab ich doch versprochen …«

»Die Conditorei. Dein Hirngespinst …«

»Sagst du, aber …«

»Und als euer genialer Plan schiefgegangen ist, bist du hergegangen und hast Hackschmitt abgestochen wie ein Schwein. Hast seine Sachen durchwühlt und die Schuldscheine genommen, damit niemand sie findet. Auch Hackschmitts Frau nicht und der Sohn, die dann ihrerseits Forderungen hätten stellen können. Du hast geglaubt, dass es wie ein Raubüberfall aussieht. Aber es hat nicht ausgesehen wie ein Raubüberfall. Es hat ausgesehen wie … wie …«

Es ging über Barbaras Verstand, sie sprang auf.

»Mörder! Du bist ein Mörder!«

»Ich war's nicht.«

»Halt dein Rand!«, rotzte sie ihn an, alle Vornehmheit vergessend, die ihr im Weinbrenner'schen Haushalt zur Selbstverständlichkeit geworden war. Mit einem Scheit Holz stürzte sie sich auf ihn. Wie konnte er nur eine solche Schande über die Familie bringen? Sie schlug zu, auf den Kopf, die Schultern, überallhin, wie sie gerade traf. Er wehrte sich nicht, nur die Arme hielt er schützend über sich.

Dann, mittendrin in ihrer Wut, ließ Barbara den Prügel fallen.

Wenn Christian den Wirt umgebracht hatte, war Constantin Wiesli nicht der Täter. Unsagbare Freude stieg in ihr hoch, aber nur einen Atemzug lang. Da gab es nichts zu freuen, wenn gleichzeitig der eigene Bruder ein Verbrecher war. Barbara schnürte es die Kehle zu.

»Ich war's nicht, Barbara, glaub's mir.« Er griff nach ihrer Hand, aber sie schüttelte sie ab und hielt sich die Ohren zu, als er weiterredete. Doch sie hörte ihn durch die Hände hindurch.

»Ja, ich hab die Papiere genommen, aber ich hab den Hackschmitt nicht umgebracht. Ich hab ihn nicht mal gesehen. Es war so laut in der Gaststube gestern Abend, ich bin sicher, dass keiner gemerkt hat, dass ich in seinem Schlafzimmer gewesen bin.«

Doch, einer. Schuttler. Aber sie erzählte Christian nichts von der Beobachtung des Alten. Er hatte gesagt, er wisse nicht, wer die Person gewesen sei. Vielleicht war das Christians Rettung, dass er von niemandem gesehen worden war.

»Warum hast du erst heute Morgen damit angefangen, die Papiere zu verbrennen, wo du extra den Ofen dafür heizen musst. Warum nicht schon gestern Nacht, als er ohnehin schon an war?«

»Wollt ich doch, aber da kam Bernhard. Obwohl ich ihm gesagt hatte, dass ich allein backen würde, wollte er unbedingt helfen. Ich konnte es ihm nicht ausreden. Nur ihn in die Sache mit reinziehen, das wollte ich auch nicht. Er ist doch noch ein Kind.«

»Du hast uns alle mit hineingezogen.«

Der Bruder antwortete nicht.

Und wenn Christian die Wahrheit sagte? Vielleicht war's doch der Kuchler oder die Hackschmittin? Bastiani schien eine Schwäche für das Weib zu haben. Zu jedem anderen Zeitpunkt hätte es sie amüsiert.

Barbara stand auf.

»Sind das alle Papiere? Oder gibt es noch mehr?«

»Es müssten alle sein. Hackschmitt hat den ganzen Packen aus einem Kasten herausgenommen, um sie mir zu zeigen, und hat sie alle wieder dort hineingelegt. Die Schatulle hatte zuerst hinterm Tresen gestanden, als er sie holte, aber danach habe ich gesehen, wie er sie nach oben in sein Schlafzimmer brachte. Wahrscheinlich war sie ihm unten nicht sicher genug.«

»Du hast ihm nachspioniert?«

»Niemand hat es gemerkt.«

»Hoffen wir es«, sagte Barbara. Wieder dachte sie an die Bemerkung des alten Schuttler und an Maries Erzählung von dem Mann mit dem merkwürdigen Hut. Aber Christian besaß keinen Hut, schon gar keinen merkwürdigen. Er besaß nur eine Kappe.

»Hast du dich unkenntlich gemacht? Verkleidet oder so, als du zu Hackschmitt gegangen bist?«

»Nein. Wieso?«

Sie antwortete nicht.

»Vaters Siegelring hast du nicht zufälligerweise gefunden?«, wich sie aus.

Er schüttelte den Kopf.

Barbara trat an den Ofen, legte Holz nach, wartete, bis helle Flammen hochstoben, und warf dann die Papiere, die einmal in Hackschmitts Schatulle gelegen hatten, ins Feuer. Sie half mit dem Schießer nach, beobachtete, wie alles verbrannte und auch nicht der kleinste Schnipsel übrig blieb.

»Das mit Hackschmitt, das glaub ich dir nicht«, sagte sie und wusch ihre Hände in der Waschschüssel.

Klock sechsundzwanzig

Constantin Wiesli lehnte sich über seinen Studiertisch und tat, als sei er beschäftigt. In Wirklichkeit kritzelte er geistesabwesend mit der Bleifeder über das Papier, bemalte es mit Quadraten, Kreisen und pfeilerartigen Gebilden. Hinter ihm hörte er sie tuscheln.

»Saufbruder.«

»Gockel, liebestrunkener.«

Und »Kikeriki« krähte einer der Studiosi, betont leise, aber so betont, dass er es hörte, auch hören sollte, und es traf ihn wie die Kugel aus einer Pistole.

Als er in die Bauschule gekommen war, es war schon nach Mittag gewesen, hatten sich alle Köpfe nach ihm umgedreht. Er musste im Weinbrenner'schen Salon am Abend zuvor ein erbärmliches Bild abgegeben haben.

»Da kommt er ja, unser siegreicher Wilhelm Tell. Wünsche, einen guten Rausch gehabt zu haben«, hatte Brunarus herausgeprustet, und die wenigsten konnten sich einen albernen Jux verkneifen. Heger, der mit dem Oberbaudirektor zusammen an neuen Ideen arbeitete, hatte sich zurückgehalten, ihn aber auch nicht gegrüßt.

»Ich bin im Fasanengarten gewesen. Wegen dem Pferdegestüt«, hatte sich Constantin bei Weinbrenner entschuldigt. Der hatte keine Miene verzogen. Er erwarte einen erstklassigen Entwurf, bemerkte der Meister nur einsilbig.

»... und von allen anderen Anwesenden mehr Ernst bei der Arbeit«, donnerte er durch den Saal.

Aber die befohlene Ruhe hatte nicht lange angehalten. Schon bald nahm das Geraune hinter Constantins Rücken wieder an Stärke zu. Er zwang sich, nicht hinzuhören. Abschätzend betrachtete er seine gedankenlosen Krakeleien, verband zwei ionisch anmutende Säulen mit einem flach gehaltenen Segmentbogen. Es könnte ein Eingang werden.

Er zeichnete hier, strichelte da, auf dem Papier entstand ein

Gebäude mit hohen rechteckigen Sprossenfenstern, die viel Licht in die Gestütshalle lenken würden. Über ein schmales Gurtgesims deutete er eine Reihe quadratischer Belüftungsluken an, die er nun aber nicht rechtwinklig in die Wand setzte, sondern auf ihre Spitze stellte wie eine Raute. Seinen sprunghaften Einfällen folgend, fügte er nach rechts eine offene Wandelhalle an. Jedem ihrer Stützpfeiler verpasste er eine andere Form, rund, sechseckig, gedreht.

Etwas riet ihm, sich bei Weinbrenner für den gestrigen Abend zu entschuldigen. Das Schlimme war, er konnte sich an fast nichts mehr erinnern, außer dass er gekränkt gewesen war. Und quälend eifersüchtig.

Warum musstest du dir das aber auch antun und zugucken, wie dieser Student der Rechte, dieser Walz, Julie umschmeichelte? Er war e Naarebaschi gwese, e gottverdammichte Hoornoggs. Es bereitete ihm unbändiges Vergnügen, das sündige Wort, für das es zu Hause Hiebe gesetzt hätte, zwischen den Zähnen hervorzustoßen. Gottverdammich. Gottverdammich. E gottverdammichte Hoornoggs.

Irgendwann war er gegangen. Hatte er sich überhaupt von den Herrschaften verabschiedet, und in welchem Zustand hatte er die Gesellschaft verlassen? War er in ungebührlicher Weise angeheitert gewesen, hatte er gar gelallt und sich damit lächerlich gemacht? Er könnte es beim besten Willen nicht mehr sagen. Später, entsann er sich schwach, war er auf dem Holzmarkt über einen Hackklotz gestolpert und der Länge nach hingeschlagen. Er hatte sich die Hand aufgeschürft, und es hatte geblutet. Es war die rechte Hand, und obwohl er nach dem Aufstehen am Morgen ein Tuch um die Wunde gewickelt hatte, klopfte sie, und beim Zeichnen schmerzte die Stelle, wenn er daranstieß.

Dass er nach seinem blamablen Sturz irgendwie im Goldenen Füllhorn gelandet war, wusste er auch noch. Aber dann war da nichts mehr, nur gähnende Leere. Er hatte nicht die geringste Ahnung, wie er es nach Hause ins Bett geschafft hatte. Mit Jungfer Julie dürfte er es sich verscherzt haben. Da brauchte er sich nichts vorzumachen. Es verbot sich von selbst, dass er sich weiterhin um sie bemühte. Andernfalls könnte er sich nicht mehr im Spiegel gegenübertreten. Fast empfand er seinen Verzicht auf die Liebe als heroisch.

Constantin nahm ein neues Blatt Papier, legte das Lineal an und zog mit der Feder eine erste saubere Gerade, der Boden des Gestütsgebäudes. Er zeichnete die Fassade und die Vorhalle, eingerahmt von den zwei ionischen Säulen, über dem Eingang platzierte er einen Pferdekopf. Lebensgroß sollte er sein, aus gelbem oder hellrotem Sandstein. Kritisch musterte Constantin die Partie um die Ohren des Tieres. Es sah mehr nach einem Esel aus, aber darauf kam es im Augenblick nicht an.

Hoffentlich fiel es Weinbrenner nicht ein, Bericht nach Basel zu erstatten. Sein alter Herr wäre imstande, ihn umgehend aus der badischen Residenz abzukommandieren. Dann wäre es aus mit seiner Architektenlaufbahn.

Ein flaches Dach, durchzuckte es ihn. Das Hauptgebäude sollte einen Aufbau erhalten mit einem terrassenähnlichen Dach. Hatte es so etwas schon in der Antike gegeben? Er wusste es nicht genau und nahm sich vor, die alten Baumeister in Zukunft mit größerer Aufmerksamkeit zu studieren. Aber die Idee gefiel ihm. Er verbände damit die architektonischen Vorstellungen seines Lehrmeisters mit etwas Eigenem. Auch Weinbrenner hatte das Gartenpalais der Markgräfin Amalie und den Markgräflich-Hochbergschen Palast am Rondellplatz mit Belvederes versehen, von denen man weit über die Stadt hinwegblicken konnte. Er würde einen Schritt weiter gehen, er würde die Fläche größer anlegen, begrünen, Sitzbänke für die Damen entlang der Balustrade aufstellen.

Mit einem Mal gefielen ihm die ionischen Säulen am Eingang mit ihren gleichförmig gerollten Voluten für seinen Zweck nicht mehr. Er entschied sich für korinthische mit reich gefächerten Akanthuskapitellen und verzierte das Mauerband zwischen den hohen Fenstern und den kleinen quadratischen Oberlichtern mit einem Blumenornament. In regelmäßigem Abstand setzte er immer wieder einen kleinen Pferdekopf dazwischen.

Sosehr er sich auch auf seine Arbeit konzentrierte, Constantin konnte es nicht verhindern, dass seine Gedanken abschweiften, dass er unablässig nach irgendwelchen Erinnerungssplittern suchte, um sich den gestrigen Abend ins Gedächtnis zurückzurufen.

In der Frühe war er mit einem brummenden Schädel aufgewacht, das Morgenlicht stach ihm grell in die Augen, es hatte eine halbe Ewigkeit gedauert, bis er es fertigbrachte aufzustehen. Auf den Dielen fand er seine dreckigen Kleider, das Hemd blutverschmiert, und die Hose erst! Einen ganzen Krug Rotwein musste er sich darübergeschüttet haben, es stank widerlich. Nach Alkohol und nach Urin. Hatte er womöglich …? Er wusste nichts mehr. Rein gar nichts.

Leise, die Dielenbretter vermeidend, die immer knackten, hatte er sich frische Sachen angezogen, seine versauten Kleidungsstücke zu einem Bündel geschnürt und sich aus dem Haus geschlichen, damit niemand, vor allem nicht Jakob Bastiani, etwas von seinem unrühmlichen Besäufnis erführe. Auf der Straße hatte er nicht zum Goldenen Füllhorn geschaut, es wäre ihm peinlich gewesen, wenn der Wirt zufälligerweise unter der Tür gestanden und ihn gesehen hätte. Lieber nahm er einen Umweg in Kauf, um zum Hardtwald zu gelangen, alle Wege führten nach Rom. Unterwegs warf er Hemd, Hose und Rock in ein Kehrichtfass, nachdem er sich vergewissert hatte, dass ihn niemand beobachtete.

Hinter dem Arsenal bog Constantin in die Gottesauer Allee ein. Die frische Waldluft tat ihm gut. Vögel zwitscherten, die Luft war lau, er ließ sich Zeit. In einem der nächsten Querpfade setzte er sich auf einen gefällten Baumstamm. Von hier hatte er einen guten Überblick auf den viereckigen Platz inmitten des Fasanengartens, den Brunnen, die Wegeordnung.

Ein Pferdegestüt sollte es also werden.

Constantin schaute sich um. Märzkahle Buchen und Eichen, so weit das Auge reichte, hier und da Fichten, eine kleine Tannenschonung. Drei, vier Wochen würde es noch dauern, bis die Laubbäume austrieben und das Unterholz dicht und undurchdringlich würde, vielleicht auch länger, wenn die Temperaturen noch einmal sinken sollten.

Gott, gib uns dieses Jahr wenigstens eine gute Ernte!

Unwillkürlich war ihm das Stoßgebet über die Lippen gekommen. Ohne dass er es wollte, musste er an seinen Vater denken, den gottgefälligen Herrn Pastor, der ihn durch seine ganze Kindheit hindurch mit Gibättli aller Art traktiert hatte. Bis heute nährte er den Verdacht, dass keiner der frommen Sprüche je geholfen hatte. Aber wahrscheinlich auch nicht geschadet.

Er promenierte noch ein wenig herum, die Rintheimer Allee hinunter bis zum Hirschpark und wieder zurück. Jeder Schritt war eine Befreiung. An einer kleinen Lichtung machte er halt. Hier könnte es stehen, das Gestüt, sein erstes eigenes Projekt. Es würde eine glanzvolle Anlage werden. Er würde sich vom Gleichmaß der antiken Vorbilder lösen. Einheitlichkeit im Ausdruck ja, aber keine Formenmonotonie. Stärkere Untergliederung von Flächen, Säulen, Vorsprüngen, lebhaftere Betonung von Bögen und Gesimsbändern. Auch kein mattes Colorit, wie es Weinbrenner lehrte, sondern poetisches Farbenspiel. Warum nicht eine Annäherung an die Gotik?

Zum ersten Mal, seit er das Elternhaus verlassen hatte, spürte Wiesli, dass er dabei war, einen neuen Weg zu gehen, seinen Weg, und er empfand tiefe Befriedigung.

Nachdem er wusste, was er wollte, galt Constantins ganze Aufmerksamkeit seinem Entwurf auf dem Papier vor sich, und alle Geräusche um ihn herum traten zurück. Erst als kaum noch Licht auf den Arbeitstisch fiel und er Mühe hatte, die Zeichnung zu erkennen, hob er den Kopf, traumverloren, als käme er von weit her. Außer ihm war kein anderer Schüler mehr im Raum, alle waren gegangen, aber keiner hatte ihm Auf Wiedersehen gesagt. Schnitten sie ihn, oder hatten sie ihn nicht stören wollen?

Einzig Weinbrenner saß noch vor seinen Rissen und arbeitete.

Constantin fühlte ein Unbehagen. Was hatte das zu bedeuten? Hatte der Baumeister die anderen nach Hause geschickt, um ihn unter Ausschluss von Zeugen wegen des gestrigen Abends zu maßregeln? Dann durchfuhr es ihn eiskalt. Weinbrenner würde ihn nicht einfach maßregeln, er würde ihn der Schule verweisen. Ungebührliches Verhalten gegenüber der Tochter des Hauses, moralische Unzuverlässigkeit, Trunksucht, der Schweizer Pfarrerssohn ein gesellschaftlich unhaltbares Subject.

Er brachte keine einzige gerade Linie mehr zustande. Der Tisch, der Aufriss, das Fenster zum Garten, alles um ihn herum drehte sich. Er stützte den Kopf auf und schloss die Augen. Sein Leben zu Ende, kaum, dass es angefangen hatte.

»Was hat Sie veranlasst, die quadratischen Oberlichter nicht waagrecht entsprechend den Hauptfenstern auszurichten? Warum stellen Sie sie auf Eck?«

Weinbrenners kräftiger Körper berührte ihn fast, so nah stand der Architekt neben ihm und studierte, die Brille auf der Nase, eingehend seine Zeichnung.

»Im Vergleich zu Ihren bisherigen Arbeiten ist der Dekor auf dem Gesimsband ein ungewöhnliches Element.«

Die Stimme des Baumeisters verriet weder Zustimmung noch Ablehnung. Constantin suchte nach einer Antwort. Es fiel ihm nichts ein. Was immer er jetzt vorbrächte, es wäre mit Sicherheit das Falsche.

»Um den Entwurf für ein großherzogliches Pferdegestüt hatte ich Sie gebeten, nicht wahr? In technischer Hinsicht erscheint mir Ihr Riss auf den ersten Blick ohne Tadel. Ob Ihre Anlage den Vorstellungen unseres Landesherrn genügt, muss eine nähere Prüfung zeigen. Im Charakter der Tiere, die dort untergebracht sein werden, liegt bereits eine starke Lebendigkeit. Eine größere gestalterische Klarheit des Gebäudes würde daher möglicherweise ein ausgleichendes Gegengewicht bilden und für erquickende Ruhe sorgen. Sie käme in diesen bewegten Zeiten Mensch und Tier zugute.«

Schweiß brach Constantin aus allen Poren, Weinbrenners Kritik verletzte ihn, aber er wagte nicht, etwas zu seiner Rechtfertigung zu sagen.

»Es ist ein ausgefallener Ansatz, den Sie da verfolgen«, ließ sich Weinbrenner wieder vernehmen, sehr überzeugt klang es nicht. Der Baumeister trat vom Tisch weg, nahm die Brille ab und kniff die Augen zusammen.

»Ja, doch. Artig die Wandelhalle. Der Torbogen über dem Eingang hat, wie soll ich sagen?, die reine Zirkelform verlassen.

Die Fensterordnung ungewohnt. Dennoch spricht aus der Skizze eine gewisse baukünstlerische Umsicht.«

War das ein Lob oder der Auftakt zu seiner Verdammung, dem der Rausschmiss auf dem Fuß folgen würde? Aber Weinbrenner sprach nicht weiter. Nur der Zeigefinger seiner linken Hand, die er fast vollständig, wie ehedem Napoleon, in den Spalt zwischen zwei geschlossenen Knöpfen seines Hausrocks geschoben hatte, bewegte sich fahrig auf und ab.

»Ich wollte mich an etwas völlig Neuem probieren«, stotterte Constantin kleinlaut.

»Das sehe ich, junger Freund, das sehe ich. Aber lassen Sie das, wenn Sie für Seine Königliche Hoheit arbeiten.«

Noch einmal setzte Weinbrenner seine Brille auf, noch einmal beugte er sich über den Riss. Täuschte sich Constantin, oder las er in den Augen des Architekten jetzt doch eine Spur von …? Bewunderung nicht, das wäre allzu vermessen. Aber Interesse? Verständnis?

Sein Lehrer atmete laut und vernehmbar ein und richtete sich auf.

»Es ist spät. Machen Sie Schluss für heute und leisten Sie mir Gesellschaft beim Abendessen! Meine Töchter sind von der Majorin Lux zum Kartenspiel eingeladen worden und haben mich einsam und mutterseelenallein zurückgelassen.«

Der Oberbaudirektor schmunzelte.

»Nein, ganz so schlimm ist es nicht. Ich habe die alte Dame um Nachsicht gebeten und die Jungfern Herrn Jurapraktikant Walz und zwei weiteren Herren anvertraut.«

Constantin verstand. Der Name Walz war nicht ohne Absicht gefallen. Aber bevor er sich grämen konnte, forderte der Baumeister ihn noch einmal auf.

»Also kommen Sie und machen Sie mir die Freude.«

Constantin war eigentümlich zumute, sogar mulmig, als er hinter Weinbrenner das Esszimmer im Haupthaus betrat. Er versuchte, den Gesinnungswechsel seines Lehrers zu verstehen. Leipzig nein, Abendessen ja. Schlag dir meine Tochter aus dem Kopf, aber deine Arbeiten behalte ich im Auge. Wohlwollend?

Es sah so aus, als würde der Baumeister ihn nicht der Schule verweisen. Eine ganze Schubkarre von Wackersteinen fiel Constantin vom Herzen. Müsste er jetzt wegen Julie eine Erklärung abgeben, eine Entschuldigung, oder sollte er so tun, als wäre nichts gewesen? Befangen wartete er, bis Apolone ein zweites Gedeck für ihn aufgelegt und die Kerzen angezündet hatte. Dann erst setzte er sich auf den angebotenen Stuhl. Herr Beppo schnüffelte an seinen Hosenbeinen.

Der Oberbaudirektor schien es nicht eilig mit Reden zu haben. Bedächtig öffnete er eine Flasche Überrheiner, schenkte sich zuerst ein, hielt sein Glas gegen das Licht und angelte mit dem kleinen Finger nach einem Stück Korken. Dann wollte er seinen Schüler bedienen, doch Constantin wehrte ab.

»Ich weiß nicht …« Er wurde rot. »Nach dem gestrigen Abend verzichte ich vielleicht besser auf Wein.«

»Wollen Sie das wirklich?«, fragte Weinbrenner. »Ich hatte nicht den Eindruck, dass Sie über Gebühr getrunken hatten.« Wieder prüfte der Hausherr sein Glas und entdeckte noch ein zweites Korkbröckchen.

»Beleidigt waren Sie«, befand er, während er nun mit Hilfe eines kleinen Löffels auch auf dieses Übeltäterle Jagd machte. »Ja, doch. Beleidigt und misslaunig. Nicht gerade comme il faut. Aber, mein Gott, irgendwie nachvollziehbar. Ich erlaube mir, das so frei heraus zu sagen, ich war auch einmal jung und ab und an unglücklich verliebt.«

Der Architekt legte den Löffel beiseite und kostete den Wein.

»Sehr angenehm, ein guter Jahrgang.« Er leckte sich genießerisch mit der Zunge über die Lippen.

»Sie werden darüber hinwegkommen, Wiesli. Ich habe Ihnen schon einmal gesagt: Reisen Sie nach Italien. Dort werden Sie auf andere Gedanken kommen. Sie sind begabt, lassen Sie ihr Talent nicht verkommen. Also vielleicht doch ein kleines Glas?«

Constantin dankte, innerlich machte er drei Kreuze. Zumindest bei der Weinbrenner'schen Soiree schien er sich nicht allzu sehr danebenbenommen zu haben. Das dicke Ende, dem er seinen Brummschädel und die unsägliche Pinkelhose zu verdanken hatte, musste also hinterher gekommen sein, im

Füllhorn. Nun gut, dort kannte er kaum jemanden, und er hatte ohnehin beschlossen, sich eine andere Table d'hôte zu suchen. Er bediente sich vom Brot, das Weinbrenner ihm hinhielt, und ließ sich nicht zweimal bitten, vom Schinken zu kosten.

Zuerst schleppte sich das Gespräch, doch mit der Zeit wurde die Unterhaltung lebhafter. Ein Thema ergab das nächste. Die Situation der Architektur in der Schweiz, Fensterkonstruktionen und Ästhetik. Finanzielle Voraussetzungen und der Anspruch eines jeden Baumeisters, gute Architektur zu schaffen.

»Das, lieber Freund«, dozierte Weinbrenner und löffelte sich Bibbeleskäs auf seinen Teller, »... muss unser aller Bestreben sein: gute Architektur, die den Menschen, die darin wohnen, gerecht wird. Das erfordert Zugeständnisse von allen Parteien. Ich darf nicht bauen, wie ich es gern tun würde, weil ein Bauender oft nicht über die entsprechenden Mittel verfügt. Kann man es ihm anlasten? Nein. Im Gegenteil. Ich würde mich als Architekt schuldig machen, wollte ich den Eigentümer zu einem Palais überreden, das vielleicht die Stadt schmückt, den guten Mann aber in den Ruin treibt. Umgekehrt sollte sich dagegen eine staatliche Finanzkasse ihrer Verantwortung für das Gemeinwesen und damit für eine kulturell hochstehende und repräsentative Architektur umso mehr bewusst sein. Leider mangelt es daran allzu oft. In staubigen Amtsstuben vertrocknen die besten Gehirne.«

Constantin stimmte ihm gehorsam zu. Baubehörden waren für ihn Zukunftsmusik, und über ungelegte Eier wollte er sich jetzt noch nicht den Kopf zerbrechen. Sein Lehrmeister prostete ihm zu. Als er, nun mutiger geworden, seine eigenen Ideen ausführte, lauschte ihm dieser aufmerksam. Nur bei seinem Lieblingsprojekt, der Felsenoper, über die sich ein Glasdach wölben sollte, kräuselte der Oberbaudirektor die Nase, zwischen seinen Augenbrauen bildete sich eine Falte, und Constantin wechselte das Sujet. Bei manchen Dingen kam die Generation seiner Eltern und Großeltern eben nicht mehr mit. Man musste nachsichtig mit ihnen sein, und Constantin versuchte, sich das Gefühl der Großartigkeit, das er unverhofft verspürte, nicht anmerken zu lassen.

Rasselnd holte die Schwarzwalduhr zum Schlag aus. Acht, zählte er, neun, zehn. Sie schien nicht mehr anhalten zu wollen, und er kam aus dem Takt. Beim vierzehnten oder fünfzehnten Schlag drehte er sich ungläubig nach ihr um, auch Weinbrenner blickte von seinem Teller hoch. Die Uhr schlug weiter. Neunzehn, zwanzig. Verstört stand der Architekt auf und trat mit vor Entgeisterung offenem Mund vor das alte Stück.

»Was hat sie denn?«

Noch sechs Mal ließ er die Uhr schlagen, dann hielt er das Pendel an und schob den großen Zeiger vor auf die Drei. In die plötzliche Stille hinein schrillte die Türglocke am Eingang, und gleich darauf waren Schritte von Apolone oder Barbara zu hören, die aus der Küche kam und aufmachen ging.

Die Jungfern, dachte Constantin, Mademoiselle Julie, er wäre am liebsten in den Boden versunken.

Doch draußen waren keine Stimmen zu vernehmen, in der Halle blieb es ungewöhnlich ruhig.

Ein talentierter Idiot

Das hatte sie noch nie gemacht, die Uhr seiner Eltern. Schlagen, ohne aufzuhören. Sicher, sie ging ein paar Minuten nach, aber ansonsten war sie ein Muster an Verlässlichkeit. Er konnte sich nach ihr richten wie nach dem Wachtwechsel draußen am Ettlinger Thor. Was war mit ihr? Und wer hatte geläutet? Seine Töchter schienen es nicht zu sein. Jemand klopfte. Weinbrenner ging nachsehen.

»Was ist?«

Barbara, blass im Licht der Kerze in ihrer Hand, hielt ihm ein Schriftstück entgegen, eng bedruckt.

»Es lag auf der obersten Stufe vor dem Haus. Mit einem Stein beschwert.«

Er setzte sich die Brille auf, aber nach wenigen Zeilen verschwammen ihm die Buchstaben vor den Augen, etwas schnitt in seine Brust, fast glitt ihm das Papier aus den Händen. Wie durch Watte hindurch hörte er Barbara aufschreien, dann fasste sie ihn am Arm, sein Schüler kam ihr zu Hilfe, stützte ihn auf der anderen Seite, bis er wieder am Tisch saß.

»Trinken Sie, Herr Oberbaudirektor!«, befahl ihm das Mädchen und drückte ihm ein Glas Wasser in die Hand. »Soll ich Ihnen helfen?«

»Es geht schon wieder, danke, Barbara«, murmelte er. Ein Schwächeanfall, er sollte sich nicht so anstellen, aber er merkte, wie kraftlos seine Stimme war.

»Vor der Haustür, sagst du? Und du hast niemanden gesehen, der es hingelegt hat?«

»Niemanden.«

»Hast du es gelesen?«

Warum fragte er überhaupt? Natürlich hatte sie es gelesen. Daher die lange Stille nach dem Läuten, bevor sie geklopft hatte. In ihren Augen lag Furcht.

»Was ist mit Hackschmitt?« Er deutete auf das Papier vor sich. »Er ist doch euer Kunde, oder nicht?«

»Der Hackschmitt …« Barbara suchte nach Worten. »Das war so entsetzlich heute Morgen …«

»Was ist mit ihm?« Fast hatte der Oberbaudirektor wieder zu seiner alten donnernden Stimme gefunden.

»Er ist tot. Ermordet.«

»Ermordet? Der Wirt aus der Waldhorngasse?« Über die Brillenränder hinweg bemerkte Weinbrenner, wie bei den Worten des Dienstmädchens seinem Schüler alles Blut aus dem Gesicht wich.

Ermordet. Ein solches Schicksal wünschte man seinem ärgsten Feind nicht. Er trank von dem Wasser, das Barbara ihm eingeschüttet hatte. Aber es half nichts, der Krampf, der seine Brust zusammendrückte, ließ nicht nach, in seinem Kopf rotierten die Gedanken, schließlich zwang er sich, das abstruse Geschriebsel noch einmal zu lesen.

… hat Herr Weinbrenner in den letzten Jahren Bauten errichtet, die unserer so vielversprechenden Stadt mitnichten zur Zierde gereichen, sondern eine Schmach bedeuten und als Zeugnis deutschen Ungeschmacks zu betrachten sind. Aber es kommt noch schlimmer: Der Baumeister, der sich für den unfehlbaren Gott der Baukunst hält, hat alles darangesetzt, dass der ehrenwerte Wirt des Goldenen Füllhorns, Monsieur Hackschmitt, ein großer Kunstkenner und mutiger Kritiker, auf immer und ewig zum Schweigen gebracht wurde. Wir müssen uns fragen, ob sich Herr Weinbrenner im Affekt zu der Tat hinreißen ließ oder ob er sie mit Absicht geplant hat. Und in der Tat, hiernach sieht es aus. Denn, naturellement, Monsieur le Oberbaudirektor würde sich bestimmt nicht selbst die Finger schmutzig machen und ein solches Verbrechen mit eigenen Händen ausführen. Monsieur dispose de très humbles serviteurs, denen er, wie immer ihm beliebt, ordres erteilt. Und sie sind seinen Befehlen nachgekommen.

Einen dieser getreuen Ergebenen, hoffnungsvoller Eleve des baumeisterlichen Bureaus, haben wir mit eigenen Augen an dem Abend, an dem der Mord stattfand, im Goldenen Füllhorn sitzen sehen. Der junge Mann spielte geschickt den Säufer, aber wir haben registriert, wie dieser sich den kredenzten Wein heimlich über die Hose geschüttet hat, indem er so tat, als sei er versehentlich mit dem Arm darangestoßen. Quel sale coup! Nachdem alle Gäste gegangen waren, hatte sich besagter étudiant seines Auftrags besonnen, und am nächsten Morgen fand man den Wirt der renommierten Restauration mit enthauchter Seele. Mögen die Behörden dieser schönen Residenz nun tätig werden.

Weinbrenner lehnte sich nach hinten. Er rang nach Luft, sein Atem ging rasselnd.

Das war ein Komplott. Ein infamer, bösartiger, schändlicher Anschlag auf seine Person. Ein Attentat auf das Bauamt und auf das Urteilsvermögen Seiner Königlichen Hoheit, des Großherzogs von Baden, mit dessen Hause er sich verbunden fühlte.

Dieser Nichts, dieser Feigling! Wagte nicht mal, seinen Namen unter das Gesudel zu setzen!

Dass der hergelaufene Leonelli der Autor dieser Zeilen war, daran zweifelte Weinbrenner keine Sekunde. Der unfehlbare Gott der Baukunst, das hatte er schon einmal aus dem Mund dieser Ausgeburt von Hintertücke gehört. Und anscheinend hatte das saubere Männle, als er von dem gewaltsamen Tod Hackschmitts erfuhr, nichts Eiligeres zu tun, als sich jenes Gespräch zunutze zu machen, das dieser am Montag im Museum belauscht hatte. »Ich würde diesem Wirt am liebsten den Hals umdrehen.«

Ja, das hatte er, Friedrich Weinbrenner, laut und deutlich verkündet. Vor Zeugen. Wie es hunderttausend andere zu hunderttausend anderen Gelegenheiten auch sagten und aus ihren Herzen keine Mördergruben machten. Aber für einen Intriganten war das natürlich ein gefundenes Fressen: Der bekannte Architekt Weinbrenner kabbelt sich mit einem Bauherrn, streitet über Konstruktionsfehler und Materialmängel, über einen verweigerten Erker und ausstehendes Honorar. Dann wird der Bauherr umgebracht, und ergo ist Weinbrenner der Mörder!

Die Geschichte eignete sich als Vorlage für eine komische Oper. Aber das Lachen blieb dem Oberbaudirektor im Hals stecken. Das war nicht lustig, das war bittere Realität. Was, wenn das Bauamt davon erführe, die Herren Stadträte und erst der Hof?

Seit bald zwanzig Jahren bist du ein treuer Diener der großherzoglichen Familie, hast deinen Ruf für fest begründet gehalten und nie im Leben einen ernsthaften Angriff darauf erwartet. Wie der Mensch sich doch täuschen kann. Es gab Dinge im Leben, da würde man im Traum nicht darauf gekommen. Was hatte dieser namenlose Miniaturenmaler gegen ihn, dass er glaubte, sein Ansehen beschmutzen zu müssen? Beschmutzen? Ruinieren!

Er kannte dieses mysteriöse Signörchen doch gar nicht. Mit Ausnahme von der gespenstigen Begegnung neulich in der Hospitalstraße, wo er ihn nicht einmal richtig zu Gesicht bekommen hatte, war er Leonelli noch nie über den Weg gelaufen. Unvorstellbar, dass sich jemand, nur weil er einmal nicht empfangen wurde, auf derart üble Weise rächte. Krank musste der Mann sein. Krank und wirr im Kopf. Vielleicht war es der Signor ja selbst, der den Gastwirt umgebracht hatte. Um ihm anschließend die Sache in die Schuhe zu schieben.

Der Architekt setzte die Lesebrille ab und rieb sich mit beiden Händen die Augen. Sein Blick traf Constantin Wiesli. Der Studiosus wusste nicht, wo er hinschauen sollte, seine Lider zuckten. Weinbrenner runzelte die Stirn. Sollte der junge Mann am Vorabend bei Hackschmitt im Wirtshaus gesessen haben, und Leonellis Aussage entspräche der Wahrheit? Aber nein, das war ja grotesk. Was für eine Veranlassung hätte Wiesli gehabt, den Gastwirt mal eben um die Ecke zu bringen?

Dann aber kam in ihm der gleiche Verdacht hoch, der ihm schon bei Pfeiffer vom katholischen Kirchenrat gekommen war.

Was, wenn der Schweizer Pfarrerssohn mit den beiden unter einer Decke steckte? War das Ganze ein abgekartetes Spiel? Leonelli hatte er vor die Tür gesetzt, Wiesli die Reise nach Leipzig versagt, für empfindsame Seelchen vielleicht Grund genug, blutige Rache zu nehmen.

Der Halunke, der beim Überfall auf seine Kutsche am Sonntag früh den Schlag aufgerissen hatte, könnte gut und gern

Leonelli gewesen sein. Er wollte es nicht beschwören, aber die hagere Gestalt hatte ihn sofort an den Mann von der Hospitalstraße erinnert. Der Kerl hatte ihm an den Kragen gewollt. Als die Sache misslang, hatte er sich etwas Neues ausgedacht. Der beleidigte Wiesli war ihm gerade recht gekommen.

Weinbrenner schnaubte auf, so könnte es gewesen sein. Oder so ähnlich.

Gemeinsam hatten die beiden Nichtsnutze dann einen Plan ausgeheckt, um ihn unwiderruflich und für alle Zeiten zu diffamieren. Mord, oder Anstiftung zum Mord, war ein genialisch böses Spiel. Kein Ehrenmann würde je wieder aus so einer Anschuldigung herauskommen. Selbst wenn die Behörden ihm glaubten, dass nichts davon stimmte, etwas würde doch hängen bleiben. Menschen waren grausam und unerbittlich, eine solche Sensation würden sie sich nicht entgehen lassen. Weinbrenner?, würden noch Generationen von Architekten nach ihm munkeln, wenn sie sein »Architektonisches Lehrbuch« in den Händen hielten, dem haben sie doch einen Mord an einem Bauherrn anhängen wollen. Na, irgendwas wird schon dran gewesen sein. In jedem Gerücht liegt ein Körnchen Wahrheit. Er wäre für die Nachwelt gestorben.

Weinbrenner ging zum Angriff über.

»Sie kennen Leonelli, Herr Wiesli. Was verbindet Sie mit ihm?«

Verblüfft schaute der junge Mann ihn an, schüttelte den Kopf.

»Leonelli? Meint der Herr Oberbaudirektor den Italiener, der Ihn neulich aufgesucht hatte, um Ihm seine Risse zu zeigen? Nein, ich habe den Mann noch nie gesehen, geschweige denn mit ihm gesprochen.«

Sieh da, wie ungewöhnlich höflich das Pfarrerssöhnchen sein konnte. Meint der Herr Oberbaudirektor …! Fühlte das Bürschchen sich ertappt? Ungeduldig hämmerte Weinbrenner mit den Fingern auf den Tisch.

»Müsste ich ihn kennen?«, fragte Wiesli noch. Ohne eine Antwort zu geben, reichte Weinbrenner ihm das Blatt.

»Verzeihung, Herr Oberbaudirektor.« Barbara hustete verlegen. »Leo… Leonelli? … ist das der Herr, der das geschrieben hat? Ich meine, wissen Sie, wie der Herr aussieht, wie er gekleidet ist?«

»Herr nennst du so einen Schmierfink?« Weinbrenner schaute sein Dienstmädchen grimmig an. »Als einen solchen würde ich diesen anonymen Schreiberling nicht bezeichnen. Zu viel der Ehre. Aber ja, wahrscheinlich ist er es, warum?«

»Kennen Sie ihn? Trägt er einen großen Hut? Mit einem auffallend breiten Rand?«

In der Hospitalstraße war er ihm genau deshalb aufgefallen, und wegen des weiten Mantels, an dem der Wind gezerrt hatte. Vielleicht möchte Leonelli ja bewusst auffallen. Möchte auf sich aufmerksam machen. Mit diesem Hut und dem großen Umhang, der seinen Körper mächtig erscheinen ließ, obwohl das Männchen, als es vor ihm stand, eher schmächtig war. Vielleicht will er sich auch mit diesem verlogenen Machwerk hervortun. Um jeden Preis. Gibt es solche Menschen? Was bezwecken sie damit? Wenn jemand Geld erpresste, das könnte er verstehen, aber das hier?

»Ja, in diesem Aufzug pflegt er Karlsruhe unsicher zu machen«, antwortete Weinbrenner auf Barbaras Frage.

»Dieser Herr …«, Barbara stotterte, »er muss gestern Abend am Füllhorn gewesen sein. Die dicke Marie, die Köchin vom Hackschmitt, hat dem Polizeysergeanten erzählt, dass da ein Mann mit einem ungewöhnlichen Hut ums Haus herumgeschlichen ist.«

»Und Sie, Herr Wiesli, wo waren Sie gestern Abend?« Mit hochgezogenen Augenbrauen raunzte der Architekt seinen Schüler an. Der hatte zu Ende gelesen, sein ganzer Körper war in Aufruhr.

»Ich?«

»Ich, ich«, äffte Weinbrenner ihn nach. »Ja, Sie. Gibt es jemand anderen in diesem Raum, den ich angesprochen haben könnte?«

»Ich glaub … äh … ich denk, ich war im Goldenen Füllhorn.« Der junge Mann stammelte zum Gotterbarmen, auf seiner Oberlippe bildeten sich Schweißperlen, das Gesicht war so weiß wie die Servietten, an denen sie sich vor einer halben

Ewigkeit, als das Leben noch in Ordnung war, ihre Finger abgewischt hatten. Reagierte so ein kaltblütiger Mörder?

»Sie glauben, Sie denken! Waren Sie nun im Goldenen Füllhorn gestern Abend oder nicht? Haben Sie dort den Wirt umgebracht oder nicht? Und habe ich Ihnen Order dazu gegeben?«

Weinbrenner polterte und bellte, Barbara räumte hastig Teller, Gläser und Besteck zusammen. Das Gescheppere und Geklirre regten ihn auf.

»Geht das nicht leiser?«, schnauzte er ungehalten, aber er bereute seine Heftigkeit sofort wieder, als er sah, wie Barbara rot wurde und betreten zu Boden blickte.

»Verzeihung«, murmelte sie.

»Also, Wiesli, noch mal. Warum waren Sie im Goldenen Füllhorn, und was haben Sie dort gemacht?«

»Ich … weiß es nicht mehr, Herr Oberbaudirektor, ich … ich war betrunken, ich kann mich nicht erinnern … an gar nichts.«

»Betrunken? Betrunken war der Herr! Warum? Wegen meiner Tochter Ju… wegen der jungen Demoiselle?«

Wiesli nickte kaum merklich, ein einziges Mal nur. Die Augen stierten auf die Tischdecke, unablässig verknoteten sich seine Finger ineinander.

»Sie Idiot.«

»Jawohl, Herr Oberbaudirektor.«

Jawohl, Herr Oberbaudirektor!

Es war zum Aus-der-Haut-Fahren. War das alles, was dieser unreife Jüngling von sich geben konnte? Wird eines Mordes beschuldigt und sagt nichts dazu! Ist am Zeichenpult aufsässig wie ein junger Hengst, der glaubt, die Welt erobern zu können, und sitzt jetzt da wie ein Häufchen Elend mit vor Angst aufgerissenen Augen. Fast sieht es so aus, als hegt er selbst den Verdacht, dass er in seiner Bierseligkeit, im Zustand dichtesten Sinnennebels etwas getan hat, das nicht wiedergutzumachen ist.

Ausgerechnet Wiesli! Sein talentiertester Schüler! Der eines Tages, wenn er seine ungestümen Jahre mitsamt seinen rebellischen Jungmännerspinnereien erst einmal überwunden hätte und zu vernunftmächtigen Einsichten gelangt wäre, ein viel beachtetes Aushängeschild seiner Bauschule geworden wäre. Einem Draufgänger wie Brunarus hätte er eine solche bierweinbedingte Affekthandlung zugetraut, aber doch nicht einem Pfarrerssohn. Oder vielleicht gerade so einem?

Weinbrenner schob den Stuhl zurück. Er brauchte jetzt Beinfreiheit.

Was war er doch für ein Trottel! Jetzt verteidigte er diesen Burschen auch noch. Und dabei hatte das nette Knäblein ihn in eine mehr als heikle Lage gebracht!

Mit Absicht oder ohne?

Grummelnd stapfte er durchs Zimmer, nahm sich vom Rauchtisch eine Zigarre und biss erregt darauf herum.

Zuallererst musste er jetzt an sich denken, an seine Stellung, an seinen Ruf.

Gleich morgen würde er zur Polizeydirektion gehen und Anzeige erstatten und bei Hof um ein Gespräch mit Großherzog Karl ersuchen. Was aber sollte er mit Wiesli machen? Ihn nach Hause entlassen? Oder musste er als verantwortungsbewusster Bürger das Bürschlein umgehend, noch in derselben Nacht, den Behörden überstellen? Aber was immer er tun würde, es würde ein schlechtes Licht auf seine Bauschule werfen. Weinbrenners Bureau, würde es heißen, nährte Mörder an seinem Busen! Oder sollte er Leonellis Traktätchen einfach ins Feuer werfen und so tun, als kenne er dieses üble Pasquill nicht?

Noch während er grübelte, läutete es erneut an der Haustür. Gleich darauf stand ein Uniformierter im Zimmer, unaufgefordert und mit der Miene eines Menschen, der sich im Recht wusste. Weinbrenner erkannte den Sergeanten, der Zeuge seines unseligen Streits mit Hackschmitt geworden war.

»Herr Oberbaudirektor.« Der Vertreter der Obrigkeit neigte zwar leicht den Kopf, aber er machte keine Anstalten, sich für die späte Störung zu entschuldigen.

»Haben Sie schon davon gehört?«, und der Mann hielt ihm ein Blatt Papier unter die Nase, das dem glich, das auf dem Esstisch lag.

Leonelli

Mit dem ersten Sonnenlicht stahl sich Leonelli die Stufen hinunter. Die Vorsicht wäre unnötig gewesen, er hörte seinen Hauswirt hinter dessen Wohnungstür laut schnarchen. Leonelli wünschte Steiger Alpträume, aus denen dieser nicht so schnell erwachen möge. Seit Tagen ging der Mann ihm aus dem Weg, als habe er die Krätze. Das lausige kleine Baumeisterlein wollte es sich nur nicht mit dem Bauamt und dem feinen Herrn Oberbaudirektor verderben. Aber er würde bald erkennen, dass er auf das falsche Pferd gesetzt hatte.

Auf leisen Sohlen, dicht an den Hauswänden entlang, bewegte sich Leonelli durch die noch halb leeren Straßen der Residenz. Niemand beachtete ihn, keiner grüßte. Es war, als sei er für andere unsichtbar. Aber es schlurfte eh nur Gesindel müde und übernächtigt an ihm vorbei, stoffelige Soldaten, Tagelöhner und dümmlich gaffende Putzmägde. Er trat einem Hund in die Flanke, der gerade mitten auf dem Trottoir sein Geschäft verrichtete. »Schweineköter, elendiger.«

Auf dem Plätzle vor der Reformierten Kirche kauerte wie jeden Tag die blinde Regina von der Insel. In monotonem Singsang bot die Frau ihre frischen Eier feil. Von hier bis zum Markt war es nur noch ein Quadrat. Mit jedem Schritt wuchs seine Anspannung. Als er an der seitlich gelegenen Küchentür des Zähringer Hofs vorbeikam, wehte ihn der Geruch von Zwiebeln und Gebratenem an. Ihm wurde flau, seit Tagen aß er nichts außer trockenem Brot und Käse.

Noch zehn Schritte. Neun. Was, wenn jeder achtlos daran vorüberging?

Kurz vor dem Marktplatz, noch immer im Schutz der Mauern des Gasthauses, machte er halt, spickte um die Ecke – und Triumph erfasste ihn, riss ihn buchstäblich vorwärts und aus seiner Deckung heraus. »Dio mio«, stieß er atemlos hervor.

Gegenüber, am nur zur Hälfte fertiggestellten Rathaus, noch so ein angefangener Bau seines Widersachers, quetschten sich mehrere Dutzend Männer und Frauen um seine Schrift. Auch vor der evangelischen Stadtkirche hatten sich Menschen versammelt, ebenso vor der Pyramide, die sich als hölzernes Provisorium über dem Grab des Stadtgründers erhob. Und sie lasen. Lasen seine Botschaft. Redeten darüber. Gestikulierten.

Zuerst wollte er, unbemerkt von den Leuten, weitergehen. Zur Macklot'schen Zeitungsdruckerei, zum Museum, zum Brunnenturm, überall dorthin, wo er sein Flugblatt angeschlagen hatte. Auch Weinbrenner dürfte inzwischen das Papier gefunden haben, das er ihm vor die Tür gelegt hatte. Dann aber hielt Leonelli es nicht mehr aus, es drängte ihn mitten zwischen die Menschen.

»Das kann ich net glauben.«

»Ich schon. Des weiß doch jeder, dass wenn der Oberbaudirektor sein Koller kriegt, dass dem dann alles zuzutrauen isch.«

»Aber hier steht doch, dass es einer von der Bauschul sein soll.«

»Hochnäsiges Studikerpack, des. 's sin doch alles nur arrogante Flegel.«

»Genau. Arrogante Flegel.« Leonelli pflichtete dem Mann, der eben gesprochen hatte, mit lauter Stimme bei. »Die Schule muss geschlossen werden, wenn dort solche Verbrecher herangezüchtet werden.«

»Ja, aber, der Weinbrenner … nee, geh fort, des isch doch'n Mann von Ehr.«

»So was würde der nie machen. Des isch so'n liebenswerter Mensch. Und dieser Wirt, ich hab den gekannt. Des war'n Aas.«

Ein paar der Umstehenden stimmten dem letzten Sprecher zu, einer versuchte, den aufgeklebten Zettel von der Pyramide abzuziehen. Leonelli erbleichte.

»Aber es heißt, dass das Stadtamt bereits Polizeydiener zum Haus des Baumeisters geschickt hat. Das würden sie nicht machen, wenn nichts dran wäre an der Sache.« Hell schallten seine Worte über die Köpfe der Leute hinweg, hier und da hörte er jemanden »Was hat der gesagt?« fragen, dann Kopfnicken, Blicke der Zustimmung.

Sein Kontrahent schüttelte den Kopf, erwiderte aber nichts

mehr, drehte sich um und suchte sich einen Weg hinaus aus der Menge. Als Leonelli eine Reiterpatrouille auftauchen sah, die die Menschen auseinandertrieb, verdrückte auch er sich in die Querstraßen. Besser, dass man ihn nicht erkannte. Noch nicht.

Vom Turm der Stephanskirche schlug es acht. Er stieß die schwere Tür zum Gotteshaus auf und trat ein. Das Morgenlicht, das durch die halbkreisförmigen Bogenfenster und die gläserne Öffnung in der Kuppel hereinflutete, erhellte den großen Rundbau. Niemand war ihm gefolgt, er suchte sich eine schmale dunkle Stelle nahe der Wand, wo niemand war, und kniete nieder. Er hasste Menschenansammlungen, verabscheute das lärmende Geschwätz, das Getratsche.

Seine Mutter hatte nicht ohne leben können.

Jeder hatte gefunden, dass sie eine Schönheit gewesen sei. Schön? Ha! Seine Mutter war nicht schön, sie war die Schönste überhaupt. Als kleiner Junge wollte er sie heiraten, wenn er erst groß genug sein würde. Als er ihr seinen Herzenswunsch gestand, »Mamma, un giorno, La sposerò«, hatte sie aufgelacht. Nie würde er ihren glashellen Sopran vergessen. »Ist er nicht reizend, mein kleiner Engel?«, hatte sie einem schmucken Offizier zugezwitschert und sich bei dem Rotrock untergehakt. »Geh spielen, amore mio, va in giardino con Lucilla!«, und er musste der hässlichen Gouvernante hinterhertrotten, hinaus in den Garten.

Er war eifersüchtig auf all diese Männer um sie herum, die so gut aussahen in den grünen, blauen oder weißen Monturen mit goldenen Litzen und den Säbeln, die im Licht der Lüster blinkten und blitzten. Er besaß keine Uniform und nur einen Holzsäbel, mit dem er noch nicht einmal die Katze hatte aufspießen können. Er war nur ein Kind, ein Nichts, und obgleich die hässliche Lucilla, die Gouvernante, alles tat, damit er die Mamma vergaß, obgleich sie ihm klebrige Datteln in den Mund stopfte und Drachen für ihn steigen ließ, strafte er sie, indem er beharrlich schwieg. Er schwieg und schmollte, wenn er mit ihr an lauen Sommertagen die langweiligen Wege im Park entlangschritt. Er schwieg und schmollte, wenn sie ihn mitnahm zum Arlecchino auf den Jahrmarkt. Und er schwieg und schmollte, wenn er in den unerträglich heißen Sommermonaten oder an kalten Wintertagen in seinem Zimmer lesen und schreiben lernen sollte. Das Einzige, was ihn in jenen Stunden der Einsamkeit, wenn die Mamma nur Zeit für ihre Galane hatte, tröstete, war der Spitz des Nachbarn. Das Tier kläffte abgöttisch und sprang an ihm hoch, wenn es durch die Hecke hindurchgekrochen war und ihn gefunden hatte. Und es gehorchte ihm aufs Wort. Wenn er am Fenster saß, lag der Hund ergeben zu seinen Füßen, während er die Landschaft draußen mit farbiger Kreide auf Holz oder Papier bannte. Auch das Fensterbrett verschonte er nicht mit seiner Malerei.

Er war es nicht mehr gewohnt, für längere Zeit auf den harten Kirchenbänkchen zu knien. Als Füße und Beine zu schmerzen begannen, erhob er sich und setzte sich aufatmend in eine der Sitzreihen, die für Alte und Kranke aufgestellt waren. Er rieb sich die wehen Knochen und war sich nicht mehr sicher, ob die ganze Mühe, die er sich gemacht hatte, das erwünschte Ergebnis bringen würde. Aber immerhin, man redete über ihn. Seine Schrift war Stadtgespräch.

Irgendwo, aus der Tiefe des Raums, erhob sich eine Stimme. Zaghaft und ein wenig unsicher, aber fein im Klang hatte eine Frau zu singen begonnen. Salve, Regina, mater misericordiae, vita dulcedo et spes nostra, salve. Er drehte sich nicht nach der Singenden um, die mit jedem Takt mehr an Sicherheit gewann. Rein und klar stieg jetzt die Melodie empor bis hoch in die Kuppel. Und da! Da hörte er es zum ersten Mal. Diesen unerklärlichen Widerhall, von dem Steiger ihm erzählt hatte. Die akustische Unzulänglichkeit, die die katholische Gemeinde beanstandete. Mit Fug und Recht, wie er nun wusste.

Leonelli lauschte beglückt dem misstönigen Echo, während die Sängerin nicht müde wurde, ihr Lied ein ums andere Mal zu wiederholen. O clemens, o pia, o dulcis Virgo Maria.

Jetzt zweifelte er nicht mehr, der Erfolg war ihm sicher. Und dann, wenn der Oberbaudirektor geschlagen sein würde, käme er und böte der Großherzogin die Renovierung an. Sie war die Namensgeberin der Kirche, der Bau war ihr gewidmet, sie würde reagieren müssen.

À Son Altesse Royale la Grande Duchesse, würde er schreiben, Madame.

… biete ich mich an zur Sicherheit derjenigen, die sich dort zum Gebet versammeln, für Ihre Kirche ein neues Gewölbe aus erstklassigem Material zu bauen, eine Kuppel aus Eisenträgern, ein voûte de fer, anstelle der unpassenden Holzkonstruktion von Monsieur Weinbrenner.

Im Kopf formulierte er den Brief, und dieses Mal würde er seine Unterschrift daruntersetzen.

Je suis le très humble et très obéissant serviteur Leonelli, architecte.

Die Kosten! Sie dürften nicht zu hoch sein, damit er der Allerdurchlauchtigsten keinen Grund gäbe, seinen Vorschlag abzulehnen. Deutlich unter zehntausend Gulden müssten sie liegen. Achttausend würde er anbieten, besser siebentausend. Sein Gesicht verzerrte sich höhnisch. Aber in der Weite der Kirche sah es niemand.

Spinne am Morgen

Seit mehreren Stunden saß er nun hier, wie bei Wasser und trocken Brot. Doch mit dem ersten Hahnenschrei hörte er den Sergeanten die Treppe heraufsteigen, ein Schlüssel drehte sich im Vorhängeschloss.

»Frühstück«, verkündete Bastiani wenig freundlich und stellte ihm Milch, Zwieback und sogar eine halbe Tasse Kaffee auf den Fußboden. »Und du rührst dich nicht von der Stelle, sonst gnad dir Gott«, drohte er ihm.

»Meine Bücher. Könnte ich meine Bücher haben?«, fragte Constantin. »Und Papier und einen Crayon? Bitte«, fügte er noch verschüchtert hinzu, als er sah, wie sein Hauswirt unwirsch wurde. »Es liegt alles auf dem Tisch in meinem Zimmer.«

Bastiani antwortete nicht, aber dann schien er ein Einsehen zu haben. Ein paar Minuten später brachte er die gewünschten Materialien.

Durch das bräunliche Sackleinen, das die offene Luke im Dach notdürftig gegen die Unbill des Wetters abdichtete, fiel nur wenig Morgenlicht. Trotzdem zwang sich Constantin zu lesen, Schillers Wilhelm Tell, das ihm sein Vater bei der Abreise mit auf den Weg gegeben hatte. Aber er war nicht bei der Sache. Das Gebälk knackte, hinter den Sparren raschelte es. Wenn er aufstand, um mit ein paar Schritten die Abstellkammer zu durchmessen, kletterten erschrocken Spinnen an ihren Fäden in die Höhe oder krabbelten in wilder Flucht vor ihm davon und krauchten in Ritzen und Astlöcher im Fußboden. Beim Hin- und Herlaufen musste er den Kopf einziehen, um nirgendwo anzustoßen. Und kalt war es hier oben in dem Kabuff.

Constantin ließ sich wieder auf den Strohsack fallen, den der Sergeant ihm letzte Nacht noch vor die Füße geschmissen hatte.

»Ich bin viel zu nachsichtig mit dir«, hatte er geknurrt, bevor er den Raum ausbruchsicher absperrte. »Bedank dich bei deiner

Fürsprecherin. Eigentlich gehörst du ins Linkenheimer Thor eingelocht. Dort würden sie anders mit dir umgehen.«

Er hatte keine Ahnung, wen sein Hauswirt mit Fürsprecherin gemeint hatte. Sollte Julie …? Außer ihr und ihrer Schwester kannte er kein anderes weibliches Wesen in der Residenz. Für einen Augenblick flackerte sein Herz wild auf, dann aber schob er alle Sehnsucht weit von sich. Sie war ja Kartenspielen gewesen und wusste von nichts. Und selbst wenn, was für einen Grund hätte sie, ihm zu helfen? Wenn dieser Nachtmahr um wäre, würde er aus Karlsruhe verschwinden. Auf Nimmerwiedersehen. Nur wo sollte er dann weiterlernen? Vor allem wie? Das Geld, das die Eltern sich ihr halbes Leben lang vom Munde abgespart hatten, würde Weinbrenner bestimmt nicht wieder herausrücken.

Er legte sich auf den Rücken, verschränkte die Arme unterm Kopf und starrte in die Holzbalken über sich. Hatte er einen Menschen umgebracht oder nicht?

»Wo sind die Kleider, die du bei deiner Sauforgie im Füllhorn getragen hast?«, hatte sein Hauswirt ihn angefaucht, als er am Abend zuvor so unvorhergesehen bei Weinbrenner hereingeplatzt war, und alle am Tisch hatten ihn angestarrt, der Sergeant, der Meister und das Dienstmädchen. Verwirrt hatte er nach einer plausiblen Erklärung gesucht.

»Was hast du damit gemacht? Hast du sie weggeworfen? Nun red schon!« Aus Bastianis gereiztem Tonfall schloss er, dass dieser in seinem Zimmerle nach den Sachen gefahndet hatte. Nach Blut an seiner Kleidung. Nach dem Beweis seiner Schuld.

Es war ein Fehler gewesen, Hemd, Hose und Rock wegzuwerfen. Als habe er damit eine böse Tat vertuschen wollen.

Er würde den Sergeanten zu der Stelle mit dem Kehrichtbehälter führen, hatte er angeboten, ihn fast dazu gedrängt. Aber der hatte abgelehnt. Das könne er sich sparen, die Abfallsammler gingen jeden Tag durch die Gassen, das Zeug sei längst abgeholt. Stattdessen hatte Bastiani seine Hand gegriffen, den Verband heruntergerissen und lang die Wunde untersucht, die feinen Hautschrammen, den seitlichen tiefen Schnitt von der Tonscherbe vom Holzmarkt. »Kann genauso gut von einem Messer stammen«, hatte er geurteilt und seine Augen auf ihn geheftet, bis Constantin dem Blick nicht mehr standgehalten hatte.

Er war viel zu durcheinander gewesen, um auf das Gespräch seines Hauswirts mit dem Oberbaudirektor zu achten. Nur einmal, als Weinbrenner sich vehement gegen den Vorwurf verwahrte, er habe Personen dazu aufgestachelt, Heinrich Hackschmitt einen Denkzettel zu verpassen, auch wenn er zugebe, dass er in der Tat nicht gut auf diesen Menschen zu sprechen gewesen sei, da war er demonstrativ aufgesprungen und hatte seinen Lehrer in Schutz genommen. Schon allein, um sich zu verteidigen.

Nie, wirklich nie, sei der Architekt mit einem derart abwegigen Ersuchen an ihn herangetreten. Er gestehe zwar, dass er keine Erinnerung mehr an den Abend in der Restauration habe und demzufolge auch nicht sagen könne, wann und wie er nach Hause gekommen sei. Aber kein Mensch habe ihm befohlen, dem Füllhornwirt irgendeinen Schaden anzutun. Das bezeuge er, beim Namen seines Vaters, des Pastors.

Weinbrenner hatte bei seinen Worten abwechselnd »Ja!« und »Genau!« gesagt und im Brustton der Überzeugung »Es war dieser Leonelli, kein anderer« hinzugefügt. Aber der Sergeant war nicht darauf eingegangen.

Das Stroh im Sack stach Constantin in Kopf und Nacken. Es roch nach Schimmel und Fäulnis. Er setzte sich auf, zog die Knie bis fast ans Kinn und schlang die Arme darum.

Ein Herr Oberbaudirektor könnte sich freikaufen, aber mit einem dummen kleinen Studenten wie ihm würden sie kurzen Prozess machen. Gab es noch die Folter, oder hatten sie andere, subtilere Methoden, einen Angeklagten kirre zu machen, selbst wenn dieser noch so unschuldig wäre? Er war kein Held, noch nie einer gewesen. Immer ein Hasenfuß, wenn ihn einer nur scharf anguckte. Sein Vater beherrschte diesen Blick besonders gut. Überhaupt der Vater. Der Vater würde vor Gram weiße Haare bekommen, noch weniger essen, als er es eh schon tat, und am Ende sterben. Und die Mutter … an die Mutter wagte Constantin überhaupt nicht zu denken.

Er erhob sich und trat an die verhängte Dachluke. Das Tuch

war rundherum mit Nägeln am Holzrahmen befestigt. Constantin riss eine Ecke auf und schlug den Stoff zurück. Der weiße Morgenhimmel sah nach Schnee aus.

Ich war es nicht, ich war es nicht. Ich hab den Wirt nicht umgebracht.

Und wenn doch?

Hatte er Blut an den Fingern gehabt? Bastiani hatte gesagt, der Mann sei regelrecht abgeschlachtet worden.

Er inspizierte seine Hände. Natürlich, die Verletzung vom Holzmarkt. Bebechert, wie er war, dürfte er sich das Blut überall hingeschmiert haben. Unter seinen Nägeln waren schwarze Ränder. Er pulte sie sich mit einem dünnen Holzspan heraus, es sah nach Dreck aus.

Aber stimmte es überhaupt, dass der Füllhornwirt wie ein Schwein niedergemetzelt worden war? Vielleicht übertrieb der Sergeant. Oder log. Weil er dem Polizeydirektor unbedingt einen Täter präsentieren wollte, um sich hervorzutun und eine stattliche Belohnung zu kassieren. Bekamen nicht Gardisten für jeden gefassten Bettler oder Gauner ein paar Kreuzer Fangprämie? Drei Bettler, zwei Gauner plus ein Dieb, da kam schnell ein Batzen Geld zusammen. Und dann erst ein Mordgesell, was der wohl einbrachte? Besonders Geschäftstüchtige seien auf diese Weise reich geworden, hatten sich früher die Leute erzählt.

Drunten sah er Bastiani über den Hof zum Abtritt gehen. Er duckte sich und befestigte den Stoff wieder am Nagel. Unbewusst atmete er leiser, als wollte er, dass der Wirt nicht mitbekam, wie er ihn beobachtete. Jetzt quietschte die Latrinentür in den Angeln, in einem der Nachbarhöfe schimpfte eine Frau mit einem Kind. Das Dienstmädchen?

Seit der gestrigen Nacht wusste er, dass Barbara in derselben Straße wohnte wie er und Bastiani, nicht aber, in welchem Haus. Hatte er sich noch gewundert, dass der Sergeant die Hausmagd während des Verhörs nicht hinausgeschickt hatte, so staunte er noch mehr, als dieser darauf bestand, das Mädchen heimzubegleiten. »Und morgen früh wird sie später zum Dienst erscheinen«, hatte der Sergeant frechweg bestimmt und den

Oberbaudirektor nicht einmal um Erlaubnis gefragt. Diesem war nichts anderes übrig geblieben, als zuzustimmen.

Kurz darauf waren sie gemeinsam in die Waldhorngasse marschiert, er eingeklemmt zwischen den Hauswänden und Bastiani, der seinen Arm fest umklammert hielt, das Mädchen immer ein Stück hinter ihnen, fast rennend, denn sein Hauswirt legte einen forschen Kasernentrab vor. Später, nachdem Bastiani ihn hier hoch auf den Speicher befördert hatte, hörte er die beiden drunten in der Stube noch lange miteinander reden. Aber sosehr er auch die Ohren spitzte, er konnte aus dem Gemurmel kein einziges klares Wort heraushören, doch er ahnte, dass sie über ihn und den toten Wirt sprachen. Und die Magd schien eine Menge zu wissen, auf jeden Fall mehr als er selbst.

Wieder quietschte die Aborttür. Constantin lauschte. Bastianis schwere Uniformstiefel hämmerten über den Hof, über die Steinfliesen der Durchfahrt und verhallten in der Wohnung. Es dauerte nicht lange, da hörte er ihn wieder herauskommen und die Wohnungstür abschließen.

Er wollte rufen, den Hauswirt bitten, noch einmal hochzukommen, damit er ihn fragen könne, wie das mit seinen Händen gewesen sei, ob verdächtig viel Blut daran geklebt habe. Zu spät, schon wurde das Tor zur Straße aufgeschoben. Gleich darauf fiel es wieder ins Schloss. Der Sergeant war gegangen.

Constantin hockte sich auf den Fußboden. Im Becher war noch ein Rest von kaltem Kaffee. Während er ihn austrank, kam ihm ein Gedanke. Wie war das noch mal mit der Schmähschrift gewesen? Nach dem Fortgang der Gäste habe sich der Étudiant, der in Wirklichkeit nicht betrunken gewesen sei, auf seinen Auftrag besonnen, und am anderen Tag sei der Wirt tot in der Schankstube gelegen. So hatte es dort gestanden.

Das hörte sich an, als habe dieser Leonelli die Mordtat mit angesehen.

Aber warum war der Mann dann nicht dazwischengefahren? Oder hatte Leute zu Hilfe gerufen, die das Schlimmste hätten verhindern können? Und warum hatte Leonelli das Verbrechen nicht sofort gemeldet, sondern stattdessen einen öffentlichen

Brief geschrieben? Sogar drucken lassen und überall in der Stadt verteilt?

Weil der Mann mitnichten etwas gesehen hatte, sondern bewusst so formulierte, dass der Verdacht auf ihn, den armen Studiosus, fallen musste!

»Und wenn dem so ist, steckt Absicht dahinter«, sagte Constantin laut zu der Spinne, die sich eben von einem Balken herabspulte.

Zugegeben, er war sturzhagelvoll gewesen, er erinnerte sich an nichts, aber je länger er nachdachte, desto mehr kam er zu der Überzeugung, dass an Weinbrenners Vermutung etwas dran war. Leonelli selbst hatte den Wirt auf dem Gewissen, und seine Attacke war gegen den Oberbaudirektor gerichtet. Er, Constantin Wiesli, war nur das Mittel zum Zweck, war sozusagen versehentlich in die Schusslinie geraten. Wenn vorgestern Abend Heger, Brunarus oder irgendein anderer Schüler im Füllhorn gewesen wäre, dann hätte Leonelli diesem den Auftragsmord angehängt. In Gedanken zeichnete Constantin Gänsefüßchen vor und hinter das Wort Auftragsmord.

Er war also nicht der Täter. Hundertprozentig nicht. Er musste dringend mit Bastiani sprechen, ihn von seiner Unschuld überzeugen. Statt seiner müsste der Sergeant diesen Vedutenmaler verhaften, bevor der aus der Stadt verschwinden konnte. Dass er zur Untätigkeit verdonnert war, raubte Constantin fast den Verstand. Er sprang auf, stapfte wie ein Hund in seiner Hütte hin und her, blieb vor dem abgehängten Dachfensterchen stehen, beäugte das Sackleinen, als sei es ein wertvoller Seidenstoff mit einem besonders schönen Muster und riss es mit einem Ruck herunter.

Das milchig weiße Licht blendete ihn. Probeweise kletterte Constantin auf einen der Dachsparren, lehnte sich aus der Luke und versuchte, den Oberkörper durch das enge Loch zu zwängen. Es könnte gehen, doch in diesem Moment trat Hedwig mit dem Wäschezuber auf den Hof, und Constantin ließ sich zurückfallen.

Er wartete, bis sein Atem langsamer ging, und spähte dann wieder über den Rand des Fensters, aber Bastianis Schwester war noch immer dabei, die nassen Hemden und Hosen aufzuhängen, auch Stücke von ihm waren darunter. Endlich war sie fertig.

Erneut zog er sich hoch, er war jetzt schon fast geübt darin, und kletterte diesmal vollends hinaus ins Freie. Auf dem Hosenboden glitt er vorsichtig über die Schindeln bis zum Rand des Speicherdachs, darunter lag das Mansarddach, das Obergeschoss und Hofdurchgang abdeckte. Ihm klopfte das Herz, er hatte nicht Angst, abzustürzen und sich die Knochen zu brechen. Das Haus war so niedrig, dass ihm schon nichts passieren würde. Aber es gäbe einen Heidenkrach, und vielleicht hatte Bastiani den Nachbarn befohlen, aufzupassen und ihn festzuhalten, sollte er fliehen.

Das untere Dach war steiler, als er im ersten Moment geglaubt hatte. Er hielt sich dicht an der Wand eines schmalen Nebengelasses, drehte sich dann auf den Bauch und rutschte über die marode Dachkandel. Hoffentlich brach sie nicht, und hoffentlich beobachtete ihn auch niemand bei seinen akrobatischen Verrenkungen. Nach kurzem Suchen fanden seine Füße Widerstand auf dem flacheren Teil des Dachs. Aber als er sich vom Bauch zurück auf den Hintern drehen wollte, verlor er den Halt und schlidderte abwärts. Es gelang ihm gerade noch, sich an ein Regenrohr zu klammern, das mit eisernen Haken im Mauerwerk des Anbaus befestigt war und senkrecht nach unten führte. Wie ein Affe auf dem Jahrmarkt hangelte er sich eilends daran ab, schürfte sich die Hand ein zweites Mal auf und sprang das letzte Stück zu Boden. Noch ein besorgter Blick über den Hof, ob ihn jemand gesehen hatte, schon tauchte er ein in die schattige Toreinfahrt und stürmte hinaus auf die Straße.

Schusters Leisten

Nach dem Abend bei Weinbrenner und dem anschließenden Gespräch mit Bastiani in dessen Küche hatte Barbara lange nicht einschlafen können, zu aufgedreht war sie gewesen. »Gleich morgen früh gehst du zu Kuchler«, hatte der Sergeant ihr aufgetragen. »Red mit der Lies, versuch rauszufinden, wo ihr Vater in der Nacht von Hackschmitts Tod war. Ich werd in der Zwischenzeit der trauernden Witwe auf den Busch klopfen und mich in der Gegend umhören, ob irgendjemandem was Besonderes aufgefallen ist.« Beinahe hätte sie sich verplappert und vom Bruder und den Schuldpapieren erzählt. Gott sei Dank war Bastiani in Gedanken bei dem Studiosus unterm Dach gewesen und hatte nichts gemerkt.

Constantin Wiesli.

Es hatte ihrer ganzen Überredungskunst bedurft, den Freund dazu zu bringen, den jungen Herrn nicht sofort dem Kriminalgericht in Durlach auszuliefern, sondern ihn erst mal unterm Dach einzusperren. »Sag ihnen, er wär dir entwischt. Oder besser, du brauchst ihn, weil er noch über andere Personen aussagen muss. Verzähl ihnen irgendwas. Bitte, Jakob!«

Als sie jetzt zum Frühstück in der Küche erschien, war Christian schon auf. Er mied ihren Blick, tunkte einen trockenen Knaus in seine Milch und stopfte sich das aufgeweichte Brot in den Mund. Lorenz rupfte an seinen Hosen. »Will auf dein Schoß.«

Aber der Bruder stieß das Kind weg und verpasste ihm eine Ohrfeige. Der Bub jaulte auf, lief zu Barbara und verbarg das Gesicht in ihrer Schürze.

»Ist ja schon gut«, tröstete sie ihn. Christina, die in der Ecke die Bügelwäsche sortierte, Binder, Hemden und Herrenwesten hierhin, Tücher, Schürzen und Tafelwäsche dorthin, verdrehte die Augen zur Decke. Mit zwei Bündeln Tischdecken und Servietten im Arm fegte Stephanie zur Tür herein.

»Von Wechmars und den Varnhagens«, verkündete sie und

schmiss die beiden Packen in den dafür vorgesehenen Korb, »und ich hab eine Mandel geschenkt bekommen.« Freudestrahlend zeigte sie die Frucht herum.

»Ich auch«, schrie Lorenz und ließ Barbaras Rockzipfel los.

»Sei still!«, herrschte das Mädchen den Kleinen an, doch dann biss sie den Kern in der Mitte durch, legte die zwei Hälften nebeneinander auf einen Stuhl, verglich sie und drückte ihrem Cousin die kleinere in die Hand, die größere behielt sie für sich.

»Jetzt iss aber auch und kau ordentlich!«, befahl sie ihm, als Lorenz keine Anstalten machte, sich seinen Teil in den Mund zu schieben, sondern das Stück nur mit großen Augen betrachtete. Er hatte zu weinen aufgehört.

Barbara goss sich Milch in eine Tasse, verdünnte sie mit heißem Wasser und setzte sich zu Christian an den Tisch.

»Warum hast du heute Nacht nicht gebacken?«

»Mit was denn? Für das bisschen Mehl lohnt es sich ja nicht, das teure Holz zu verfeuern.«

Barbara kämpfte mit sich. Sie könnte ihm Geld geben. Nur so viel, dass es gerade fürs Brotgetreide reichte. Bis jetzt hatte sie die fünfzig Gulden, die der Oberbaudirektor ihr gegeben hatte, vor dem Bruder geheim gehalten. Nicht einmal Christina hatte Barbara davon erzählt. Nicht, weil sie der Schwester nicht traute, aber wenn niemand davon wusste, weckte es auch keine Begierde, und sie kämen länger mit dem unvorhergesehenen Reichtum aus. Am liebsten hätte sie den Schatz unter Verschluss gehalten, aber das war unmöglich gewesen, nachdem Christian das Geld, das eigentlich für Vaters Beerdigung bestimmt gewesen war, zum Fenster rausgeschmissen hatte. Für seine sauberen Helfershelfer, die die glorreiche Entführung hätten bewerkstelligen sollen, vermutete sie.

Wenn Christian jetzt auch noch von Weinbrenners großzügigem Darlehen wüsste und er, was Gott verhüte!, wirklich Heinrich Hackschmitts Mörder war, würde er mit dem Geld auf und davon gehen, womöglich auf Nimmerwiedersehen nach Amerika. Wobei das vielleicht nicht mal das Schlechteste wäre. Dann hätten sie alle Ruh. Christian dort in der Neuen Welt, wo ihn niemand kannte. Und sie hier, ohne einen Bruder, der ein Verbrecher war. Keiner würde es jemals erfahren. Er wäre einfach nicht mehr da. Mit der Zeit würde Gras über die Sache wachsen und kein Mensch mehr davon reden.

Aber sie brauchten ihn. Nicht nur Anton und Lorenz. Auch Stephie. Das Mädchen hing mit seiner ganzen kleinen Kinderseele an ihrem Onkel. Und nicht zuletzt Bernhard, jetzt, wo nach der Mutter auch der Vater tot war. Bernhard war empfindsamer als sie alle zusammen, und Christina und sie könnten die Bäckerei nie allein nur mit dem jüngeren Bruder stemmen. So geschickt wie der Älteste waren sie alle miteinander nicht. Was war nur in seinem Kopf vorgegangen, dass er zum Mörder wurde?

Sie erhob sich.

»Bleib!«, befahl sie ihm.

Als sie zurückkam, saß er noch immer an derselben Stelle, als habe er sich nicht vom Fleck gerührt. Christina war nicht mehr in der Küche, Barbara sah sie durchs Fenster im Hof, wo sie die Wäsche von der Leine nahm. Anton half ihr, sie zusammenzulegen, während Lorenz bäuchlings auf der Erde lag und hingerissen mit einem Stock in einem Mäuseloch herumstocherte. Stephanie war schon wieder unterwegs, um die frisch geflickte Weißwäsche auszutragen. »Du bisch die Füß von deiner Mudder«, hatte Christian das Mädchen einmal gelobt und ihr anerkennend über den Kopf gestrichen. Das waren noch gute Zeiten gewesen.

Barbara legte ein Stoffbeutelchen auf den Tisch. »Schau, wo du Mehl herkriegst! Und heute Abend backst du gefälligst! Mit Bernhard! Macht was extra! Zuckerbrot oder kleine Hefeküchle. So wie Dambedeis an Weihnachten, nur jetzt vielleicht in der Form von Eiern. Oder von Hasen.«

Einen Augenblick wurde sie unsicher. Durften sie das? Es war Passionszeit, Ostern erst in drei Wochen. Die Katholischen würden vielleicht meckern, aber es gab nicht viele Katholische in der Umgebung, und die Evangelischen nahmen es nicht ganz so streng mit dem Fasten.

Außerdem, haben wir nicht genügend Hunger gelitten in

den letzten Monaten? Wir fasten seit Herbst. Da wird Gott doch mal ein Einsehen haben.

»Ja«, wiederholte sie, »Hefeeier. Wer ein großes Brot kauft, bekommt ein Gebäckstückle gratis dazu. Wir müssen was machen, damit die Leut wieder in den Laden kommen. Lasst euch was einfallen.«

»Von woher …?«

»Ich hab gespart«, log sie. »Und jetzt muss ich gehn, es ist schon spät.«

»Barbara …«

Sie blieb noch einmal stehen, wartete, was er ihr sagen wollte, wendete sich aber nicht zu ihm um.

»Ich war's nicht, glaub mir doch.«

»Alles spricht gegen dich.«

Die Farbe der Tür vor ihr war traurig grau und verblichen. Überall Dreckflecken von Lorenz' Patschfingern, auch an den Wänden. Wie sauber, freundlich und schön tapeziert waren dagegen die Salons im Weinbrenner'schen Palais. Wie schön ließ es sich dort leben.

»Hast du das Bastiani gesagt?«

Die Küchentür schloss nur, wenn man sich dagegenwarf oder sie mit dem Po zudrückte, und im Winter zog es wie Hechtsuppe. Wenn es nie jemand erfahren würde, was Christian getan hatte, wenn die nächste Ernte wieder gut ausfiele und die Preise sich normalisierten, wenn sie die Bäckerei retten könnten – dann wollte sie die ganze Wohnung streichen und beim Schreiner ein neues Türblatt anfertigen lassen. Und die Straußwirtschaft wieder aufmachen.

»Ich hab mit niemandem darüber gesprochen.«

Du schützt ihn. Du schützt einen Mörder. Wenn es rauskommt, schmeißen sie dich genauso ins Gefängnis wie ihn.

Wenn es aber stimmt, was er sagt?

Dann war's der Wiesli, der feine junge Herr.

Ohne Christian noch eines Blicks zu würdigen, schlüpfte Barbara nach draußen. Vielleicht war's ja doch der Kuchler. Oder die Hackschmittin.

Der Frühling, der am Montagabend wie ein bunter Paradiesvogel durch die Straßen geflogen war, hatte sich schon wieder verabschiedet. In der Luft hing der Geruch von Schnee, vermischt mit dem Brodem von Rauch und Kaminruß, der sich unter dichten Wolkenschwaden staute. Barbara fror.

Sie wollte es nicht, aber auf der Höhe des Goldenen Füllhorns konnte sie nicht anders, sie musste hinüberschauen, gucken, ob der Gasthof schon wieder in Betrieb war, wie die Witwe es großmäulig angekündigt hatte. Und tatsächlich, die Eingangstür stand sperrangelweit offen. Drei Männer beratschlagten sich davor, gingen dann aber weiter, wahrscheinlich zum Weißen Adler zwischen den Cirkeln. Doch Barbara war sich sicher, dass es nicht lange dauern würde, bis die Gäste wieder das ihnen vertraute Füllhorn aufsuchten. Die dicke Marie hier kochte einfach besser als der Rottberger dort.

So bald wie möglich sollte sie auch die Hackschmittin ansprechen, um mit ihr einen neuen Vertrag über Brotlieferungen auszuhandeln. An der Reaktion der Witwe würde sie merken, ob Christian alle Schuldverschreibungen gefunden oder ob er etwas übersehen hatte, das die Rosenwirtin gegen sie verwenden könnte. Aber vielleicht wäre das dann nur eine kleinere Summe, und die Frau würde mit sich reden lassen.

Der Zugang zum Heckegässle schlängelte sich zwischen den Häusern Waldhorngasse neunundzwanzig und einunddreißig hindurch, zwei heruntergekommenen Tagelöhnerbaracken aus den ersten Jahren der Residenz. Jetzt wucherten Moos und Gras zwischen den zerfallenen Hauswänden und auf den eingestürzten Dächern, kein vernünftiger Mensch konnte hier mehr wohnen. Und doch gibt es immer noch Ärmere als uns, stellte Barbara fest, als sie in den schmalen Pfad einbog und vor der Tür der einen Bruchbude eine Frau über einem offenen Feuer hantieren sah. In einer Ecke bauschte der kalte Ostwind zwei von morschen Balken herabhängende Wolldecken auf, hinter denen die Unbekannte sich nachts vor unverschämten Blicken schützen mochte.

Und eben hatte sie sich noch bemitleidet, weil sie zu Hause keine Tapeten an den Wänden hatten wie der Herr Oberbaudirektor!

Die Hütte, in der Schuhmacher Kuchler mit seiner Tochter lebte, war auch kein Schmuckstück, aber sie hielt Wind und Wetter ab und besaß einen richtigen Eingang. Barbara klopfte. Eine völlig verheulte Lies machte ihr auf.

»Ach, du bisch's«, schnupfte sie und trocknete sich mit ihrer Schürze die Tränen. Ihr Bauch war so flach, als hätte sie nicht gerade ein Kind geboren.

»Wer isch's?«, tönte eine Stimme aus dem Nebenraum.

»Die Barbara«, schrie Lies ins Zimmer hinein.

»Und wann kommt das Kräuterweib endlich?« Kuchlers Worte gingen über in ein klägliches »Aijajeijajeijeijeijeijei…«

»Was ist mit ihm?«, fragte Barbara.

Lies kicherte leise, legte aber sofort beschämt den Zeigefinger auf den Mund.

»Pst, verrrat's niemandem, es darf keiner wissen. Vater hat Fangeisen ausgelegt, irgendwo.« Sie machte eine vage Bewegung mit der Hand, die alle Himmelsrichtungen umfasste.

»Aber komm rein!« Sie zeigte auf den Tisch, auf dem eine Schüssel Haferbrei stand. »Willst du was?«

Barbara schüttelte den Kopf. Der Geruch des Leders, der wie eine bleierne Wolke im Raum schwebte, bereitete ihr Übelkeit.

»Fangeisen?«, nahm Barbara den Faden wieder auf, nachdem sie sich gesetzt hatte, und ihre Hoffnung, dass Kuchler der Täter wäre, schwand. »Was ist passiert?«

»Sonntagnacht wollte er nachschauen gehn, ob er einen Hasen erwischt hätte.« Lies schlug sich auf den Mund. »Aber du verpetzt uns wirklich nicht?«

»Bestimmt nicht«, versprach Barbara und kreuzte hinter dem Rücken Mittel- und Zeigefinger ihrer rechten Hand.

»Ein Fuchs wär ja auch nicht schlecht gewesen, für das Fell kriegt man gutes Geld.« Lies rieb Daumen, Zeige- und Mittelfinger aneinander. »Nur, dann ist der Vater selbst in die Falle getreten. Mit dem linken Fuß.«

Wieder kam von nebenan lautes Stöhnen.

»Lies, bring mir was zu trinken, ich halt's nimmer aus.«

Das Mädchen blickte Barbara entschuldigend an.

»Er tut mir schon leid, irgendwie. Aber auf so einen Hasenbraten hätt ich trotzdem Lust gehabt.« Dann griff sie tief hinein ins Schusterregal, holte hinter Lederballen und halb fertigen Schuhen eine Flasche mit einer goldbraunen Flüssigkeit hervor und verschwand damit in der Kammer des Vaters. Nach einer Weile ließ das Wehklagen nach, Kuchler ächzte noch ein wenig und verstummte schließlich ganz.

»Und wie ist er nach Hause gekommen?«, wollte Barbara wissen, als Lies wieder zurückkam.

»Er war nicht allein, Gott sei Dank, da war noch ein Freund …«

»Christian?«

»Nein, der Appenzeller. Der hat das Eisen öffnen können und hat ihn nach Hause gebracht. Mir ist ganz schlecht geworden, als ich den Fuß gesehen hab. Zwei Zehen hat's ihm abgerissen. Ich musste den Vater festhalten, und der Appenzeller hat eine halbe Bouteille Schnaps über die Wunde geschüttet. Ich hab gedacht, alle Nachbarn kommen angelaufen, so hat er geschrien. Und dann hat der Appenzeller die Neureutherin geholt, du weißt, die Kräuterfrau.«

»Hat sie helfen können?«

»Etwas, net viel. Sie wollt heut noch mal vorbeigucken und neue Umschläg machen.«

»Und er liegt seit Sonntagnacht?«

»Ja, er kann ja keinen einzigen Schritt tun, er muss im Liegen pinkeln, so auf die Seite gedreht. Er schreit, säuft, pinkelt und schläft. Ganz wie mein kleines Büble.« Lies kicherte wieder, aber fröhlich klang es nicht.

»Jetzt muss ich die Schuh machen. Es ist gut, dass er mir gezeigt hat, wie's geht. Aber ich hoff doch, dass er bald wieder gsund wird, nur die Neureutherin sagt, das kann dauern.«

»Hast du deshalb geheult? Wegen deim Vater?«

»Nein, nicht wegen ihm, wegen …«

»Hackschmitt?«

»Hackschmitt? Ach du lieber Himmel, nein, du glaubst doch nicht, dass ich dem auch nur eine Träne nachheul, diesem dreckigen Schwein. Und ich war so blauäugig und hab ihm am Anfang geglaubt. Nein, ich hab wegen dem Peterle gweint.

Der ist grad vorhin, kurz bevor du geklopft hast, von jetzt auf nachher von der Stang gfalle, guck!«

Lies winkte Barbara zum Fenster. Auf dem Boden des Vogelkäfigs lag ein toter Hänfling, die Krallen dicht an den Körper gezogen, das Köpfchen und der Brustlatz schimmerten rötlich. Wie blutverschmiert. Wieder brach die junge Mutter in Tränen aus.

»Es ist einfach alles zu viel auf einmal. Des Büble wird geboren und schreit die halbe Nacht, der Vadder tritt ins Tellereisen und kann nimmer arbeiten, und dann stirbt auch noch 's Peterle.«

Barbara nahm die Weinende in den Arm. Sie war eine Verräterin. Wenn die Lies wüsste, dass sie nur gekommen war, um sie auszuhorchen.

Verlegen hielt sie die Freundin fest und streichelte ihr über die Haare, bis diese sich beruhigt hatte.

»'s Peterle hat mich immer erkannt«, erzählte Lies, während sie den Käfig vom Fensterbrett wegnahm und ihn mitten auf den Tisch stellte. »Wenn ich mit ihm geredet hab, hat er mich immer angeschaut, und mir haben zusammen gesungen. Nur in letzter Zeit wollt er nimmer. Und auch nimmer fressen.«

Aber dann lachte sie.

»Mein Gott, da sitz ich und heul dir was vor. Dabei willst du ja 's Büble sehen, gell? Komm, guck ihn dir an. Ich könnt ihn die ganze Zeit herze und küsse.«

Sie nahm den Säugling aus einem der hölzernen Zuber, die ihr Vater sonst zum Einweichen der Brandsohlen benutzte, und legte ihn Barbara in die Arme.

»Und die Hackschmittin hat gwollt, dass ich's wegmache lass!« Lies' Stimme bebte vor Empörung. »Bei so was sind schon welche krepiert. Die Anna aus Grötzingen und des arme Mädel damals, weißt du noch? Von der niemand gwusst hat, von woher sie war. Nee, so was lass ich net mit mir machen.«

Barbara wiegte das Kind sachte, es schlief zufrieden, ein schräges Grienen umspielte das winzige Mündchen.

»Und dir ist das wirklich egal mit dem Hackschmitt, mit dem, was ihm passiert ist?« Während sie zart über die winzigen Finger des Neugeborenen strich, schielte sie unter halb geschlossenen Lidern zur Lies hinüber.

»Ich glaub, vor ein paar Wochen wär's mir noch nicht egal gewesen. Aber inzwischen … pah!« Trotzig pustete sich die junge Frau eine Haarsträhne fort.

»Weißt du, dass er schon wieder einerer schöngetan hat? Des Büble isch noch net auf der Welt gwese, da hat er sich schon widder gstriegelt und gepudert und hat mich mit der ganze Bedienerei allein glasse. ›Du kannsch nach Haus gehn, wenn kei Gäscht mehr da sind, bei mir wird's spät‹, hat er mir gesagt, der feine Herr Wirt. Ein windiger Hund ist das gewesen. Auch die Marie war wütend auf ihn. ›Dass er dich so sitzen lässt‹, hat sie zu mir gesagt, obwohl sie auf mich am Anfang auch nicht gut zu sprechen war, wahrscheinlich, weil ich ihr zu viel in ihrer Küch rumgestanden bin. Und vielleicht war sie auch ein klein bisschen eifersüchtig. Sie war ja jetzt nimmer das einzige weibliche Wesen, das im Füllhorn wirtschaftete.«

Auf Lies' Gesicht erschien ein spitzbübisches Lächeln.

»Stell dir vor, einmal, das war ganz am Anfang, als ich da war und irgendeine dämliche Bemerkung über ihr saures Kraut gemacht hab, dass sie da noch mehr Wacholderbeeren hätte reintun müssen oder so was, ich kann mich nicht mal mehr genau erinnern, was ich gsagt hab, da wurd sie so bös, dass sie den ganzen Topf auf den Boden geschmissen hat und acht Tag lang nicht mehr zur Arbeit gekommen ist. Daraufhin war der Hackschmitt auf mich bös, ich musste mich bei Marie entschuldigen und versprechen, dass ich ihr nie mehr reinreden würde in ihre Kocherei. Hab ich dann auch nie mehr gemacht, und mit der Zeit hat sie sich an mich gewöhnt.«

»Aber jetzt bist du allein mit dem Kind.«

»Das wär ich am Ende eh gewesen, selbst wenn der Hund noch leben tät. Am Anfang hat er jede Menge Süßholz geraspelt, mein Gott, was hat der mir alles verzählt. Bis er gekriegt hat, was er wollte.«

Bei den letzten Worten bekam Lies' Stimme nun doch einen verbitterten Klang.

»Ringe und Ketten hat er mir versprochen, schöne Kleider,

die Ehe. Und immer genügend Wurscht und Fleisch zum Frühstück. Heute weiß ich's besser.« Lies nahm Barbara das kleine Kerlchen ab und spazierte mit ihm im Raum herum. »Weißt du, eigentlich bin ich ganz froh, dass das jetzt alles vorbei ist, das mit dem Hackschmitt, mein ich. Und irgendwie kommen wir schon durch, der Vadder, des Büble und ich. Die Christina schlägt sich ja auch allein durch. Aber vielleicht …« Lies machte eine winzige Pause. Sie lächelte versonnen und kitzelte dem Säugling die Bäckchen. »Vielleicht werd ich ja auch net ganz allein sein. Der Gottlieb, der Brechtheimer, der Reitknecht am Hof ist, hat mich gestern besucht, und des Büble fand er ganz allerliebst.«

So! Des Büble fand er ganz allerliebst! Barbara stand auf. Warum freute sie sich nicht für die Lies?

»Es wird Zeit für mich. Gib Bescheid, wenn ich dir was helfen kann mit deim Vater.«

Es hatte zu schneien begonnen, während sie geredet hatten. Der Weg vor dem Eingang, die Häuschen im Gässle, die Gemüsegärten, alles war weiß überzogen.

Fremd und unwirklich tanzten dicke Flocken im bleiernen Licht des Märzvormittags und erstickten jeden Laut. Constantin Wiesli saß jetzt bei Bastiani unterm Dach und fror. Es tat ihr in der Seele weh.

Lies hatte Barbara zur Tür begleitet und hüllte das Kind in ihren großen Umhang.

»Man könnt meinen, dass das Wetter grad so weitermacht wie letztes Jahr.«

»Ich hab gehört, dass die Großherzogin einen Wohltätigkeitsverein gründet, im Hospital wahrscheinlich. Tu dich erkundigen, Lies! Vielleicht kannst du von dort Hilfe kriegen.«

Die junge Frau nickte, und Barbara drehte sich um, sie wollte nicht, dass die andere ihr Gesicht sah. Die Freundin konnte nichts für ihre schlechte Laune. Dass ihr Vater nicht als Täter in Frage kam, war schön für die, aber ihr passte es nicht. Die Schlinge zog sich enger um den Hals ihres Bruders. Oder um den des Studiosus.

Als sie auf dem Rückweg wieder an den verfallenen Mauern

vorbeikam, hinter denen die Obdachlose hauste, war das Feuer ausgegangen und von der Frau nichts zu sehen. Gleichgültig wehte der Schnee gegen die fest zusammengezurrten Wolldecken.

Wenn ich heute Abend von Weinbrenners komm, bringe ich ihr was zu essen.

Zünglein an der Waage

Christian hatte den Knoten an dem Beutel gelöst, den Barbara ihm hingelegt hatte. Er schüttete das Geld auf den Tisch, vier Gulden, ein Haufen Kreuzer, und begann zu zählen. Die kleineren Münzen stapelte er zu Türmchen, die Gulden gruppierte er außen herum wie Steine auf einem Spielbrett. Für die Schiffspassage langte es nicht. Auch nicht für die Strecke bis Rotterdam. Aber ein Stück weit rheinaufwärts, bis nach Mannheim oder Worms, könnte er kommen. Von dort müsste er gucken, wie er weiterkäme.

Er hörte Bernhard in der Durchfahrt. Rasch verstaute Christian das Geld wieder in dem Säckchen und stopfte es in seine Hosentasche, schon steckte der jüngere Bruder den Kopf zur Tür herein.

»Ich fang bei Caffetier Frey in der Lammgasse an, du weißt, ganz oben am Schlossplatz. Er braucht jemanden für die Spülküche, heut schon, und wenn ich mich gut mach, hat er gesagt …« Der Kleine beendete den Satz nicht, aber er strahlte übers ganze Gesicht.

»Träum du nur!«, knatschte Christian, er verübelte dem Bruder sein Glück.

Wenn Bernhard bei dem Caffetier arbeitete und er selbst nach Amerika ging, was würde dann aus der Bäckerei werden? Barbara würde ihre Anstellung nicht aufgeben können, es war das einzige sichere Einkommen der Familie. Und Christina? Du lieber Himmel, Christina konnte Roggen nicht von Weizen unterscheiden.

Irgendwann später hatte er die Backstub und den Laden seinen Buben vererben wollen.

In der Hose spürte er den Stoffbeutel.

Anton und Lorenz oder die Schiffspassage?

Bernhard stand noch immer im Türrahmen, wartete, dass er etwas sagte.

»Wenn ich Mehl krieg, back ich heut«, murmelte Christian endlich.

»Bis dahin bin ich zurück, Großer, ich versprech's dir.«

Er starrte auf die Tür, die Bernhard hinter sich zugeworfen hatte. War es die richtige Entscheidung gewesen? Was, wenn er von nirgendwoher Mehl bekäme? Wenn ihn Montagabend doch jemand in Hackschmitts Haus gesehen hatte? Wenn die Sache mit dem Überfall auf Weinbrenners Kutsche herauskäme? Schon das allein würde ihn Kopf und Kragen kosten. Er musste Appenzeller fragen, was aus Lemmer und Konsorten geworden war, ob sie sich mittlerweile aus dem Staub gemacht hatten.

Barbara würde ihn nicht reinreiten, da war er sich sicher. Und wenn sie den Rest ihres Lebens kein Wort mehr mit ihm spräche. Das könnte er aushalten. Das wäre immer noch besser, als auf ewig im Loch zu sitzen. Er hatte doch nur die Familie retten wollen. Und seinen Traum.

Wieder tastete er nach dem Geld.

Er könnte damit Roggen für acht Tage kaufen, falls er einen Händler oder Müller fände, der noch Vorräte besaß, dazu einen halben Sack Weißmehl für Barbaras Osterhefeküchle. Besser wäre die doppelte Menge. Dann würde er, wenn der Bruder schon bei ihm arbeitete, Frey ein Geschäft mit Hasen anbieten. Osterhasen aus Hefeteig, verziert mit kandierten Früchten. Er würde sie feiner hinbekommen als jeder andere Zuckerbäcker in der Stadt, und wenn er bis sonst wohin gehen müsste, um die Zutaten aufzutreiben.

Hackschmitt hatte immer gewusst, wo es was gab, der hatte für alles und jedes seine Beziehungen gehabt. Nur so hatte er aus dem Füllhorn eine Goldgrube machen können. Dem Vater hatte er alles Nötige zugeschustert. Aber zu was für einem Preis! Jetzt war Hackschmitt tot.

Er verdrängte den Gedanken an den Gastwirt und ging im Kopf die Namen der Kaufleute durch, die er nach Mandeln, Rosinen und Trockenfrüchten fragen könnte. Da hörte er wieder Schritte in der Durchfahrt. Unbekannte, suchende Schritte. Er drehte den Kopf zum Fenster, um zu sehen, ob Christina noch im Hof war, aber er konnte sie nicht entdecken. Auch die Kinder waren nicht mehr dort. Vielleicht war die Schwester mit ihnen zum Markt gegangen. Es gäbe Kartoffeln, hatte es geheißen. Großherzog Karl habe aus eigener Vorratshaltung mehrere Fuhren in der Gruft der evangelischen Stadtkirche einlagern lassen, um sie an Notleidende zu verteilen. Bestimmt hatte sich die Beauharnais dafür eingesetzt. Die Großherzogin war eine gute Seele.

Jetzt hielten die Schritte vor der Küchentür. Kamen sie ihn holen? Wenn er aufstünde und den Schlüssel im Schloss umdrehte, würden sie es hören und wüssten sofort, dass er zu Hause war. Wie gebannt starrte er auf den Drücker, aber der bewegte sich nicht. Draußen hustete ein Mann, dann klopfte es. Christian gab keinen Mucks von sich.

Wieder klopfte es.

»Hemmerdinger?«

Die Stimme war Christian fremd.

Langsam ging der Griff nach unten, die Tür ruckte auf, und ein kleiner rundlicher Mann schaute herein, das Gesicht braun gegerbt wie das eines Menschen, der sein ganzes Leben lang im Freien geackert hat. Aber der Eintretende war städtisch gekleidet, nicht gerade nach der neuesten Mode, doch mit Geschmack. Respektvoll grüßend nahm er seinen Hut vom Kopf und schüttelte die Schneeflocken ab, bevor er in die Küche trat.

»Es tut mir leid, aber der Winter will sich einfach noch nicht verabschieden. Und verzeihen Sie, dass ich so unangemeldet hier hereinschneie. Im wahrsten Sinn des Wortes, könnte man sagen, gell.«

Der Mann öffnete die Knöpfe seines Überrocks.

»Delacour mein Name, Mathias Delacour, Tabakbauer und Händler. Ich nehme an, Sie sind Christian. Ich war ein Freund Ihres Vaters. Als ich gestern nach einer längeren Reise wieder zurückgekommen bin, habe ich von dem Unheil erfahren, das Ihrer Familie zugestoßen ist, und hab mich gleich heute Morgen auf den Weg hierher gemacht. Ich versichere Ihnen, der Tod Ihres Vaters ist für mich ein schwerer Verlust. Mein Beileid.«

Delacour! Jetzt erinnerte sich Christian wieder. Das war der Name gewesen, den der Vater erwähnt hatte, wenn er von früher erzählte. Einmal, als er noch ein kleiner Bäckerjunge gewesen sei, habe er mit der Dienerschaft des Hofs hinaus nach Stutensee fahren müssen. Einen halben Sommer lang seien sie in dem kleinen Schlösschen im Norden der Residenz geblieben, wo sie sich um das leibliche Wohl der hochherrschaftlichen Familie kümmern mussten.

Der Vater war ins Schwärmen geraten, wenn er an jene Wochen dachte. An die weiten Felder und die Pferde auf der Koppel, deren Aufzucht der Markgraf am liebsten selbst überwachte, und in den lauen Nächten hatte er mit den anderen Bediensteten im Vorhof des Küchenhäuschens zusammengesessen und dem Wind in den knorrigen alten Eichen gelauscht, während der Koch Geschichten zum Besten gab, dass es einem herrlich gruselig wurde. Trotz der vielen Arbeit seien es die schönsten Tage seines Lebens gewesen.

Damals habe er auch Mathias kennengelernt. Mathias war der Sohn eines der Fohlenknechte gewesen, die ebenfalls auf dem Gestüt wohnten.

»Später bin von dort fortgegangen. Zuerst hab ich mich bei einem Tabakpflanzer in Staffort verdingt. Dann konnte ich mir ein eigenes Feld kaufen«, berichtete Delacour, ohne dass Christian ihn danach gefragt hätte. »Wir haben uns nie ganz aus den Augen verloren, Ihr Vater und ich, und neulich, es war Ende Februar, da stand er unvermutet bei mir vor der Tür.«

Christian wurde ungeduldig. Nach gefühlsduseligen Erinnerungen stand ihm nicht der Sinn. Aber die Höflichkeit verlangte es, dem Gast wenigstens einen Stuhl anzubieten.

»Sie glauben gar nicht, wie sehr ich mich gefreut hatte, ihn wiederzusehen, und meine Frau auch«, redete Delacour schon weiter, nachdem er es sich bequem gemacht hatte.

»Ich hab nicht viel Zeit«, unterbrach Christian den Mann. »Ich bedauere, aber …«

Delacour ließ sich nicht beirren.

»Ich werde Ihre Zeit nicht über Gebühr in Anspruch nehmen. Doch da ist etwas, das ich mit Ihnen besprechen wollte. Ihr Vater erzählte mir vom Tod Ihrer Mutter und dass er meinen Rat bräuchte. Es gäbe da einen gewissen Hackschmitt …«

»Ihren Rat?« Christian schnellte hoch. »Wie kommt mein Vater dazu, mit einem Fremden über die Angelegenheiten unserer Familie zu reden? Wieso hat er das nicht mit mir getan? Ich bin sein ältester Sohn.«

»Herr Hemmerdinger ...« Die weiche Stimme des Tabakhändlers wurde noch weicher, bekam aber zugleich einen entschiedenen Ausdruck, einen Ton, der sich jegliche Unterbrechung verbat. »Erstens, Herr Hemmerdinger, war Ihr Vater das Familienoberhaupt und musste daher niemanden um Erlaubnis fragen, wenn er mit einem Dritten über seine persönlichen Angelegenheiten sprechen wollte. Und zweitens bin ich, wie schon gesagt, kein Fremder, sondern ein Freund, und mitunter können Freunde besser raten als die eigene Familie, der man allzu großen Kummer ersparen möchte.«

Delacour machte eine Pause, so als müsse er die nächsten Worte abwägen.

»Ihr Vater fragte um Hilfe in einer, ich möchte fast sagen, ausweglosen Lage. Er erzählte mir von Schulden, die er bei diesem Gastwirt hat, und dass er keine Möglichkeiten sah, dieses Geld jemals abzuzahlen. Im Gegenteil. Die Schuldsumme würde von Tag zu Tag größer werden.«

Christian konnte es nicht verhindern, ja, er genoss es geradezu, dass in ihm ein Gefühl von Genugtuung aufloderte. Er war es, der die Schulden des Vaters beglichen hatte. Sozusagen. Und auf einen Schlag. Aber nach außen hin ließ er sich nichts anmerken.

»Ich habe Ihrem Vater das Versprechen geben müssen, mit niemandem und ganz besonders nicht mit seinen Kindern über diese Angelegenheit zu sprechen«, hob der Stafforter wieder an. »Aber Georg lebt nicht mehr, und besagter Gläubiger wird mit seinen Forderungen an Sie herantreten. Wenn er es nicht bereits getan hat. Ich kann mir aber vorstellen, dass Sie ebenso wenig wie Ihr Vater in der Lage sein werden, diese Schulden zu tilgen. Daher bin ich gekommen, Ihnen meine Unterstützung anzubieten. Das bin ich Georg schuldig. Es gab Zeiten, da hat er mir unter die Arme gegriffen.«

Das kam so überraschend, dass Christian nicht wusste, wie er sich verhalten sollte. Von Hackschmitts Tod schien Delacour noch nichts gehört zu haben, sonst würde der Mann anders reden. Was sollte er sagen? Es gab keine Schuldscheine mehr, und also brauchte er die Hilfe dieses Mannes nicht. Aber er käme in Teufels Küche, wenn er das zu erklären versuchte.

»Mit mir hätte Hackschmitt das nicht machen können«, versuchte Christian abzulenken. Seine Nerven waren zum Zerreißen gespannt. »Ich hätte einen Weg gefunden, ihn zu bezahlen, und dann hätte er uns mal kreuzweise …«

»Sie kennen die Hintergründe nicht.«

»Was heißt das, was für Hintergründe?« Christians Stimme bekam einen vorwurfsvollen Ton, wurde beißend. »Bei jedem jüdischen Geldverleiher wäre er besser dran gewesen als bei diesem Wucherer von Hackschmitt. Warum hat er sich ausgerechnet so einem schmierigen Kerl verschrieben? Ich hätte ihm helfen können, wenn er mit mir gesprochen hätte.«

»Sie hätten ihm kaum helfen können.«

Christian antwortete nicht. Er misstraute diesem Mann.

»Es war im Herbst, als Ihre Mutter krank wurde«, erklärte der Tabakhändler und klopfte mit den Fingerspitzen auf den Tisch. Das Geräusch brachte Christian in Rage.

»Die Medizin war teuer und Geld knapp. Georg suchte nach einem Ausweg – und machte einen folgenschweren Fehler. Er kam auf die dumme Idee, das Mehl zu strecken. Mit Kleie zum Beispiel und mit getrockneten Vogelbeeren. Und ein Pfund musste ja auch nicht unbedingt ein Pfund wiegen.«

Christian hielt es nicht mehr auf seinem Stuhl.

»Nein! Das glaub ich nicht. Ich kenne niemanden, der ehrlicher gewesen wäre wie mein Vater.«

»Setzen Sie sich«, bat ihn Delacour und hörte auf, auf die Tischplatte zu trommeln. »Ich stimme Ihnen zu, Ihr Vater war ein grundehrlicher Mensch, aber manchmal sind die Zeiten nicht danach. Eine Weile ging auch alles gut. Die Brotvisitationen waren lasch, erst jetzt mit der Mehlverknappung kontrolliert die Stadt wöchentlich. Nur der Hackschmitt war ihrem Vater irgendwann auf den Trichter gekommen. Er hätte Georg verpfeifen können. Aber das tat er nicht, er war schlauer. Der Wirt kannte die verletzliche Seele Ihres Vaters nur allzu gut, die Schmach, die diesen ohnehin schon quälte ob seiner Mogelei, und das machte er sich zunutze. Hackschmitt kassierte zuerst das Bußgeld von zwanzig Gulden, die Ihr Vater hätte bezahlen müssen, wenn das Polizeyamt ihm auf die Schliche gekommen wäre, und verlangte noch einmal das Gleiche als Schweigegeld. Damit er auch weiterhin schweigen würde, sollte das Brot für seine Restauration in Zukunft selbstverständlich von einwandfreier Qualität sein, eine Forderung, der man im Prinzip nicht widersprechen kann. Aber, und das ist das Perfide, Ihr Vater musste von nun an das Mehl beim Hackschmitt kaufen, zu Preisen, die, wie Sie sich denken können, mehr als überteuert waren. Und Ihr Vater hatte nicht die Kraft, sich zu wehren, denn er schämte sich. Vor seiner Frau, die im Sterben lag, vor Ihnen, seinen Kindern, und vor den Leuten im Viertel.«

Delacour redete, aber Christian achtete kaum auf dessen Worte, in seinen Ohren rauschte es. Er wollte nicht glauben, was er hörte. Sein Vater ein Betrüger? Und er war immer so stolz auf ihn gewesen und auf ihre Bäckerei, die beste in der ganzen Stadt.

»... Menschen mit Stärken und Schwächen und auch mit Fehlern«, hatte Delacour unterdessen weitergeredet. »Wir sind alle nicht frei davon. Sie nicht, ich nicht, und Ihr Vater war es auch nicht. Als sein Freund möchte ich Sie bitten, ihm zu verzeihen.«

Jetzt reichte es Christian.

»Hören Sie endlich auf zu salbadern und gehen Sie! Verschwinden Sie aus meinem Haus!« Und er hieb seine geballte Faust auf den Tisch, dass es dröhnte. Aber unbeeindruckt holte Delacour aus seiner Rocktasche eine Dose Schnupftabak und nahm gelassen eine Prise. Er nieste und putzte sich die Nase in sein großes Taschentuch.

»Ich weiß, dass ich Ihnen wehgetan habe, aber Sie wollten es wissen, und Sie mussten es wissen. Denn auch wenn Ihr Vater sich in seiner Verzweiflung das Leben genommen hat, die Schulden sind damit nicht vom Tisch. Wir sollten jetzt gemeinsam überlegen, wie es für Sie und Ihre Familie weitergehen kann.«

In Christian arbeitete es fieberhaft. Was er nicht verstand, war, wieso jemand sich freiwillig die Schulden eines anderen aufhalsen wollte, selbst wenn dieser andere angeblich dreimal ein Freund war. Irgendetwas stimmte da nicht. Vielleicht war der Mann ein Polizeyspitzel, von Bastiani auf ihn angesetzt. Vielleicht stimmte selbst die Geschichte mit dem gefälschten Brot nicht.

»Sie wissen nicht, was mit Hackschmitt passiert ist?«, erkundigte sich Christian vorsichtig.

»Wieso? Was ist mit ihm passiert?«

»Er lebt nicht mehr.«

»Was heißt, er lebt nicht mehr? So plötzlich?«

»Ja, so plötzlich. – Erstochen«, setzte Christian dann doch noch hinzu. Es hätte ja eh keinen Sinn gehabt, nichts zu sagen. Angenommen, Delacour, oder wie immer der Mann in Wirklichkeit hieß, war vom Durlacher Kriminalgericht geschickt worden, um ihn auszuhorchen, dann wusste der Staatsdiener ohnehin Bescheid, und die Richter würden ihm einen Strick daraus drehen, dass er sich unwissend gegeben hatte. Oder der Mann war tatsächlich der Freund seines Vaters, dann ginge er womöglich zum Goldenen Füllhorn und würde dort erfahren, wie der Wirt ums Leben kam. Und er würde sich wundern, wieso Christian nichts gewusst haben wollte, wo er doch in derselben Straße wohnte und man immer alles von den Nachbarn wusste.

»Er wurde gestern Morgen in seinem Gasthaus gefunden.«

Der runde Mann mit dem Bauerngesicht schwieg. Erst nach einer Weile räusperte er sich, und als er sprach, zitterte seine Stimme.

»Dann hat Ihr Vater sich ganz umsonst das Leben genommen.«

Delacour, oder wer immer der Mann war, ließ ihn nicht aus den Augen. Christian sah dem Fremden an, was dieser dachte. Dass er der Mörder sei. Er musste ihn von dem toten Wirt ablenken.

»Vielleicht hat sich Vater gar nicht umgebracht. Könnte doch sein, dass ein Landstreicher ihn ins Wasser gestoßen hat, irgendwer, der glaubte, bei meinem Vater gäbe es was zu holen. Den Siegelring zum Beispiel!«

Gut, dass ihm der noch eingefallen war, sozusagen in letzter Minute. Christian verhaspelte sich fast, als er weitersprach. »Mein Vater trug einen Siegelring, den hat er nie abgelegt. Aber als man ihn aus dem Wasser holte, war der Ring fort. Da, wo er gesessen hatte, war nur noch ein weißer Streifen auf der Haut. Jemand hat ihn ihm geklaut.«

Der andere lächelte leise.

»Herr Hemmerdinger, ich habe den Eindruck, Sie weichen mir aus. Könnte es sein, dass Sie etwas mit dem Tod des Gastwirts zu tun haben?«

Christian stieg das Blut zu Gesicht. Wann hörte das hier endlich auf, dieses Gespräch, von dem er nicht wusste, ob es ein Polizeyverhör war?

»Was sollte ich mit Hackschmitts Tod zu tun haben?«

»Ich brauche Ihnen also beim Abzahlen der Schulden Ihres Vaters nicht mehr zu helfen, verstehe ich das richtig? Die Erben sind so freundlich, sie Ihnen in Gänze zu erlassen?«

»Herr Delacour«, zischte Christian mit kaum verhohlener Wut, »ich habe es Ihnen schon einmal gesagt, ich habe zu tun. Ich muss Einkäufe machen, die Bäckerei, Sie verstehen.«

Delacour neigte den Kopf und griff nach seinem Hut.

»Möglich, dass ich Sie verstehe, aber ich hoffe, dass ich Sie missverstehe.«

Er ging zur Tür, hatte die Hand schon auf dem Griff, als er sich noch einmal umdrehte.

»Noch eins, Hemmerdinger. Der Siegelring. Er ist Ihrem Vater nicht gestohlen worden. Ihr Vater hat ihn versetzt, es war ein letzter Versuch, zu Geld zu kommen. Ich habe Ihren Vater begleitet, als er mit einem fahrenden Juden über den Preis verhandelt hat. Er wollte den Ring nicht hier in Karlsruhe ins Pfandhaus bringen. Er fürchtete das Geschwätz. In solchen Dingen ist die Residenz ein Dorf. Sie und Ihre Geschwister hätten dahinterkommen können. Das wollte Ihr Vater vermeiden.«

Den Ring versetzt? Christians Gedankenwelt, die er sich bis ins kleinste Detail zurechtgebastelt hatte, stürzte ein wie ein Kartenhaus.

»Wer soll dieser Jude sein?«, würgte er schließlich hervor.

Jede Frage, die er jetzt noch stellte, empfand er als Demütigung. »Hat er den Ring noch? Meine Schwestern würden viel drum geben, ihn wiederzubekommen.«

»Sagen Sie Ihren Schwestern, der Mann heißt Samuel Mandelbaum. Aber wenn Sie möchten, kann ich Ihnen bei der Suche nach ihm helfen. Geben Sie mir Bescheid, Sie finden mich in Staffort, Sie müssen nur nach mir fragen. Meine Empfehlung an die Familie.«

Benommen blieb Christian sitzen.

Und es war doch Mord gewesen.

Jemanden in den Tod treiben, ohne sich auch nur die Finger schmutzig zu machen, wenn das nicht Mord war! Aber der Wirt hatte seine gerechte Strafe bekommen. Wie stand es im Alten Testament? Auge um Auge, Zahn um Zahn. Christian holte Barbaras Geld aus der Tasche, wog den Beutel in der Hand und verfiel in hysterisches Gelächter. Er hatte das dringende Bedürfnis nach einer Hur, an der er sich abreagieren könnte.

Gefährliches Pflaster

»Sergeant Bastiani? Was willst du von ihm?«

Constantin druckste herum. Der Posten vor der Polizeydirektion musterte ihn von oben bis unten, als sei er ein nichtsnutziger Rumtreiber. Dass ein Mensch bei diesem Wetter ohne Überzieher und Hut herumlief, musste ihm verdächtig erscheinen.

»Wart hier!«, befahl er ihm, bevor er ins Gebäude verschwand.

Seit Constantin aus seinem Dachgefängnis geflohen war, schneite es. Er trat von einem Fuß auf den anderen und rieb sich die Arme warm. Wenn er wenigstens den Umhang mitgenommen hätte, den ihm sein Hauswirt gegen die Kälte im Kabuff zugestanden hatte.

Es war nicht der Posten von eben, der zurückkam, sondern ein Wachtmeister, bewaffnet mit Knüppel und Säbel.

»Mitkommen!«, befehligte er Constantin in einem Ton, dass diesem schlagartig der Fehler bewusst wurde, den er gerade dabei war, zu begehen. Natürlich, sie wussten Bescheid hier. Bastiani hatte alles brühwarm gemeldet, und er würde vom Regen in die Traufe geraten.

In einem Bruchteil von Hast-du-nicht-Gesehen machte Wiesli auf dem Absatz kehrt und stürzte davon, bevor der Gendarm ihn zu packen kriegte. Er war jung. Der Schütze mit seinen Waffen und dem Leibesumfang eines kreuzbraven Familienvaters würde es nicht mit ihm aufnehmen können. Dennoch rannte Constantin um sein Leben, bis stechende Schmerzen in der Seite ihn zwangen anzuhalten. Im Schutz einer offenen Toreinfahrt vergewisserte er sich, dass er nicht verfolgt wurde.

Der neuerliche Wintereinbruch hüllte die Stadt in eine weiße Decke. Dicht an dicht wirbelten die Flocken vom Himmel herab. Den Kopf zwischen die Schultern gezogen, hastete der Studiosus weiter, die Akademiestraße entlang bis zum Linkenheimer Thor. Irgendwo musste er erst mal unterkommen, um seine missliche Lage zu überdenken. Aber es war zum Verzweifeln. Diese Stadt mit ihren gleichmäßig aneinandergereihten, glatten Hausfronten und dem klaren Verlauf ihrer Straßen bot keine Verstecke. Weder gab es verschwiegene Kirchhöfe wie in seinem heimatlichen Basel noch verwinkelte Plätzchen oder mittelalterliches Gemäuer, in deren Gewölbe er sich verbergen könnte.

Er erschrak, als er zwischen den Arkaden des Vorderen Cirkels Schatten bemerkte, die verschwanden, auftauchten, wieder verschwanden. Sie waren ihm auf die Spur gekommen. Schon fiel ihn mit wildem Geschrei jemand an, er schlug um sich und merkte im selben Augenblick, dass es nur ein Kind war, ein Bub von vielleicht neun oder zehn Jahren.

»Oh Verzeihung, der Herr. Verraten Sie mich nicht, wir spielen Räuber und Gendarm.« Und schon war das Kerlchen um die Ecke gesaust, gerade noch rechtzeitig, bevor eine Horde kleiner Häscher auftauchte und hinter dem Jungen herjagte. Sogar zwei Mädchen waren dabei.

Constantin zwang sich jetzt, langsamer weiterzugehen, das ziellose Herumlaufen brachte nichts. Aber eines war klar, nach Hause konnte er nicht mehr. Seine Flucht glich einem Schuldeingeständnis. Der Sergeant würde ihm jetzt noch weniger glauben als zuvor. Es gab nur eine Möglichkeit: Er selbst musste Leonelli überführen, musste ihn finden und zu einem Geständnis zwingen. Nur wie? Er kannte den Mann ja nicht einmal.

Heger hatte ihn als gut aussehend geschildert, Kavalier für alternde Witwen. Eine nette Beschreibung, leider völlig unzureichend. Constantin stellte sich den Vedutenmaler jung und schlank vor, mit schwarzen Haaren, feurigen Augen, einem verschlagenen Blick und eitel wie Schauspieler auf einer Opernbühne, wenn sie südländische Rollen verkörperten. Unauffällig musterte er die Männer, die ihm begegneten. Keiner entsprach diesem Bild. Alle hatten sie biedere Revisorengesichter, wackere Offiziersanwärterphysiognomien, ehrenwerte Kaufmannsmienen, und jeder sah so aus, als wolle er nur eins: Schnellstens nach Hause ins Warme, wo ein Feuerchen im Kamin brannte, oder zumindest in eine trockene Amtsstube. Auch er sehnte sich danach. Seine Schuhe waren längst durchnässt und die Füße eiskalt, und außerdem knurrte ihm der Magen.

Als er die Adlergasse überquerte, fiel ihm Steiger ein. Steiger wohnte hier irgendwo. Wenn einer in der Lage wäre, ihm bei seiner Suche nach Leonelli zu helfen, dann er. Langsam ging Constantin von Haus zu Haus in der Hoffnung, dass ihm jemand begegnete, den er fragen könnte, als er über sich ein Knirschen hörte und vor ihm eine Schneelawine zu Boden rauschte. Erschrocken sprang er zur Seite, aber er rutschte aus, knackste um und landete hart auf dem Trottoir.

»Ach herrje, haben Sie sich was gebrochen?«

Die Frau, die gerade aus dem Haus trat, ließ ihren Einkaufskorb fallen, sprang herbei und half ihm aufzustehen. Er schüttelte den Kopf, hielt sich aber sicherheitshalber noch an ihrem Arm fest.

»Ich glaub, es geht schon wieder, danke.«

Als der Schmerz nachließ, durchflutete angenehme Wärme Constantins Körper. Er atmete tief durch, getraute sich aber noch nicht, fest aufzutreten.

»Eigentlich suche ich einen Baumeister, Steiger. Können Sie mir sagen, wo ich ihn finde?«, erkundigte er sich dann.

»Ja, gleich dort vorn im König von Preussen«, erklärte sie und zeigte auf das Eckhaus, wo die Adlergasse auf den Holzmarkt mündete.

»Kennen Sie vielleicht zufälligerweise auch einen Herrn namens Leonelli? Er soll Italiener oder Franzose sein.«

»Oja, den kenn ich.« Sie kicherte. »Da sind Sie bei mir fast richtig.«

Constantin begriff nicht. Nach einsamer alter Witwe sah die Frau nicht aus.

»Bei Ihnen? Was meinen Sie damit?«

»Ein so liebenswürdiger Herr, der Herr Leonelli«, sprudelte es aus ihr heraus. Er habe sie schon einmal gezeichnet, wenn er den freundlichen Herrn Adam besuchte. Und begeistert erzählte sie weiter von dem freundlichen Herrn Adam, der ihr immer nach einem Besuch beim Großherzog Zuckerwerk mitbrachte und ihrem Herrn Gemahl ab und an Tabakröllchen. Sie sagte tatsächlich Gemahl. Und sie schwärmte von den Leckerbissen, die sie den Herren zubereitete, wenn die beiden nächtens zusammensaßen, Gedichte reimten und philosophierten.

»Erst vorgestern noch. Pastetchen hab ich gemacht und dazu ein Weinsüppchen vom Feinsten, mit ganz frischen Weckle dazu. Ich find, wer so viel denkt, muss auch gut essen.«

»Vorgestern?«, fragte Constantin, »am Montag?«

»Am Montag, ja. Er schien an dem Abend etwas bedrückt zu sein, der arme Herr Leonelli, nicht so fröhlich wie sonst. Tu ihm was Gutes, hab ich daher gedacht, Essen hält schließlich Leib und Seele zusammen, finden Sie nicht auch? Ich bin dann extra noch zum Holzmarkt gelaufen, um in der Wirtschaft eine Flasche Wein zu holen. Und hatte Glück. Der Eith wollte grad schließen. Sonst hätt ich den Herren das Süppchen ja nicht machen können.«

»Um wie viel Uhr war das?«

Der Fuß fing zu pochen an. Constantin hätte sich gern gesetzt. Aber selbst wenn hier eine Bank stünde, in dem Schneetreiben würde er sich doch nur einen nassen Hosenboden holen.

Die Frau überlegte. »Ich weiß nicht genau. Der Eith macht eigentlich immer um Mitternacht zu. Und bis ich dann gekocht hab. Halb eins, eins war's bestimmt, als ich denen das Essen brachte.« Und jetzt kicherte die Frau wieder so vergnügt wie zu Beginn. Sie schien von bemerkenswert unbekümmertem Naturell zu sein.

»In der Früh ist der Herr Leonelli dann gegangen. Ich hab die Haustür gehen hören.«

Fast immer verabschiede er sich sehr spät, eigentlich erst in der Früh, erzählte sie, und nur selten gingen die Herren aus. Das Zimmer, in dem der Herr Adam logierte, sei aber auch ihre schönste Piece, und sie hielt sie peinlichst sauber, denn es war ein netter Herr, der Herr Adam, und seine Mutter so gebildet. Wenn diese ihren Sohn besuchte, was bedauerlicherweise viel zu selten vorkäme, da sie aus Mannheim anreisen müsse, hätte Madame immer ein Stündchen Zeit für sie.

»Ach, ja, Sie wollten ja wissen, wo der Herr Leonelli wohnt. Auch im König von Preussen. Aber jetzt, glaub ich, muss ich weiter, sonst wundert sich mein Herr Gemahl, wo ich bleibe. Oder soll ich Ihnen vielleicht doch kalte Wickel machen?«

Constantin schüttelte den Kopf. »Nein. Ich glaub, das wird nicht nötig sein.«

Sie hob ihren Korb auf. »Und seien Sie vorsichtig mit Ihrem Fuß«, mahnte sie noch, bevor sie sich endgültig verabschiedete.

»Seien Sie vorsichtig!«, murmelte Constantin und starrte der Frau konsterniert hinterher.

Leonelli war nicht Hackschmitts Mörder. Leonelli hatte sich Pasteten und Weinsuppe, ein Weinsüppchen mit Weckle!, munden lassen, während er selbst stockbesoffen im Füllhorn gesessen hatte. Und der Wirt starb. Die Erkenntnis traf ihn so hart, als hätte ihm jemand einen Hieb in den Magen versetzt. Ihm wurde schwindlig.

Also hatte er sich den Schnitt an der Hand nicht auf dem Holzmarkt zugezogen. Also hatte er in der Nacht Blut an den Fingern gehabt und an seiner Kleidung, und Bastiani hatte eins und eins zusammengezählt, als sie den toten Hackschmitt fanden.

Jetzt schwindelte ihm nicht nur, jetzt war ihm auch noch speiübel.

Er konnte den Knöchel nicht belasten und humpelte mühselig. Vor dem König von Preussen blieb er erschöpft stehen. Steiger war nicht mehr wichtig. Auch Leonelli nicht. Er musste ihn nicht mehr überführen. Jetzt war nur noch eines wichtig: Er musste weg von hier. Fort von Karlsruhe, raus aus dem Land. Nach Württemberg oder Bayern. Oder besser nach Übersee, in die tiefsten Urwälder Südamerikas. Aber wie, ohne einen Sou in der Tasche? Er konnte nicht mal mehr zurück in sein Zimmer, um ein paar Kleider oder seine Bücher zusammenzupacken.

Pferdegetrappel ließ ihn aufhorchen, der regelmäßige Hufschlag einer Reitermannschaft. Jetzt vernahm er auch die scharfen Befehle des Kommandanten, schon bog die Truppe von der Langen Straße in die Adlergasse ein. Niemand anders als Bastiani musste das Militär auf ihn gehetzt haben.

Constantin flüchtete. Zum dritten Mal an diesem Tag rannte er um sein Leben. Die Schmerzen im Fuß trieben ihm Tränen in die Augen. Die Patrouille hinter ihm rückte näher, wieder rief der Befehlshaber etwas, aber Constantin hütete sich stehen zu bleiben, er blickte sich auch nicht um. Jetzt war er am Hospital, war daran vorbei, hatte eben die Stelle passiert, wo der Landgraben am Ende des Holzmarktes unter der Straßendecke durchfloss, da tauchte vor ihm ein zweiter Trupp Soldaten auf, gut ein Dutzend Mann zu Fuß.

Er war eingekreist, konnte weder vor noch zurück. Und auch hier, wie überall in dieser verflucht überschaubaren Residenzstadt, reihte sich nahtlos ein Haus an das andere, alle Türen waren geschlossen, auch die Toreinfahrten, nirgends der kleinste Durchschlupf. Bis er auf der linken Straßenseite, entlang des hier offenen Kanals, dürres Gestrüpp bemerkte. Er ließ sich zu Boden fallen und kroch, so schnell es sein schmerzender Knöchel erlaubte, zum Wasser. Weil der Wachtrupp ihn durch die kahlen Büsche hindurch immer noch sehen könnte, arbeitete er sich zum Abhang vor, kauerte sich dicht unter das überhängende Ufer, krallte die Hände in einen Grasbüschel, um nicht abzurutschen, und hing nun fast bis zu den Hüften im Landgraben. Oben marschierte die Fußtruppe vorbei, vom Holzmarkt näherten sich die Reiter, sie schienen sich auf der Kanalüberdeckelung zu treffen. Constantin hörte sie salutieren, hörte die Stimmen der Kommandanten, die sich jetzt berieten, wie sie ihn am besten überwältigen könnten.

Und dann zogen die Soldaten ab. Niemand durchkämmte das Gebüsch, keiner fahndete nach ihm. Hatte die Streife gar nicht ihm gegolten?

Wackelig und vor Kälte bibbernd kroch er nach einer Ewigkeit aus dem eisigen Wasser. Er musste sich an einem Bäumchen festhalten, so schwach war er auf den Beinen. Aber die Schmerzen am Knöchel hatten nachgelassen, nur wenn er auftrat, tat es noch weh. Constantin stolperte vorwärts. Er musste sich bewegen, sonst holte er sich den sicheren Tod. Vielleicht fände er vor der Stadt eine alte Hütte, wo er sich etwas ausruhen könnte. Im Schutz der Nacht würde er dann aufbrechen und das Großherzogtum verlassen.

Immer am Landgraben entlang humpelte er bis zum israelitischen Friedhof. Von dort suchte er auf Trampelpfaden das Rüppurrer Thor zu umgehen und wollte gerade den breiten Damm der Kriegsstraße überqueren, da packte ihn jemand von hinten und drehte ihm den Arm so fest zwischen die Schulterblätter, dass er vornüberkippte. Durch seine Füße hindurch erspähte er die Beinkleider einer Uniform.

»Ehrliche Leut gehen durchs Tor, wenn sie die Stadt verlassen. Kerle, die was zu verbergen haben, nehmen die Schleichwege.« Mitleidlos stieß ihn der Soldat vorwärts.

Kloss im Hals

Barbara schlug ihre Schuhe gegen die Hauswand, damit der Schnee abfiel, und putzte sie anschließend auf den Lappen ab, die Bastianis Schwester unter die Toreinfahrt und vor die Wohnungstür gelegt hatte. Sie putzte sie länger als erforderlich und schob den Augenblick hinaus, eintreten zu müssen. Gleich würde sie den Studiosus wiedersehen. Bestimmt hatte Bastiani ihn inzwischen erlöst, und Constantin Wiesli saß bei ihm in der warmen Stube.

Sie war aufgeregt wie Stephie und die beiden Buben, wenn sie den Kindern Gschenkle mitbrachte, die sie von den Desmoiselles Weinbrenner bekam. Gutsele, eine Orange, einmal einen Zinnsoldaten. »Welche Hand?«, fragte sie dann die drei und verbarg das Mitbringsel hinter ihrem Rücken. Und die Kinder hüpften vor ihr auf und ab und um sie herum, kreischten mit hochroten Bäckchen und deuteten mal auf den rechten, mal auf den linken Arm, aber immer war die Faust leer, weil sie die kleinen Überraschungen heimlich von einer Hand in die andere wechselte. Lorenz machte sich dabei vor Aufregung fast immer in die Hosen.

Jetzt erging es ihr genauso, und sie flitzte hinaus in den Hof, hinüber zum stillen Örtchen, um sich zu erleichtern und noch einmal Atem zu schöpfen, bevor sie den hübschen Schweizer wiedersehen würde.

Sie richtete ihre Kleidung, ihr Haar, fühlte ihr erhitztes Gesicht, putzte sich noch einmal die vom Hofgang wieder dreckig gewordenen Sohlen ab und klopfte endlich.

»Komm rein. Ich hab dich schon durchs Fenster gesehen«, rief Bastiani von drinnen. »Ich bin gleich fertig.«

Der Studiosus war nicht da.

In kleinen Schritten, damit ihm nichts überschwappte, erschien der Polizeysergeant in der Küchentür, zwei bis zum Rand gefüllte, dampfende Suppenschüsseln auf einem Holzbrett balancierend. »Sonst verbrenn ich mir die Finger, ich kann Hitze nicht so gut vertragen wie ihr Frauen. Ihr seid von klein auf gewöhnt, mit Feuer umzugehen, aber wir armen Männer …« Er gluckste fidel, war überhaupt von unerträglich guter Laune, wie Barbara fand, und stellte das heiße Essen auf den Tisch in der Mitte der kleinen Wohnstube. Bestimmt war er bei der Witwe gewesen, der verliebte Kater.

»Ich wüsste nicht, was ich ohne Hedwig machen würde. Sie ist wahrlich eine gute Seele, meine Schwester. Lass es dir schmecken«, schnurrte er.

Sie brachte nicht mal ein Danke heraus. Hedwigs Sauerkrautsuppe schmeckte nicht. Wie konnte es ihr auch schmecken, wenn sie Constantin oben auf dem kalten Speicher wusste, wo er wahrscheinlich gerade hungers starb? Besaß der Sergeant überhaupt kein Mitgefühl? Sie hatte nicht die geringste Lust, von ihrem Besuch bei der Lies zu erzählen. Schweigend löffelten sie den Eintopf.

»Und?«, fragte Bastiani, nachdem er fertig gegessen hatte. Aber Barbara zürnte ihm weiter. Dabei war Hedwigs Sauerkrautsuppe nicht nur gut, sie war sehr gut.

»Schmeckt's dir denn nicht? Hedwig hat sie extra nur für dich gemacht.«

»Ja«, nuschelte Barbara einsilbig. »Sie schmeckt. Warum wird's nicht endlich Frühling?«

»Wir haben doch erst März, und guck, es hat ja schon wieder zu schneien aufgehört«, besänftigte sie der Sergeant. Als unerwartet ein Sonnenstrahl aufblitzte und sich ein heller Lichtfinger ins Zimmer hineintastete, schaute sogar Barbara vom Essen hoch.

»Der Kuchler«, fing sie an, noch immer einen Kloß im Hals, »der Kuchler war's nicht.«

»Aha!« Bastiani schmunzelte breit. »Von daher weht der Wind, jetzt versteh ich deine Weltuntergangsstimmung. Nun erzähl schon!«

Nichts verstehst du, du hartherziger Oberesel. Aber ihr blieb nichts anderes übrig, als nun doch mit der Sprache rauszurücken.

»So, so, der Kuchler«, bemerkte Bastiani, als sie geendet hatte. »Der ist also einer der Wilderer, hinter denen wir schon die ganze Zeit her sind. Aber da hat er's ja wenigstens mit der Zuchtrute bekommen.«

»Ich hab der Lies versprochen, niemandem davon zu erzählen.«

»Ich hab schon verstanden, ich bin nicht blöd. Und außerdem muss die Polizeydirektion ja auch noch was zu tun bekommen. Sonst grollt mir der Herr Direktor, der sich auch gern ein paar Erfolge an den Uniformrock stecken will. Amtsanmaßung hat er mir ohnehin unterstellt, als ich ihn heute Morgen darum ersuchte, mich um den Todesfall Hackschmitt kümmern zu dürfen. Weil ich als Nachbar dafür ja geradezu prädestiniert sei.«

»Und er war einverstanden?«

»Ausnahmsweise. Zähneknirschend.« Bastiani rieb sich die Hände. »Aber einen Haken hat die Sache doch, Barbara. Drei Tage hat er mir gegeben, der Herr Polizeydirektor. Wenn ich bis dahin nichts Gescheites rausbekomme, geht die Sache umgehend dorthin, wo sie hingehört, nach Durlach, und mich degradiert er zum Kasernenhoffegen. Wenn wir aber den Täter kriegen …«

»… wirst du Polizeydirektor.« Barbara sank in sich zusammen.

»Vielleicht nicht gerade Direktor, aber wer weiß …«

»Deswegen bist du so vergnügt.«

Ihre eigene Stimmung war im Keller. Natürlich gönnte sie ihrem Freund Jakob die Aussicht auf Beförderung, aber nicht, wenn es auf ihre Kosten ging. Früher oder später würde Bastiani herausbekommen, wer der Täter war, der geliebte Mensch, der dort oben unterm Dach Höllenqualen litt, oder – Christian. Und sie machte sich mit strafbar, wenn sie nicht endlich beichtete und Bastiani von den Schuldpapieren erzählte. Andererseits, sie könnte stur weiter die Unwissende spielen. Es war doch nicht ihre Schuld, dass ihr Bruder ein Mörder war.

Bastiani lachte nicht mehr.

»Ich weiß, was du denkst«, fing er an. »Einer unserer Verdächtigen scheidet aus. Damit steigt die Wahrscheinlichkeit, dass es dein Studiosus war. Und in der Tat spricht noch etwas anderes dafür.« Er machte eine Pause und ließ sie zappeln. Gerade als Barbara glaubte, sie könne es nicht länger ertragen, machte er weiter: »Dein Herr Studiosus hat sich nämlich aus dem Staub gemacht. Getürmt ist er. Übers Dach auf und davon. Wenn das nicht gegen ihn spricht.«

Sie schlug die Hände vor den Mund, Tränen schossen ihr in die Augen.

»Aber, aber, meine Liebe ...« Bastiani streichelte ihr behutsam über die Haare. »Kopf hoch, es gibt noch eine zweite Neuigkeit. Wiesli ist zwar verschwunden, aber er ist nicht der Täter.«

Nicht der Täter? Ihr wurde heiß und kalt, ein Wechselbad von Gefühlen stürzte über sie ein. Also doch der Bruder. Sie schluchzte auf und fing hemmungslos zu weinen an. Bastiani reichte ihr großmütig ein sauberes Sacktuch, sie schnäuzte sich lautstark und konnte trotzdem nicht zu heulen aufhören.

»Woher weißt du das, wer sagt das?«, stammelte sie zwischendurch und putzte sich erneut die Nase. »Wo ist er jetzt? Der Studiosus.«

»Wo er hin ist, weiß ich nicht, ich weiß nur, dass er bestimmt nicht der Täter ist.«

»Verzähl!«

»Ich war heute Morgen bei der Witwe und bin danach noch mal zur dicken Marie. Die nannte mir ein paar Namen von Herren, die am Abend des Mords im Füllhorn gewesen sind. Einige von denen, darunter Feldwebel Türck aus der Quergasse und Kanzleydiener Merkle vom Brunnegässle, beide, wie ich meine, honorige Mannsbilder, haben mir versichert, dass dein geliebter Studiosus erstens wirklich stockbesoffen war und zweitens die Anwesenden den ganzen Abend mit seinem Liebesleid behelligt hat. Als er dann auch noch eine Kanne Rotwein über dem Tisch ausschüttete, weil er nicht mehr zielen konnte, ist Hackschmitt der Kragen geplatzt, und er hat ihn kurzerhand auf die Straße gesetzt.«

»Er hat ihn die Treppe runtergestoßen«, begehrte Barbara auf und schniefte empört. »Da bin ich doch grad dazugekommen. Ich hab doch gesehen, wie der Arme über die Stufe gefallen ist. Herr Constantin hätte sich den Hals brechen können.«

»So sind sie halt, die Wirte«, versuchte Bastiani wieder, sie aufzuheitern. »Die fackeln nicht lange. Aber darum geht es jetzt nicht. Es geht darum, dass Wiesli nicht als Letzter im Füllhorn gewesen ist. Nach seinem Rausschmiss waren dort noch mindestens vier Gäste, eben Türck und Merkle und zwei weitere Herren. Gemeinsam verließen sie ungefähr zehn nach eins oder um viertel zwei die Wirtschaft, und Hackschmitt schloss hinter ihnen die Tür zu, mit dem Schlüssel, wie sie übereinstimmend versicherten. Da war unser Wirt also noch putzmunter. Es war ungefähr die Zeit, wo ich dem holden Studenten bereits die Stiefel von den Füßen und die dreckigen Kleider vom Leib gezogen hatte und er schon selig schnarchend in seinem Bettchen lag. Gemerkt hat er von alldem nichts mehr. Mit anderen Worten, Constantin Wiesli ist, abgesehen von seinem sinnlosen Besäufnis, für das er geohrfeigt werden müsste, so unschuldig wie ein Osterlamm. Seinem Mörder dürfte Hackschmitt dementsprechend frühestens gegen halb zwei Uhr nachts begegnet sein.«

Der Polizeysergeant schwieg. So lang redet er sonst nie, dachte Barbara und verknuddelte Bastianis Nastuch in ihren Händen.

»Wir können also zwei Verdächtige ausschließen«, fing Bastiani wieder an, und Barbara spürte, dass er den Sachstand mehr für sich rekapitulierte als für sie. »Wiesli und Kuchler kommen als Täter nicht mehr in Betracht. Bleiben dieser Leonelli und die Hackschmittin. Oder eine fünfte Person, die wir nicht kennen. Noch nicht. Ein Räuber zum Beispiel. Doch trotz der Verwüstung ist nach Meinung der dicken Marie und der Witwe – falls man den beiden Glauben schenken darf – nichts gestohlen worden. Was folgern wir daraus?«

Dass Christian der Mörder war. Sie musste es Bastiani endlich sagen. Wie lange wollte sie ihn noch hinhalten? Es passte doch genau.

Um elf, als Schuttler austreten muss, holt der Bruder die Papiere aus Hackschmitts Zimmer. Dann wartet er, versteckt sich vielleicht unter der Treppe, bis alle Gäste des Füllhorns gegangen sind. Um halb zwei bringt er den Wirt um, rennt nach Hause, heizt den Backofen an, ein bisschen später als sonst, vielleicht erst um zwei, aber das würde gerade noch reichen. Er will die Papiere verbrennen, aber da kommt Bernhard ihm dazwischen, sodass er dieses Geschäft auf den nächsten Morgen verschieben muss. Und dabei ertappt sie ihn.

Barbara wickelte sich einen Zipfel des Leinenstoffs abwechselnd um Zeigefinger und Mittelfinger.

»Jakob?«

Aber darf man das? Darf man seinen Bruder verpetzen?

»Ja?« Er schaute sie fragend an.

Barbara verstaute das Tuch in der Tasche ihrer Schürze und betrachtete ihre Hände mit der eingerissenen Haut um die abgebrochenen Nägel.

»Es muss der Mann mit dem Schlapphut gewesen sein, Jakob, dieser Leonelli. Die dicke Marie hat ihn ums Haus herumschleichen sehen, bevor sie gegen elf nach Hause gegangen ist. Um ungefähr die gleiche Zeit ist Schuttler zum Abtritt und hat einen Unbekannten vom oberen Stockwerk herunterkommen sehen. Es kann sich nur um ein und dieselbe Person gehandelt haben. Vielleicht hat Leonelli dieses Papier ja schon geschrieben gehabt, so schnell, wie es danach überall in der Stadt hing.« Barbara räusperte sich hinter vorgehaltener Hand und hustete, als hätte sie sich an der Sauerkrautsuppe verschluckt oder an dem Kanten trockenen Brots, an dem sie die ganze Zeit herumkaute.

»Er ist mit der festen Absicht zum Goldenen Füllhorn gegangen, den Wirt umzubringen, Jakob. Warum nimmst du ihn nicht endlich fest?«

»Weil ich mich nicht vierteilen kann«, blaffte Bastiani zurück und zählte auf, was er seit der Entdeckung der Mordtat alles unternommen hatte. »Allein heute Morgen saß ich über eine Stunde beim Herrn Polizeydirektor und habe erst mal deinen Wiesli verteidigt, noch bevor ich auch nur einen Zeugen vernehmen konnte. Und die Torwachen mussten alarmiert werden, dass sie jede verdächtige Person festnehmen sollen, die möglicherweise zu fliehen versucht. Leonelli wird uns also nicht entkommen.«

Bastiani spielte mit dem Suppenlöffel, jonglierte ihn zwischen den Fingern, als sei er ein Taschenspieler auf dem Jahrmarkt, bis ihm der Löffel aus der Hand und zu Boden fiel. Schuldbewusst hob Barbara ihn auf. Es stimmte ja, er tat, was er konnte.

»Im Übrigen, Barbara …«, Bastiani legte den Löffel zurück in seine Suppenschüssel und schob diese weit von sich, »mein Gefühl sagt mir, dass dieser merkwürdige Leonelli, so verdächtig er auch ist, nichts damit zu tun hat. Je öfter ich dieses Papier lese, desto mehr lese ich da etwas zwischen den Zeilen, was ich aber noch nicht verstehe. Ich denke, dieser Mann hat sich lediglich ein zufälliges Ereignis zunutze gemacht, um einem Menschen, den er für seinen Konkurrenten hält, eins auszuwischen. Warum auch immer.«

»Und was ist mit der Hackschmittin?« Barbara klammerte sich an jeden Strohhalm. Es konnte einfach nicht sein, was nicht sein durfte.

»Die Hackschmittin? Das ist in der Tat eine undurchsichtige Person.«

Verlegen scheuerte sich Bastiani unterm Kinn. »Sie könnte es gewesen sein, obgleich sie eine Frau ist. Sie hat ihren Mann von ganzem Herzen gehasst, wenn man das mal so sagen darf. Aus tiefstem Herzen.«

Der Sergeant lachte über die Wahl seiner Worte.

»Aus tiefstem Herzen«, wiederholte er und imitierte die dunkle Stimme der Rosenwirtin. Gänzlich freiwillig habe sie ihm gestanden, ihrem Mann schon tausendmal den Tod gewünscht zu haben. Aber schließlich setze man ja nicht alles, was man sich wünschte, in die Tat um. Dann gäbe es ja bald keine Menschen mehr auf der Welt.

Was für ein gewieftes Aas, dachte Barbara, und er lässt sich von ihr über den Tisch ziehen. Aber bevor sie Einwände vorbringen konnte, sprach der Sergeant schon weiter.

»Die Hackschmittin ist eine kluge Frau, und kluge Menschen, möchte ich mal meinen, gehen nicht das Risiko eines Verbrechens ein, sondern suchen andere Wege, sich mit den Gegebenheiten zu arrangieren. Kluge Menschen haben Geduld und verstehen zu warten, bis sich die Dinge zu ihren Gunsten entwickeln. Die Witwe hatte nicht die geringste Angst, dass ich sie festnehmen könnte. Ich war's ja nicht, hat sie gesagt, warum sollte ich dann Angst davor haben.«

Barbara japste ungehalten nach Luft.

»Und das ist für dich ein Beweis ihrer Unschuld?«

»Nein.«

Gott sei Dank! Wenigstens war er noch nicht ganz blind vor Liebe, ein klein bisschen gesunden Menschenverstand schien ihr alter Freund sich noch bewahrt zu haben.

»Hast du sie gefragt, wie lange sie vorgestern Nacht im Rosengarten war?«

»Sicher hab ich das, aber die Antwort bringt uns nicht weiter.«

Sie sei gegen Mitternacht schlafen gegangen, nachdem sie zugeschlossen und die Kasse gemacht habe. Aufgewacht sei sie am Morgen, als die Magd ihr die Nachricht von Hackschmitts Tod brachte.

»Ich kann das glauben oder auch nicht. Und wer weiß, ob nicht auch noch ihr Sohn mit der Sache zu tun hat. Ich denke, ich werde die beiden weiterhin beobachten müs…«

»Pst!«, machte Barbara, hielt den Zeigefinger vor den Mund und deutete nach draußen. Durch die Hofeinfahrt trampelten Stiefel. Bastiani sprang vom Stuhl hoch und riss die Tür auf. Barbara folgte ihm und spähte über seine Schultern. Zwischen zwei Wachtsoldaten hing mehr, als dass er stand, Constantin Wiesli und schlotterte am ganzen Körper.

»Ist das das Subject, hinter dem Ihr her seid?« Die beiden Schützen stießen den Studiosus vorwärts, er stolperte in die Stube des Sergeanten.

»Das geschieht Ihnen recht«, fuhr ihn Bastiani an. »Was immer passiert ist, Sie haben es verdient. Wären Sie brav unterm Dach geblieben, hätten Sie es warm gehabt und dazu ein heißes Süppchen bekommen. Hätten Sie die Güte, mir Ihre Flucht zu erklären?«

»Jakob«, flehte Barbara den Sergeanten an und zupfte ihn am Ärmel. »Er klappt gleich zusammen.«

»Du meinst, ich soll Gnade vor Recht ergehen lassen?«

»Bitte. Wo er jetzt doch unschuldig ist.«

Hirnwindungen

Nach dem schrecklichen Abend, der mit der ruhmlosen Festnahme seines Schülers endete, hatte Weinbrenner Kopfschmerzen vorgegaukelt, um seine Töchter nach ihrer Rückkehr vom Kartenspiel nicht mehr sprechen zu müssen. Beim Morgenkaffee aber kam er nicht drum herum, sie über das schändliche Pamphlet aufzuklären. Unvorstellbar, wenn sie es von jemand anderem in der Stadt erfahren würden.

Er tat möglichst beiläufig, so, als handle es sich um eine völlig belanglose Sache, kaum der Rede wert. Aber wahrscheinlich schauspielerte er schlecht, denn Friederike und Julie schauten beklommen auf ihre Teller. Weinbrenner atmete auf, als die beiden nach Tisch verkündeten, dass sie einen Wagen rufen wollten, um ins Hospital zu fahren, wo das vorbereitende Treffen zur Gründung des Wohltätigkeitsvereins stattfände.

»Fahrt nur, fahrt nur«, murmelte er. Gretl hätte es nicht anders gemacht. »Und grüßt mir die Damen von Stolze und Reinhard. Wahrscheinlich wird es sich auch Frau Baumeisterin Berckmüller nicht nehmen lassen, an einer so löblichen Sache der Mildtätigkeit teilzunehmen.«

Ob Mademoiselle Sophie ihre Mutter zu der Versammlung begleitete? Bestimmt hatten die Damen das schändliche Schriftwerk schon zu Gesicht bekommen. Was mochte sich die Freundin beim Lesen gedacht haben? Zornig vor Wut und Scham stapfte der Oberbaudirektor durchs Zimmer. Die bösartigen Anwürfe, aber auch die Verhaftung Wieslis durch den Polizeysergeanten lagen ihm schwer im Magen. Er konnte sich nicht aufraffen, ins Bureau oder in die Stadt zu gehen, er fürchtete die neugierigen Fragen seiner Schüler und noch mehr die sensationslüsternen Blicke der Karlsruher Bürger. Vorerst würde er das Museum meiden und sich auf keiner Baustelle sehen lassen. Wie nah beieinander lagen doch Hochschätzung und Verriss. Ein Gefühl der Ohnmacht erfasste ihn.

Als Freund Feodor am späten Vormittag zu Besuch kam, war

er erleichtert, hatte er doch seit dem Frühstück nichts anderes getan, als Bilder gerade gehängt, die gar nicht schief hingen, und Bücher im Schrank umgestellt, die er erst zwei Wochen zuvor neu geordnet hatte. Zwischendurch hatte er zu flöten angefangen, nach ein paar Takten abgebrochen und stattdessen seine italienischen Skizzen und Aufzeichnungen sortiert, die er schon seit Jahren zu einem Buch der Denkwürdigkeiten zusammenfassen wollte. Aber mittendrin hatte er wieder alles fallen und liegen lassen. Denn müsste er sich nicht vielmehr um eine neue Kutsche kümmern, damit sie beizeiten wieder fortkämen?

»Wie eingesperrt komme ich mir vor«, maulte der Oberbaudirektor, während er sich und Feodor Iwanowitsch einen Weinbrand einschenkte. Er empfehle, die Stadt nicht zu verlassen, habe der Gernegroß von Sergeant zu ihm gesagt.

»Das war keine Empfehlung, Feodor, das war ein Befehl. Wenn ich mich nicht an seinen Rat halte, kann es mir zu meinem Nachteil ausgelegt werden, hat er gesagt. Wer, glaubt er denn, wer er ist, dieser Uniformzwerg, dass ich mir so was gefallen lassen muss?«

»Gemach, Fritz, er tut nur seine Arbeit! Auf dich.«

Der Maler prostete ihm zu und machte es sich im Sessel bequem. Weinbrenner überging den Beschwichtigungsversuch des Kalmücken geflissentlich.

»Wenn ich in dieser Zeit wenigstens etwas anderes Sinnvolles zustande bekäme. Aber ich habe keine Ruhe für nichts«, jammerte er und kraulte Herrn Beppo die Schlappohren. Der Hund reckte den Kopf und stupste ihm die Schnauze ans Knie. Nicht aufhören, bettelten die Augen.

»Ich könnte mir zum Beispiel Gedanken über das Grabmal für den seligen Carl Wilhelm machen. Dieses Provisorium von Holzgerüst mitten auf dem Marktplatz ist einfach nur würdelos. Außerdem muss es alle Ritt erneuert werden. Aber es gäbe kein Geld, behauptet das Finanzministerium. Es gibt nie Geld, Feodor, und der Großherzog versteckt sich hinter dem Diktum seiner Räte«, beschwerte sich der Architekt weiter. »Sparen, sparen, sparen. Statt Marmor im Palais der Markgräfin darf's nur angemalter Gips sein, statt solides Mauerwerk billigstes, übertünchtes Gefache. Aber nach außen soll's natürlich was hermachen!«

»Hast du im Augenblick wirklich keine anderen Sorgen?«, wollte Feodor wissen und hielt Weinbrenner sein Glas hin, damit dieser ihm noch einmal einschenke.

»Andere Sorgen, andere Sorgen. Natürlich hab ich andere Sorgen. Aber was soll ich darüber reden, du weißt doch schon alles, und ich kann nichts machen. Oder soll ich etwa als Scherge verkleidet durch Karlsruhe rennen und diesem talentlosen Miniaturenkleckser auflauern, um ihm eins über die Rübe zu hauen? Nein, mein Lieber, du weißt es besser als ich: Ich eigne mich nicht zum hechelnden Spürhund. Diese Arbeit muss ich den Gendarmen überlassen. Leider. Denn ich wette mit dir um drei Flaschen besten Rheinweins, dass die bei ihrem mageren Lohn wenig Enthusiasmus zeigen werden, den Saukerl festzunehmen. Ich habe obendrein das dumpfe Gefühl, dass dieser Polizeyamtsmann Bastiani sich über meinen Verdacht lustig macht. Aber die Tatsachen sprechen für sich.«

»Reg dich nicht auf, Fritz. Der Fall wird sich klären …«

»Ich will mich aber aufregen, und ich verbiete dir, mich beruhigen zu wollen. Außerdem habe ich prompt vor einer Stunde ein Billet vom Hof bekommen. Der Großherzog zitiert mich für heute Abend zu sich. Hörst du? Er zitiert mich! Sonst gehe ich bei Hof ein und aus. Jetzt habe ich um sechs Uhr anzutreten. Anzutreten! Wie ein mieser kleiner Fußsoldat! Da soll man sich mal nicht aufregen.«

Weinbrenner, sein Glas in der Hand, hielt es nicht mehr aus in seinem Sessel. Schon wieder wanderte er aufgelöst hin und her und stolperte über einen Teppichzipfel, der sich hochwellte.

»Siehst du …!« Anklagend zeigte er auf den Stein des Anstoßes. »Wenn man nicht alles selber macht, passiert nichts. Seit Wochen mahne ich, man möge doch bitteschön den Teppich drehen, damit diese vermaledeite Ecke dort unter die Kommode zu liegen kommt, aber nein, keiner kümmert sich um meine Anweisungen. Was wäre gewesen, wenn ich nun gefallen wäre?«

»Dann hättest du dir das Genick gebrochen und müsstest jetzt nicht mehr auf das Ergebnis der Kriminaluntersuchung warten. Du lägst warm und gut gepolstert in einem mit schwarzem Samt ausgeschlagenen Sarg und hättest Frieden. Aber du weißt ja, ein guter Stolperer fällt nicht.«

»Dein Verständnis für meine Lage rührt mich ungemein. Wenn du weitere Freundlichkeiten dieser Art auf Lager hast, kannst du gehen und deinen Mittagstisch woanders einnehmen.«

»Das, mein lieber Freund, würde ich sehr bedauern. Apolone hat mir nämlich vorhin unter dem Siegel der Verschwiegenheit offenbart, dass in der Küche der zarte Rücken eines niedlichen Lämmchens vor sich hin schmort, und es roch in der Tat köstlich. Ich würde nur ungern darauf verzichten wollen, umso mehr, als der Duft etwas in mir wachruft, das lange in meinem Gedächtnis geschlummert haben muss.« Der Kalmücke griff sich theatralisch ins schwarze Haar und zeichnete mit dem Zeigefinger eine unsichtbare Linie vom Nacken hoch zum Oberkopf.

»Irgendwo hier drin, mein Freund, atme ich sie, die Steppe meiner Kindheit, die Ufer des Kaspischen Meers, die Feuer vor den Jurten, den Dung der Kamele, den wilden Thymian, der zwischen Gras und Flechten wächst und die Luft erfüllt …«

»Schon gut, schon gut, Monsieur Iwanowitsch, Sie haben mich überredet, mein Herz erweicht. Ich werde Ihnen meine Gastfreundschaft nicht länger verweigern.«

Feodor grinste, Weinbrenner rief nach der Haushälterin.

»Apolone, wir sind hungrig, bring die Suppe!« Dann trat er zu dem Freund, drückte ihm einen Schmatzer ins Haar, dorthin, wo unter der Schädeldecke Feodors astrachanische Heimat in den unergründlichen Tiefen der Gehirnkammern verborgen schlummerte, und ließ sich schließlich laut seufzend am Esstisch nieder.

Aber etwas fehlte. Das monotone, doch unendlich sanfte, zuverlässige, beruhigende Ticken der elterlichen Uhr.

Für den Kaffee nach dem Mahl hatten sie vom Esstisch zu den Fauteuils am Kamin gewechselt. Noch immer gedankenverloren verfolgte Weinbrenner das Spiel des Feuers.

»Bestimmt gibt es eine Gesetzmäßigkeit, wie es flackert, aber man erkennt es nicht«, überlegte er laut. »Die Flammen scheinen ohne jegliche Ordnung wild durcheinanderzuzüngeln. Doch es werden logische Strukturen dahinterstecken, nach denen sie hochschießen, Funken schlagen und wieder in sich zusammenfallen. Das Holz, der Druck, den die Luft auf den Kamin ausübt, die Temperatur im Raum, die Höhe und Breite des Rauchfangs und sicher noch ein paar andere Faktoren, das alles wird ihre Bewegung beeinflussen.«

Er fragte sich, ob Feodor ihm zuhörte. Dem Freund war das Kinn auf die Brust gesunken. Hier und da schimmerte es grau zwischen dem tiefschwarzen Haupthaar. Weinbrenner lächelte, obwohl ihm nicht nach Lächeln zumute war. Aber der Gedanke, dass auch andere alterten, nicht nur er, tröstete ihn. Er wusste um seinen beginnenden Haarausfall, den er tunlichst zu verheimlichen suchte, und von Jahr zu Jahr neigte er zu mehr Fülle, wurde er unbeweglicher. Hinzu kamen die scharfen Falten unter den Augen und neben den Mundwinkeln. Ganz zu schweigen von dem nicht eben zur Zierde gereichenden Doppelkinn. Sein Ebenbild im Spiegel mied er.

Aber hatten diese Äußerlichkeiten wirklich etwas zu sagen? Nein, befand er störrisch. Auf Herz und Seele kam es an und auf hier oben, und er tippte sich an die Stirn, wo er den Sitz von Klugheit und Intelligenz vermutete. Wenngleich er gegen ein bisschen mehr Schönheit nichts einzuwenden gehabt hätte. Das eine musste das andere doch nicht ausschließen. Und er dachte an Sophie Reinhard.

Als Herr Beppo zu seinen Füßen den Kopf hob, hörte auch er das schüchterne Pochen an der Tür.

»Entschuldigen Sie, Herr Oberbaudirektor, dass es spät geworden ist.« Barbara knickste. »Der Herr Polizeysergeant lässt ausrichten …«, aber als das Dienstmädchen den Besucher bemerkte, wollte sie sich zurückziehen.

»Verzeihung, ich habe nicht gewusst …«

Doch Weinbrenner winkte sie näher. Barbaras Gesicht glühte vor Erregung, bestimmt brachte sie Neuigkeiten. Dem Freund, der aufgewacht war, warf er einen beredten Blick zu, dann wandte er sich wieder an das Mädchen.

»Warum kommt Bastiani nicht selber?«

»Weil Constantin, äh, ich meine, der Herr Studiosus … Es hat doch geschneit, und unterm Dach … der Herr Wiesli liegt nämlich im Bett … Also der Herr Sergeant hat gesagt, dass er ja schlecht das Bureau sauber machen kann, und Apolone …«

»Halt, mein Kind. Ich verstehe überhaupt nichts. Fang noch mal von vorn an!«

Barbaras Bericht war verwirrend. Öfters musste er nachfragen. Wo sie gewesen und wer die Lies sei, wen der Sergeant befragt und was die Hackschmittin gesagt habe. Aber allmählich begriff er. Auch Feodor schien langsam wieder aufnahmefähig zu sein.

»Mit anderen Worten, Wiesli ist nicht der Täter«, fasste der Hofmaler den Bericht des Mädchens zusammen.

»So ist es«, versicherte diese und nickte eifrig.

Übereifrig, fand Weinbrenner und wunderte sich.

Konnte es einer Hausangestellten nicht egal sein, was für Unannehmlichkeiten ihrem Brotherrn und einem seiner Schüler widerfuhren? Andererseits, Barbara hatte den Toten so gut wie entdeckt, und das konnte einen Menschen schon aufwühlen. Auch ein Dienstmädchen war schließlich nur ein Mensch.

»Das heißt, mein Schüler ist …«

»… unschuldig, ja!«, jubelte sie, »… und Sie damit natürlich auch. Oh, Entschuldigung, ich habe Sie selbstverständlich nie für verdächtig gehalten. Ich hab das nur gesagt, weil auf dem Flugblatt …« Das Mädchen stammelte und brach mitten im Satz ab.

»Schon gut, schon gut.« Weinbrenner holte tief Luft. Wenn das stimmte …?

»Aber ich hab immer noch nicht verstanden, warum Bastiani mir das nicht selbst mitteilt und was mit Wiesli ist?«

»Der junge Herr ist krank, er fiebert stark. Einer musste bei ihm bleiben, ich oder der Sergeant, aber Apolone hat gesagt, dass sie mich heute unbedingt noch braucht. Und das Bureau muss ja auch sauber gemacht werden.«

Weinbrenner fiel ihr ins Wort.

»Was hat Wiesli denn so Schlimmes, dass jemand bei ihm sitzen bleiben und Händchen halten muss?«

Die Erklärung, die Barbara umständlich vorbrachte, dass Wiesli sich in dem kalten Behelfsgefängnis, in dem er bis zum Beweis seiner Unschuld eingesperrt gewesen sei, fast den Tod geholt habe, erschien ihm allerdings fadenscheinig.

»Papperlapapp, Wiesli ist ein gesunder junger Mann. Wahrscheinlich ist ihm der Mordvorwurf auf den Magen geschlagen, und er glaubt, sich schämen zu müssen.«

»Aber er del... delir... er phantasiert, und der Sergeant will ihn nicht allein lassen.«

»Fritz«, mischte sich der Maler ein. »Wenn dem so ist, dann lass das Mädchen ihn doch pflegen, das ist keine Aufgabe für einen großherzoglichen Polizeydiener. Für ein, zwei Tage kannst du sie sicher entbehren, dann wird die Krise vorbei sein.«

Ein Lächeln umspielte Feodors Mund, während er sprach, sein linkes Auge blinkerte ihm zu. Meinte der Freund, dass ...? Weinbrenner forschte verstohlen im Gesicht seines Dienstmädchens, aber sie zeigte keine Regung.

»Gut, für heute Abend und morgen gebe ich dir frei, dafür schickst du mir den Sergeanten! Lass dir, bevor du gehst, von Apolone Essen für Wiesli einpacken, und wenn ihr einen Doktor holen müsst, gib Bescheid.«

Jetzt leuchteten Barbaras Augen doch verdächtig. Aber schon blickte sie zu Boden und knickste.

»Merci, Herr Oberbaudirektor. Danke vielmals. Er wird schon wieder gesund werden. Bestimmt.«

Das Mädchen wollte gehen.

»Moment, Barbara, eine Frage noch. Wenn der Polizeysergeant jetzt weiß, dass mein Schüler nicht der Täter ist, glaubt er mir nun, dass es dieser Leonelli war?«

»Ich weiß nicht, Herr Oberbaudirektor, er meint, es klingt ... Ich weiß nicht, wie ich es sagen soll. Er sagt, wenn der Herr Leonelli ...«

»Herr! Ich höre immer Herr!«

»Verzeihung. Wenn der ... der Mann etwas gegen den Herrn

Oberbaudirektor hat, dann bringt man doch nicht einen ganz anderen um. Sagt der Sergeant.«

»Aber zum Himmel Herrgott! Mit diesem anderen habe ich Streit gehabt. Feodor, so sag doch auch etwas! Das ist doch kein Zufall, dass ausgerechnet dieser Mensch umgebracht wurde. Wer weiß ...«, Weinbrenner sprang plötzlich beunruhigt auf, »vielleicht werde ich jetzt der Nächste sein, der auf der Abschussliste dieses Wahnsinnigen steht. Nach dem Kutschüberfall wäre das nur folgerichtig.«

Er warf neues Holz ins Feuer und sah zu, wie die Flammen aufflackerten. Gefräßig wie Raubtiere griffen sie auf die neuen Scheite über.

»Ich mein das ernst, Feodor. Zuerst der Kutschüberfall, weil das saubere Männchen mir meine Erfolge in Leipzig nicht gönnt oder weil er die Sache mit Hackschmitt schon ausbaldowert hat. Kaum bin ich wieder in der Stadt, bringt er so ganz nebenbei den Füllhornwirt um die Ecke, um mir die Tat in die Schuhe zu schieben und mich vor der ganzen Welt unmöglich zu machen. Dann misslingt dieses Vorhaben. Mein Schüler wird nicht mehr verdächtigt, ich damit auch nicht. Und jetzt? Jetzt wird der Kerl einen neuen Anlauf unternehmen. Und es wird nicht mehr nur um meinen Ruf gehen, er wird mich in persona eliminieren, mich mit Stumpf und Stiel ausrotten, sozusagen.«

»Übertreibst du jetzt nicht ein bisschen, Fritz?« Feodor setzte sich in seinem Sessel auf. »Überleg, was du vorhin von den Flammen gesagt hast.«

»Das hast du gar nicht gehört. Du hast geschlafen.«

»Ich habe nicht geschlafen. Ich habe dem armen Lämmchen, das sein Leben für uns gelassen hat, nachgetrauert, und dem Umstand, dass ich bedauerlicherweise nicht noch mehr essen konnte. Dabei habe ich sehr wohl mitbekommen, was du über das Flackern des Feuers philosophiert hast. Du bist nämlich zu dem ungemein klugen Schluss gekommen, dass hinter dem scheinbaren Chaos eine einfache vernunftgemäße Struktur steckt.«

»Was willst du damit andeuten?«, echauffierte sich Weinbrenner.

»Oh, nichts Besonderes. Nur, dass du dein verwickeltes Gedankenkonstrukt vielleicht noch mal überdenken solltest?«, schlug der Maler vor, während er die Holzschachtel auf dem Rauchtisch öffnete und die Zigarren darin einer eingehenden Musterung unterzog.

»Du meinst also, dass ich im Falle des Füllhornwirts nicht logisch denken kann? Macht es dir Spaß, mir in den Rücken zu fallen? Ich bedauere, ich bedauere außerordentlich, dass ich mein Lamm so brüderlich mit dir geteilt habe.« Weinbrenner schnaubte verstimmt. »Meine Überlegungen zu diesem aus heiterem Himmel herbeigeflatterten Schlapphut sind völlig sachlich und klar.«

»Mag sein, wahrscheinlich liegt es an mir. Dennoch erscheint mir deine Logik etwas – barock, barockisch verschnörkelt sozusagen. In deiner Baukunst bist du schlichter, gradliniger.«

Feodor steckte den Kopf zwischen die Schultern, als erwarte er Schläge, verkroch sich tief in seinen Sessel und schaute Weinbrenner aus schmal zusammengekniffenen Augen mit devotem Hundeblick von unten her an. Zwischen seinen Fingern rollte er die Brasil hin und her, die er eben noch aus dem Kistchen geangelt hatte.

»Barockisch verschnörkelt?«, brummelte Weinbrenner.

»Hm.«

»Meinst du?«

»Vielleicht.«

Es war mucksmäuschenstill im Zimmer. Das einzige Geräusch kam vom Feuer, das leise knisterte.

»Gradliniger, schlichter?«

»Zum Beispiel.«

Feodor biss die Spitze der Zigarre ab und kaute eine Weile auf den Tabakfitzelchen herum. Dann pulte er sich die braunen Fädchen von den Lippen und schnippte sie in eine kleine Schale, die neben der Zunderbüchse stand.

»Schau dir deine Bauwerke an, Fritz. Klare Linien, gefällige Proportionen, schlichte Eleganz. Ohne jegliches Drumherum, das den Blick aufs Wesentliche verstellen könnte.« Er steckte die Tabakrolle zwischen die Zähne und zündete sie umständlich an.

»Und du meinst, die architektonische Lehre lässt sich auf ein Verbrechen übertragen?«

»Ich habe keine Ahnung, Fritz, ich bin Kunstmaler, kein Großrichter in Kriminalsachen. Es war nur so eine Idee von mir, ein bescheidener Beitrag zu deiner Theorie. Ich denke mir, wenn Wiesli nicht der Mörder ist und du nicht der Anstifter zur Tat, könnte der Mord doch einen ganz anderen, viel weniger um die Ecke gedachten Hintergrund haben.«

»Und Leonelli?«

»Ist ein aufs galoppierende Pferd aufgesprungener Hanswurst.«

»Ein Hanswurst? Der mich zuerst in der Hospitalstraße bedroht und dann meine Kutsche überfällt?«

Feodor paffte angestrengt. Makellos geformte Rauchkringel entschlüpften seinem Mund, segelten friedlich in die Höhe, wo ihre Konturen sich allmählich verloren und sie sich vollends auflösten.

»Vielleicht ist meine Hypothese ja falsch.«

Die Zimmertür klackte. Weinbrenner drehte sich um. Das Mädchen war gegangen. Er hatte sie völlig vergessen gehabt. Wahrscheinlich hatte sie während der ganzen Plänkelei mit dem Freund darauf gewartet, endlich entlassen zu werden, um nach Hause gehen und Wiesli pflegen zu können. Ob sich da wirklich zwischen den beiden etwas angebahnt hatte? Er wäre nicht unglücklich darüber, im Gegenteil. Dann würde der junge Mann wenigstens seine Finger von Julie lassen. Gegen Walz als Schwiegersohn hatte er nichts einzuwenden. Der Jurapraktikant war fleißig und pflichttreu, wenn auch noch linkisch und wenig humorvoll. Aber was nicht war, konnte noch werden, und er musste ihn ja nicht heiraten.

Weinbrenner suchte den Blick des Malers, der in sich versunken den dicken Glimmstängel genoss. Erstaunlich, wie es Feodor immer wieder anstellte, ihn zu besänftigen. Der Kalmücke, die Augen halb geschlossen, plinkerte ihm versöhnlich zu, und Weinbrenner gestattete sich einen letzten Cognac. Erleichtert trank er dem Freund zu und war froh, dass kein Schüler seines Bureaus ein Mörder war. Es hätte das Ende der Bauschule bedeuten können.

Als er durchs Fenster hinaus in den Garten sah, lag ein rosiger Lichtstreifen über den Wipfeln der Bäume. Es schneite nicht mehr. Jetzt ein Spaziergang durch die frische Luft, und seine Lebensgeister würden neu erwachen.

»Komm, Herr Beppo, wir gehen zu Fuß zum Großherzog.«

Armer Mann

Wenn der Oberbaudirektor wüsste, wie richtig der Hofmaler lag mit seiner Sicht der Dinge.

Das Verhalten dieses Leonelli konnte sich Barbara zwar auch nicht erklären, ansonsten aber war die Sache tatsächlich einfach. Denkbar einfach, nicht barockisch verschnörkelt, alles andere als um die Ecke gedacht. Und sie könnte den Fall klären. Mit einem einzigen Wort. Sie könnte!

Barbara tupfte Constantin Wiesli den Schweiß vom Gesicht, stippte ein Tuch in eine Schüssel mit frischem Wasser und befeuchtete damit seine trockenen Lippen. Der Studiosus wachte nicht auf.

Und wenn Christian ein Nachbar wäre, zum Beispiel der Hubert, der Sohn vom Wurschtmacher gegenüber, den mochte sie sowieso nicht mit seinem triefenden Auge, aus dem er sie immer so anglotzte, als trüge sie außer Schuhen nichts unter ihrem Kleid – wenn Christian also Hubert wäre, dann hätte sie auch keine Sekunde abgewartet. Dann wäre sie sofort zu Bastiani und hätte ihm alles brühwarm verzählt, von der Sache mit dem Überfall auf Weinbrenners Kutsche und dem Einbruch in Hackschmitts Haus. Da hätte sie überhaupt kein schlechtes Gewissen gehabt deswegen.

Aber Christian war nicht Hubert, Christian war ihr Bruder, auch wenn er ein verfluchter Hohlkopf war. Wie ist er nur auf die hirnverbrannte Idee gekommen, Hackschmitt gefangen nehmen zu wollen? Und dann auch noch das falsche Gefährt erwischen! Wenigstens war niemand zu Schaden gekommen, nur der arme Kutscher ein kleines bisschen. Der Mann tat ihr auch leid, so ein Streifschuss musste höllisch wehtun. Außerdem sei der Wagen nicht mehr zu reparieren, hatte sie den Oberbaudirektor sagen hören. Er müsse in den sauren Apfel beißen und einen neuen anschaffen, das koste ein Vermögen, das zahle ihm niemand. Ihr aber hatte der Herr Weinbrenner fünfzig Gulden geborgt, damit sie über die Runden kämen. Das bereitete ihr allerdings ein schlechtes Gewissen, auch wenn sie zu dem Zeitpunkt, als er ihr das Geld gab, noch nicht wissen konnte, was ihr Bruder vorhatte.

Wie lange wollte sie jetzt noch warten und Bastiani hinhalten? Es gab keinen vernünftigen Grund mehr, darauf zu hoffen, dass jemand anders als Christian den Wirt umgebracht hatte.

Der Kranke brabberte vor sich hin, ohne dass Barbara ein Wort verstand. Einmal schrie er auf und zuckte mit den Füßen, als wolle er davonlaufen. Sie nahm seine Hand in die ihre, fühlte die heiße Haut, ein Schauer, wohlig warm wie ein Sommerwind, rieselte ihr über den Körper, als sie ihn berührte. Weil ihr nichts anderes einfiel, summte sie ein Kinderlied: »Anne Margrittchen! Was willst du, mein Liebchen? Ich trinke so gerne gezückerten Wein …« Die Melodie schien ihn zu beruhigen.

Barbara hatte, als sie gekommen war, um den Sergeanten bei der Krankenwache abzulösen, den einzigen Stuhl in der Kammer neben das Bett des Fiebernden gestellt. Sie saß so, dass sie Wieslis Gesicht sehen konnte, ohne sich verrenken zu müssen. Sie brauchte sich nicht einmal vom Platz zu rühren, um seine struppigen Haare zu strählen, konnte seine Wangen berühren, vorsichtig die Lippen mit dem Finger nachfahren. Sie horchte auf Geräusche im Haus. Als sie nichts Verdächtiges vernahm, neigte sie sich bang, fast atemlos, über ihn und hauchte ihm einen Kuss auf die Stirn, dann einen zweiten auf den Mund. Sein linker Arm zuckte, sie wich zurück. Aber schon lag der Studiosus wieder still, sie küsste ihn erneut, und die Welt blieb stehen.

Im Raum war es dämmrig geworden. Vor der Tür knackte es. Als hätte man sie bei einer Sünde erwischt, beeilte sie sich, seine Zudecke glatt zu streichen, auch ihre Schürze. Sie setzte sich ordentlich, in der Erwartung, dass Hedwig oder jemand anderes hereinschaute, aber niemand kam. Es musste die Treppe gewesen sein, die geknarzt hatte, oder ein Balken des Fachwerks. Wieder griff Barbara nach der Hand von Constantin und schloss die Augen. Da war nichts außer ihr und ihm.

Könnte sie inmitten der hohen Schweizer Berge leben? Eingesperrt in einem engen Tal, in das sich bestimmt kaum je ein Sonnenstrahl verirrte? Aber ER wäre ja da. Mit IHM würde sie in Basel eine Bauschule führen wie das Weinbrenner'sche Bureau …

Das Wolkenkuckucksheim zerplatzte. Andere Bilder, hart und erbarmungslos, überlagerten ihre Phantastereien. Hackschmitt in seinem Blut. Der verleumderische Brief unter der Eingangstür des Oberbaudirektors. Christian am Backofen, die Papiere in der Hand. Lorenz' klebrige Patschflecken an der Tür. Das billige Geschirr, von dem sie aßen. Die verfaulten Kartoffeln. Sie öffnete die Augen. Was sie erblickte, war ein schäbiges Studierzimmer in einem schäbigen Haus, mit einem Tisch in der Mitte, auf dem ein wachsverkrusteter Kerzenhalter stand. Dazu ein Schrank und eine Kommode, deren oberste Schublade herausgezogen war. Zweckentfremdet stand sie senkrecht aufgestellt in der Ecke und diente mit ihrer Schmalseite als Ablage für ein Holzbrett, einen Steingutbecher und das Rasierzeug des Studiosus. Überall lagen Blätter herum, Studien von Dachstühlen, Fenstersimsen, Säulen, Skizzen von Kirchen und Theatern, alles bedeckt von Fusseln und vom Staub der Kreidestifte, feinpudrig wie das Mehl in ihrer Backstube. Und wenn sie noch so viel träumte, für sie gab es kein Entrinnen aus dieser Wirklichkeit. Nie würde ein Architekt ein Mädchen aus dem Dörfle zur Frau nehmen, selbst wenn er vorübergehend hier wohnte. Das politische Geschrei von Hitzköpfen wie Appenzeller und Co. war vergebliche Liebesmüh. Barbara ließ Constantins Hand los, es war Zeit, die Wadenwickel zu erneuern.

Der Studiosus war aufgewacht. Sie merkte es daran, dass er ihr mit halb geöffneten Augen seinen Kopf zudrehte.

»Sie hätten gar nicht fliehen brauchen. Sie sind unschuldig«, sagte sie.

Und eines Tages werden Sie fortgehen und das Dienstmädchen in der Bauschule vergessen. Aber das dachte sie nur.

Er reagierte nicht, ließ nicht erkennen, ob er sie gehört und verstanden hatte. Sie füllte etwas von der Krankensuppe, die Hedwig aus eingeweichtem Brot und einem verklepperten Ei gekocht hatte, in eine Schale und half ihm, sich aufzurichten, damit er trinken konnte. Fast gierig schlang er die ersten Schlucke der Brühe hinunter, dann hatte er genug und sank zurück ins Kissen. Nach wenigen Minuten hörte sie an seinem Atem, dass er wieder schlief.

Sie war beim Zusammenfalten seiner Kleider, als draußen die Treppe erneut knarzte. Diesmal war es der Sergeant. Ohne anzuklopfen, trat er leise ins Zimmer und schaute sie fragend an.

»Alles in Ordnung«, gab Barbara flüsternd zur Antwort. »Das Fieber scheint zu sinken. Ich habe ihm fünf- oder sechsmal neue Umschläge gemacht. Gegessen hat er nicht viel, er schläft fast die ganze Zeit.«

»Ich hoffe, dass er sich nichts Schlimmes geholt hat, sondern mit dem Schrecken und einem Katarrh davonkommt. Der Doktor wird nachher vorbeischauen. Und du, hast du gegessen?«

Barbara schüttelte den Kopf.

»Ich werd Hedwig bitten, uns was hochzubringen.«

Bastiani verließ das Zimmer und kam kurz darauf mit einem Hocker und einem zweiten Leuchter zurück. Er schob die Arbeitspapiere des Studiosus außer Reichweite der Flammen.

»Guck mal«, sagte er, während er die Kerzen anzündete. »Hackschmitts Taschenuhr, die seine Witwe am Morgen nach dem Mord an sich genommen hat.«

Barbara erinnerte sich. »Das Hochzeitsgeschenk.«

»Ja. Achtzehn Einstiche hat Oberhofrat Schweikhard an der Leiche gezählt, mindestens zwei davon sind tödlich gewesen, einer im Unterleib, der andere war mitten ins Herz gegangen. Einmal muss der Mörder die Uhr getroffen haben, dabei zersprang das Glas. Die Ärzte haben Splitter in Hackschmitts Kleidung gefunden, ungefähr dort, wo er die Uhr getragen hat. An der Stelle war auch die Haut aufgeritzt, aber nur unbedeutend.«

Bastiani unterbrach sich, er seufzte zerknirscht. »Der Mensch ist ein unvollkommenes Wesen, immer wieder unterlaufen ihm Fehler. Vielleicht wären wir jetzt schon weiter, wenn ich früher an die Uhr gedacht hätte, anstatt sie einfach der Witwe zu überlassen. Aber erst der ärztliche Befund oder vielmehr der Fund der Glassplitter auf dem Leichnam brachte mich auf die Idee, mir die Uhr noch mal genauer anzuschauen. Die

Hackschmittin machte auch keine Scherereien, sie gab sie mir sofort, mit der Bitte, ihr das gute Stück wiederzubringen, was ich selbstverständlich versprach. Und jetzt schau sie dir an, die Uhr! Die Zeiger sind, wie man sich vorstellen kann, leicht verbogen, und sie sind kurz nach halb drei stehen geblieben.«

»Kurz nach halb drei?«

Das ist später, als sie bisher vermuteten.

Dann hätte Christian nicht vor drei Uhr das Feuer im Ofen anmachen können, eher später. Auf jeden Fall zu spät, als dass die Brote noch rechtzeitig fertig geworden wären. Wenigstens drei Stunden dauerte es, bis das Holz heruntergebrannt war und der Ofen die richtige Temperatur hatte. Dann erst konnten die Teiglinge eingeschossen werden. Und der Backgang selbst brauchte auch seine Zeit, mindestens noch einmal gute anderthalb Stunden.

Die Brote waren aber rechtzeitig um sechs Uhr fertig gewesen, als sie morgens in die Backstube gekommen war.

Und nicht nur das. Christian wäre mit blutverschmierter Kleidung nach Hause gekommen. Er hätte sich noch waschen und umziehen müssen. Um drei Uhr war aber Bernhard schon bei Christian in der Backstube gewesen, hatte ihr der Kleine erzählt.

War das der Beweis, auf den sie die ganze Zeit gehofft hatte? Dass ihr Bruder nicht der Täter war? Sie wagte kaum, daran zu glauben, um hinterher nicht bitter enttäuscht zu werden.

»Kann die Witwe nicht an der Uhr herumgefingert haben, Jakob?«

»Natürlich kann sie das. Aber wäre sie die Täterin, hätte sie dann nicht versucht, die Uhr auf eine Zeit einzustellen, wo sie selbst nachweislich noch in der Schankstube war und ihre Gäste bezeugen könnten, dass sie hinter der Theke stand? Sagen wir mal auf halb zwölf oder zwölf? Daher glaube ich eher, dass die Hackschmittin nichts daran gedreht hat, dass sie also auch nicht die Täterin war.«

»Freust du dich darüber?«

Bastiani schaute sie mit zur Seite geneigtem Kopf alles andere als verlegen an. »Hast du mich durchschaut?«

»Ich glaube schon.« Aber das Lächeln fiel Barbara schwer. Sie half Hedwig, die mit dem Speisetablett hereinkam und auch eine neue Schüssel mit kaltem Wasser brachte, damit Barbara dem Studiosus noch einmal die Wadentücher wechselte. Er wachte dabei auf, trank auch ein wenig, konnte sich bedanken, schloss aber bald wieder die Augen.

»Du verstehst dich aufs Pflegen, Barbara«, bemerkte Bastiani. »Ich habe den Eindruck, unser junger Herr fühlt sich aufgehoben in deinen Händen.«

»Süßholzraspler«, brummte Barbara, aber dann setzte sie sich mit ihrem Stuhl zu ihm an den Tisch und nahm sich aus der Pfanne eine gute Portion vom Armen Mann. Sollte Herr Weinbrenner mit seinem Um-die-Ecke-Denken am Ende doch recht haben? Wenn es nicht Christian war und nicht Constantin, blieb nur noch dieser Fremde mit dem Schlapphut übrig.

»Ob Leonelli später noch einmal zurückgekommen ist, um Hackschmitt umzubringen?«, fragte sie, nachdem sie ihren ersten Hunger gestillt hatte.

Constantin zwischen seinen Decken regte sich.

»Leonelli«, krächzte er und versuchte, sich aufzustützen, »der war's nicht.« Er schüttelte den Kopf, stockend begann er von seiner Flucht zu berichten. »Fragen Sie diese Frau in der Adlergasse. Ich glaube, es war eine Zwanzigernummer, zweiundzwanzig oder vierundzwanzig«, sagte er schließlich.

»Zweiundzwanzig oder vierundzwanzig«, wiederholte Bastiani. Er war sprachlos, schenkte sich ein Glas Wasser ein und trank es in einem Zug. Dann öffnete er den obersten Knopf seiner Uniform.

»Jetzt bleibt nur noch Hackschmitts Sohn übrig, oder wir haben es tatsächlich mit einem Unbekannten zu tun. Lasst mich nachdenken, vielleicht kommt mir über Nacht eine Eingebung. Im Übrigen solltest du jetzt schlafen gehen, Barbara, du fällst mir gleich vom Stuhl. Ich werde heute Nacht bei unserem Kranken wachen. Sie erlauben doch, Herr Wiesli, dass ich Ihre Pflegerin nach Hause schicke?«, fragte er Constantin scheinheilig.

»Ich bleibe gern hier«, protestierte Barbara, aber als sie Bastianis Dienstgesicht sah, gab sie nach. Jetzt erst merkte sie, wie müde sie nach diesem langen Tag war. Sie wickelte noch etwas vom schmalzgebackenen Armen Mann in ein Tuch, »Du erlaubst doch, Jakob, gell? Für die Frau im Heckegässle«, und verabschiedete sich.

Es sah so aus, als hätte das Weib auf sie gewartet. Sie wärmte sich an einem kleinen Feuer und feixte, als sie Barbara mit dem Päckchen um die Ecke biegen sah. Die von den Holzbalken herabhängenden Tücher standen einen Spaltbreit auf. Dahinter war es dunkel.

»Komm rein, nur mit einem Sessel kann ich nicht dienen«, bot die Frau ihr an.

»Du weißt, wer ich bin?«, fragte Barbara. Die Einladung nahm sie nicht an, sie wollte sich nicht lange aufhalten.

»Du bist schon heut Morgen hier vorbeigekommen«, erwiderte die andere.

»Ich bring dir was zu essen.«

»Schickt dich die Marie?«

»Wieso die Marie?« Barbara wunderte sich. »Hat sie dir sonst Essen gebracht?«

»Jeden Tag, wenn sie mit der Arbeit fertig war. Und dann haben wir noch ein bissele gschwätzt. Aber seit vorgestern ist sie nicht mehr gekommen. Ist sie krank?«

»Seit vorgestern? Seit Montag?«

»Ja. Das heißt, gekommen ist sie schon, aber spät. Vielleicht haben sie eine Feier im Goldenen Füllhorn gehabt, hab ich gedacht und gewartet. Aber als sie endlich kam, hat sie nicht angehalten. Nicht mal hergeschaut hat sie. Ich hab sie noch gerufen, leise, um niemanden zu wecken. Es schlafen ja noch mehr hier.« Die Frau deutete vage in ein paar finstere Ecken.

»Du teilst das Essen, das sie dir bringt, nicht mit anderen?«

Die Frau verteidigte sich. »So viel ist es ja nie, es reicht grad für mich. Und guck mich an, bin ich davon dick geworden?« Sie schlug sich auf die flache Brust. »Nein, damit ist kein Staat zu machen. Mich will keiner mehr. Scheißkerle.« Dennoch kicherte sie. »Na gut, Katharina, hab ich mir gesagt, dann halt morgen, aber dann ist sie gestern auch nicht gekommen.«

»Sie hat eine neue Herrin. Vielleicht kann sie nichts mehr aus der Küche herausschmuggeln«, gab Barbara zu bedenken.

»Wenn das so ist …«, bemerkte Katharina und nahm Barbara das Essen ab. »Ich dank dir, dass du wenigstens an mich gedacht hast.«

»Und als Marie Montagnacht hier vorbeikam, wie spät war es da?«

»Genau weiß ich's nicht, aber die Zwei-Uhr-Patrouille war längst durch.«

»Zwei-Uhr-Patrouille?«

»Ich hab einen leichten Schlaf, ich hör die immer. Die gucken, dass nix mehr brennt, und überhaupt. Am Anfang hab ich denne Männer net getraut, aber jetzt find ich's gut, dass da jemand ist, der aufpassen tut.«

»Und die Marie kam erst nach ihnen?«

»Lange nach ihnen, sehr lange nach ihnen.«

Enttäuschte Erwartung

Barbara musste vor Aufregung rote Flecken im Gesicht gehabt haben, als sie kurz darauf den verdutzten Bastiani noch einmal herausklopfte. »Und du traust dir das zu?«, hatte er am Ende ihrer langen Unterredung zögerlich gefragt. »Aber ja«, hatte Barbara geantwortet und war felsenfest davon überzeugt gewesen. Doch jetzt, bei Licht besehen, war sie ihrer Sache nicht mehr ganz so sicher. Einfach im Bett liegen bleiben wäre vielleicht vernünftiger. Krank sein. Magengrimmen haben. Das hatte sie tatsächlich.

Sie drehte sich zur Wand. Als Lorenz zu ihr unter die Decke gekrochen kam, stellte sie sich schlafend. »Ich bin der Wolf und fress dich«, drohte der Bub und knurrte, so schauerlich er konnte.

Vielleicht lagen sie und der Sergeant ja völlig falsch mit ihrem Verdacht. Die dicke Marie könnte sich nach der Arbeit im Füllhorn noch irgendwo mit irgendjemandem verlustiert haben, bevor sie nach Hause gegangen war. Marie war noch nicht alt und eigentlich auch nicht hässlich. Unscheinbar vielleicht, wenn sie da in ihrer Küche werkelte, aber bestimmt kein Männerschreck. Und dazu noch ein laues Lüftchen wie neulich Abend! Wer sehnte sich da nicht nach einem kleinen Liebeshandel? Vielleicht hatte die Köchin einen Schatz.

»Jetzt beiß ich dir dein Ohr ab«, verkündete Lorenz, aber da war Barbara schneller.

»Und ich dir deine Nase.«

Sie packte und kitzelte ihn, sodass er aufquiekte und aus den schlafwarmen Laken hopste. Bei Barbara ging es langsamer.

»Du hast ja recht, Lorenzkind, es hilft nichts, packen wir es an!« Schließlich hatten sie alles besprochen, Bastiani und sie, was sollte ihr schon passieren?

Als sie in die Backstube kam, stand wie zu Vaters Zeiten mitten auf dem Arbeitstisch ein großer Korb mit frischem Gebäck. Es duftete verführerisch nach den süßen Hefestückle, die Christian und Bernhard gestern gebacken und, was für eine luxuriöse Verschwendung!, mit Mandeln und kandierten Früchten verziert hatten.

»Rosinen, Nüsse, Mandelkern essen kleine Kinder gern«, trällerte Barbara und biss in einen der Osterhasen. Ja, die würden sie getrost verteilen können. Fünf weitere steckte sie in die Tasche ihrer Schürze, einen bekämen die Kinder, damit sie ihn sich teilten, je einen Bastiani, Hedwig und der junge Studiosus, und mit dem letzten würde sie sich bei Marie einschmeicheln.

Mühselig und mit vor Anstrengung verzerrtem Gesicht schnitt die Köchin an dem sehnendurchzogenen Fleischstück herum, das vor ihr auf dem Brett lag, würfelte es umständlich, raspelte die letzten Muskelfasern von den Knochen und warf zwischendurch immer wieder eine Portion in den großen Heißwassertopf auf dem Feuer, in dem schon Knochen, Zwiebeln und Lorbeer schwammen. Die Köchin wirkte fahrig, immer wieder wechselte sie das Messer von einer Hand in die andere und stöhnte beeindruckend.

»Das schneidet kaum«, stellte Barbara fest, nachdem sie ihr von der offenen Küchentür aus eine Weile zugeschaut hatte.

»Das schneidet überhaupt nicht«, giftete Marie, »darauf kann man bis nach Straßburg reiten. Ich wollt, ich hätt mein altes Messer wieder. Kannst du mir sagen, warum die Polizey es mir nicht zurückgeben will. Was machen die damit? Geister beschwören?«

Die köchelnde Bouillon auf dem Herd verbreitete dampfende Wärme. Marie plumpste erschöpft auf den einzigen Küchenstuhl mit Lehne. Sie krempelte die Ärmel ihres Hemds bis zu den Ellbogen hoch, Schweiß rann ihr über Gesicht und Hals in den Kragen.

»Ich hab der Hackschmittin gesagt, dass ich ohne richtiges Schlachtermesser nichts anfangen kann.«

»Und was hat sie gesagt?«

»Sie wollte sich drum kümmern. Ha, wer's glaubt, wird selig.«

»Und wie ist sie sonst?«

»Das kann man nach zwei Tagen noch nicht sagen.«

»Um wie viel Uhr kommt sie?«

Maries rechte Hand lag faul auf ihrem Schoß, mit dem stumpfen Messer in der Linken schnippelte sie ungelenk ein Rädle Blutwurscht ab und stopfte es sich in den Mund.

»Wahrscheinlich bald. Was willst du von ihr?«

»Sie fragen, ob ihr nicht frisches Brot wollt, wir haben gebacken.« Damit zauberte Barbara den Osterhasen aus ihrer Tasche, holte einen Teller aus dem Regal, platzierte das Hefeteilchen darauf und servierte es Marie, als säßen sie nicht in der Küche des Goldenen Füllhorns, sondern im Kaffeehaus im Vorderen Cirkel mit Blick aufs großherzogliche Schloss.

»Lassen Sie es sich schmecken, Madame«, säuselte Barbara honigsüß.

»Bah«, grunzte die dicke Marie beifällig, nachdem sie das Gebäck in zwei Bissen hinuntergeschlungen hatte, »das nenn ich mal eine herrliche Schweinerei. Und du wagst es, mir nur ein einziges Stück davon mitzubringen?« Aber sie lachte schallend, wenn auch etwas bemüht. Die feuchte Hitze des Raums schien ihr nicht gutzutun. Trotzdem pickte sie auch noch die letzten Krümel auf, die auf dem Tellerchen verblieben waren, hob es dann zum Mund und leckte es sauber.

»Ich werd warten, bis die Hackschmittin kommt«, beschloss Barbara. »Gönnst du mir eine Tasse von deinem berühmten Kaffee?«

»Den musst du dir heute selber machen.« Wieder verzog sich Maries Gesicht sauertöpfisch.

Als behage ihr meine Anwesenheit nicht, vermerkte Barbara bei sich. Nicht nur eine, eine ganze Compagnie von Läusen musste der Köchin heute Morgen schon über die Leber gelaufen sein. An jedem anderen Tag stünde um diese Uhrzeit bereits die Kanne mit dem geliebten heißen Getränk auf dem Herd. Die ersten Gäste dürften nicht mehr lang auf sich warten lassen.

Marie rührte sich nicht vom Stuhl weg, als Barbara den Wassertopf auf die Herdöffnung setzte und sich daranmachte, die Kaffeebohnen zu mahlen. Die stämmige Frau, Herrin ihrer Küche, die Lies nie erlaubt hatte, an ihre Gerätschaften zu gehen, saß wie gelähmt da und ließ den Kopf hängen.

»Du siehst aus, als hättst du Fieber. Bist du krank?«, erkundigte sich Barbara voller Anteilnahme und prüfte die Menge des gemahlenen Pulvers. Ein bisschen mehr durfte es schon sein, entschied sie dann, Hackschmitt konnte es ja nicht mehr kontrollieren. Und so bald bekäme sie sicher keinen ordentlichen Kaffee mehr. Bei Apolone auf jeden Fall nicht.

»Mir ist nur heiß«, hörte sie Marie hinter sich sagen.

»Ist dir Hackschmitts Tod auf den Magen geschlagen?«

»Ach was. Ein altes Gichtreißen. Kein Wunder bei dem verrückten Wetter. Zuerst ist es warm, dann schneit's gleich wieder. Das hält ja kein Mensch aus.«

»Vielleicht hast du dich verkältet, als du am Montagabend nach Haus gegangen bist. So warm war's schließlich noch nicht, auch wenn alle Leut schon draußen rumsaßen und geglaubt haben, dass der Sommer ausgebrochen ist.«

Barbara füllte etwas von dem heißen Wasser in die Kaffeekanne, um sie zu erwärmen, und zählte großzügig vier Löffel Pulver ab, das sie in das sprudelnde Wasser gab.

»Wie lange lässt du es kochen?« Sie drehte sich zu Marie um, die mit der linken Hand ihren rechten Arm kurz über dem Ellbogen festhielt, als würde er sonst abfallen. Sie musste Barbaras Frage überhört haben, denn sie gab keine Antwort.

»Übrigens, Katharina lässt dich grüßen«, fing Barbara wieder an.

»Katharina? Wer soll das sein? Ich kenn keine Katharina.« Marie klang ungnädig.

»Die Frau aus dem Abrisshaus beim Heckegässle. Du bringst ihr sonst als Essen, sagt sie, und dann schwätzt ihr immer noch.«

»Ach, die.«

»Die Arme hat dich vermisst am Montagabend.« Barbara leerte das Warmhaltewasser in den Kartoffeltopf und schüttete den fertigen Kaffee in die vorgewärmte Kanne, darauf bedacht, dass der Satz im Topf blieb. »Als du endlich kamst, war es wohl so spät, dass du schon im Gehen geschlafen hast, hat sie erzählt. Du hättest nicht gemerkt, dass sie dir noch Gute Nacht gewünscht hat.«

Unter halb geschlossenen Lidern beobachtete Barbara Maries

Reaktion, während sie zwei Tassen Kaffee zum Tisch balancierte und abstellte. Die Köchin wiegte sich wie unter Schmerzen vor und zurück.

»Was kümmert's die alte Hur, wann ich nach Hause geh.«

»Heraus mit der Sprache, Marie«, neckte Barbara, »du hast doch einen Liebsten, gesteh's. Wer ist es? Ich bin neugierig.« Und sie versetzte ihr einen freundschaftlichen Hieb in den rechten Oberarm.

Mit einem gellenden Schrei fuhr die Köchin in die Höhe. Und aus der Haut.

»Kannst du nicht aufpassen, du blöde Ziege. Siehst du nicht, dass ich mich verletzt hab?« Und sie hielt Barbara anklagend ihren Arm vor die Nase. Er war rot und dick, dicker, als er ohnehin schon war.

»Was ist passiert?« Barbara war ehrlich erschrocken. Sie fasste nach Maries Hand, aber die Köchin entwand sie ihr.

»Lass mich!«, kreischte sie. »Ich hab mich an einem Nagel geritzt, was soll's. Das geht vorbei.«

Das, was dann kam, war nicht mit Bastiani abgesprochen gewesen, und wenn sie vorher darüber nachgedacht hätte, hätte sie nie den Mut dazu gehabt. Aber Barbara dachte nicht nach. Bevor die Köchin sich widersetzen konnte, hatte Barbara sie am Gelenk gepackt und mit der anderen Hand den Ärmel des Küchenfracks nach oben geschoben. Wenige Zoll über der Armbeuge erschien ein blutiger Verband. Der ganze Arm war dick geschwollen und heiß.

Hatte die Wunde Marie bis eben noch gelähmt, kam nun plötzlich Bewegung in sie. Ihr ganzer Körper bäumte sich auf, und sie stieß Barbara von sich, die rückwärts gegen das Geschirrgestell prallte und zu Boden stürzte. Aus dem schwankenden Regal löste sich ein Stapel Teller und zerschellte auf den Fliesen. Einer traf Barbara am Kopf.

»Was mischst du dich in meine Angelegenheiten? Denkst du, ich hab nicht gemerkt, dass du nur gekommen bist, um rumzuschnüffeln. Aushorchen willst du mich, aber um mich zu überlisten, musst du früher aufstehen. Hat dich dein feiner Herr Sergeant geschickt? Oder die Lies, das Dirnending? Ja, die wird's gewesen sein, das passt zu ihr. Glaubt jetzt wohl, mich erpressen zu können, nachdem sie beim Heinrich keinen Fuß in die Tür gekriegt hat. ›Geld her oder wir verpfeifen dich!‹ Wer von euch hat sich das ausgedacht? Die Lies? Die Katharina? Du? Oder ihr alle zusammen? Ihr haltet euch für schlau, aber ich werd euch Mores lehren.«

Maries Stimme kippte. »Dirne«, gellte es in Barbaras Ohren, »verpfeifen«, das Gekeife bohrte sich in ihren Schädel. Die Worte rauschten über sie hinweg wie ein Schwall Wasser.

»Immer war ich nur der Schuhabputzer für das hinterfotzige Luder, sie hat's nicht ertragen, wenn Heinrich freundlich zu mir war. Und das war er, das war er immer. Immer war Heinrich zuvorkommend zu mir. Ein nobler Mann.« Schriller und schriller kreischte Marie. »Ein Speisehaus in der Akademiestraße hat er mir versprochen, mit einem Publikum von Stand. Jawohl, von Stand. Er wusste schließlich, was er mir schuldig war. Wer hat ihm denn diese elende Spelunke hier groß gemacht? Das war doch ich. Ich ganz allein. Mit meinem Kalbsbries, meinen gefüllten Täubchen und der Rehkeule mit gedämpften Äpfeln.«

Die dicke Marie schwieg abrupt. Vielleicht war es das, was Barbara wieder zur Besinnung brachte, das Schweigen, das bedrohlicher war als das Geschrei zuvor. Sie sah das Weib auf sich zuwanken, das Messer, mit dem diese an dem Fleisch für die Suppe herumgesäbelt hatte, in ihrer Linken. Aber von dem Sturz und dem Schlag auf den Kopf noch immer halb betäubt, schaffte es Barbara nicht, sich aufzurappeln. Ihre Beine ruckten unkontrolliert, sie hörte ihre Zähne aufeinanderschlagen und kam nicht dagegen an.

Wo waren Bastiani und seine Leute? Standen sie denn nicht draußen im Hof bereit? Bei der geringsten Bedrohung, hatte er gesagt, kämen sie ihr sofort zu Hilfe. Sie versuchte zu schreien, doch es kam kein Ton aus ihr heraus.

Die Köchin schwankte nicht mehr. Sie stand jetzt vor ihr und schaute auf sie herunter, in ihren Augen lag ein tückischer Glanz.

»Die Ehe hat er mir versprochen und dann immer neue Weibsbilder angeschleppt. Aber nun hat sich's ausgeweibt.«

Marie hob die Linke mit dem Messer.

»Du bist nicht das erste lebende Wesen, das dran glauben muss. Hunderte von Schafen, Ziegen und Schweinen habe ich schon abgeschlachtet. Mit schönen, langen, scharfen Messern. Jeder Schnitt saß. Mein Vater war ein guter Metzger, und wehe, wenn wir Kinder auch nur einen Fehler gemacht haben.«

Da endlich brach es aus Barbara heraus.

»Jakob«, und noch einmal: »Jaaakoooob.«

Sie schloss die Augen, um nicht sehen zu müssen, wie das Messer auf sie herabschießen würde, und wälzte sich zur Seite.

Bouillon mit Aussicht

Noch immer weiß um die Nasenspitze herum, hockte Barbara in der Gaststube des Goldenen Füllhorns und ließ sich von der Hackschmittin mit guten Worten und kalten Umschlägen verarzten. Zwischendurch tastete sie nach ihrem Kopf, wo die Beule inzwischen auf die Größe eines Hühnereis angewachsen war. Die Nachricht von der Verhaftung der dicken Marie ging wie ein Lauffeuer durchs Dörfle, und schon wieder traten sich vor den Fenstern des Wirtshauses die Gaffer gegenseitig auf die Füße.

Der alte Schuttler aber kauerte wie an dem Tag, an dem sie den Wirt gefunden hatten, hinter dem Tresen und murmelte ein ums andere Mal: »Ich glaub's net, ich kann's net glauben.« Er tat Barbara leid.

»Und? Hat sie gestanden?«, wollte sie wissen, als der Sergeant endlich vom Verhör auf der Polizeywache zurückkam. Sie platzte vor Ungeduld. Hackschmitts Witwe tat gelassen, aber es war ihr anzusehen, dass auch sie gespannt war. Geschäftig hatte sie begonnen, einen Tisch einzudecken.

»Bleib du sitzen, du hast heute schon genug mitgemacht«, verordnete sie Barbara, als diese ihr helfen wollte, Teller und die Bouillon aus der Küche zu holen.

Bastiani schien seinen Spaß daran zu haben, die beiden Frauen auf die Folter zu spannen. Zufrieden schaute er von einer zur anderen, dann rief er Schuttler.

»Setz dich zu uns, aber bring uns vorher noch eine von den Flaschen, die ganz hinten unten im Regal liegen. Hackschmitt hat mir mal in einer späten Stunde verraten, dass er dort seine besten Tröpfchen liegen hat. Sie erlauben doch, Frau Wirtin, dass ich heute ausnahmsweise über Ihre Vorräte verfüge. Es wird bestimmt nicht wieder vorkommen.« Ihr dunkles »Aber bitte, Herr Sergeant, bedienen Sie sich« kam warm und weich. Mit beiden Händen strich sie ihre schwarze Lockenpracht hinter die Ohren, und Barbara hätte schwören können, dass die Witwe die Augen Jakob Bastianis suchte, bevor sie sich setzte.

»Nun red schon!«, drängte sie den Freund wieder, als jeder mit Essen versorgt war. »Hat sie nun gestanden?«

»Nein«, sagte Bastiani, doch das schien seiner vergnügten Laune keinen Abbruch zu tun. »Zuerst wenigstens nicht«, korrigierte er sich dann, ließ aber seine Zuhörer weiter zappeln, aß erst den Teller leer und tupfte sich eine Ewigkeit lang Mund und Schnäuzer sauber. »Kochen kann das Weib, das muss man ihr lassen. Kompliment«, und wie um es zu begießen, leerte er das Glas mit dem guten Tröpfchen des toten Wirts.

»Ich hab die Suppe fertig gekocht«, empörte sich Barbara, »aber das ist doch jetzt nicht wichtig. Wie habt ihr sie überführt? Muss man dir alles aus der Nase ziehen?«

Endlich bequemte sich Bastiani, die Wissbegierde der Tischrunde zu befriedigen.

»Erinnerst du dich an die Sachen, Barbara, die ich am Tattag vom Boden aufgehoben und mitgenommen hatte? Unter anderem war da dieser abgebrochene Flaschenhals gleich bei Hackschmitts Hand. Und jetzt stellt euch vor, was unter Maries dickem Verband zum Vorschein kam. Eine tiefe Wunde, bös entzündet, und sie stammte von … na, dreimal dürft ihr raten.«

»Von der Flasche«, sagte die Witwe trocken. »Es hätte mich auch sehr gewundert, wenn der Mann sich nicht zur Wehr gesetzt hätte. Zeit seines Lebens hat er um sich getreten, und es war ihm egal, wen er wie getroffen hat. Aber in diesem Fall kann ich es ihm nicht mal verdenken, dass er sich verteidigen wollte, auch wenn es ihm am Ende nichts genutzt hat.«

Bastiani stimmte ihr zu und berichtete weiter.

»Jeder Laie hätte erkennen können, dass die Ecken und Kanten des abgeschlagenen Flaschenhalses mit der Form der Wunde eins zu eins übereinstimmten. Zweifel ausgeschlossen. Marie hat sich ohne Widerstand abführen lassen.«

Die Hackschmittin goss jedem am Tisch noch einmal ein, goldgelb schimmerte der Wein in den Pokalen. Sie hob den ihren und verneigte sich ehrerbietig vor Barbara und dem Sergeanten.

»Meine Hochachtung.«

»Aber wieso gerade Montagnacht?«, wollte Barbara wissen.

»Warum nicht Samstag oder Sonntag oder Mittwoch oder Donnerstag?« Ihr war schon ganz schwindlig von dem ungewohnten Alkohol.

»Fügung«, erklärte Bastiani und zuckte die Schultern. »In Marie muss es seit Wochen und Monaten gebrodelt haben. Endlich hatte Hackschmitt die Lies abserviert, und sie glaubte, der Weg sei nun wieder frei für sie, da tanzt er mit einem neuen Liebchen an. Und dann hat sie am Montagabend, anders als sie uns weismachen wollte, sehr wohl gehört, dass jemand in Hackschmitts Zimmer gewesen ist, und sie ist nachsehen gegangen. Alles sei durchwühlt gewesen. In dem Moment wären Teufel, Satan und Beelzebub auf einmal in sie gefahren. Sie sei hinunter in die Küche gegangen, hätte das lange Schlachtermesser geschärft und gewartet, bis alle weg waren.«

Schuttler liefen bei Bastianis Schilderung die Tränen übers Gesicht.

»Sie war so ein liebes Kind, die kleine Marie. Ich hab sie immer auf meinem Schoß gewiegt. Manchmal ist es gut, wenn die Mütter bei der Geburt ihrer Kinder sterben tun, dann bleibt ihnen eine Menge erspart.«

Sie schwiegen, die Worte des Alten schienen jeden getroffen zu haben. Nur Barbara war mit ihren Gedanken woanders.

»Aber Marie hat nicht gesehen, wer in Hackschmitts Zimmer war? Oder hat sie diesen Leonelli erkannt?« Ihr ganzes Antlitz war jetzt so weiß wie ein Tischtuch, ihre Stimme unsicher. Sie betete, dass es keiner merkte.

»Nein, und wenn du mich fragst, ich glaub ihr auch nicht, dass dort oben alles zerwühlt war. Kann sein, dass Leonelli die Treppe hochgegangen ist, um den Wirt zu suchen. Wir wissen, dass er, warum auch immer, Weinbrenner hasst, und wir wissen, dass Weinbrenner und Hackschmitt sich nicht grün waren. Vielleicht wollte Leonelli den Wirt auf seine Seite ziehen. Aufs Klauen war der Mann bestimmt nicht aus, denk doch an das viele Geld, das wir gefunden haben. Nein, ich glaub, dass die Köchin schlichtweg lügt. Sie selbst hat nach der Tat dieses Spektakel inszeniert, damit es wie Raubmord aussah.«

Barbara erwiderte nichts auf Bastianis Erklärungen, aber

unterm Tisch ballte sie die Hände so fest zu Fäusten, dass es wehtat. Bis zum Ende ihrer Tage würde sie mit ihrem Geheimnis leben müssen. Aber eher biss sie sich die Zunge ab, als dass sie Christian ans Messer lieferte, auch wenn er es weiß Gott nicht verdient hatte.

»Und wer kocht mir jetzt heute Abend?«, ließ sich mit einem Mal die neue Füllhornwirtin vernehmen. »Marie war einfach die beste Köchin weit und breit. Hackschmitts Erfolg kam wirklich nicht von ungefähr.«

Resigniert schweifte ihr Blick durch die sauber glänzende Schankstube. Barbara verstand sie gut. Da hatten sich zwei Mädchen aus dem Rosengarten stundenlang abgerackert, hatten Boden und Wände der Restauration gescheuert, die blutbefleckte Wäsche gewaschen und gebügelt, kaputtes Geschirr aussortiert und zerbrochene Stühle zum Schreiner geschleppt. Dann standen die Tische wieder in Reih und Glied, wie die Kostgänger es gewohnt waren, der Stammtisch für die Würfelbrüder hinten links, der kleine quadratische, an dem Oberkriegscommissair Obermüller zu speisen pflegte, gleich unterm Fenster und die lange Tafel für die Zwölfuhreintopfesser mitten im Raum. Und das sollte jetzt alles umsonst gewesen sein?

Die Hackschmittin war aufgestanden, lief hilflos von Tisch zu Tisch, rückte hier einen Stuhl gerade, dort einen Kerzenhalter.

»Eigentlich tut mich ja nichts so leicht aus der Façon bringen, aber jetzt weiß ich nicht mehr weiter. Ich kann doch nicht schon wieder schließen. Schlimm genug, dass ich die Frühstücks- und Mittagsgäste hab abweisen müssen. Wenn das so weitergeht, überlebt das Haus das nicht.«

»Schicken Sie ein Mädchen aus der Langen Straße hierher zum Bedienen«, sagte Barbara und begriff selbst nicht, was sie zu ihrem Vorschlag veranlasste. Vielleicht die Erkenntnis, dass sie die Witwe falsch eingeschätzt, dass sie sie für rücksichtslos und selbstsüchtig gehalten hatte, ja, sogar zeitweilig für die Mörderin des eigenen Mannes, und sie nun ihr Bild von ihr korrigieren musste. »Die Kleine meiner Schwester wird beim Decken und Abräumen helfen. Für ihr Alter ist sie schon sehr geschickt. Und ich koche. Ich kann's zwar nur halb so gut wie die Marie, aber für heute Abend wird es gehen. Schuttler kann mir Holz aus dem Hof bringen und die Getränke aus dem Vorratslager. Und«, sie wendete sich fragend an Bastiani, »Hedwig kann sich doch weiter um den Studiosus kümmern, gell? Ich hab nämlich eigentlich einen Kranken zu pflegen«, erklärte sie der Hackschmittin, »dafür hat mir der Herr Oberbaudirektor Weinbrenner freigegeben. Aber er wird ein Einsehen haben, wenn er erfährt, was passiert ist.«

»Wenn ich Sie wäre, Frau Wirtin, würde ich auf das Angebot eingehen. Etwas Besseres kann Ihnen auf die Schnelle nicht passieren. Und seien Sie nicht zu knausrig mit dem Lohn, ich kenne Barbaras Kochkünste, die schlechtesten sind es nicht.«

»Gut«, entschied die Hackschmittin. »Ich nehm das Angebot an, machen wir also voran und verderben es uns nicht mit der Kundschaft. Bis morgen finde ich hoffentlich Ersatz für die dicke Marie. Könnte diese Katharina dir nicht auch helfen? Gib ihr Bescheid, Barbara, und sag deinen Brüdern, ich hätte morgen früh gern frisches Brot, aber nicht nur für hier, sondern auch für die Lange Straße.«

Sie spielte unschlüssig mit einem Cigarro, den sie sich aus den Vorräten ihres verstorbenen Mannes genommen hatte. Bastiani reichte ihr Feuer.

»Ich werde«, verkündete sie schließlich mit ihrer rauchig heiseren Männerstimme, »ich werde den Namen meines Vaters wieder annehmen. Ellried. Ein uralter Name und ohne jeden Makel.«

Fast verlegen, etwas von ihrer persönlichen Befindlichkeit preisgegeben zu haben, löschte sie das Tabakröllchen wieder, erhob sich, grüßte und eilte davon. Ihr schwerer Seidenrock rauschte. Die Tür schloss sich hinter ihr, aber der Wohlgeruch ihres Duftwassers blieb im Raum zurück.

»Was für eine Frau«, murmelte der Sergeant, »ob Hedwig es mir verübelt, wenn ich mal in die Lange Straß zum Essen geh?«

Leonelli

»Wer hätte das gedacht. Jetzt muss ich auf Maries Bratwurstsüppchen verzichten.«

Steiger berichtete ihm von der Verhaftung der Füllhornköchin im Treppenhaus, zwischen Tür und Angel, er hatte gerade ausgehen wollen. Jähzorn packte Leonelli, aber er ließ sich nichts anmerken, heuchelte Interesse, lobte das Geschick der Behörden, die den grausigen Mord in so kurzer Zeit aufdecken konnten. So etwas erlebe man nicht alle Tage. Wenn er nur an sein Vaterland denke, da bekümmere der Tod eines Menschen niemanden, schon gar nicht die Kriminalämter. Das Aufklären von Verbrechen würde verschleppt werden, die Täter selten, eigentlich fast nie einem Richter übergeben. Nein, wirklich, er sei voller Bewunderung, dem Polizeydirektor und dem Gericht gebühre höchstes Lob. Und natürlich bedauere er aufrichtigst, dass Steiger nun seine lukullischen Genüsse entgingen. Dann aber entzog sich Leonelli dem Gespräch, stolperte hinaus auf die Straße, und als ihm zwei Häuser weiter Drais von Sauerbronn auf seinem Laufrad entgegenkam, schlug er zu.

Seine Faust traf den Freiherrn mitten ins Gesicht. Der Mann strauchelte, kippte und prallte mit dumpfem Poltern aufs Trottoir. Er blutete aus Mund und Nase, der Rock war ihm aufgerissen. Was für eine erbärmliche Gestalt. Hielt sich für den Messias des Fortschritts und bildete sich ein, der Menschheit mit seiner lächerlichen Erfindung einen Dienst zu erweisen. Dabei nahm er alle Straßen und Plätze in Beschlag und verlangte, dass jeder vor ihm zur Seite sprang. Der Anblick des Erfinders, der wie ein im Netz gefangener Käfer unter seiner Maschine zappelte, verschaffte Leonelli Befriedigung. Gelassen setzte er seinen Weg fort.

Er passierte die Nummer zweiundzwanzig, schaute nicht zu Adams Fenster hoch, bei Frey trank er einen Kaffee, nahm einen Wermut im Zähringer Hof und verbrachte die restliche Zeit, die ihm bis zum Empfang im Schloss blieb, in einem der schweren Ledersessel im Lesesaal des Museums.

Das kleine Streichorchester spielte eine Gigue, als ein Lakai ihm die Flügeltür zum großherzoglichen Salon öffnete. Der Geiger von der Insel, aus dessen kakerlakenverseuchtem Zimmer er geflohen war, schickte Leonelli einen verstohlenen Gruß, doch er tat, als sähe er ihn nicht. Seine Königliche Hoheit war von Hofschranzen umgeben.

Leonelli gesellte sich zu einer Gruppe von Honoratioren, denen er bei seinem ersten Besuch vorgestellt worden war. Als hätte es die Sache mit Weinbrenner, dem toten Wirt in der Waldhorngasse und seiner Schrift an Pyramide und Rathaus nicht gegeben, drehte sich die Unterhaltung um die bevorstehende Rheinregulierung durch Tulla und die ständig steigenden Lebensmittelpreise, vor allem aber, wenn auch hinter vorgehaltener Hand, um die Eskapaden Markgraf Ludwigs, die überteuerte Garderobe der wegen ihrer Verschwendungssucht endlich glücklich entmündigten Gräfin Hochberg und die bedenklich schwächelnde Gesundheit des Großherzogs.

Leonelli wartete.

»Wenigstens ist das Schmierentheater nun vorbei«, bemerkte da ein Herr neben ihm, den er zuvor noch nie gesehen hatte. Der Mann zückte sein Lorgnon und trat damit nah an ihn heran, so nah, dass er dessen Atem roch.

»Da hat sich wohl einer einen bösen Scherz mit Weinbrenner erlaubt, bestimmt jemand, der unserem Oberbaudirektor seine Erfolge neidet, glauben Sie nicht auch? Was muss das für ein Mensch sein, der andere verunglimpft, anscheinend um des Verunglimpfens willen? Warum macht jemand so etwas? Was hat er davon? Können Sie mir das verraten?«

Das Ende des Musikstücks und der Applaus, der einsetzte, enthoben Leonelli einer Antwort. Danach verwickelte ihn eine junge Demoiselle in ein Gespräch über Straßburg, und bald darauf entschuldigte sich Großherzogin Stéphanie und verließ den Saal. Die anwesenden Damen folgten ihr auf dem Fuß.

»Madame soll erneut in guter Hoffnung sein.« Der Herr mit dem Lorgnon drängte sich wieder an ihn heran. »Allerdings sind ihr Männerabende wie dieser eh ein Gräuel«, verriet er Leonelli, »und wenn Sie mich fragen, da haben Frauen auch nichts dabei zu suchen. Sollen sie doch zu ihrem Wohltätigkeitsverein gehen, meinetwegen auch Romane lesen, ich habe nichts dagegen, aber die Soireen bei Karl machen ohne Weiber einfach mehr Spaß.«

Der Mann wieherte zotig, rief einen der Diener heran und nahm zwei Gläser Wein vom Silbertablett.

»Trinken wir auf den großherzoglichen Nachwuchs und hoffen, dass es ein Junge wird. Erbprinzen kann man nie genug haben. Keiner kann schließlich voraussagen, ob sie immer alle das Mannesalter erreichen.«

Endlich kam der Page mit der erwarteten Nachricht. Herablassend unterbrach Leonelli sein Gegenüber.

»Sie entschuldigen, Monsieur, aber der Großherzog ruft mich.«

Mit Genugtuung bemerkte er die Überraschung in den Augen des Schwätzers. Er ließ ihn stehen. Nicht jedem war es eben vergönnt, an der Tafel Seiner Königlichen Hoheit Platz zu nehmen. Aber ihm. Jetzt. Jetzt gehörte er zu den Auserlesenen.

Großherzog Karl hatte Braten, Schinken und Austern auftragen lassen. Die Weine kamen vom Kaiserstuhl, vom Elsass, aus dem Burgund. Später wurden geröstete Pistazien, Zimtgebäck und Rahmbonbons gereicht. Es war weit nach Mitternacht, als man auseinanderging, und hätte der Allerdurchlauchtigste nicht die Absicht verkündet, am nächsten Tag seiner angeschlagenen Konstitution wegen ins Bad nach Rippoldsau reisen zu wollen, die feuchtfröhliche Runde hätte sich die Zeit bis in die frühen Morgenstunden vertrieben.

Rom, Café Greco

»Ich gestehe es ungern, aber du hattest recht.«

»Ich weiß nicht, wovon du redest.« Feodor Iwanowitsch blinzelte versonnen in das Feuer im Kamin, Weinbrenner schmunzelte. Sie kannten sich seit ihrer Jugend, und natürlich wusste der Freund, worauf er anspielte.

»Vom Um-die-Ecke-Denken«, sagte er trotzdem.

»Ich hätte mich täuschen können«, räumte Feodor bescheiden ein und fütterte Herrn Beppo mit Bratenresten vom Abendbrottisch.

Es war so friedlich im Zimmer, die Stille so ungewohnt, dass Weinbrenner nicht genug bekam, ihr nachzuhorchen. Auch Stille hatte einen Klang, wurde ihm bewusst, und er lauschte betört diesem feinen Summen, das nur vom Wispern und Zischeln der Flammen unterbrochen wurde. Der Architekt zündete sich eine Pfeife an, schmeckte den würzigen Rauch im Mund und schloss die Augen.

Er war dankbar. Seinem Großherzog, dass dieser beim vertraulichen Vieraugengespräch nicht eine Sekunde an seiner Integrität gezweifelt hatte und ihm obendrein die Genehmigung seiner Pläne zum Bau von Palais und Gartenanlage des Markgrafen Friedrichs und dessen Frau erteilte. Damit waren die Entwürfe des Miniaturenkritzlers definitiv Makulatur. Dem Polizeysergeanten, der, kaum war er abkömmlich gewesen, ihn umgehend über die Wendung im Fall Hackschmitt unterrichtete, worauf er sich revanchierte, indem er dem guten Mann eine Flasche Wein und eine ganze Kiste spanischer Cigarros, noch ungeöffnet, geschenkt hatte. Und Freund Feodor. Dass er einfach da war.

Er hörte ihn im anderen Kaminsessel die Beine übereinanderschlagen.

»Wann fährst du jetzt, Fritz?«

»Übermorgen, am Montag«, nuschelte Weinbrenner. Er war absolut nicht gewillt, die Augen zu öffnen.

»Befürchtest du nicht, dass Leonelli deine Abwesenheit ausnützt und weiter gegen dich hetzt?«

Der Oberbaudirektor lächelte wissend.

»Nein, ich denke, er wird Ruhe geben. Er ist, wie ich aus den bekanntlich gut unterrichteten Kreisen gehört habe, mit dem Großherzog nach Rippoldsau ins Bad abgereist. Auf wessen Kosten er dort lebt, kannst du dir denken.«

»Mit Großherzog Karl?«

»Mit ebendiesem.«

»Hältst du das für richtig?«

»Steht es mir zu, eine Anordnung unseres Landesherrn in Frage zu stellen?«

Wieder trat Stille zwischen ihnen ein, Weinbrenner paffte und stellte sich vor, er säße im Garten hinterm Haus, und die Sonne, die sich endlich erbarmt hätte, zeichne eine strahlend silberweiße Landschaft auf seine geschlossenen Lider und wärme die wintersteifen Knochen.

»Übrigens ...« Weinbrenner tat gleichmütig, regte sich auch keinen Zoll in seinem Sessel, obgleich sein Herz in Aufruhr war. »Demoiselle Sophie hat fragen lassen, ob ich morgen Abend zu ihr zum Diner kommen wolle. Sie hat mit Hebel eine erste Auswahl der Bilder für die Ausstellung getroffen und würde sie mir gern vor meiner erneuten Abreise zeigen.«

»Das solltest du ihr nicht versagen, Fritz. Sie legt Wert auf deine Einschätzung. Ich übrigens auch«, fügte Feodor hinzu, nachdem er einen Schluck aus seinem Weinglas genommen hatte. »Und daher befehle ich dir, wieder heil und gesund aus dem fernen Leipzig heimzukehren, ohne Räuberkugel im Kopf und mit einem vernünftigen Rezept für deine ständigen Brustschmerzen. Hast du nicht gesagt, dass dir ein Arzt in Dresden empfohlen wurde? Ich befehle dir, ihn aufzusuchen. Ich will mir keine Sorgen machen müssen.«

»Ich verspreche es dir.«

Plötzlich stieß der Maler einen leisen Pfiff aus.

»Was ist?«, fragte Weinbrenner.

»Jetzt weiß ich es!«

»Was weißt du?«

»Rom, Café Greco.«

»Ach, mein Freund, das waren Zeiten! Was würde ich darum geben, die Uhr zurückdrehen zu können. Weißt du noch, die Sommerabende beim Baden im Tiber, und wie wir beide dem Architekten Rose das Leben gerettet haben, war der nicht auch aus Dresden?«

»Bring mich nicht durcheinander, Fritz! Ich habe gerade ein Gesicht ...«

»Wen siehst du?«

»Rate mal!«

»Hör auf, mich so auf die Folter zu spannen. Sag schon!«

»Leonelli.«

Jetzt öffnete Weinbrenner doch die Augen. Die Flammen züngelten hoch hinein in den Kaminschacht. Gretl im goldenen Rahmen über dem Sims schaute ihn an mit diesem leicht tadelnden Mund, der so beredt war, selbst wenn er geschwiegen hatte, und mit diesem Steh-doch-mal-über-den-Dingen!-Blick. Sie hatte gut reden, sein Augenstern, sie musste nie gegen Windmühlen, Finanzverwaltungen und Neider kämpfen. Alles Nebenschauplätze, die unnötig viel Zeit und Kraft kosteten. Dabei wollte er doch einfach nur bauen. Er war nun mal Architekt und Stadtplaner mit Leib und Seele.

»Wie kommst du jetzt auf diesen Halunken?«, fragte er und nahm sich vor, das Porträt seiner Frau endlich abzuhängen, um es gegen ein anderes, ihm sanftmütiger erscheinendes einzutauschen. Über den Protest seiner beiden Töchter, die gerade dieses Bild ihrer Mutter liebten und seinen Verbleib wie junge Löwinnen verteidigt hatten, würde er sich jetzt ein für alle Mal hinwegsetzen. War er nicht der Herr in seinem Haus?

»Vielleicht weil Leonelli in der ganzen Angelegenheit die einzige offene Frage geblieben ist.«

»Vergiss die Sache mit dem Kutschüberfall nicht.«

»Stimmt, du sollst auch recht haben. Aber wahrscheinlich verhält es sich damit so, wie wir von Anfang an gedacht haben. Strauchdiebe und Väterchen Zufall, dass es gerade dich erwischt hat.«

»Hab ich doch von Anfang an gesagt. Nur ein paar Herrschaften in dieser Stadt wollten es gern anders sehen. Aber Schwamm drüber! Was ist nun mit dem Vedutenpinsler?«

»Es war der Tag, an dem sich dieser holsteinische Feldprediger, ich weiß nicht mehr, wie er hieß, in Rom erschossen hat. Vor unseren Augen …«

»Witte. Witte hieß er, und ja, Theologe war er. Ich bin nie einem unglücklicheren Menschen begegnet.«

»Nachdem es passiert war und wir Deutsche uns wie üblich im Café Greco versammelt hatten, weißt du noch, über zwanzig waren wir …«

»Wart, Feodor, ich erinner mich. Der junge Mann, der mich am Ärmel gezupft hat. Er wollte, dass ich ihn im Zeichnen unterrichte. Nur in diesem Moment hatte ich einfach kein Ohr für ihn. Witte war unser Landsmann gewesen, wir waren alle völlig außer uns. Ich glaub, ich habe ihm gesagt, er soll am nächsten Tag wiederkommen, dann könnten wir reden. Im Augenblick ginge es nicht, er müsse das verstehen, aber er ist nicht wiedergekommen. Meinst du wirklich, dass er es war?«

»Er hat wahrscheinlich damals kein Wort Deutsch verstanden und es als Affront empfunden.«

»Und du meinst, dass er mich deshalb so sehr hasst, dass er alles daransetzt, mir zu schaden? Nach so vielen Jahren!«

Weinbrenner schüttelte ungläubig den Kopf. Ein fast ein Zoll langes Stück Asche fiel von der Zigarre ab und landete auf dem Teppich. Er fluchte. Mit der Klinge eines Siegelmessers hob er den grau verglühten Tabakrest vorsichtig auf und ließ ihn in den Aschenbehälter rollen.

»Aber selbst wenn dem so wäre, wenn er sich missachtet fühlt und mir böse ist, darf er mich einfach als Mörder diffamieren und so mein Leben zerstören?«

»Ich würde sagen …«, Feodor Iwanowitsch goss sich gemächlich Wein nach, die Vorfreude auf den Genuss stand ihm im Gesicht, »… nein.«

»Das will ich dir aber auch geraten haben«, drohte ihm der Architekt.

»Er hätte wenigstens den Anstand haben sollen, dich erst nach deinem Tod vom Olymp der Götter zu stoßen.«

Der Maler krümmte sich gerade noch tief genug weg, um dem Weinflaschenkorken zu entgehen, den Weinbrenner abgeschossen hatte. Statt Feodors Kopf traf er eines der zwei Scherenschnittbilder, Profile seiner verstorbenen Eltern, die an der Wand dahinter hingen. Durch die Wucht des Aufpralls, vielleicht war aber auch der Nagel locker gewesen, fiel es herab, leider nicht auf den Teppich, sondern genau daneben auf den harten Dielenboden, sodass die Scheibe zerbrach.

»Was bückst du dich aber auch«, beschwerte sich Weinbrenner, »jetzt hat Apolone nur wieder Arbeit.«

»Ich werde mich aufopfern und ihr helfen, die Scherben zusammenzusammeln. Freilich warst du es, der deinen Vater heruntergeschossen hat, doch wird es mir eine Freude sein, bis zu deiner Rückkehr aus Leipzig ein neues Glas einsetzen zu lassen.«

»Ich werde dein Friedensangebot gnädig überdenken«, erwiderte Weinbrenner leutselig, genehmigte sich eine Handvoll gerösteter Mandeln und reichte die Schale Feodor, der sie mit einer Verneigung entgegennahm.

»Vom Olymp der Götter gestoßen zu werden«, kam Weinbrenner nach einer Weile auf die Bemerkung des Freundes zurück, »stelle ich mir hart vor, ganz gleich, ob man auf Steinboden oder weicher Walderde aufschlägt. Wenn ich bedenke, wie viele Große es gibt, von denen nach ihrem Tod niemand mehr spricht.«

»Nach ihrem Tod? Manche stürzen schon zu Lebzeiten, Maler, Bildhauer, Schriftsteller«, bestätigte Feodor. »Weiß der Himmel, warum andere dagegen Anerkennung über Jahrhunderte genießen, zu Recht oder Unrecht, wer vermag das schon zu sagen.«

Weinbrenner kaute gedankenverloren auf seiner Mandel herum.

»Die Frage, mein Freund«, bemerkte er, »ist ja überhaupt: Wer darf sich herausnehmen, Anerkennung oder Nichtanerkennung auszusprechen?«

Er war aufgestanden und wanderte vor dem Kamin auf und ab, beim Porträt seines Vaters auf dem Boden blieb er stehen, betrachtete es nachdenklich, zog das Blatt unter den Scherben hervor, legte es auf den Esstisch und klopfte mit dem Zeigefinger auf den schwarzen Kopf.

»Es gab Zeiten, da hätte man solche Silhouettenbilder nicht gemacht, sie sich auch nicht an die Wand gehängt.«

»Und wahrscheinlich werden solche Zeiten irgendwann wiederkommen.«

»Wer bestimmt so etwas? Wer urteilt über Stil oder Ausdruckskraft eines künstlerischen Werks? Wer entscheidet, was schön oder hässlich ist? Der regierende Fürst, der Auftraggeber, die Leute, die sich Kritiker nennen? Darf jeder urteilen, auch die, die nicht vom Fach sind, vielleicht sogar der Mann von der Straße? Oder sollte es nicht in erster Linie der Künstler selbst sein, der das Sagen hat? Ich frage dich, Feodor Iwanowitsch!«

Der Maler hievte sich aus seinem Sessel und trat ans Feuer, um seine Hände zu wärmen.

»Ich glaube, Fritz, du frägst den falschen Mann. Sie haben meine Wurzeln gekappt und mir eine neue Identität gegeben, die sie für besser hielten. Genauso werden sie eines Tages auch meine Bilder von den Wänden nehmen, vielleicht nicht einmal unbedingt, weil sie ihnen nicht mehr gefallen, sondern weil sich etwas Neues anbahnt. Etwas, das es vielleicht auch schon mal gegeben hat, das ihnen aber unvermutet in ganz neuem Licht erscheint. Also werden sie meine Bilder wegwerfen oder in tiefen Kellern verscharren, und du … du wirst dich im Grab umdrehen, weil sie deine Werke nach ihren eigenen geschmäcklerischen Vorstellungen umbauen oder sie der neuen Zeit opfern und abreißen.«

»Opfern, sagst du? Abreißen? Wehe ihnen!«

Weinbrenners Augen funkelten. »Lass sie bauen, was sie wollen. Aber die Hand soll ihnen verfaulen und abfallen, wenn sie jemals dieses mein Haus hier abreißen.«

»Ich hoffe, man hört im Himmel deinen frommen Wunsch.«

»Ich glaube, dafür ist eher der Höllenfürst zuständig. Trinken wir auf ihn.«

Weinbrenner suchte Gretls Blick im goldenen Rahmen über dem Sims. Er prostete ihr zu.

Vielleicht, meine Liebe, lerne ich es eines Tages, dieses Über-den-Dingen-Stehen. Ein paar Jährchen bleiben mir ja hoffentlich noch.

Und er dachte nicht mehr daran, das Bild durch ein anderes, ihm freundlicher erscheinendes zu ersetzen. Er brauchte seine Gretl, so wie sie im Leben gewesen war.

Sommerfrische

Der laue Wind, der von den Hängen des Schwarzwalds herunterkam, spielte in den Haaren der Buben, die Morgensonne tauchte das Gottesauer Schloss und die davorliegenden Felder in helles Licht. Zartgrün schimmerte die Flur. Barbara konnte es kaum glauben, es duftete nach Frühling.

Sie nahm den Korb mit den Eiern vom Kopf, die sie eben bei Regina auf der Insel gekauft hatte, setzte sich auf ein Mäuerchen neben dem Landgraben und schaute Anton und Lorenz beim Spielen zu. Die Kinder waren ihr vorausgesprungen und ließen jetzt an einer seichten Stelle Schiffchen schwimmen. Auch sie und Christina hatten hier schon als Kinder mit den Freundinnen gespielt, Versteckerle und Blindekuh, und im Sommer waren sie mit hochgerafften Röcken durch das trübe Wasser gewatet und hatten Fische gefangen. Selten genug, dass sie einen erwischten, meistens waren die aalglatten Schwimmer wendiger als sie und flitzten ihnen durch die Finger.

»Mein Kahn ist größer wie deiner«, kreischte Lorenz und rammte seine Holzlatte mit Hilfe eines Stocks gegen den Bug von Antons breitem, behäbigem Boot, einem morschen ausgehöhlten Ast, in den er kleine Kiesel geladen hatte. »Aber meiner ist schneller«, juchzte Anton und lenkte sein Transportschiff geschickt außer Reichweite des Bruders. Vom Steinplatz jenseits des Kanals schallten die Rufe der Arbeiter herüber und Klänge wie von einer Glocke, wenn ihre eisernen Hämmer auf die Steine und Spaltkeile trafen. Gleich daneben auf dem Friedhof lag seit acht Tagen der Vater. Die Erde über dem Sarg hatte sich noch nicht abgesenkt.

Aber vor vier Tagen war ein Briefchen aus Staffort gekommen.

»Aus Staffort?«, hatte sie verwundert gefragt.

»Von Vaters Freund«, gestand Christian ein, verlegen, weil er der Schwester Delacours Besuch unterschlagen hatte. Denn trotz der Verhaftung der Köchin schlichen sie noch immer befangen umeinander herum und mieden das Gespräch. Aber Barbara sah, dass er für drei schuftete, und als sie ihm Samstagnacht Kaffee in die Backstube brachte, hatte er ihr schweigend den Schemel sauber gerieben, damit sie sich neben ihn setzte. Der Ring sei wieder da, sagte er, ob sie sich einen Tag freinehmen könne, ihn abzuholen?

Barbara äugte in die wärmende Sonne. Sie schlupfte aus ihren Pantinen und streckte die nackten Füße in die Luft. Ein ganzer Tag ohne Arbeit lag vor ihr, und dazu eine Fahrt mit der Kutsche. So musste es sich anfühlen, wenn reiche Herrschaften in Kur reisten oder zum Stephanienbad nach Beiertheim lustwandelten.

»Und wozu schon wieder einen Tag frei? Ich dachte, der Herr Studiosus sei auf dem Wege der Besserung und bedarf keiner Krankenpflegerin mehr«, hatte der Oberbaudirektor sie gefoppt. Knallrot war sie geworden und hatte es ertragen müssen, dass Weinbrenner ihre Verlegenheit sichtbar Vergnügen bereitete. Dann aber, nachdem sie ihm die Geschichte von dem Schmuck erzählt hatte, wurde sein Gesichtsausdruck ernst.

»Ein Andenken an deinen Vater? Fahr, mein Kind. Den einen Tag wird Apolone auch noch ohne dich überstehen. Sie wird überhaupt demnächst häufiger auf dich verzichten müssen.«

Der Schreck war Barbara bei diesen Worten in die Glieder gefahren, aber die Angst war gänzlich unbegründet gewesen. Der Oberbaudirektor hatte ihr zusätzlich zum Saubermachen die haushälterische Leitung der Bauschule anvertraut.

»Erst mal, solange ich weg bin«, hatte er gesagt, »und dann schauen wir weiter. Ich nehme an, dass du gegen eine kleine Lohnerhöhung nichts einzuwenden hast!« Damit hatte er ihr einen Stuhl angeboten und die Rechnungsbücher aus der Schublade geholt. Es war ein langer Abend geworden, doch am Ende hatte sie alles begriffen, was sie wissen musste.

»Bring auch die Uhr meiner Eltern fort«, hatte er gebeten, als sie sich verabschiedete, und gab ihr einen papiernen Umschlag. »Mit dem Geld zahlst du die Reparatur, und für den Rest nimmst du dir einen Wagen nach Staffort. Damit bist du in weniger als der halben Zeit wieder in der Residenz. Es wäre mir eine Beruhigung, wenn du dann am Abend noch das Bureau in Ordnung bringst und abschließt.«

Nun war Weinbrenner abgereist, in einer nagelneuen Kutsche. Melchior humpelte nur noch ein bisschen. Wie beim ersten Mal begleitete Heger den Architekten, ein wenig steifbeinig und mit zwiespältigem Gesichtsausdruck. Friederike und Julie aber schwätzten und giggelten und umarmten sie und Apolone, als seien sie nicht zuvor überfallen worden. Barbara betete, dass die kleine Gesellschaft gut in Leipzig ankommen möge.

»Und dass ich den Oberbaudirektor nicht enttäusche.«

Mit einem wohligen Seufzer hangelte sie nach ihren Schuhen und rief die Buben, die sich von ihrer Seeschlacht erst losrissen, nachdem Barbara ihnen mit der entsetzlichen Vorstellung drohte, dass sie am Abend barfuß ins Bett müssten, wenn sie nicht umgehend gehorchten.

»Aber mein Schiff war doch größer«, beharrte Lorenz, während er neben Barbara herhüpfte.

Zu Hause wartete Christina schon abfahrbereit unter der Haustür.

»Und noch einer wartet«, verkündete sie und deutete vielsagend zur Küche. Dort saß, die Hände krampfhaft zwischen die übereinandergeschlagenen Oberschenkel geklemmt, Constantin Wiesli, hustend, mit einem dicken Schal um den Hals und dünner als je zuvor.

»Ich habe gedacht«, stotterte er, »aber auch der Herr Bastiani meint ... also, ein wenig frische Luft würde mir guttun. Ich hab gedacht, und auch der Herr Sergeant hat gemeint, ich sollte die Fräuleins nicht so ganz allein nach Staffort fahren lassen. Es kann ja so viel passieren heutzutage auf den Straßen.«

Anhang

Glossar

Akzise – Steuerabgabe

Anrede der badischen Markgrafen und Großherzöge – Markgraf/Markgräfin: Hoheit, Durchlaucht, Erlaucht; Großherzog/Großherzogin: Königliche Hoheit (Anrede: Allerdurchlauchtigste/-r)

Bureau – Vielfach verwendete Bezeichnung für die von Weinbrenner gegründete Bauschule im Garten seines Hauses, auch Atelier genannt

Dambedei – Karlsruher Name für den vorweihnachtlichen Weckmann aus Hefeteig

Escarpin – Frz., Pl. Escarpins: Frauenschuh, absatzloser Pumps aus Satin mit Knöchelbändern

Fauteuil – Frz., Pl.: Fauteuils, Sessel

Frühstück in Karlsruhe – Zeitgenössische Chronisten berichten, dass es in bessergestellten Karlsruher Kreisen zum Frühstück warmen Braten und Wein gegeben hat.

Gutsele – Bonbon. In Karlsruhe auch Plätzchen an Weihnachten: Weihnachtsgutsele

Hintersasse – In Karlsruhe die vom Markgrafen abhängigen Bewohner, hauptsächlich die des Dörfle, die zu Geld und/oder Sachabgaben oder zu Arbeitsleistungen verpflichtet waren

Kanaille – Frz., Schimpfwort, gemeiner Kerl, ausgesprochen: Kanallje

Karolinen, Gulden, Kreuzer, Sou – In der Zeit, in der der Roman spielt, gab es noch keine einheitliche Währung, in den einzelnen Ländern und Fürstentümern waren unterschiedliche Währungen im Umlauf. Für Karlsruhe werden in der zeitgenössischen Literatur am häufigsten Gulden und Kreuzer genannt. Der Karolin war eine Goldmünze, die je nach Region ungefähr 10 bis 12 Gulden wert war. Der Sou ist eine französische Kleinmünze. Der Begriff wurde und wird noch heute im Französischen, ähnlich wie der Pfennig, auch im übertragenen Sinn in Redewendungen benutzt.

Meliert-ökonomisches Brot – Mischbrot aus 2/3 Weizen, 1/6 Roggen und 1/6 Gerste

Mètre – Frz., Pl.: Mètres, Meter. Zum Zeitpunkt des Romans war durch Napoleon bereits das metrische System eingeführt. Parallel dazu verwendete man aber noch immer die alten Längenmaße wie Wegstunde, Rute, Fuß oder Zoll.

Piece – Frz., eigentlich pièce: Zimmer. Neben der Bedeutung von Zimmer ist es auch das französische Wort für Stück, aber auch Musikstück.

Plafond – Frz., Zimmerdecke

Recommendation – Lat., Empfehlung, Fürsprache

Satisfaction – Frz., Zufriedenheit

Theaterbrand – s. *Friedhof* (Ortsnamen)

Trottoir – Frz., Gehweg

Wetterkatastrophe 1816/17 – Auch »Sommer, der keiner war« genannt oder das »Jahr ohne Sommer«, in dem die Witterung so ungewöhnlich kalt war, dass in Teilen Süd- und Westeuropas, aber auch im Nordosten von Amerika die Ernten zerstört wurden und es zu schweren Hungersnöten kam. Als Ursache vermutet man heute den Ausbruch des indonesischen Vulkans Tambora im April 1815, dessen Asche sich wie ein Schleier rund um den Globus verteilte.

Ortsnamen

In Quellen jener Zeit werden die Namen der im Roman genannten Orte, Straßen und Gebäude, aber auch die von Personen in unterschiedlicher Schreibweise wiedergegeben. Manchmal variieren sie selbst in ein und demselben Dokument. Die Autorin richtet sich im Wesentlichen nach den Schreibweisen des Plans »der Residenz = Stadt Karlsruhe« von 1817, »Herausgegeben und verlegt von C. F. MÜLLER Hofbuchhändler in CARLSRUHE«, und nach dem Adressbuch der Stadt Karlsruhe, dem »Wegweiser für die Großherzogliche Residenzstadt Karlsruhe, Herausgegeben von den Polizey=Commissairs von Rady und Scholl. 1818«.

Beiertheim, Beiertheimer Feld – Heute südliches Karlsruher Stadtviertel

Domainenkanzley – Die fürstliche Domainenkanzlei verwaltete die land- und forstwirtschaftlichen Liegenschaften und Besitzungen des markgräflichen bzw. großherzoglichen Hauses.

Friedhof – Alter Friedhof an der heutigen Kapellenstraße. Im hinteren Teil befindet sich auch das Denkmal für die dreiundsechzig Toten, die einundzwanzig Jahre nach Weinbrenners Tod beim großen Brand im Hoftheater am 28. Februar 1847 ums Leben kamen. Die Flamme einer Gaslaterne hatte während einer Aufführung einen Dekorationsstoff in Brand gesetzt. Nach einer zeitgenössischen Darstellung seien aus Sparsamkeitsgründen bis auf einen Ausgang alle von Weinbrenner vorgesehenen Türen seit Jahren verschlossen gewesen, sodass sich die Zuschauer durch diese einzige Tür drängen mussten – mit fatalen Folgen. Das von Weinbrenner geschaffene Theater wurde vollständig zerstört. (»Der Hoftheaterbrand in Karlsruhe am 28. Februar 1847, dessen Entstehung, Verlauf und Folgen. Beschrieben aus Mittheilungen geretteter Augenzeugen und andern zuverlässigen Materialien von E. Giavina, Stenograph in Karlsruhe. Karlsruhe 1847, Macklot'sche Verlagsbuchhandlung«).

Hagsfeld – Heute Karlsruher Stadtteil nordöstlich der Innenstadt

Landgraben – Der Landgraben, der heute unterirdisch quer durch die Karlsruher Innenstadt verläuft, war zunächst Entwässerungskanal. Nach der Gründung der Residenz diente er als Transportweg für die benötigten Baumaterialien und ab 1794 zusätzlich als Abwasserkanal. Seit 1815 begann man, ihn zu überwölben. Die Bauarbeiten dauerten knapp hundert Jahre bis 1905. Nur an wenigen Stellen des Stadtgebiets liegt der Kanal heute noch offen. Beim Lameyplatz mündet er in die Alb.

Der Landgraben gehört als moderner Abwassersammler zu den größten in Europa. Besichtigungen sind möglich.

Linkenheimer Thor – Von Jeremias Müller erbaut, stand es an der Stelle, wo die Akademiestraße in die Hans-Thoma-Straße einmündet. 1825 wurde es an die heutige Moltkestraße, Ecke Hans-Thoma-Straße versetzt. 1875 wurde das Tor abgerissen.

Markgräfliches Palais – Eigentlich Markgräflich-Hochbergsches Palais am Rondellplatz, erbaut von Weinbrenner zwischen 1803 und 1814 für die zweite Frau von Großherzog Karl Friedrich, die im Volk wenig beliebte Reichsgräfin Luise Karoline von Hochberg, und ihre gemeinsamen Söhne. Ein Portikus mit sechs hohen korinthischen Säulen führt ins Innere des Gebäudes. »Fünf zum Boden reichende Fenster beleuchten in der Belle Etage einen geräumigen Gesellschaftssaal … Eine steinerne Treppe, welche dahin führt und ihr Licht durch eine Kuppel von oben erhält, ist ein Meisterwerk Weinbrenners. In dem großen Saale, in welchem man eine schöne Aussicht in den zum Palais gehörigen Garten hat, sieht man vier große, von Kuntz trefflich gemalte Ansichten des Bodensees, in den verschiedenen Beleuchtungen der vier Tageszeiten. … Ein Belvedere auf den Zinnen des Palastes erhöht den imposanten Character dieses Gebäudes (Wagner, Peter: XXXII Ansichten mit dem Panorama und dem Plan von Carlsruhe, S. 2).

Bei einem Luftangriff im Zweiten Weltkrieg wurde das Palais zerstört und 1963 unter teilweiser Verwendung der klassizistischen Fassade – ohne das Belvedere auf dem Dach – wiederaufgebaut. Heute befindet sich in dem Gebäude eine Bank.

Mühlburger Thor – Es stand ursprünglich in der Langen Straße (heutige Kaiserstraße) zwischen Karl- und Waldstraße. Aufgrund der Stadterweiterung wurde es nach Westen in Richtung der heutigen Hirschstraße verlegt. Von 1821 bis 1874 befand es sich an der Stelle des heutigen Mühlburger-Tor-Platzes. Das Tor mit seinen Originalgittern bildet heute den Durchgang von Schlossgarten zu Botanischem Garten.

Museum – 1813 erbaut von Weinbrenner und kultureller Mittelpunkt der Stadt an der Langen Straße (heutige Kaiserstraße), Ecke Ritterstraße mit Billard-, Spiel- und Konversationszimmern, Restaurant, Tanz- und Konzertsaal, Leseräumen und einer Bibliothek

Rintheim – Karlsruher Stadtteil östlich der Innenstadt

Schaafgraben, später Schafgraben – Von Rintheim kommend, führte der kleine Kanal zum Durlacher Thor. Noch 1900 lässt sich sein Verlauf zwischen Rintheimer Straße und Essenweinstraße bis zur Sternbergstraße nachweisen. Danach wurde er vermutlich an die allgemeine Kanalisation angeschlossen und überbaut.

Schloss Rotenfels – Gaggenau, Murgtal. 1818 bis 1827 von Weinbrenner zu einem Landschloss umgebaut, beherbergte es zuvor eine Fabrik für Steinzeug. Zu der Anlage gehörte das sogenannte Römische Haus hinter dem Schloss und ein kleiner Tempel, von dem nur noch Reste vorhanden sind. Heute ist das renovierte Palais mit seiner Gartenanlage Sitz der Landesakademie für Schulkunst, Schul- und Amateurtheater.

Schloss Stutensee – Liegt im Norden von Karlsruhe, gehört zur Stadt Stutensee. 1440 als Wasserschloss gegründet, wurde später darin ein Gestüt zur Verbesserung der Landwirtschaft und

Landesverteidigung eingerichtet. 1721 errichtete Markgraf Karl Wilhelm an gleicher Stelle einen kleinen quadratischen Fachwerkbau mit achteckiger Kuppel als Jagdschloss, den sein Nachfolger Markgraf Karl Friedrich zu einem geräumigeren barocken Schlösschen umbauen ließ. In seiner Regierungszeit wird das Schloss ein Mustergut zur Förderung der Landwirtschaft, und der Markgraf entwirft dort 1783 die Bestimmungen zur »Aufhebung der Leibeigenschaft« für sein Land. Im 19. Jahrhundert wird das Pferdegestüt weiter ausgebaut.

Nach dem Ersten Weltkrieg erwirbt Landgerichtsrat Heinrich Wetzlar 1919 das Schloss und richtet dort mit seiner Frau Therese ein Erziehungsheim für den Karlsruher Bezirksverein für Jugendschutz und Gefangenenfürsorge ein. Obwohl zum evangelischen Glauben konvertiert, muss das jüdische Ehepaar vor den Nationalsozialisten fliehen. Es wird 1943 in das KZ Theresienstadt deportiert und kommt dort ums Leben. Im Krieg wurde das Heim ausgelagert, die Räume wurden kurzfristig zum Lazarett umfunktioniert. Seit Ende 1946 befindet sich in Schloss Stutensee wieder eine Jugendeinrichtung, die die frühere Arbeit weiterführt.

Schröck – Heute Leopoldshafen am Rhein

Staffort – Liegt im Norden von Karlsruhe, gehört heute zur Stadt Stutensee, die sich aus mehreren Gemeinden zusammensetzt

Straßennamen

Im Laufe der Zeit wurden die Karlsruher Straßennamen häufiger verändert. Einige Straßen, vor allem im Dörfle, verschwanden vollständig vom Stadtplan, neue kamen hinzu. Auch wurden mit dem Wachsen der Stadt Gassen in Straßen umbenannt, zum Beispiel Waldhorngasse in Waldhornstraße, Adlergasse in Adlerstraße usw. Die Übergänge von einer Bezeichnung zur anderen waren fließend.

Bärengasse – Heutige Karl-Friedrich-Straße, Teilstück zwischen Markt und Schlossplatz

Blockgasse – Lag im Dörfle, nicht mehr vorhanden.

Brunnengässchen – Lag im Dörfle, nicht mehr vorhanden. Es kreuzte die Quergasse, heute ungefähr Waldhornplatz.

Cirkel, Innerer – Zirkel

Cirkel, Vorderer – Schlossplatz

Gottesauer Allee – Eine der östlichen Strahlenstraßen zum Schloss. Mit der Engesserstraße ist noch ein Teilstück erhalten.

Heckengässchen – Lag im Dörfle, nicht mehr vorhanden. Eine schmale, sehr winkelige Gasse im Dörfle, die von der Waldhornstraße bis nahe ans Durlacher Tor führte, heute ungefähr Fasanenplatz, Am Künstlerhaus.

Holzmarkt – Lidellplatz

Hospital- oder Spitalstraße – Markgrafenstraße, Teilstück vom Rondellplatz zur Kronenstraße

Kleine Hospital- oder Spitalgasse – Lag im Dörfle, nicht mehr vorhanden. Verlängerung der Hospitalstraße jenseits der Kronenstraße, führte in mehreren Winkeln zur Waldhornstraße.

Lange Straße – Heutige Kaiserstraße

Mühlburger Allee – Heutige Moltkestraße

Neue Herrengassse – Teilstück der heutigen Herrenstraße zwischen Kaiserstraße und Karlstor

Rüppurrer Thorgasse – Lag im Dörfle zwischen Adlerstraße und Kronenstraße, nicht mehr vorhanden. Zum Teil verläuft dort heute die Fritz-Erler-Straße.

Schloßstraße – Heutige Karl-Friedrich-Straße, Teilstrecke von der Kaiserstraße bis zum Ettlinger Tor

Quergasse – Lag im Dörfle zwischen Kronenstraße und Waldhornstraße, nicht mehr vorhanden, heute ungefähr Markgrafenstraße und Waldhornplatz.

Übersicht über die für den Roman relevanten Personen und familiären Zusammenhänge

Personen, die tatsächlich gelebt haben, sind hier mit Jahresdaten angegeben (s. dazu auch Liste realer Personen).

In Groß-Karlsruhe:

Die Markgrafen von Baden-Durlach und Großherzöge von Baden

1715 gründet Markgraf Karl Wilhelm von Baden-Durlach (Regierungszeit 1709–1738) Karlsruhe. 1718 verlegt er seinen Regierungssitz von Durlach in die neue Residenz. Sein Nachfolger wird Enkel Markgraf Karl Friedrich, der beim Tod des Großvaters erst zehn Jahre alt ist, sodass er einen Vormund bekommt. 1806 wird aus der Markgrafschaft das Großherzogtum Baden und Karl Friedrich zum Großherzog ernannt. Er führt seitdem den Titel Königliche Hoheit. Auf Karl Friedrich folgt Großherzog Karl, auch dieser wiederum ein Enkel des Vorgängers (Regierungszeit 1811–1818).

Markgraf Karl Wilhelm, Gründer von Karlsruhe (1679–1738)

Kinder: Karl Magnus (1701–1712);

Friedrich (1703–1732), Vater vom Markgrafen bzw. späteren *Großherzog Karl Friedrich* (1728–1811);

Auguste Magdalene (1706–1709)

Markgraf und späterer Großherzog Karl Friedrich (1728–1811), Regierungszeit von 1738/1746–1811

Heirat I: 1751 mit Karoline Luise von Hessen-Darmstadt (1723–1783)

Kinder: Karl Ludwig (1755–1801), verheiratet mit Prinzessin Amalie von Hessen-Darmstadt und Vater des nachfolgenden *Großherzogs Karl* (1786–1818);

Friedrich (1756–1817), verheiratet mit Christiane Luise von Nassau-Usingen, der sogenannten Markgräfin Friedrich (Palais und Gartenanlage zwischen Herren- und Ritterstraße);

Ludwig (1763–1830), Großherzog (Regierungszeit 1818–1830)

Heirat II: 1787 mit Luise Karoline Geyer von Geyersberg, ab 1787 Freifrau von Hochberg (die Hochbergin)

Kinder: *Leopold*, Großherzog (Regierungszeit 1830–1852), Vater von *Großherzog Friedrich I.*;

Wilhelm (dem später Schloss Rotenfels gehören wird);

Friedrich Alexander;

Amalie;

Maximilian

Großherzog Karl (1786–1818), Enkel von Großherzog Karl Friedrich (Regierungszeit 1811–1818)

Heirat 1806 mit *Stéphanie de Beauharnais* (1789–1860), Adoptivtochter Napoleons I.

Kinder: Luise;

Erbprinz †, *Sohn ohne Namen* (*/† 1812; Caspar-Hauser-Gerücht);

Josephine;

Erbprinz †, *Alexander Maximilian Carl* (1816–1817);

Marie Amalie

Großherzog Ludwig, Bruder von Großherzog Karl Friedrich (Regierungszeit von 1818–1830)

Großherzog Leopold (Regierungszeit 1830–1852, damit folgt erstmals ein Sohn aus der zweiten Ehe von Großherzog Karl Friedrich mit der Hochbergin als Großherzog), dessen Sohn Friedrich wird sein Nachfolger.

Großherzog Friedrich I., ab 1852 Regent, ab 1856 Großherzog

Familie Weinbrenner

Friedrich Weinbrenner hatte noch einen zwei Jahre älteren Bruder und zwei Schwestern, die beide zu dem Zeitpunkt, zu dem der Roman spielt, nicht mehr lebten. Bruder Johann Ludwig war Zimmermeister, die beiden Brüder arbeiteten viel miteinander. Ludwig hatte seinen Zimmermannsplatz in der Akademiestraße 2, ungefähr dort, wo das heutige Mühlburger Tor liegt, und wohnte Schloßstraße 1. Er war verheiratet mit Christina Dorothea Elisabeth, geb. Wichtermann, gemeinsam hatten sie neun Kinder.

Johann Jakob Friedrich Weinbrenner, Architekt und Oberbaudirektor (24.11.1766–1.3.1826), Schloßstraße 28, Heirat am 11.7.1798 mit Margaretha Salome Arnold aus Straßburg (1775–1815)

Kinder: *Friederike*, *1799, verh. 31.1.1822 mit Ernst Friedrich Holtz, Hauptmann;

Julie Dorothea (nach anderer Quelle Dorothea Juliene), * 1800 oder 1801, †1875, verh. 1819 mit D. Walz, Assessor;

Johann Jakob Friedrich, * 3.9.1802, † 28.7.1803;

Tot geborenes Mädchen, */† 24.5.1806

sowie

Feodor Iwanowitsch, genannt Kalmück (um 1763–1832), Hofmaler und Freund Weinbrenners

Reinhard, Sophie (1775–1844), Hofmalerin und eine gute Freundin Weinbrenners

Heger, Franz (1792–1836), Weinbrennerschüler aus Worms

Brunarus, Weinbrennerschüler

Apolone, Haushälterin bei Oberbaudirektor Weinbrenner

Melchior, Kutscher bei Oberbaudirektor Weinbrenner

u.v.m.

Im Dörfle und in den Randgebieten

Bäckerfamilie Hemmerdinger, Waldhorngasse 59

Georg Hemmerdinger, verheiratet mit Gertrud Hemmerdinger
Kinder: *Christian* mit den Söhnen Anton und Lorenz;
Christina mit Tochter Stephanie;
Barbara, Dienstmädchen im Weinbrenner'schen Haushalt;
Bernhard

Tagelöhnerfamilie Mauckle, Waldhorngasse 59

Georg und Elisabeth Mauckle mit Sohn Andreas und anderen

Jakob Bastiani, Polizeysergeant, Waldhorngasse 47

Hedwig, seine Schwester

Constantin Wiesli, Untermieter Bastianis und Weinbrennerschüler

sowie

Heinrich Hackschmitt, Waldhorngasse 40, Gastwirt des Goldenen Füllhorns

Hackschmittin, Frau von Heinrich Hackschmitt, Lange Straße, Wirtin des Zum Rosengarten

Schuttler, Waldhorngasse 40, Untermieter im Hinterhof des Goldenen Füllhorns

Dicke Marie, Köchin im Goldenen Füllhorn

Kuchler, Schuhmacher, Heckengässchen, mit *Tochter Lies*

Mathias Delacour, Tabakbauer und Händler aus Staffort

u. v. m.

Über die Stadt und die realen Personen im Roman

Einst sei Markgraf Carl Wilhelm von Baden-Durlach (heute Karl Wilhelm geschrieben) im Hardtwald auf Jagd gewesen. Während der Verfolgung des Wilds habe er sich von seinen Begleitern entfernt und sei müde im Schatten einer gefällten Eiche eingeschlafen. Nach dem Erwachen habe er sich so erquickt gefühlt wie nie zuvor in seinem Leben und beschlossen, an dieser Stelle einen Ruhesitz zu erbauen.

So oder so ähnlich lauten die Legenden um die Gründungsgeschichte der Stadt Karlsruhe. Sie sind unzählige Male erzählt und niedergeschrieben worden. Theodor Hartleben berichtet in seinem »Statistischen Gemälde« der Stadt von 1815 allerdings, dass der Markgraf schon geraume Zeit vorher mit der Idee einer Sommerresidenz weit weg von den nicht immer spannungsfreien Regierungsgeschäften in Durlach geliebäugelt habe.

Tatsache ist, dass Carl Wilhelm 1715 mitten in den Wald hinein ein Schloss erbauen ließ, von dessen Turm in nahezu vollendeter Symmetrie zweiunddreißig Alleen strahlenförmig in alle Himmelsrichtungen abgingen. Sie sind auch heute noch im Stadtbild klar erkennbar.

Hundert Jahre später war die neue Residenz schon lange kein Ort mehr, in dem sich der Adel der Jagd und dem Müßiggang hingegeben hätte. Von (Carls-)Ruhe keine Spur. Die Residenz war zu einem Städtchen mit rund sechzehntausend Einwohnern angewachsen und mischte durchaus in dem mit, was damals große Politik in Europa war.

Einige Personen, die im Buch auftreten, haben zu Beginn des 19. Jahrhunderts gelebt und teilweise Karlsruhe nachdrücklich geprägt; in erster Linie sei hier der Architekt und Oberbaudirektor Friedrich Weinbrenner genannt. Obwohl es sich bei dem vorliegenden Buch um einen Roman handelt, war es mir wichtig, das Handeln und Wirken dieser Menschen so in die Geschichte mit einzubinden, dass die Leserinnen und Leser eine Vorstellung von der Stadt und ihren Menschen in dieser Zeit bekommen. Anderen Personen, die nachweislich gelebt haben, habe ich fiktive Rollen zugewiesen. Hierzu dienten mir als Quellen Hinweise in der Literatur und in dem bereits oben erwähnten ersten noch einsehbaren Adressbuch der Stadt Karlsruhe aus dem Jahr 1818.

Bachmeyer, Förster in Lahr und Sulz. Feodor Iwanowitsch zeichnete ihn 1811 in Karlsruhe. Der Künstler hat das Bild mit »Ivannoff« signiert; es ist dies eine der wenigen gesicherten Unterschriften des Hofmalers, wie sie auch sein Testament aufweist.

Bastiani, Jakob, hat es so nicht gegeben. Es wohnte aber tatsächlich ein Polizeisergeant namens Sebastian Jacob 1818 in der Waldhornstraße 47, den ich mir für den Roman »ausgeliehen« habe.

Berckmüller, Frau, wahrscheinlich Witwe des Karlsruher Baumeisters Berckmüller und Mutter des späteren Architekten Karl Joseph Berckmüller (1800–1879), Schüler Weinbrenners von 1817 bis 1822. Zu Joseph Berckmüllers bedeutendsten Werken gehört der heutige Friedrichsplatz in Karlsruhe. Er wohnte in der Kronenstraße 30, seine Mutter in der Erbprinzenstraße 20.

Biedenfeld, Freiherr von, Generalmajor, Lange Straße 219 (heutige Kaiserstraße 223/Ecke Douglasstraße)

Böckmann, Karl Wilhelm, Geh. Hofrat (1773–1820 oder 1821), Physiker und Chemiker, führte meteorologische Beobachtungen, unter anderem zu Sonnenflecken, durch. Wohnte Schloßstraße 13 (heutige Karl-Friedrich-Straße 7).

Boeck, Christian Friedrich, badischer Finanz- und Staatsminister in Karlsruhe (1777–1855)

Dollmätsch, Witwe des Feldwebels Christian Dollmätsch, Waldhornstraße 38. Der bekannteste Karlsruher Dollmätsch war der aus der Kronenstraße stammende Joseph Bernhard Dollmätsch (1780–1845), der maßgeblich mit der Eingemeindung von Klein-Karlsruhe in die Residenz befasst und von 1816 bis 1830 Oberbürgermeister in Karlsruhe war.

Don Georgo, in Rom lebender Spanier, der bei dem jungen Weinbrenner Zeichenunterricht nahm. Weinbrenner erwähnt ihn in seinen »Denkwürdigkeiten« »wegen seines Stolzes« (S. 94, Denkwürdigkeiten).

Drais von Sauerbronn, Karl Friedrich, Freiherr (1785–1851), begann eine Beamtenlaufbahn im Forstdienst, widmete sich dann aber zahlreichen Erfindungen, so 1813 einer vierrädrigen »Fahrmaschine ohne Pferde«, die durch die »insitzenden Menschen« angetrieben wurde. In einem gemeinsamen Gutachten lehnten Weinbrenner und Tulla das Gefährt ab. Der Zweck des Gefährts sei nicht erkennbar, »weil jedermann, der Füße hat, dieselben für seine Ortsveränderung weit besser auf eine natürliche Art gebrauchen kann ...« Auch dem nachfolgenden Gefährt, einem Zweirad, erteilte Ingenieur Tulla eine Absage. Dennoch stellte Drais am 12. Juni 1817 seine neue Laufmaschine in Mannheim öffentlich vor. Großherzog Karl war davon angetan, und so begann der Siegeszug des Fahrrads. Freiherr von Drais wohnte eine Zeit lang in dem Eckhaus in der heutigen Pfarrer-Löw-Straße, Ecke Hebelstraße, wo auch Johann Peter Hebel gewohnt hat (Gebäude erhalten).

Dürr, Heinrich, Uhrmacher, Kreuzstraße 2

Ettlinger, Seeligmann, Oberrat, Kronenstraße 26. Die Ettlingers waren eine weitverzweigte jüdische Karlsruher Familie (Gebäude erhalten, aber durch Umbauten maßgeblich verändert).

Frey, Caffetier, Lammstraße 2

Frommel, Wilhelm, Landbaumeister (?–1837), 1812 Mitglied der Baukommission, Spitalstraße 69 (= Hospitalstraße, heutige Markgrafenstraße 49–51)

Gmelin, Carl Christian, Geh. Hofrat (1762–1837), Studium der Medizin und Naturwissenschaften, ab 1786 Direktor des Naturalienkabinetts in Karlsruhe, Vorderer Cirkel 6 (heute Schlossplatz 4–6)

Goethe, Johann Wolfgang von (1749–1832), war dreimal zu Besuch in Karlsruhe: 1775, 1779 und 1815, wo er unter anderem Weinbrenner getroffen und auch dessen Atelier besucht hat.

Haldenwang, Christian, Hofkupferstecher (1770–1831), unterhielt eine Zeichenschule, die vom Hof finanziert wurde, sodass die Schüler kostenfrei lernen konnten.

Hebel, Johann Peter, Theologe und Pädagoge, alemannischer Mundartdichter, Verfasser der Kalendergeschichten (1760–1826). Ab 1791 zunächst Lehrer, später Direktor des Lyzeums, des Karlsruher Gymnasiums am Marktplatz, wohnte von 1812 bis 1822 in dem Eckhaus in der heutigen Pfarrer-Löw-Straße, Ecke Hebelstraße, wo auch Freiherr von Drais eine Zeit lang gewohnt hat (Gebäude erhalten).

Heger, Franz, Schüler von Georg Moller und Friedrich Weinbrenner (1792–1836), stammte aus Worms.

Hummel, Johann Erdmann, Maler (1769–1852)

Iwanowitsch, Feodor, genannt Kalmück, Hofmaler (um 1763–1832), entstammte dem westmongolischen Volk der Kalmücken, Geburtsort oder -provinz soll Astrachan am Kaspischen Meer gewesen sein. Vermutlich in einer kriegerischen Auseinandersetzung wurde er mit fünf oder sieben Jahren von Kosaken gefangen genommen und an den Zarenhof nach St. Petersburg gebracht, wo er auf den Namen Feodor Iwanowitsch getauft wurde und fortan der Zarin Katharina II. als Page diente. Landgräfin Karoline von Hessen-Darmstadt, die drei Jahre später, im Sommer 1773, mit ihren beiden Töchtern Amalie Friederike und Wilhelmine die Zarin besuchte, erhielt den mit seinem langen Chinesenzopf entzückend aussehenden Knaben von der Zarin zum Geschenk und reiste mit ihm zurück an den hessischen Hof. Kurz nach dem Tod der Landgräfin nur wenige Monate nach der Rückkehr aus Russland heiratete Prinzessin Amalie Friederike den badischen Erbprinzen Karl Ludwig und nahm den kleinen Pagen mit nach Karlsruhe. Vielleicht weil man glaubte, dass er fürstlich-kalmückischer Herkunft sei, erhielt er nun eine gute schulische Ausbildung – er sollte Vorleser oder Arzt werden. Dann aber erkannte man seine Begabung zur Malerei, er wurde gefördert, konnte in späteren Jahren mehrere Studienreisen unternehmen und war teilweise zur selben Zeit in Rom wie Weinbrenner. Für den englischen Lord Elgin, der in Griechenland und Kleinasien Ausgrabungen machte, arbeitete er als Zeichner. Seine künstlerische Leistung wurde in den höchsten Tönen gelobt, er habe einen »fast magischen Bleistift«, urteilte der englische Gesandtschaftskaplan Philip Hunt einmal. Menschlich allerdings war das Verhältnis zwischen Lord Elgin und Feodor Iwanowitsch nicht immer leicht. 1806 wurde der Kalmücke von Großherzog Carl Friedrich zum badischen Hofmaler ernannt. Eine Weile scheint er im Hause Weinbrenner gewohnt zu haben, das Karlsruher Adressbuch gibt 1818 seinen Wohnsitz mit Lange Straße 12 (heutige Kaiserstraße) an. Dort war die Bauverwaltung untergebracht, die Forstverwaltung, das Arsenal und die Kavallerieställe. Heute gehört das Areal zum Karlsruher Institut für Technologie (KIT).

Feodor Iwanowitsch, der sich selbst laut seines Testaments Ivannoff nannte, war zu seiner Zeit hochgeschätzt. Neben den Zeichnungen von griechischen Skulpturen und Tempelanlagen, die er für Lord Elgin anfertigte, malte er als Hofmaler unter anderem Porträts der großherzoglichen Familie und anderer Mitglieder des Hofs. Für die evangelische Stadtkirche am Markt fertigte er einen Zyklus von siebenundzwanzig Basreliefs mit religiösen Themen (im Zweiten Weltkrieg zerstört) und bemalte eine Wand des Tanzsaals im Karlsruher Gasthaus Badischer Hof mit einem in Grautönen gehaltenen Bacchanal. (Lt. Adressbuch von 1818 Vorderer Cirkel 5; lt. Velte, S. 132, Vorderer Cirkel, Ecke Adlerstraße; lt. Hea-Jee Im, S. 309, Vorderer Cirkel 3, Ecke Kronenstraße. Im schreibt das Bild einem Feodor Sandhaas zu. Es gab einen Maler Carl Sandhaas, der 1801 geboren wurde. Hätte er das Bild geschaffen, das bereits 1812 von Kritikern hoch gelobt wurde, müsste er es mit ungefähr zehn Jahren gemalt haben.) Das Feodor'sche Grisaillebild zeigte einen, wie man vermuten darf, äußerst lebensfrohen Bacchus im Triumphzug, umgeben von Ariadne, einem Satyrn, fröhlich tanzenden und trinkenden Menschen und zwei Panthern. Bild und Tanzsaal fielen 1935 dem Umbau des Gasthofs zum Opfer.

Eine besondere Stärke Feodor Iwanowitschs waren Zeichnungen und Skizzen, auf denen er seine Zeitgenossen festhielt. Mit leichter Hand und augenzwinkerndem Humor zeichnete er neben anderen immer wieder Weinbrenner, übrigens oft so, dass dieser uns den Rücken zukehrt. Einmal spielt der noch junge Baumeister Querflöte, während ein Hündchen aufmerksam lauscht. Ein andermal beugt sich Weinbrenner selbstvergessen über einen Arbeitstisch, der aus einer auf zwei klassischen Säulenrümpfen aufgebockten Platte besteht. Auch hierbei leistet ihm ein treuer Vierbeiner Gesellschaft. Und einmal klettert der Architekt mit witzig krummen O-Beinen eine Leiter hoch. Zu welchem Zweck, verrät das Bild nicht, aber jemand hat in lateinischer Schrift daruntergeschrieben: »Oberbaudirektor Weinbrenner wie er während seines Aufenthaltes in Rom 1796–97–98 auf der Leiter tanzte. Von Feodor« (Velte, S. 66).

Obwohl Feodor Iwanowitsch als Hofmaler gut bezahlt war, muss er, insbesondere in seinen letzten Lebensjahren, mehr schlecht als recht gewohnt haben. Er war nicht verheiratet und sprach wohl gern dem Alkohol zu. Einige wenige Hinweise bei Velte deuten darauf hin, dass der Verlust von Heimat und Eltern den Maler vermutlich ein ganzes Leben lang beschäftigt haben dürfte.

Leonelli, angeblich Veduten- oder Miniaturenmaler. Über ihn weiß man so gut wie nichts, und fraglich ist, ob er mit dem Mathematiker Zecchini Leonelli identisch ist, der sich um diese Zeit in Straßburg und Karlsruhe aufgehalten haben soll. Auf jeden Fall kursierte 1817 in Karlsruhe eine Druckschrift mit dem langen Titel »Unparteysche Ansicht und Vergleichung der vor einiger Zeit in Karlsruhe erschienenen Broschüre ›Réflexions sur l'état actuel de l'architecture à Carlsruhe‹, mit dem wahren Zustande der dortigen Bauart von einem durchreisenden deutschen Künstler«. Diese Schrift erschien in einem Literaturblatt bezeichnenderweise just zu der Zeit, in der sich Weinbrenner wegen des erwähnten Theaterumbaus bereits in Leipzig aufhielt, und nicht vor seiner Abreise (wie im Buch aus dramaturgischen Gründen dargestellt). Es kann davon ausgegangen werden, dass der Verfasser der Schrift dieser Leonelli war, der »aus seiner unscheinbaren Larve plötzlich als glänzender Architekt hervor flatterte, und sich, beim ersten ziemlich hohen Ausflug, an meine Gebäude setzte, um sie zu bekleksen«, wie Weinbrenner nach seiner Rückkehr in seinen »Bemerkungen des Baumeisters zur Kritik eines Miniatur-Mahlers über einige baukünstlerische Gegenstände« mit scharfen Worten kontert. Laut Adressbuch von 1818 wohnte Leonelli in der Adlerstraße 36 (Ecke Hospitalstraße, heutige Markgrafenstraße, Gebäude erhalten), in demselben Haus, in dem ein Architekt Steiger wohnte. Ob damals auch die Bauzunft dort ihren Sitz hatte, wie Fritz Hirsch dies für das Jahr 1832 angibt und eine Verschwörung gegen Weinbrenner vermutet, konnte nicht in Erfahrung gebracht werden. Leonelli scheint mehrere Anläufe gemacht zu haben, Weinbrenner bei Hof als Architekt zu diffamieren und auszustechen. Die letzten Hinweise auf die Person des Leonelli haben wir zum einen von Weinbrenner selbst, der am 2. Oktober 1818 an den Staatsrechtslehrer und Staatsmann Johann Ludwig Klüber schreibt: »Sig. Leonelli der eher ein Sch… als ein Baumeister ist, ist seit der Zeit, das unser Durchlauchtigster Großherzog nach Rüppoltsau in das Bad reiste, in dessen Nähe und ist auch ohnlängst von Griesbach mit auf die Favorite gezogen, und lebt überal auf unrechten Kosten.« Zum anderen gibt es eine Empfangsbestätigung von Leonelli, dass er am 31. Dezember 1818, drei Wochen nach dem Tod von Großherzog Karl am 8. Dezember 1818, zwei Entwürfe für das »palais Grand-Ducal de Carlsruhe« zurückerhielt und eine Woche später, am 8. Januar 1819, ein einmaliges Geschenk von eintausendeinhundert Gulden aus der General-Hofkasse. Danach hört man nichts mehr von der Person des Leonelli. Das bewusste Projekt, Gartenpalais und Gartenanlage der Markgräfin Friedrich – ihr Mann war zwischenzeitlich gestorben –, ist tatsächlich von Weinbrenner entworfen und gebaut worden. Heute befindet sich dort zwischen Herren- und Ritterstraße der Bundesgerichtshof.

Löw, Ascher, Oberlandesrabbiner (1754–1837), Kronenstraße 17, Ecke Lange Straße (heutige Kaiserstraße). Dort befand sich die Synagoge. In dem dreistöckigen Gebäude waren außerdem das israelitische Gemeindehaus, die Elementarschule für israelitische Kinder, die Schulen für Jungen, die Frauenbäder sowie die Wohnungen des Rabbiners und eines israelitischen Wirts untergebracht. Der Komplex wurde 1798 nach Plänen Weinbrenners erbaut. Den Eingang in der Kronenstraße flankierten zwei turmartige Pylonen im ägyptischen Stil. Das Portal und die darüberliegenden Fenster hatten gotisch anmutende Spitzbögen. Dahinter führten vom Vorhof Stufen in den Trauungshof, der von achtzehn dorischen Säulen umgeben war. Pfingsten 1871 griff ein Feuer, das im Nachbarhaus ausgebrochen war, auf die Synagoge über und zerstörte sie vollkommen. Der Nachfolgebau des Architekten Josef Durm wurde in der Reichspogromnacht 1938 demoliert und die jüdische Gemeinde gezwungen, das Gebäude auf eigene Kosten abzutragen. Heute erinnern eine Grünanlage zwischen den Häusern und eine Gedenktafel an die Zerstörung.

Lux, Johann Jakob, Kapitän der Artillerie und großherzoglicher Pagenhofmeister, Artilleriemajor, ab 1800 Major (gest. 1809). Seine Witwe wohnte Akademiestraße 21.

Merkle, Johann, Kanzleidiener, Brunnengässchen 4. Das Brunnengässchen im Dörfle gibt es heute nicht mehr.

Müller, Jeremias, Stadtbaumeister (1725–1801), prägte mit seinen Arbeiten das barocke Karlsruhe. Sein markantestes Bauwerk, das heute noch steht, ist die Kleine Kirche östlich des Marktplatzes. Auch wurden 1785 der Schlossturm von ihm umgebaut und das Durlacher Tor errichtet, das allerdings 1875 abgebrochen wurde. Seine Witwe Katharina wohnte im Vorderen Cirkel 6 (Schlossplatz 4–6, Ecke Adlerstraße).

Nader, Maurerpolier, vermutlich Karlstraße 35

Obermüller, Oberkriegskommissar, Waldhornstraße 13

Oehl, Caspar Joseph, Staatsrat und Vorsitzender des katholischen Kirchenvorstands (1754–1823), Herrenstraße 25

Pfeiffer, Geheimer Referendär, Mitarbeiter beim katholischen Kirchenvorstand, Erbprinzenstraße 31

Reinhard, Sophie, Hofmalerin (1775–1844), begann ihre künstlerische Ausbildung mit zwanzig Jahren, unternahm zahlreiche Reisen nach München, Wien und immer wieder nach Italien, unter anderem mit befreundeten Malern und Malerinnen wie Margarete Geiger. 1813 wurde Sophie Reinhard zur Karlsruher Hofmalerin ernannt und bekam ein Jahresgehalt von achthundert Gulden, »verbunden mit der Verpflichtung, ›daß sie von Zeit zu Zeit eine Arbeit einzuliefern oder auch, auf deßfalls anderweit erhaltende Weisung, Unterricht im Zeichnen zu ertheilen gehalten seyn solle‹« (Fecker). Zum Vergleich: Auch der Kupferstecher Christian Haldenwang erhielt vom Hof achthundert Gulden, Feodor Iwanowitsch hingegen war mit eintausendfünfhundert Gulden eindeutig bessergestellt. Reinhard fertigte zahlreiche Porträts, unter anderem von ihrer Familie; sie zeichnete Menschen, die ihr auf ihren Reisen begegnet sind, oft in Landestrachten, und illustrierte Texte und Gedichte von Johann Peter Hebel. Später stand sie der Nazarenerbewegung nahe und malte neben anderen Ölgemälden auch viele mit religiösen Motiven.

Erstmals stellte sie ihre Arbeiten auf der Karlsruher Kunstausstellung von 1818 vor und war auch auf den nachfolgenden Ausstellungen mit ihren Werken vertreten.

Sophie Reinhards Mutter wohnte in der Hospitalstraße 67 (heutige Markgrafenstraße 47, Gebäude erhalten). Die Hofmalerin selbst logierte spätestens ab 1823 in der Kreuzgasse 14, Ecke Zähringerstraße gegenüber der Kleinen Kirche (heute Kreuzstraße 12, bedingt erhalten). Spätestens ab 1831 wohnte sie bis zu ihrem Tod im eigenen Haus in der Lindenstraße 5, ein damals neu erschlossenes Grundstück im ehemaligen Weinbrenner'schen Garten. Nach Weinbrenners Tod hatten seine Erben den lang gestreckten Garten hinter dem Haus in Bauplätze umgewandelt. So entstand zwischen

Ettlinger Torplatz und Lammstraße, parallel zur Kriegsstraße, diese Lindenstraße mit insgesamt zehn Häusern. Die Straße gibt es heute nicht mehr.

Schweikhard (oder Schweickhardt), Oberhofrat, verantwortlich für die Heil- und Rettungsanstalten der Stadt, Vorderer Cirkel 9 (heute Schlossplatz 8)

Sommerschu (oder Sommerschuh), Friedrich, Apotheker, Kronenstraße 21 (Ecke Zähringerstraße). Die beeindruckende Doppelhausanlage, die Weinbrenner im Stil des Klassizismus entworfen und gebaut hatte, ist in der zweiten Hälfte des 20. Jahrhunderts der Altstadtsanierung des Dörfle zum Opfer gefallen.

Spindler, Franz Stanislaus, Komponist und Kapellmeister (1763–1819)

Steiger, Architekt, wohnte in der Adlerstraße 36 (Gebäude erhalten). Im Erdgeschoss befand sich das Wirtshaus Zum König von Preussen. Heute gibt es dort das Restaurant Zum Kleinen Ketterer. Von Steiger sind keine architektonischen Arbeiten bekannt.

Stolze, von, Madame, Ehefrau des Nikolaus von Stolze, Generalmajor (1754–1834), Waldhornstraße 22

Tulla, Johann Gottfried, Ingenieur (1770–1828), begradigte und vertiefte das Rheinflussbett, um Siedlungsflächen vor Überschwemmungen zu retten, den Schiffsverkehr zu verbessern und das Sumpffieber einzudämmen. Er gründete und leitete in Karlsruhe eine Ingenieurschule, die 1832 zusammen mit Weinbrenners Bauschule der 1825 eingerichteten Polytechnischen Schule in Karlsruhe eingegliedert wurde. Dieses Institut, dessen Gründung ebenfalls durch Tulla angeregt worden war, entwickelte sich zur Technischen Hochschule Karlsruhe (ab 1885), dann zur Universität Karlsruhe (ab 1967) und schließlich zum 2009 gegründeten Karlsruher Institut für Technologie (KIT). Es heißt, dass Tulla und Weinbrenner nicht gerade eine besonders enge Freundschaft verband, dennoch haben sie an vielen städtebaulichen Projekten in Karlsruhe gemeinsam gearbeitet. Tulla wohnte in derselben Straße wie

Weinbrenner, in der Schloßstraße 20, Ecke Erbprinzenstraße am Rondell (heutige Karl-Friedrich-Straße 22), gegenüber des Markgräflich-Hochbergschen Palais.

Türck, Feldwebel, Quergasse 24. Die Quergasse im Dörfle gibt es nicht mehr.

Varnhagen von Ense, Karl, Chronist und Diplomat (1785–1858), wurde 1815 königlich preußischer Gesandter in Karlsruhe. Er und seine Frau Rahel Levin wohnten von 1816 bis 1819 in Karlsruhe, wobei sich Rahel Varnhagen häufig im nahen Baden-Baden aufhielt. Die erste Karlsruher Wohnung des Ehepaars befand sich in der Waldhornstraße, in der zweiten Hälfte 1817 zog es in die Kreuzstraße 18.

Wagner, Karl, Steindrucker. Die Steindruckerei befand sich in der Spitalstraße (= Hospitalstraße 49, heutige Steinstraße 31, Gebäude erhalten).

Walz, ein Rechtspraktikant Walz wohnte Schloßstraße 4, Ecke Lange Straße (heutige Kaiserstraße 141). Möglicherweise handelt es sich dabei um den späteren Schwiegersohn von Weinbrenner. Dorothea Julie heiratete 1819 einen Assessor D. Walz, Neffe des Hofpredigers Walz.

Wechmar, Karl August Ferdinand von, Staatsrat, Waldhornstraße 7

Weinbrenner, Friedrich, Architekt und Oberbaudirektor (1766–1826). Nach Ausbildungen an der Handwerkschule von Christian Heinrich Fahsolt und der Zeichenschule von Karl Friedrich Autenrieth Reisen in die Schweiz, nach Dresden, Wien und Berlin. Von 1792 bis 1797 Studienaufenthalt in Rom. Im November 1797 wird er in Karlsruhe als Bauinspektor im Bauamt eingestellt, doch erst nach beruflichen Zwischenstationen in Straßburg und Hannover kehrt Weinbrenner 1800 endgültig in die Residenzstadt zurück. 1801 Ernennung zum Baudirektor, 1809 zum Oberbaudirektor unter Markgraf und späterem Großherzog Carl Friedrich (Karl Friedrich). Danach weitere arbeitsbedingte Reisen nach Paris, Tübingen, Leipzig, Düsseldorf und in die Niederlande.

1798 heiratet Weinbrenner Margaretha Salome Arnold aus

Straßburg. Mit ihr hat er vier Kinder, von denen aber nur die beiden ältesten Töchter Friederike und Dorothea Julie das Erwachsenenalter erreichen. Vom damaligen Markgrafen erhält Weinbrenner Bauland in der Schloßstraße, der heutigen Karl-Friedrich-Straße, gleich neben dem Ettlinger Tor, geschenkt. Das Grundstück verläuft parallel zur Kriegsstraße und reicht bis zur Lammstraße. Weinbrenner baut ein repräsentatives Wohnhaus, das aus einem mittleren Hauptgebäude mit Erdgeschoss und Mezzaningeschoss besteht, an das sich rechts und links eingeschossige Nebenbauten anschließen. Den Vordereingang zur Schloßstraße rahmen vier dorische Halbsäulen, darüber ein für Weinbrenner typisches dreieckiges Giebelfeld. Die rückwärtige Front ist ähnlich gestaltet, aber statt Säulen weist der Portikus hier vier eckige Pilaster auf, und der Ausgang zum Garten hat Öffnungen mit Rundbögen. Im Garten liegt auch das Gebäude der Bauschule. Hea-Jee Im gibt in ihrem Buch über »Die Karlsruher Bürgerhäuser zur Zeit Friedrich Weinbrenners« Weinbrenners Adresse mit Schloßstraße 30 (heute Kriegsstraße 116) an. Das Adressbuch von 1818 und nachfolgende nennen für das Weinbrenner'sche Wohnhaus und für die Bauschule Schloßstraße 28.

Nach Valdenaire diente das Haus 1854 dem Maler Anselm Feuerbach als Atelier, 1873 wurde es abgerissen. Heute befindet sich auf dem Areal ein Einkaufscenter.

Beschreibung und Abbildungen des Weinbrenner'schen Wohnhauses finden sich unter anderem in *Im, Hea-Jee:* Karlsruher Bürgerhäuser zur Zeit Friedrich Weinbrenners, Teil III Häuserbuch, Schloßstraße, S. 281–282, Abb. 644–1; *Leiber, Gottfried:* Friedrich Weinbrenners städtebauliches Schaffen für Karlsruhe, Band II, S. 225–229; *Schumann, Ulrich Maximilian:* Friedrich Weinbrenner – Klassizismus und »praktische Ästhetik«, S. 11; *Valdenaire, Arthur:* Friedrich Weinbrenner, sein Leben und seine Bauten, S. 92–93, S. 95.

Weinlig, Christian Traugott, Architekt in Dresden (1739–1799)

Auswahl erhaltener Weinbrennerbauten (teilweise durch An- und Umbauten verändert) und einiger Werke im Weinbrenner'schen Stil

Karlsruhe:

Marktplatzensemble mit evangelischer Stadtkirche, Rathaus und Pyramide
Katholische Stadtkirche
Markgräfliches Palais am Rondellplatz
Staatliche Münzstätte
Kanzleibau am Zirkel
Stephanienbad, heutige Paul-Gerhardt-Kirche, in Beiertheim
Promenadenhaus an der Kaiserallee
Kleiner Tempel im Schloßpark am Ahaweg (ehemals Vogelhaus der Markgräfin Amalie)
Brunnen auf dem Ludwigsplatz
Haus Weltzien am Karlstor (Karl Küntzle im Stil Weinbrenners)
Stephanienstraße (Bebauung im Stil Weinbrenners)

Baden-Baden:

Kurhaus
Hotel Badischer Hof
Erstes Konversationshaus (heutiges Rathaus)
Palais Hamilton

Weitere Bauten:

Thomaskirche in Kleinsteinbach
Belvedere in Badenweiler
Schloss Rotenfels in Gaggenau, Murgtal
Schloss Bauschlott in Neulingen-Bauschlott
Gutshof Katharinental bei Pforzheim
Kornhaus in Gernsbach
Evangelische Christuskirche in Kehl (von Weinbrennerschüler Hans Voß)
Kirche in Scherzheim
Altes Rathaus in Eberbach (von Weinbrennerschüler Johann Thierry)
Palais Boisserée in Heidelberg (von Weinbrennerschüler Johann Thierry)

Eine Auswahl der schönsten Rezepte, überraschend einfach nachzumachen

Die Anregungen zu den Rezepten stammen von dem in Karlsruhe gedruckten Kochbuch mit dem wundervoll umständlichen und langen Titel »Neues lehrreiches und vollständiges Magazin vor junges Frauenzimmer die ganze Koch-Kunst, und Zucker beckerei, samt allem, was damit verknüpft ist, vollkommen zu lernen. Nach Art derer Magazins der Madame le Prince de Beaumont, in Fragen und Antworten eingekleidet, und mit alphabetischem Register zum bequemen Aufschlagen derer darinnen enthaltnen mehr als 4500 Speisen auch einem Trenchir-Buch mit Figuren versehen. Erster Theil. Dritte Auflage. Carlsruhe, Gedruckt mit Macklots Schriften 1791«.

Im Originalkochbuch gibt es kaum Mengenangaben. Die folgende kleine Rezeptauswahl mit Mengenhinweisen mag daher eine kleine Hilfe sein. Erlaubt sind auf jeden Fall Phantasie und freies Variieren. So ist es recht, würde das alte Kochbuch sagen.

Armer Mann in Schmalz gebacken – das schnelle Essen für Leute mit großem Hunger und kleinem Geldbeutel

Schneiden Sie altbackene Weckle oder altes Ciabattabrot in circa 2 Zentimeter dicke Scheiben und geben Sie Milch darüber, aber nur so viel, dass die Brötchen angefeuchtet werden.
Verkleppern (verrühren) Sie in einer Schüssel beliebig viele Eier mit Salz und Pfeffer und schütten Sie diese über das eingeweichte Brot.
Dann in einer Pfanne reichlich Schmalz oder Butter erhitzen und die Brotscheiben mit dem Ei hineingießen.
Teilen Sie das gestockte Ei gleichmäßig zwischen den Broten auf und braten Sie die Scheiben von beiden Seiten schön hellbraun an.

Austern nicht nur für Besserverdienende – geht auch mit Jakobsmuscheln

Lassen Sie die ausgenommenen Austern oder Jakobsmuscheln für 2–3 Minuten in heißem Wasser sieden. Schneiden Sie dann das Fleisch in kleine Würfel und fügen Salz, Pfeffer, Petersilie, fein gehackte Zwiebeln und gehackte Sardellen hinzu. Mengen Sie je nach Anzahl der Muscheln 1–3 Eigelb darunter und schmecken mit Zitronensaft und einer Messerspitze Muskatblüte ab.

Geben Sie die Mischung in mit Butter ausgestrichene Muschelschalen oder Auflaufförmchen. Bestreichen Sie dann die Masse mit etwas Eigelb und backen Sie alles im Ofen oder in einer Pfanne mit geschlossenem Deckel.

Das alte Kochbuch rät der Hausfrau, in Milch aufgeweichtes und ausgedrücktes Weißbrot unter die Masse zu mischen. Beim Backen ergibt dies einen festeren »Kuchen«. Frischer und »muscheliger« schmeckt es ohne.

Bratwurstsüppchen – eine feine Brühe, die wärmt

Lassen Sie eine Scheibe geröstetes Weiß- oder Mischbrot in einer Fleischbrühe (circa ½ Liter für 2 Personen) ziehen, bis es weich ist, und streichen Sie dann die Brühe mit dem Brot durch ein Sieb.

Würzen Sie danach mit Pfeffer, einem etwa haselnussgroßen Stück zerdrückten Ingwer und einer Messerspitze Muskatblüte und geben Sie zum Schluss ein Stückchen Butter hinzu. Lassen Sie alles noch einmal aufsieden.

Ziehen Sie von einer frischen, feinen Bratwurst den Darm ab, schneiden Sie die Wurst in Stücke und braten Sie sie von allen Seiten in Butterschmalz. Verteilen Sie sie auf die Teller und geben die Brotbrühe darüber.

Wenn Sie mögen, würzen Sie noch einmal mit einem Hauch Muskat. Dazu gibt es getoastetes Weißbrot, Ciabatta oder Baguette.

Hasenkuchen, raffiniert gewürzt

Das enthäutete Hasenfleisch, zum Beispiel Hasenrücken, wird mit einem Stück geräucherten Schinken sehr klein geschnitten. Mischen Sie geriebenes oder eingeweichtes Brot darunter, 1 Ei, Salz, 1–2 zerdrückte Nelken, eine Messerspitze Muskatblüte, etwas Zitronenfruchtfleisch, sehr fein gehackte Zitronenschale (von unbehandelten Zitronen) und etwas weiche Butter. Formen Sie aus der Masse handtellergroße Ballen und braten Sie diese in der Pfanne. Die Buletten schmecken heiß oder kalt.

Lämmchen in Butterbrühe, butterzart

Das Lammfleisch, zum Beispiel Lammlachs oder Lammhüfte, in Salzwasser halb gar kochen und den dabei entstehenden Schaum abschöpfen. Geben Sie dann das Fleisch in einen Bratentopf und braten Sie es in Butter von allen Seiten an. Gießen Sie mit Fleischbrühe auf, würzen mit Pfeffer, einem haselnussgroßen Stück zerdrückten Ingwer und einer Messerspitze Muskatblüte und streuen Sie Semmelmehl darüber. Lassen Sie nun das Fleisch bei geschlossenem Topf und kleiner Hitze weiterschmoren, bis es gar ist. Geben Sie ein gutes Stück Butter in die Soße und lassen alles gut durchziehen.
Tipp: Kohlrabi, geschält und in dünne Scheiben geschnitten, circa 10 Minuten in der Buttersoße mitdämpfen lassen.

Rehkeule mit gedünsteten Äpfeln – Genuss vom Feinsten

Spicken Sie eine Rehkeule (circa 1500 Gramm) großzügig mit Streifen von durchwachsenem Speck, salzen und pfeffern Sie das Fleisch.
Legen Sie es für 3–4 Tage in eine Mischung von Weinessig und trockenem Weißwein und geben noch ein paar Nelken dazu. Je länger Sie das Fleisch in der Marinade lassen, desto zarter wird es.

Legen Sie danach das Fleisch in einen großen Topf, kochen Sie es einmal in Wasser und Weißwein auf und lassen es anschließend bei kleiner Hitze 1½–2 Stunden köcheln, bis es weich ist.
In der Zwischenzeit schälen und entkernen Sie Äpfel und schneiden sie in kleine Würfel. Dünsten Sie diese in Schmalz oder Butter an, geben gehackte kernlose Weintrauben hinzu und eine gute Portion geriebenen Lebkuchen. Kochen Sie diese Mischung mit ¼ Liter süßen Weißwein auf und lassen Sie die Mischung durchziehen.
Wenn das Fleisch gar ist, gießen Sie die Brühe von der Rehkeule ab. Geben Sie die Apfel-Weintrauben-Soße übers Fleisch und lassen alles zusammen noch einmal ziehen. Falls Ihnen die Obstsoße zu dickflüssig ist, können Sie sie mit der Weinbrühe, in der das Fleisch gedämpft wurde, verdünnen.
Vor dem Servieren bestreuen Sie das Fleisch mit einem Hauch Zimtpulver und sehr fein gehackten Zitronenschalen von unbehandelten Zitronen.
Tipp: Wenn Ihnen die reine Fruchtsoße zu süß ist, schneiden Sie ¼–½ rote Zwiebel sehr fein und kochen Sie diese in dem Äpfel-Weintrauben-Lebkuchengemisch mit.

Schweinebraten mit »Nägelein und Citronen«

Würzen Sie ein schönes Stück Schweinebraten, zum Beispiel von der Keule oder aus der Schulter (circa 650 Gramm), mit Salz und Pfeffer. Erhitzen Sie in einem Bratentopf ein gutes Stück Butter, braten Sie das Fleisch von allen Seiten kurz an, geben dann klein geschnittene Zitronen (ohne das weiße Fleisch der Schale, gern aber mit etwas abgeriebener Schale) und 4 »Nägelein« (Nelken) hinzu und streuen einen halben Suppenlöffel fein gesiebtes Mehl darüber.
Verschließen Sie den Topf mit einem Deckel und lassen Sie das Fleisch bei kleiner Hitze schmoren. Wenn das Fleisch fast gar ist (nach circa 45 Minuten), geben Sie ein Glas Weißwein dazu und lassen alles noch einmal 15–20 Minuten weiterköcheln.
Ist auch am Tag danach noch ein Gedicht.

Spanferkel mit Austern, Kapern und Oliven, »auf teutsch zubereitet«

Braten Sie circa 650 Gramm Schweinefleisch in einer Kasserolle in geschmolzenem, in Würfel geschnittenem Speck rundherum an. Geben Sie dann eine große Tasse Fleischbrühe dazu, zwei halbe mit jeweils 2–3 Nelken gespickte Zwiebeln, ein Bündchen guter Kräuter, Salz, Pfeffer und eine Messerspitze Muskatnuss. Lassen Sie das Fleisch in der Brühe circa eine Stunde bei kleiner Hitze köcheln.
Sobald das Fleisch fast gar ist, löschen Sie die Brühe mit einem Glas Weißwein ab und geben Austern (alternativ Jakobsmuscheln), ein Stück (unbehandelte) Zitrone, Kapern und vom Stein befreite Oliven hinzu und lassen alles bei geöffnetem Topf auf niedriger Flamme köcheln, bis die Brühe zur Soße eindickt. Nehmen Sie vor dem Servieren Kräuterbündel und Zitronenstück aus der Soße.
Das alte Kochbuch empfiehlt, vor dem Anrichten etwas Zitronensaft über Fleisch und Soße zu tröpfeln und den Rand der Servierschüssel mit dem gehackten und gebratenen Gehirn des Spanferkels sowie mit gebackener Petersilie zu verzieren. So ist es recht.

Weinsüppchen

Schneiden Sie frische Brötchen in Stücke, rösten Sie sie goldgelb in Butter oder Butterschmalz kurz an und nehmen sie dann aus dem Topf. Streuen Sie etwas Mehl über das Fett und machen daraus eine leichte hellgelbe Mehlschwitze. Erhitzen Sie in einem zweiten Topf trockenen Weißwein (nicht kochen lassen) und schütten Sie ihn unter Rühren vorsichtig in die Mehlschwitze. Würzen Sie mit Zucker nach Geschmack, einer Messerspitze Muskatblüte und ein wenig Safran und lassen alles miteinander so lange köcheln, bis die Suppe angenehm sämig wird. Gießen Sie die Weinsuppe über das gebackene Brot. Auch Griesknöpfe beziehungsweise Griesnocken passen in die Suppe.

Welscher Hahn mit Krebsschwänzen, Parmesan und Speck

Das Kochbuch verrät uns, dass welsche Hähne (Truthähne) am besten im Winter um Weihnachten herum schmecken, »denn wenn der Frühling angeht, so verderben sich die Hähne, und wird ihr Fleisch hart und zähe«. Wenn Ihr Hunger kleiner ist, nehmen Sie ein Hähnchen oder eine Poularde.

Bereiten Sie eine Füllung aus einer Portion Kalbfleisch und einer halben Portion geräuchertem Speck (z.B. 400 Gramm zu 200 Gramm). Hacken Sie beides sehr klein, geben Sie ½–1 in Milch eingeweichtes Weckle (Weißbrötchen), 100–150 Gramm geriebenen Parmesankäse, 3–4 hart gekochte und klein geschnittene Eier, eine Messerspitze geriebene Muskatnuss, gehackte Petersilie, Schale von einer unbehandelten Zitrone und Salz dazu. Mischen Sie je nach Menge 1–3 rohe Eier darunter, vermengen alles sehr gut, füllen damit das Hähnchen, salzen es rundherum und braten es von allen Seiten in Butter an. Gießen Sie Wasser oder Brühe dazu und lassen alles gut zugedeckt köcheln, bis das Fleisch fast gar ist.

Geben Sie nun die Krebsschwänze, Morcheln (bei getrockneten Morcheln Zubereitungshinweise auf der Verpackung beachten), Champignons und was Ihnen sonst an passenden Zutaten gefällt, in die Soße und lassen alles noch mal 15–20 Minuten köcheln.

Tipp: Statt eines ganzen Hähnchens können Sie auch nur eine Hühnerbrust nehmen, schneiden diese etwas ein und geben die Füllung in diese »Tasche«. »Verschnüren« Sie die gefüllte Hühnerbrust mit einem Faden und bereiten Sie das Fleisch wie oben beschrieben zu.

Pistaziengebäck in der Pfanne

Schälen Sie 150 Gramm ungesalzene Pistazien (ergibt circa 75 Gramm ungeschälte) und zerstoßen oder zermahlen Sie sie in einem Mörser oder mit einem Pürierstab. Erhitzen Sie in einem Topf unter ständigem Rühren circa 50 Gramm Zucker mit 1–2 Esslöffeln Wasser, bis die Masse flüssig klar wird und leicht kocht.
Nehmen Sie den Topf vom Herd, rühren die Pistazien darunter, ein paar Spritzer Zitronensaft und 1 Eigelb. Geben Sie bei einer größeren Teigmenge Eigelb und Eiweiß einzeln und immer im Wechsel dazu, sodass der Teig streichfest wird. Wird er zu weich, rühren Sie nach Bedarf vorsichtig teelöffelweise etwas Mehl darunter.
Die Masse kann bei der Zubereitung schnell aushärten; geben Sie dann 1 Esslöffel Wasser hinzu und erwärmen Sie das Ganze dann auf dem Herd noch einmal unter ständigem Rühren.
Eine flache Bratpfanne einfetten und die Masse ungefähr 1 Zentimeter dick auf dem Pfannenboden verstreichen wie auf einem Backblech. Mit Deckel oder Alufolie abdecken und auf kleinster Flamme backen.
Wenn sich der »Kuchen« mit dem Pfannenheber gut vom Boden lösen lässt, kann er gewendet werden, damit er auch von oben noch einmal gebacken wird.
»Kuchen« noch heiß in Rauten oder Rechtecke schneiden. Die angegebene Menge ergibt einen »Kuchen« von circa 17 Zentimeter Durchmesser.
Tipp: Statt in der Pfanne können Sie das Gebäck auch in einer kleinen eingefetteten Springform bei 150–180 Grad ungefähr ½ Stunde im Backofen backen.
Meistens sind die Pistazien, die wir in Geschäften bekommen, gesalzen. Wer es gern etwas herber mag, kann die Plätzchen natürlich auch damit machen. Milder und mehr nach Marzipan schmecken sie allerdings bei Verwendung von ungesalzenen Pistazien.

Zwetschgen im Teig – heiß und kalt zu genießen

Man schneidet die Zwetschgen halbseitig auf, entfernt den Stein und steckt stattdessen eine geschälte Mandel hinein. (Das Schälen von Mandeln ist einfach: Kochen Sie die Mandeln in einem Töpfchen mit Wasser auf und lassen Sie sie ungefähr eine halbe Minute sprudelnd kochen. Danach die Mandeln auf ein Küchentuch legen und aus der Schale »quetschen«; der Kern flutscht leicht aus der Schale heraus.)
Nun rühren Sie in einer tiefen Schüssel mit dem Löffel einen festen Teig aus 500 Gramm Mehl, 1 Ei, 4 Esslöffeln Zucker, ½ Glas Wein und etwas Zitronensaft. (Das alte Rezeptbuch rät zu Rosenwasser statt zu Zitrone.) Der Teig sollte ungefähr die Konsistenz eines Pizzateigs bekommen. Nehmen Sie den Teig dann aus der Schüssel und kneten Sie ihn noch einmal auf dem Tisch oder dem Backbrett gut durch, damit er schön geschmeidig wird.
Umwickeln Sie jede gefüllte Zwetschge mit Teig, rollen Sie das Stück zu einer Kugel, drücken es etwas flach und braten Sie die Kugeln in viel Butterschmalz von allen Seiten. Lassen Sie danach das Fett auf Küchenpapier abtropfen. Die fertigen Teigzwetschgen können mit Zucker bestreut werden.
Tipp: In der zwetschgenfreien Zeit eignen sich entsteinte Soft-Pflaumen, in die sich die Mandeln leicht hineinschieben lassen. Die angegebene Teigmenge reicht für circa 10–15 Stück.

Hedwigs Krankensüppchen – ohne Garantie für Genesung

Geben Sie eine Rinde von Roggenbrot, eine halbe Hand groß, in einen halben Schoppen Wasser, auch ein Stück Zimtstange, einen halben Finger lang, und eine Messerspitze Muskatblüte und lassen alles auf niedriger Hitze eine halbe Stunde lang sieden. Verrühren Sie dann das weich gewordene Brot, nehmen Sie die Zimtstange heraus und seihen Sie die Brühe durch ein Sieb, das Brot lässt sich leicht mit einem Löffel durchdrücken.

Stellen Sie die Brühe wieder zurück aufs Feuer, bis sie leicht kocht. Rühren Sie dann 1 oder 2 verklepperte Eigelb hinein sowie etwas Butter und Zucker. Reichen Sie dem armen Kranken dazu geröstetes Weißbrot. Kein Gourmetsüppchen, aber sehr wärmend.

Literatur und Quellen

Über die Entstehungsgeschichte der Stadt, über ihren einzigartigen Grundriss, der mal als sternförmig, mal als strahlenförmig und in neuer Zeit als fächerförmig bezeichnet wird, sowie über die Geschichte des Markgrafen- und späteren Großherzogtums Baden gibt es eine umfangreiche Literatur. Herausragend sind auch die Fachbücher und Aufsätze zum Leben und Wirken des Architekten und Karlsruher Oberbaudirektors Friedrich Weinbrenner. Für den vorliegenden Roman waren nicht nur, aber insbesondere die nachfolgenden Bücher und Werke eine unschätzbare Fundgrube.

Breitkopf, Bernd/Dussel, Konrad: Schloss Stutensee – Vom Jagdschloss zur Jugendeinrichtung, verlag regionalkultur, Ubstadt-Weiher – Heidelberg – Neustadt a.d.W. – Basel 2012

Brunn, Friedrich Leopold: Briefe über Karlsruhe, Johann Friedrich Unger Berlin, 1791, neu herausgegeben von Gerhard Römer, bearbeitet von Werner Schulz und Hans Georg Zier, Badische Bibliotheksgesellschaft e.V., Karlsruhe 1988

Elbert, Claudia: Die Theater Friedrich Weinbrenners – Bauten und Entwürfe, Verlag C. F. Müller, Karlsruhe 1988

Fecker, Edwin: Die Großherzoglich Badische Hofmalerin Sophie Reinhard (1775–1844) (Online-Publikation)

Hartleben, Theodor: Statistisches Gemälde der Residenzstadt Karlsruhe und ihrer Umgebung, Verlag Gottlieb Braun, Karlsruhe 1815

Hirsch, Fritz: 100 Jahre Bauen und Schauen, 2 Bde., Badenia Verlag, Karlsruhe 1928 und 1932

Hirsch, Fritz: Der Fall Leonelli und einige baukünstlerische Gegenstände, Badenia Verlag, Karlsruhe 1931

Im, Hea-Jee: Karlsruher Bürgerhäuser zur Zeit Friedrich Weinbrenners, Verlag Philipp von Zabern, Mainz 2004, mit CD-Rom

Koch, Manfred: Karlsruher Chronik – Stadtgeschichte in Daten, Bildern, Analysen, Veröffentlichungen des Karlsruher Stadtarchivs, Band 14, Badenia Verlag, Karlsruhe 1992

Lauts, Jan: Karoline Luise von Baden – Ein Lebensbild aus der Zeit der Aufklärung, Verlag C. F. Müller, Karlsruhe 1980

Leiber, Gottfried: Der Karlsruher Stadtgrundriß und seine geometrischen Grundlagen, in: Zeitschrift für die Geschichte des Oberrheins, 154. Band (Der neuen Folge 115. Band), S. 217–239, Hrsg. Kommission für geschichtliche Landeskunde in Baden-Württemberg, Kohlhammer, Stuttgart 2006

Leiber, Gottfried: Friedrich Weinbrenners städtebauliches Schaffen für Karlsruhe, 2 Bände

I: Die barocke Stadtplanung und die ersten klassizistischen Entwürfe Weinbrenners, Verlag G. Braun, Karlsruhe 1996

II: Der Stadtausbau und die Stadterweiterungsplanung, 1801–1826, Verlag Philipp von Zabern, Mainz 2002

Leiber, Gottfried: Friedrich Weinbrenner und die Kirche St. Stephan in Karlsruhe, in: Badische Heimat, Zeitschrift für Landes- und Volkskunde, Natur-, Umwelt- und Denkmalschutz, Hrsg. Landesverein Badische Heimat e.V., Juni 2/2008, S. 204–216

Lessing, Hans-Erhard: Karl Drais. Zwei Räder statt vier Hufe, besprochen von Volker Steck, in: Karlsruhe: Stadtgeschichte, Blick in die Geschichte Nr. 88, 24. September 2010

Müller, Christina: Karlsruhe im 18. Jahrhundert. Zur Genese und sozialen Schichtung einer residenzstädtischen Bevölkerung, Schriftenreihe des Stadtarchivs Karlsruhe, Bd. 1, Badenia Verlag, Karlsruhe 1992 (Autorin heißt seit August 1991 Christina Wagner)

Müller, Leonhard, Bearbeitung, Stadt Karlsruhe, Hrsg.: Leben in der Fächerstadt, 275 Jahre Karlsruhe, Karlsruher Beiträge Nr. 6, September 1991, Verlag G. Braun, Karlsruhe

Reimers, Holger/Kabierske, Gerhard/Matzka, Georg: Ein Karlsruher Modellhaus von 1723. Das Seilerhäuschen, Schriftenreihe des Stadtarchivs Karlsruhe Bd. 2, INFO Verlag, Karlsruhe 2001

Schäfer, Friedemann: Spaziergänge in Karlsruhe. Klassizismus, G. Braun Buchverlag, Karlsruhe 2008

Schmitt, Heinz, Hrsg., unter Mitwirkung von Ernst Otto Bräunche: Alltag in Karlsruhe – Vom Lebenswandel einer Stadt durch drei Jahrhunderte, Veröffentlichungen des Karlsruher Stadtarchivs, Band 10, Badenia Verlag, Karlsruhe 1990

Schreiber, Aloys: Friedrich Weinbrenner – ein Denkmal der Freundschaft, in: Friedrich Weinbrenner, Denkwürdigkeiten aus seinem Leben von ihm selbst geschrieben, herausgegeben und mit einem Anhange begleitet von Dr. Aloys Schreiber, Verlag Georg Reichard, Heidelberg 1829

Schumann, Ulrich Maximilian: Friedrich Weinbrenner – Klassizismus und »praktische Ästhetik«, Deutscher Kunstverlag, Berlin 2010

Schumann, Ulrich Maximilian: Friedrich Weinbrenners Weg nach Rom – Bauten, Bilder und Begegnungen, Lindemanns Bibliothek, Karlsruhe 2008

Spindler, Franz Stanislaus: Gesänge aus dem Singspiele die Reue vor der That (Großmann, Gustav Friedrich Wilhelm, 1791), (Noten verschollen)

Stadtarchiv Karlsruhe, Hrsg./Bürgerverein Altstadt (durch Peter Pretsch): Das Dörfle – Altstadt Karlsruhe, Streifzüge durch die Ortsgeschichte, Katalog zur Dörfle-Ausstellung im Prinz-Max-Palais 2013, INFO-Verlag, Karlsruhe 2013

Tulla, Johann Gottfried: Der Rhein von Basel bis Mannheim mit Begründung der Nothwendigkeit, diesen Strom zu regulieren, Verlag o. A., Leipzig 1822

Valdenaire, Arthur: Aus den Briefen Friedrich Weinbrenners an Johann Ludwig Klüber, in: Zeitschrift für Geschichte der Architektur Jahrgang VI, Januar–Dezember 1913, S. 168–173, Carl Winter's Universitätsbuchhandlung, Heidelberg 1913

Valdenaire, Arthur: Friedrich Weinbrenner, sein Leben und seine Bauten, Verlag C. F. Müller, Karlsruhe 1926

Valdenaire, Arthur: Heinrich Hübsch – Eine Studie zur Baukunst der Romantik, Verlag G. Braun, Karlsruhe 1926

Valdenaire, Arthur: Karlsruhe – die klassisch gebaute Stadt, Benno Filser, Augsburg 1929

Valdenaire, Arthur: Weinbrenner und Tulla, in: Badische Heimat, Zeitschrift für Volkskunde, ländliche Wohlfahrtspflege, Heimat- und Denkmalschutz, 15. Jahrgang, Jahresheft 1928, Verlag G. Braun, Karlsruhe S. 89–98

Varnhagen von Ense, Karl August: Denkwürdigkeiten, 3. Band, 1815–1834, hrsg. von Konrad Feilchenfeldt, Deutscher Klassiker Verlag, Frankfurt 1987

Velte, Margrit-Elisabeth: Leben und Werk des badischen Hofmalers Feodor Iwanowitsch Kalmück (1763–1832), Dissertation, Fakultät für Geistes- und Sozialwissenschaften der Universität Karlsruhe (TH), 1973

Vorbach, Andreas: Die Pyramide – Das Grab auf dem Marktplatz in Karlsruhe, in: Denkmalpflege in Baden-Württemberg, Nachrichtenblatt des Landesdenkmalamtes, 32. Jahrgang, 3/2003, S. 211–217

Wagner, Peter: XXXII Ansichten mit dem Panorama und dem Plan von Carlsruhe (deutsch-franz.) Lithographie de P. Wagner à Carlsrouhe, Nachdruck Verlag Hans-Joachim Anschütz, Karlsruhe, vermutlich 1965

Weech, Friedrich von: Karlsruhe – Geschichte der Stadt und ihrer Verwaltung, 1. Band 1715–1830, Verlag der Macklot'schen Buchhandlung und Buchdruckerei, Karlsruhe 1895

Weinbrenner, Friedrich: Bemerkungen des Baumeisters zur Kritik eines Miniatur-Mahlers über einige baukünstlerische Gegenstände, C. F. Müllersche Hof-Buchdruckerei Carlsruhe, 1817

Weinbrenner, Friedrich: Denkwürdigkeiten, herausgegeben und bearbeitet von Arthur Schneider, Verlag G. Braun, Karlsruhe 1958

Woltman, Alfred: Friederich Weinbrenner, in: Badische Biographieen, Verlagsbuchhandlung Fr. Bassermann Heidelberg, 1875, S. 435–438

Die Weinbrenner auf Seite 302 in den Mund gelegte Erklärung zur Katoptrik sind seinem Architektonischen Lehrbuch, Band 1: Geometrische Zeichnungslehre, Licht- und Schattenlehre, Tübingen, 1810, entnommen und wurden von der Autorin behutsam dem Textfluss und der heutigen Schreibweise angepasst. Einige weitere Aussagen und Bemerkungen Weinbrenners, Leonellis und anderer stammen teils wörtlich, teils in leicht veränderter Form hauptsächlich aus *Hirsch, Fritz:* Der Fall Leonelli; *Leiber, Gottfried:* Friedrich Weinbrenner und die Kirche St. Stephan in Karlsruhe; *Varnhagen von Ense, Karl August:* Denkwürdigkeiten; *Velte, Margrit-Elisabeth:* Leben und Werk des badischen Hofmalers Feodor Iwanowitsch Kalmück; *Weinbrenner, Friedrich:* Bemerkungen des Baumeisters zur Kritik eines Miniatur-Mahlers.

Ganz herzlich bedanken …

… möchte ich mich bei allen, die mir beim Schreiben dieses Buchs geholfen haben. Insbesondere waren dies die Experten in Sachen Weinbrenner Dr. Gottfried Leiber, Dr. Ulrich Maximilian Schumann und Wolfgang Voegele von der Karlsruher Friedrich-Weinbrenner-Gesellschaft e.V., ohne deren wertvolle Ratschläge der Roman nicht zustande gekommen wäre. Erwähnen möchte ich auch Dieter Peter von der Karlsruher Kunsthalle und Edwin Fecker, die mir Bilder von Feodor Iwanowitsch Kalmück und Sophie Reinhard nahegebracht haben, sowie die hilfreichen »Engel« des Karlsruher Stadtarchivs. Mein Dank gilt auch dem Psychotherapeuten Dr. Christian Lüdke für wichtige Hinweise zum menschlichen Verhalten und Dr. Markus Karutz für Beistand in medizinischen Fragen. Nicht vergessen werden dürfen Werner Deusch von Schloss Stutensee, Karl-Heinz Jooß von der Bäckerinnung Karlsruhe, Hans Werner Braun, Metzger in Eitorf, der alemannische Mundartlyriker Markus Manfred Jung, Liselotte Reber und Beat Trachsler, beide aus der Schweiz, sowie Elisabeth Voegele, Helga Müller-Schwartz und Rolf Polander für ihre vielen Tipps und Ermunterungen.

Falls mir beim Schreiben des Romans Fehler unterlaufen sind, ist dies ausschließlich mir anzulasten.